山海 高中

语笑阑珊 —— 著

广东旅游出版社
GUANGDONG TRAVEL & TOURISM PRESS
悦读界·悦意行·悦享生活

中国·广州

目录

CONTENTS

风把满天星星都点亮，

洒下一片 星 幻

辉 梦。

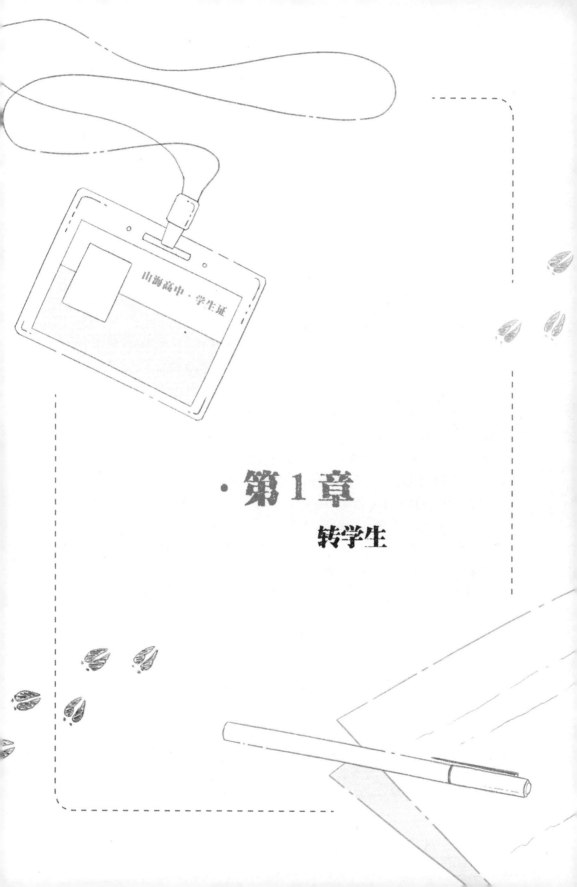

山海高中·学生证

· 第 1 章

转学生

夏末的雷雨，说下就下。

整座锦城都被湿漉漉的雾气笼了起来，出租车司机师傅把车停在巷道口，伸手往前指："从这儿跑两步，拐弯就是学校后门了，快去吧。"

林竞往车窗外看了一眼，暴雨依旧在噼里啪啦地往下落，砸出一片脏兮兮的泥泞水洼，于是他果断地靠回车椅，说："刚才看到杨树路有家便利店，麻烦您先送我去买把伞。"

"回去可得绕一圈。"出租车司机师傅好心提醒，"巷子里有杂货店，伞在那儿就能买。"

但林竞已经重新系好了安全带。他穿着一件鹅黄色T恤，黑色碎发遮住额头，看起来分外青春蓬勃，也分外养尊处优，就差把"洁癖"两个字写在脸上了。司机师傅只好打了把方向盘，载着他重新去买伞，就这么来回一折腾，又是半个多小时。

"不怕迟到啊？"司机一边找零一边问。

"我明天才开始上课。"林竞打开车门，"今天过来办转学手续。"

山海高中是省级重点高中，能在中途转到这所学校，不管是学习成绩还是家庭背景，总得占上一样。林竞属于前者，他原先的高中不比山海差，这次全因为父母工作的调动，才会在高二转学。

一股狂风迎面吹来，林竞裤腿湿了大半截，他皱起眉头，本想在屋檐下避避，却不小心推开了一扇半掩的木门。

是一家杂货店。

店里光线昏暗，换个招牌就能当场冒充古董世家，一群不良少年正在密谋，听到门口风铃响后，齐刷刷地猛回头。

林竞目不斜视地打开冷饮柜，并没有给不良少年们一个眼神。那些小混混也就没再搭理他，继续围在一起商量要怎么"给季星凌一点教训"，并且对谁买麻绳、谁套麻袋、谁打闷棍、谁敲诈勒索等一系列非法步骤进行了详细分工，全然不顾现场正在购物的林竞。林竞扫码付完款，转身出门就要拨打 110，却迎面和人撞个正着，差点踉跄地摔进泥里。

"老大快跑！季星凌来了！"

对方一嗓子喊得哆哆嗦嗦，全然没有"绑架目标自投罗网"的浓浓喜悦。林竞扶着门框站稳，再抬头时，小混混们已经争先恐后地冲出杂货铺，逃命一样地狂奔消失在巷子里。

杂货铺的胖老板见怪不怪，手里摇着蒲扇，用眼神示意林竞没事。这时雨已经稍微小了一些，从拐弯处走过来另一群人，为首的少年单手插进裤兜，肩膀上胡乱搭了一件校服，短发被雨水淋得微湿，有些乱七八糟地支棱起来，露出一双亮晶晶的眼睛。他身材瘦高，两条长腿一迈，身边负责撑伞的小弟就得跟着跑，气喘吁吁地说："星哥，咱真要翘课去网吧啊？"

少年嘴里叼着棒棒糖，漫不经心地问他："就算不去网吧，你能听懂数学课？"

撑伞小弟神情一凛："我听不懂。"

那确实不如打游戏。

一群人正闹着往外走，林竞犹豫了一下，还是叫了一句："季星凌。"

对方停下脚步，有些迟疑地看着他："我们认识？"

"不认识。"林竞组织了一下语言，"但刚刚有一群社会青年，在这里计划着要绑架你。"

"噗。"

"……"

一般人听到自己要被绑架，就算不惊慌失措，至少也该意思意思紧张一下。林竞看不懂对方这轻蔑一"噗"是什么操作，但通知的义务已经尽到了，他也不想再和面前这位一看就知道考试六门总分三百的落后分子展开深入交谈，于是重新撑起伞，匆匆走向了学校。

擦肩而过的瞬间，季星凌突然闻到对方身上有一股很淡的香气，清冽又干净，像春末夏初雾霭山林的味道。

旁边的人纳闷："星哥，你愣什么呢？"

"没什么。"季星凌回神，想继续往前走，眼睛的余光却扫到一张银色小卡片，上面刻有一层模糊的花纹，很像一块钱五张的小学生廉价玩具，正被风吹着一路飘向下水道。

季星凌迅速用脚踩住，又回头望了一眼。

林竞恰好也在此时转过身，原本只是好奇杂货店老板会不会再次提醒对方，不料刚好来了个精准对视。烟雨蒙蒙,四目相接,季星凌正打算叫他回来,他却已经后退了两步,又风风火火地奔向了远方。

季星凌:"……"

你跑什么,妖怪证丢了不知道捡?

"星哥,快点,叫的车已经到了!"一群人在巷子口嚷嚷。

"来了。"季星凌捡起卡片,随手塞进了钱夹。那里还插有另一张证件,闪着黑色金属光芒,看起来要比普通妖怪的更高级一点,是属于季星凌的身份卡,它是一只即将成年的小麒麟,威风凛凛的那种。

但目前这种威风仅限抖给镜子里的自己看,妖怪的身份是不能随便公开的,否则会引起社会恐慌,所以就算这座城市里的妖怪数量正在连年增长,甚至有专家预测五十年后将会出现人口……不是,妖口爆炸,大家也都是小心翼翼地各自捂着,并没有谁会主动热情地广而告之"其实我全家都不是人"。

季星凌坐在出租车里,还在想刚才那张妖怪证。按照编码来看,对方应该是一株植物,而植物的出生地一般都在人烟稀少的险峻山林,俗称偏远地区,这也就能解释他为什么连妖怪证都能弄丢了——因为没见过世面嘛,当然不知道在大城市里补办一张新证件,得经过多少烦琐的手续、支付多么高昂的费用。

说不定连妖怪管理委员会在哪儿都没搞清楚。季大少爷一边这么想着,一边啧啧地摇了摇头。

林竞目前尚不知道自己已经被脑补成了一个初次进城的乡下穷妖怪,还在忙着填写各种资料表格。高二(一)班的班主任名叫王宏余,穿着在中年男老师里颇为流行的蓝衬衫,笑起来眼睛会眯成一条细线,旁边有同事打趣:"来了个状元的苗子,看把老王给高兴的。"

"我当然高兴了。"王宏余把资料袋封好,笑眯眯地对林竞说,"我和你原来的班主任是老同学,为这事,他还专门打电话来唠叨了好一顿。走,我先带你熟悉熟悉校园环境。"

山海高中的硬件设施堪称一流,不过因为天在下雨,所以王宏余只带着他在教学楼里走了一圈。下课铃声刚好响起,几个女生在叽叽喳喳地议论刚才在走廊看到王老师和新同学的事。

"那个男生真的好帅啊!"

"我听说他是宁城三中的年级第一!"

"我们去年参加全国英语竞赛时就见过他,班长还和他合影了。"

高二(一)班的班长叫韦雪,原本正在看英语试卷,见众人都来问,于是她懒洋洋地用手撑住腮帮子："对，我是和他合影了，想看的话，三十元一次，如果需要把我裁掉只看帅哥，再加五十元。"

一群女生嘻嘻哈哈地抗议起来，纷纷谴责班长没有为人民服务的精神。男生对林竞的兴趣倒是不大，顶多对现任年级第一起哄拱火，齐声哀叹李哥的江湖地位即将不保。这时，数学老师抱着一摞练习册进来，见状敲敲讲台："怎么都围着李陌远，难道你们知道下周考试难度大，所以提前拜拜李总？"

一语既出，底下立刻嗷嗷一片，也没心情再闹了，各自老老实实地坐回座位准备上课。韦雪找出和林竞的合照，主动递到李陌远面前："来，学霸，看一眼你即将要面对的劲敌。"

屏幕上的少年笑容灿烂，像五月的阳光。李陌远转了转笔，刚准备发表一番高见，数学老师就在讲台上咳嗽了两声——好学生总是有优待的，就比如现在，虽然年级第一临上课前还在看手机，他也不舍得多加斥责。而同样的优待也体现在林竞身上，王宏余不仅陪着他办完了所有的烦琐手续，还念叨了三四遍"有困难尽管找老师"，这才把人送上出租车，哼着小曲回了办公室。

雨已经停了。

林医生打来电话，询问儿子新学校的情况。

"学校环境很好，老师也不错，刘叔叔今天要上班，所以我没让他送，"林竞一五一十地汇报，"刚刚去书店待了一阵，我现在要去吃饭了，你和我妈呢？"

"有两台手术，还没下班。"林医生把手擦干，"你刘叔叔刚刚也打了电话，这半年我和妈妈都不在锦城，你要好好照顾自己。"

"放心吧。"林竞见街边有一家海底捞，就示意司机靠边停。来到锦城怎么着也该先吃一顿火锅，服务员小哥态度热情，见他一个人吃饭，还特意抱来个大玩偶作陪。

于是等季星凌进店时，一眼就看到了左边角落里正和一只巨型熊猫对坐着吃火锅的林竞。桌上摆了许多空盘，锅里还在咕嘟咕嘟煮着鸭肠。这个年龄的男生本来就在长身体，再加上林竞又饿了一整天，食量翻倍实属正常。但在季大少爷眼里，怎么说呢，一个从没吃过好东西的乡村小妖怪，在狼吞虎咽之余，竟不忘在对面摆一个……大概是用来壮胆的儿时玩伴？就这么着，硬生生地给自己脑补出了一丝怜爱。

季星凌的翘课同党有两个，之前撑伞的名叫葛浩，目前正在翻菜单的是于一舟，他抬脚往对面一碰："星哥你想什么呢，怎么表情这么一言难尽？"

季星凌随手滑开手机："多管闲事，好好点你的菜。"

海浪图标的 App 叫《山海异闻》，编辑部就设在妖怪管理委员会对面，每天都会有许多新闻推送。政治版"龙王与獬豸亲切会晤，共同推进东海司法改革"、体育版"陆龟参加马拉松，半月爬出五十米"、科普版"玄蛇为何盘上树，只因不想穿秋裤"……囊括了生活的方方面面，很受妖民群众欢迎。

而季星凌正在看的是一则社会新闻，最近从崦嵫山上偷跑出来一个妖怪，因为没有系统地接受过人类社会教育，所以惹出不少麻烦，最后被警察当成流浪汉送进了收容所。为此，妖怪管理委员会会长郑重地呼吁，请各位家长务必在孩子学龄前，就做好相关知识的普及工作，共同维护社会稳定，谋求人妖……呃，和谐发展。

这一届妖管委的会长是成年麒麟季明朗先生，作为他唯一的儿子，季星凌觉得自己有必要提醒一下隔壁桌的粗心小妖怪以后少惹麻烦，因为这直接关系到妖管委的业绩考核，也就直接关系到季明朗的心情、季星凌的生活质量以及零花钱的数量。

林竞盯着锅里的鸭肠，专心致志地数秒。

季星凌坐在他对面，把熊猫玩偶挤到墙角。

天降逃学分子，林竞稍微有些意外，猜测他大概是想问绑架的事，于是主动描述起来："那群人穿着绿色校服，不过我不知道是哪个学校，杂货店外有摄像头，你可以让警方去调监控。"

季星凌单刀直入："你是从哪儿来的？"

林竞被问得一头雾水："……宁城，怎么了？"

宁城。季星凌迅速地回忆了一下那里有什么崇山峻岭，但没回忆起来——地理到用时方恨少，只好笼统地一哼："山上？"

锅里的鸭肠已经被煮成皮筋，林竞只想快点把此人打发走，于是敷衍地"嗯"了一声。

季星凌又问："你有钱吗？"

这和你有什么关系？林竞提高警惕："没有。"

季星凌闻言深深地叹气，看吧，我就知道你没有。

眼见对方一脸勒索失败后的遗憾，林竞在桌下解锁手机，不动声色地开始录音取证。

季星凌浑然不觉自己目前所说的每一句话都将成为呈堂证供，还在继续盘问："没钱，你要怎么回家？"

"坐公交。"

"那你知不知道坐公交的时候，要先往那个塑料箱里扔什么？"

问得还挺迂回。林竞眼睛的余光扫到桌上的坚果盘，不假思索地随口答："板栗。"

季星凌眼里的同情都快溢出来了，这年头，居然还有用板栗做流通货币的妖怪村庄？

得多落后啊！

他站起来说："你等我一下。"

林竟答应一句，等他走远之后，立马收拾书包就要走人，谁知季星凌回来的速度奇快无比——其实他也就是去了趟收银台。逃跑未遂，林竟只好坐回位置，重新拿起筷子在锅里捞。

季星凌往他桌上放了两枚一元硬币："坐公交车的时候，把这个投进箱子。"然后又拍了五张百元大钞，"买东西的时候，用这个付钱。"以及一本书，说，"好好学习。"

最后是一张银白色卡片。"你的证件，别再弄丢了，否则会有麻烦。"

说完这些之后，季星凌单手插兜，自我感觉十分帅气地回了隔壁卡座，并没有给乡村小妖怪号啕大哭、感激涕零的机会。

林竟一头雾水，不明白这是什么神奇走向，最后只好粗暴地总结为"学渣团体听说自己学习成绩优良，所以试图用金钱收买，方便以后考试作弊"，银色卡片大概是季氏不良团伙的"中二"身份的象征，至于书……封面上赫然印着"带你走进时髦都市"几个大字。

这土鳖书名其实是妖怪编委会苦心谋划的产物，因为总有粗心妖会丢三落四，所以不能用"妖怪生存宝典"这种会令人类产生不安的名字。至于内容，当然也是用憨厚民工小张来代指妖怪，详细地介绍了什么是电梯、怎样过马路、公交卡该如何办理等一系列基本生存问题，厚厚一大本。原本是季星凌的打架工具，装进书包抡起来，效果堪比板砖，现在刚好派上用场。

林竟默默地合上书，心情复杂地想，有病。

季星凌服务周到，不仅慷慨地送出五张大钞，还顺便埋了单，把乡村小妖怪安排得明明白白。只可惜这种事不能随便拿来炫耀，所以他吊儿郎当地往沙发上一坐，将下巴懒懒一扬，命令："夸我。"

葛浩在这方面经验丰富，也不问原因，面不改色地一抱拳："我星哥，豪爽仗义，两肋插刀，绝世校草，是个猛人！"

他声音不算小，拐角处的林竟停下脚步，在"立刻去把钱还给这群看起来脑子不太正常的社会人，但极有可能会令对方恼羞成怒"和"先走再说"之间，果断选择了后者。正好海底捞对面就有一家咖啡馆，他挑了个没人的角落，远程求助场外观众。

被微信连线的神奇海螺名叫刘栩，比林竟大一级，也在山海高中上学。

可达：你好，请问现在有空吗？

栩：小竞？

可达：嗯，我爸和刘叔叔是好朋友。

刘栩直接把电话打了过来，一接通就道歉，说前两天加微信时因为正要考试，所以忘了备注。

"没关系。"林竞赶忙客气，"我没打扰你吧？"

"这个周末不用上课，所以我回家了。"刘栩插上耳机，笑着说，"本来打算今晚吃饭时，再给你介绍学校的，结果林叔叔说你有别的安排，怎么样，还习惯吗？"

火锅相当习惯，被不良团伙强行纳为成员则相当不习惯。想到裤兜里五百零二块钱的收买巨款，林竞就哭笑不得，他搅了搅杯子里的果茶："我想问一下关于季星凌的事，他在山海好像很有名？"

"不止在山海有名，他在整座锦城都挺有名。"刘栩回答，"我们学校的两栋实验楼，全部是仁瑞集团捐的。"

而仁瑞集团的老总，就是赫赫有名的商界精英，季明朗先生。

"怎么突然提起他？"

林竞淡定地找借口："没，我就想问问，看要不要向大哥拜山头。"

刘栩被逗乐了："季星凌平时挺低调的，也就成绩不算好吧，其他倒没什么，你不用太紧张。"

林竞又问了些上课的事，刘栩很有耐心，把自己在山海两年的经验倾囊相授，从考试模式到食堂分布，以确保初来乍到的学弟能在第一时间适应新环境。林竞大致记了几样关键的，刚准备道谢挂电话，耳朵却又敏感地捕捉到了另一个关键信息："所有考试都是按成绩排考场？"

"是啊。"刘栩说，"像你的分数，肯定每次都是 A 考场。"

至于季星凌，不用想，只能在 Y 和 Z 之间反复横跳。

两人之间隔了字母的长河，协助作弊是不大可能了，林竞思考了一下，觉得"黑帮团伙招兵买马，以备打架不时之需"的可能性也不大，毕竟自己并没有高大威猛到能令不良头目一想起就紧张，要是被丢进斗殴现场，估计会当场飞奔逃离，事后还要向无良老大报销干洗费用。这么一个毫无战斗 BUFF（指电子游戏中的增益效果魔法）加成的洁癖，实在不值得斥资五百元来拉拢。

那对方究竟想干吗？林竞踢了踢小石子，踩着马路上的月光慢慢往回走。

他目前住在江岸书苑，距离学校二十分钟车程，每天都有校车准时接送。父母因为调动手续的关系，暂时过不来，所以请了一位住家阿姨照顾他，对方号称家政公司金牌员工，已经在这一片区做了十几年。林竞进门的时候，她正在尖声尖气地接电话："对，我已经签过合同了，毁约？我不毁约，做人要有诚信的。"

听到门响，姜阿姨挂断电话，笑着招呼："小竞回来了。"

"嗯。"林竞换好鞋，"又有人要高薪挖您过去？"

"我可不去。"姜阿姨洗干净手，一边切水果一边抱怨，"上来就说什么仁瑞的老总很有钱，哦哟了不得，我见过的有钱人还少？"

"仁瑞？"林竞停下动作，脑海中立刻浮现出了那张优越的臭屁脸。怎么说呢，转学第一天，先有拉拢失败之仇，又有抢夺阿姨之恨，实在称不上美妙生活新开端。

而在浣溪别墅区，季太太正坐在雪白蓬松的沙发上，和弟弟反复确认着在这座城市的家政人员里，还有没有可能找到第二只姑获鸟。

"登记在册的只有一位姜芬芳女士。"胡烈回答，"她很喜欢现在的雇主，所以并不打算毁约，我已经试过了。"

姑获鸟总是更倾向于照顾乖巧可爱的小孩，这是不可违拗的天性，和天价薪水没关系。季太太虽然倍感惋惜，但鉴于自己的儿子确实和乖巧可爱扯不上一毛钱关系，她也只好做出让步："好吧，那我们再找找别人。"

季星凌躺在卧室床上，塞着耳机看微信。葛浩啰里啰唆地发来一大段语音，对老大即将搬出去独居这件事表示出了强烈羡慕——他目前正五代同堂地住在城北老宅里，身为最小的一辈，家里每个人见面都有资格语重心长地来一句"考了第几名"，感觉头都要秃。

季少爷面无表情，回了一个冷漠的"哦"字。

他的确要搬出去住，但不是一个人，而是拖父带母，全家人一起挪到江岸书苑。那块地盘目前由白泽镇守，四海八荒顶级学霸，按照季太太的逻辑，对方怎么着都应该散发一下温暖的光芒，对辖区内的莘莘学子进行无差别普照，至少让大家考试分数不要太难看。季星凌原本想提出抗议，不过考虑到这件事归根结底是因为自己成绩太差，所以最后还是老老实实地收拾好行李，准备纡尊降贵地住一下群租小区。

分针走了一圈又一圈，在数字12上和时针重叠。

林竞报到时从王宏余手里领了不少习题集，晚上做完三套，差不多也就摸清了山海的考试模式。和原本的高中比起来，这边的课程进度要快个百分之二十，倒也不算什么大事，半个月内完全能追平。

姜阿姨端来汤品，催促他早点休息。新晒过的被子还散发着柔软的阳光气息，按理来说应该和美梦相匹配，但可能因为临睡前又想了一下裤兜里的五百块钱，导致林竞一整晚都梦到在帮季星凌打群架，挥舞着菜刀和螺纹钢，是相当隆重的大场面。文身大哥的铁拳和枕边的闹钟一起刺破清晨，林竞叼着牙刷蔫蔫地站在洗手间，过了五分钟才清醒。

不过幸好，青春正盛的少年，最不缺的就是熬夜的资本，连咖啡都不用，啃个苹果就能恢复活力。开学第一天，要带的资料不算少，再加上厚厚的一本《带你走进时髦都市》，林竞索性拖了个登机箱。班主任王宏余带着他进教室时，刚好赶上数学课代表李陌远在发上学期期末考试的试卷。

"先停一下。"王宏余清清嗓子，笑容满面地站在讲台上，"从今天开始，我们班又多了一位新同学，大家欢迎。"

掌声响得十分热情配合，天降帅哥，女生总是要比男生更雀跃一点。林竞简单地做完自我介绍，就算正式成了高二（一）班的一员。教室里空着几个座位，并没有季星凌的身影，两种可能性，一是仁瑞集团昨晚突然爆发大规模内斗，唯一的继承人不得不临时辍学，毅然担负起拯救家族的重任，从此致力于商战，和高中生活彻底say goodbye，再也顾不上招募小弟，二是大少爷迟到了。

季星凌肩膀上搭着书包，踩着铃声准时出现在了教室门口，在喊"报告"之前，先看到了讲台上的乡村小妖怪，于是微微一愣。

林竞和他四目相接，表情相当无辜且友好。

"……"

王宏余把林竞安排在了李陌远右手边，山海都是单列座位，没有同桌没有打扰，非常适合心无旁骛地疯狂学习。季星凌把轻飘飘的瘪书包丢进桌斗，右腿一蹬，侧身往斜后方一瞄，就看到林竞正一摞一摞地往外掏书，只差在桌上围出一圈碉堡。

最后一本是《带你走进时髦都市》，由于书名实在太土鳖了，所以林竞还特意用旧报纸给它弄了个套，充满了浓浓的嫌弃之情，当然，硬要说成珍惜、呵护也不是不行。

季大少爷很满意，嘴角扯出弧度，冲他挑了挑眉。

林竞："……"

于一舟看出端倪，伸手点了点前排季星凌的肩膀："喂，这新来的，就是昨天说什么绑架的那个？"

"是。"季星凌懒得多解释，随手摸出语文书，于一舟友情提醒："哥，下节是数学，老李要讲期末试卷。"

老李名叫李建生，大多数时间走不苟言笑的名师路线，偶尔会心血来潮地讲几个网络冷笑话，用同学们的话说，有一种中年男性想要努力跟上潮流的迷惑可爱。他放下手里的保温杯，视线在教室里一扫，见于一舟和季星凌还在嘀嘀咕咕，于是发号施令："新同学没有试卷，季星凌，你挪过去和他看一张。"

面对这种鬼才安排，当事人双双陷入沉默。罪魁祸首于一舟往后一缩，也果断地闭嘴。

五秒钟后，季星凌把自己的试卷往于一舟桌上一扔，随手扯过他的试卷，拎着椅子坐到了林竞旁边。

于一舟："……"

还有这种操作？！

试卷上红叉连篇，86分，不及格。想到这居然还是季星凌挑选后的结果，林竞实在好奇，于是漫不经心地朝右一瞥，于一舟如同和他有心灵感应，面不改色地拎起试卷一抖，硕大的一个"27"。

林竞生平第一次欣赏到如此震撼人心的分数，顿时肃然起敬，怎么做到的这是？

季星凌咬牙："我那天发烧了！"

林竞观察了一下临时同桌，手长脚长，人高马大，不需要健康证就能混进食堂打工，发烧的可能性基本等同于外星人在考试当天手持加特林突袭山海高中，于是他调整了一下表情，配合安慰道："那你要多注意休息。"

季星凌哼了一声，单手撑着脑袋不再说话。讲台上的老李已经开始讲选择题，林竞抽出一支自动铅笔，顺手帮于一舟做订错笔记。他写字的速度很快，等季星凌把飞出天外的神思拉回来时，纸上已经工工整整地写了不少步骤、公式，很明显，他并没有听老师讲课，一直在自顾自地解题。

学习还挺好。季大少爷脑补出了乡村小妖怪人穷志不短、凿壁偷光的励志故事。

"第十三题大家多看两遍，考试重点。"李建生喝了口水，背着手走下讲台。教室里一片笔尖沙沙声，季星凌在桌下踢了林竞一脚，示意对方把试卷翻到第十三题，省得又被老李唠叨。

可惜林竞会错意，以为他是不满位置太挤，于是主动往旁边一挪，腾出更多空间供大少爷舒展他那无处安放的大长腿。

眼见老李已经走了过来，季星凌只好自己伸手去翻，却还是晚了一步。李建生扫了一眼两人桌上的试卷，问道："宁城三中的课程进度，也已经学完随机变量了？"

"差不多。"林竞站起来回答。

"坐吧。"李建生点点头，又撂下一句，"以后上课还是要好好听讲，下不为例。"

季星凌："……"

这就没了？

由于老李整体语调太过爱与和平，以致林竞压根就没把这当成批评，坐下后见季星凌正一脸懵懂地看着自己，还挺纳闷。恰好这时打了下课铃，李建生在离开教室时，特意点名林竞，让他和李陌远来自己的办公室一趟。

林竞小声地问季星凌："谁是李陌远？"

"我就是。"左边的男生笑着站起来，"走吧，李老师的办公室在东区，我们得走快一点。"

清晨的阳光是暖融融的金色，两人一前一后走出教室，在身后留下一片闹哄哄的讨论，讨论这算不算本班两位数学大佬的历史性会晤，具有划时代意义，将来高二（一）班出毕业集时，很值得翻来覆去地写满整整一页。

季星凌对这种话题毫无兴趣，他坐回位置，随手把试卷丢到后桌："谢了。"

于一舟看着上面详细的解题步骤，啧啧称赞："宁城三中年级第一，果然不是盖的。"

季星凌琢磨出了一点不对："很有名吗？"

"你说三中？还算不错吧，在他们省能排到前三。"于一舟拧开水瓶，"问这个干吗？"

季星凌顿了顿："我以为三中修在深山老林里。"

于一舟："……"

是谁让你产生了这种误解？

宁城三中的教学楼修得既现代又摩登，玻璃墙面垂直落地，空降一艘 UFO 也不违和，实在不需要用糖炒栗子坐公交。季大少爷心情不爽，把林竞重新定义为明明已经融入人类社会许多年，却还要装模作样，到处骗吃骗喝的油腻老妖怪——怎么看怎么不顺眼的那种。

数学办公室里，李建生正在和两个学生聊天。其实他也没什么大事，只是例行和转学生沟通学习进度，强调一下数学的重要性，再顺便把课代表介绍给林竞，让李陌远多照顾一下新同学。

"下周的考试对你来说，可能会稍微超纲，不需要有太大压力。"李建生说，"转学属于特殊情况，这次成绩不会计入大榜。"

"谢谢老师。"林竞点头，同时又有些疑惑，"大榜是什么？"

"考试总分。"李陌远指指窗外，"就在公告栏旁边。"

林竞顺着他指的方向看过去，那里有一群校工正在忙着张贴新榜，应该是上次期末考试的名次。

宁城三中也有类似的榜单，不过只会列出年级前一百名，属于人人都想上的光荣榜。而山海高中则要残暴许多，从年级第一到年级倒数第一，分数详细到每一科的排名。林竞站在高高的玻璃墙前，视线落在最后那个熟悉的名字上——数学 27 分，英语 38 分？

李陌远身为年级第一，也觉得这个分数实在匪夷所思，不过鉴于季星凌平时在班上人缘不错，所以他还是好心地找补一句："可能考试当天病了吧。"

林竞发自内心地表示："那他一定病得不轻。"

话音刚落，一个篮球就砰的一声砸到地上，带出巨响和一片扬尘。两人都吓了一跳，不远处的葛浩也吓了一跳，一头雾水地问身边的人："星哥，你怎么突然把我的篮球扔了？"

季星凌冷哼一声，转身进了教学楼。

葛浩欲哭无泪，只好对公告栏旁的两人扯出一个比哭还难看的笑脸——我什么都不知道，真的。

那个倒霉的篮球骨碌骨碌，停在一双尖头皮鞋旁。

看清对方是谁后，葛浩倒吸一口凉气，狂奔回二楼教室报信："星哥、星哥！你乱丢东西被老牛抓到了！"

老牛名叫牛卫东，拥有广大男性常见的脱发烦恼，总是试图拉扯后方的秀发来遮掩脑门，定型喷雾使用大户，根据手法不同，发型常年在老派港星和花轮同学之间飘忽不定，皮鞋锃光瓦亮，从来不穿大裤衩和黑凉拖，堪称山海中年男老师时髦第一人。据说早年属于能跳霹雳迪斯科的洋派青年，但也仅限于"早年"，现在的牛主任，是连李陌远这种天选之子也会见面发怵的"真·严师"。

"你们两个，没事吧？"牛卫东把篮球捡起来，面色不善。

李陌远摇头："没事，牛老师，我们马上回去上课。"

林竞小声问："谁？"

李陌远："教导主任。"

林竞："……"

用篮球砸同学这种危险行为，放在哪里都会被处罚。季星凌去了趟教导处，顺利地领回手写检讨三千字，高二（一）班也惨遭连坐，扣减一半文明分，"光荣"地垫底全年级。

王宏余气得头昏，在大课间时把罪魁祸首叫到自己的办公室："为什么要用篮球砸同学？"

季星凌不轻不重地回一句："不小心，手滑。"

"保卫处把监控都调来了，你这能叫手滑吗？"王宏余把电脑转过来，"自己好好看看！"

季星凌瞥了一眼屏幕，觉得自己当时的动作和"不小心"扯不上关系，于是改口："我想和新同学开个玩笑。"

"还狡辩！"王宏余提高嗓门，"我再问一遍，为什么要用篮球砸李陌远？"

季星凌："？"

高二（一）班的学生都知道，自家班主任看似慈祥、憨厚、笑眯眯，实则精明、睿智又护短，在他眼皮子底下很少能有小把戏得逞，但就算精明睿智如老王，也实在不可能把这场矛盾和刚转来一节课时间的林竞联系到一起。季星凌正好踩着台阶顺势承认："因为李陌远考了年级第一，我嫉妒他。"

"你嫉妒……"王宏余心情复杂，半天没组织好批评他的语言，索性拿着笔记本站起来，"周五叫你的家长来一趟学校，现在先去给李陌远道歉。"

季星凌眉头不易觉察地一挑："好。"

…………

好个头。

教室里闹哄哄的，有人在做题，有人在聊明星，李陌远嘴里叼着半块面包，左手整理试卷，右手翻书，精准地展示什么叫争分夺秒搞学习，然后就有人敲了敲桌子："喂。"

四周安静下来，李陌远抬头问："有事？"

季星凌面无表情："我不该因为嫉妒你成绩好，就用篮球吓唬你，对不起。"

李陌远怀疑自己深度幻听，眼底写满"你今天是不是吃错药了"，其余同学也微微一惊以示尊敬，季少爷什么时候对成绩这么上心了，居然还能被嫉妒冲昏头脑，他的人设难道不该是假如不好好学习，就只有回家继承亿万家产，诸如此类吗？

王宏余很满意这种全班警醒的道歉效果，于是威严地表示："下不为例，现在上课。"

季星凌答应一声，目不斜视地走回座位。林竞初来乍到，虽然暂时没搞清楚事件的来龙去脉，但也知道那个篮球百分之八十和李陌远无关。果不其然，下课铃刚响，季大少爷就踩着点过来，冷冰冰地一伸手："东西还我。"

林竞早有准备，把生存指南和八张粉红大钞一起双手奉还，打算从此钱债两销，江湖不见。

季星凌扫了一眼，居高临下地提醒："火锅账单三百五十元。"

林竞迎着对方看饭桶的眼神，又从钱包里抽出一百块钱。

季星凌继续说："我没零钱。"

林竞险些脱口而出"不用找"，但鉴于大少爷此时正满脸不爽，于是他掏出手机："那我微信转给你。"

　　季星凌环视一圈，招手叫来葛浩，委托他进行后续收款事宜，"不想让油腻老妖怪玷污自己高贵的微信"的意图溢于言表，可惜林竞悟性不够，只能把这单纯地理解为来自神经病的敌意。反而是葛浩，怀抱着对新同学的歉疚，以及对学霸的崇敬，又发来一句解释——

　　元神：星哥可能最近心情不太好，你别在意。

　　林竞打消了删除好友的念头，想了想，还是回了葛浩一个笑脸表情。

　　一早上五节大课，好不容易等到下课铃响。一大群男生拥着季星凌，说说笑笑去食堂吃饭，林竞瞥了一眼人群中那高高瘦瘦的背影，倒是没想到他能有这么好的人缘。桌上手机嗡嗡地振动，是宁城三中的小群，狐朋狗友纷纷关心学霸转学后的新生活。

　　可达：挺好的，就是我好像不小心惹到了班级恶势力。

　　BEAST：哈哈哈真的假的？

　　布雷：大哥，你不会第一天上课就被集体孤立了吧？

　　唯：谁啊？这么不长眼，等着，我来为你报仇。

　　BEAST：转学得罪校园恶霸，这是什么梦幻爱情偶像剧开端。

　　可达：……

　　林竞反思了一下自己的交友不慎，随手把手机揣进裤兜，李陌远侧身问他："一起去食堂？"

　　"好啊。"林竞收拾好书本，"去南餐厅吧。"

　　山海高中一共有两个大食堂，芙蓉苑和南餐厅，一楼都供应正常饭菜，区别是芙蓉苑二楼多了一个区，可以单点餐饮，不享受学校补贴，价格高也相对清静。林竞觉得像季星凌那种懒得排队的大少爷，不管怎么想都应该直奔芙蓉苑二楼，但天有不测风云，据说今天南餐厅来了一个神似电影明星的打饭姐姐，于是一众男生都跑去凑热闹，把西红柿炒鸡蛋窗口围得水泄不通，不知情的职工嬢嬢见状，赶紧也拎着餐具排在最后，还以为前方是什么物美价廉的惊天神菜。

　　林竞当场就想走人。

　　李陌远也很费解："芙蓉苑今天关门？"

"哪儿啊。"班里男生路过，挤眉弄眼地解释，"三号窗口的小姐姐像小龙女。"

林竞看着挤在队伍前方，貌似很卖力又积极的季星凌，表情相当一言难尽。

而季大少爷此时此刻也想骂人，他纯粹是被稀里糊涂拉过来的，还没反应过来是怎么回事，就让（二）班那帮脱缰的傻子推到了最前面，吃饭的心情是没有了，连拿着空盘子挤出来也费了好一番力气。李陌远端着炒面和饮料坐到林竞对面，问他："你看什么呢？"

林竞收回视线："没什么。"

"季星凌吧？"李陌远插上吸管，"他平时挺好相处的，你们是不是有什么矛盾？"

林竞手下一顿："你看出来了？"

李陌远笑了笑："我和他关系还行，嫉妒成绩之类的话，也就能骗骗老王。"

林竞回忆了一下自己和季星凌的相识始末，觉得那实在有些莫名其妙，更不值得在饭点进行苦情倾诉，只好敷衍地说："也还好。"

季星凌从两人桌旁走过，冷冷哼了一声，当场戳穿了这"也还好"的谎言。

林竞一口炒面噎在嗓子眼，是彻底不想再和这个人说话了。

季星凌回到教室时，值日生刚收拾完讲台，见到他后挺诧异："星哥，你怎么没去吃饭？"

"食堂人多，不饿。"季星凌拉开椅子，随手发微信给于一舟，让他回来帮自己带瓶饮料。桌斗里还塞着那本厚厚的妖怪宝典，几张大钞隐隐露出边角，抽出来时，一张银白色的卡片被吧嗒一下带落在地。

"……"

季明朗是妖管委负责人，季星凌从小耳濡目染，也算见识过不少奇葩，但就算再浑不吝的妖怪，也知道身份证件一定要收好，像林竞这种随心所欲地搞遗失，别人找到还要坚决拒收的，基本可以鉴定为脑子有毛病。

英语老师宁芳菲推门进来，怀里抱着厚厚一摞教案。独苗一般杵在教室中央的季星凌理所当然地被她抓壮丁，揽了个发练习册的活儿。

"英语分数下不为例啊。"宁芳菲性格和善，批评学生的时候也没什么威慑力，"看你这高高大大的，怎么考试时能烧成那样？这学期可要加强体育锻炼。"

"嗯，谢谢老师。"季星凌挺吃她这温柔一刀，某种程度上甚至比教导处老牛更管用。

上学期期末考，他是真的发烧了，虽然不发烧也考不了什么高分吧，但肯定不至于数学、英语叠加不过百。发烧的理由也和身体素质无关，幼年麒麟在每一次成长周期来临时，都会病恹恹好一段时间，头昏脑涨，骨头里像有嫩柳在抽条，滋味酸爽。

也正是出于这个原因，成年麒麟季先生并没有对儿子的期末分数表示出不满，但是在家长签字时，老父亲还是有些手抖。成绩单实在太过扎心，季明朗在当天下午就同意了太太的提议——在新学期开始后，尽快搬到江岸书苑，接受一下白泽的无差别普照。

一点半左右，吃完饭的同学陆陆续续回到教室。于一舟把冒着寒气的可乐放在季星凌桌上："放学打球吗？"

季星凌向后靠着桌沿："我今天搬家。"

"真去江岸书苑啊？"于一舟和他同为金贵少爷，对群租小区十分抵触，嘴角一抽，"阿姨想什么呢？"

对啊，我妈她想什么呢？季星凌也百思不得其解，搬个家我到底是能上北大还是能上清华？更何况连白泽本人也已经出来辟了三百回谣，一再强调自己并没有提升全员战斗力的蓝 BUFF 加成，二手房中介炒作出的"状元小区"并不可信，都是骗局，那还有什么搬的必要？

于一舟拍拍他的肩膀，以示安慰。

前两节都是英语课。

下午本来就容易犯困，吃饱肚子以后会更困，眼看上课铃都响了，教室里还是哈欠不断，不过宁芳菲在"唤醒昏昏欲睡的小崽子"上别有一套，当场布置下小组对话，十五分钟后随机抽三组上台即兴表演。

底下瞬间就清醒了，哀号一片请 Miss Ning 手下留情。

宁芳菲被逗得直乐："按老规矩分组，两两一对，快！"

"老规矩"就是前后桌结对，林竞坐第六排，但第五排的倒霉蛋据说被人传染水痘，已经把假请到了期中考试前。他原本打算主动找李陌远，结果宁芳菲火眼金睛，手指一点："林竞，你和季星凌一组，于一舟，你不用参加情景练习了，去办公室帮我拿一下试卷。"

季星凌："……"

宁姐你可真会安排。

于一舟虽然经常跟着季星凌逃学，总成绩一般，可他是英语课代表，口语贼溜——从小学到初中，寒暑假都在国外泡着的那种溜。

林竞搬着椅子坐到了季星凌身边。

两个大帅哥再度凑在一起，全班女生一时不知道该羡慕谁。

但两位帅哥本人的心情显然都不怎么好。林竞打开习题集，抬头问道："你有没有什么提议？"

"你自己练吧。"季星凌转了转手里的笔,有些不耐烦,"二十多组,又不一定抽到你。"

"你确定?"林竞漫不经心地在纸上写着,"我是新来的,老师都好奇,按照惯例,有百分之九十的概率会被抽中。"

季星凌:不想说话。

"不然就这道题,"林竞随手一指,"讨论病情。"

季大少爷屈尊俯就,把视线落在书上。

两分钟后,林竞把写好的对话稿推过去:"要是记不住,你就带着本子上,开始吧。"

季星凌不满:"凭什么由我开始?"

林竞:"……"

林竞:"Hello, doctor.(你好,医生。)"

这还差不多。季大少爷勉强接受,瞥一眼稿纸,吊儿郎当地照着念:"Hi, Mike, the lab sent back the results to your b...blood work, and it doesn't look good.(你好,麦克,你的验血结果出来了,看着不太好。)"

林竞:"What's wrong?(怎么了?)"

季星凌:"You've developed a serious infle...infection in your lungs, and you need...you need...you...(你的肺部严重感染,你得……)"

不是,为什么我的每一句话都这么长?!

林竞抿了抿嘴,眼神挺无辜:"又怎么了?"

季星凌把对话稿扯到面前,面瘫地说:"我先。"

十五分钟后,果不其然,宁芳菲第一组就抽了林竞和季星凌。

虽然季少爷的台词大多简单如"What's wrong",林竞还是把本子摊在了讲台上,以免对方卡壳——对学渣的不信任溢于言表。季星凌心里不爽,也不知道哪里来的神之助力,竟然难得争气一把,全程只瞄了一小眼,顺利地完成了整段情景对话。

"非常好。"宁芳菲带头鼓掌,"下一组,韦雪和章天铭来吧。"

季星凌坐回位置,有些得意地往左后方瞥了一眼。

林竞也不知道能流利地说出"What's wrong"的得意点究竟在哪儿,一时间还挺崇拜对方这自恋功底。

一下午过得很快。放学铃响后,林竞和李陌远打了声招呼,就背着书包去了停车场。校车里已经坐了几个女生,见到林竞上车,都不自觉地压低了说话声音。虽然关于"高二(一)班新转来一个大帅哥"的新闻已经第一时间传遍全校了,不过当这个"大帅哥"以具体形象出现在眼前时,女生们还是有些小小的兴奋。

林竞坐在第二排，插上耳机专心听英语。司机开着车掉了个头，夕阳被茶色玻璃一隔，只剩下一片融融光晕，笼住了穿校服的干净少年，让他的睫毛也染上金色。

　　耳机里的女声说："The story just begins."

　　夏天的蝉鸣已经弱了，风吹着泛黄的叶。

　　而故事才刚刚开始呢。

山海高中·学生证

·第2章

新邻居

江岸书苑这一片的生活气息很浓，林竞回家时，家家户户都已经亮起了灯，红烧排骨的香气飘向四面八方，越发勾得人饥肠辘辘。

电梯在负一楼停了好一阵才升上来，被巨大的行李箱和木架塞得挺满，林竞不想再等下一趟，于是侧身从缝隙间挤了进去。这一挤不要紧，逼仄的空间里，季星凌正在用见鬼的眼神看他。

而林竞也很吃惊，你为什么不去住镶满钻石的豪华大别墅？

气氛诡异寂静，在两人充满嫌弃的对视中，门叮一声缓缓地合上。左侧广告屏可能接触不良，不断扯出细细长长的刺耳电音，听得人牙根都痒，空气闷热，越发将这段难熬的时光无限拉长。电梯还在中途停了一次，是三楼的张阿姨要去顶楼收衣服，林竞不得不往里再挪两步，以方便她顺利地站进来。

季星凌一扯衣袖，像捍卫朋友圈一样，捍卫起身上这件蓝白相间的土鳖校服，拒绝和油腻妖怪发生任何接触。林竞对他这种小学生行为毫无评价兴趣，继续塞着耳机听英语。到八楼时，又上来一位端茶缸子的蹒跚老大爷，搬家工人为了避让，顺手拖着木架往右一拽，林竞猝不及防，被撞得向前打了一个趔趄。

电梯狭小，季星凌无处可躲，只好一把抓住对方胳膊，不耐烦地命令："站稳！"

"谢谢。"林竞拢好书包带，"看同学你这么乐于助人，一定不住十三楼。"

旁边的搬家工人一派小混混作风，撞人不懂道歉，聊天的欲望倒十分强烈："我们就要去十三楼。"

林竞："……"

季星凌原本还在嫌这嫌那，毕竟就算抛开海底捞事件不谈，也没有哪个学渣会渴望和学习狂魔做邻居。但现在看对方一脸吃瘪，他突然就觉得……其实还挺爽的，真挺爽的。

怎么说呢，群租小区也别有一番美丽风景。

季少爷吹着口哨，大摇大摆地回了1301。

林竞反手关上 1302 的门，心情和胃口双双欠佳，连最爱的炸虾仁也没吃出滋味。

窗外天色又暗几分，后来更是淅淅沥沥地下起雨，四五个小时不见停。

季星凌躺在按摩椅上，单脚踩着书桌边沿，旁边放了本做样子的英语书，两个小时前是"working the land"（耕种土地），两个小时后还在同一片 land 里，丝毫没有走出去的意思。卧室阳台的窗纱只有很薄的一层，能透过风，也能透出一片橙色的暖光——来自隔壁 1302 的光。

林竞一口气做了三套英语试卷，直到觉得头晕眼花，才去阳台上透了会儿气。虽然王宏余和李建生都说这次他的成绩不会计入总榜，但不排榜不是不考试，分数照样要公布，要是放任不管，真考砸了，别人会怎么说暂且不提，林竞都能想象出季星凌的眼神，必然又轻蔑又嘲讽，还要拍着篮球哼来哼去，对自己进行全方位的嘲讽。于是当时就不困了，醒神效果堪比十杯 espresso（意式浓缩咖啡）。

凌晨四点，季星凌睡眼蒙眬地去洗手间，在路过阳台时，他看着隔壁灯光，陷入短暂困惑。

怎么还在学？

林竞裹紧身上的被子，梦境连绵不绝。"季星凌的嘲讽目光"这一 BUFF 加成虽然有醒神效果，但续航能力欠佳，该困还是得困，并且由于睡得太晚，头昏脑涨得连灯都忘了关，就这么明晃晃地亮了一整夜。

季星凌枕着手臂，心想，怪不得学习好。

原来这个品种的妖怪不用睡觉。

清晨，校车准时停靠在江岸书苑东门。林竞上车先环视一圈，确定没有不良成员后，才找了个空位坐好，身后有两个女生正在聊天，叽叽喳喳地，提到季星凌也搬来了江岸书苑。

"他不是住在城西吗，真的假的？"

"当然真的，好像就在 A 栋，不过他肯定不会赶校车啦。"

"啊？白高兴一场，还以为我能和校草一起上学。"

林竞低头塞好耳机，把所有无关的讨论都隔绝在外。

早读七点四十分开始，在七点二十分的时候，教室里已经差不多坐满了人，一大半都在互相抄作业。老李也不知道从哪里搞的试卷，简直又难又变态。

桌上手机嗡嗡地振动，显示收到新消息。

元神：[跪地] 能问你几道数学题吗？

林竞有些诧异，诧异以季星凌为首的逃学团伙里居然还有人会心系学习。敌方阵营主动投靠，放在谍战剧里估计能波澜壮阔地演上三十集，但放在高中生身上，原因就要单纯许多了——葛浩是真的不会做，而林竞又是唯一一个看起来很闲的学霸。

可达：没问题。

一分钟后，葛浩抱着本子屁颠屁颠地跑过来，顺手拖过旁边的椅子："谢谢林哥。"

"不用客气。"林竞扫了一眼题目，在纸上唰唰地写，"因为已知 a 是第二象限角，所以 x<0。"

他把解题步骤列得很仔细，葛浩看了三遍，恍然大悟："这样啊。"

"嗯。"林竞翻到第二题，"这个吧，可以用 a 是内角，先得出 $a \in (0, \pi)$，不然你自己列一遍公式，印象会更深一点。"

葛浩连连点头，埋头奋笔疾书。

季星凌照旧是踩着预备铃进教室。

他走到座位旁边，见林竞正在给葛浩讲题，倒也没什么意见，只是把书包丢进桌斗，然后就靠在于一舟桌沿上，低头玩起了手机。

葛浩正在苦记笔记，没觉察身后有人。林竞直到给他讲完全部三道题，才把笔往桌上一放，问："你看什么？"

季星凌回答："看我的椅子。"

林竞："……"

葛浩这才注意到老大，赶紧站起来："星哥，你什么时候来的，怎么也不叫我一声？"

季星凌随手扯过椅子坐好，回头问林竞："你以为我在看什么？"

王宏余已经出现在门口，正在往这个方向瞄，林竞态度十分友好："看试卷，我以为你也有数学题想问我。"

他说这句话的时候，教室里刚好安静下来。根据其余同学一脸蒙圈的程度，林竞觉得"季星凌主动问数学题"这件事发生的概率，应该和"季星凌其实是赛博坦星人"的概率是一样的。

王宏余对此当然十分欣慰："既然这样，那林竞你就多在学习上辅导一下季星凌，季星凌，你也要帮新同学尽快适应新环境。正好还有件事，十月国庆之后的田径运动会，今天学校要从各班抽几个人拍宣传照，我看就你们两个吧，加上韦雪和罗琳思，两男两女，下午的体育课你们不用上了，准时去大篮球馆集合。"

季星凌："……"

林竞面不改色地站起来："王老师，我刚转学没几天，不如把这种难得的机会让给其他同学。"

妈呀，千万别！"其他同学"强烈拒绝，生怕成为这幸运的天选之子，谁要闲得没事干去拍什么校运动会宣传照啊！傻死了，去年也不知道是哪里来的业余摄影师，把李陌远拍得张牙舞爪像狒狒不说，照片还被校宣传部发给了各大媒体，丢人范围一下从山海校内扩大至全市乃至全国，给学霸造成了不可磨灭的心理阴影，这种事情谁爱上谁上，反正我不上。

王宏余苦口婆心地说："正因为你刚来，所以才要积极融入群体，这事就这么定了。"他一边说，一边示意林竞坐下，"大家都翻开书，提前读一读《过秦论》。"

呜里哇啦的读书声响起，季星凌也跟着念了两句"秦孝公据崤函之固"，于一舟纳闷："星哥，你想什么呢，这活儿也承接？"

季星凌放下书："那我去找老王，把这个难得的机会让给你？"

"……"于一舟往后一靠，"您老受累，当我没说。"

季星凌转了转笔，他对这件事倒真没有太排斥，一方面是觉得不就拍个宣传照嘛；另一方面也是因为上回乱丢篮球的事，连累全班被扣了文明分——季大少爷虽然不爱学习，但平时还是很有集体荣誉感的，连逃课都会挑年级主任不点名的时候再溜，相当有学渣节操。在他看来，自己有义务把那五分再给老王和高二（一）班填回去。

积极地参加校内活动正好能加五分，完美补缺。

而且还有一层原因，林竞看上去好像对这件事很排斥，但又拒绝未遂，四舍五入相当于再度吃瘪，这就很让人高兴了。

季星凌瞥了一眼左后方，继续心情很好地念："秦人开关延敌，九国之师，梭巡而……"

林竞嘴角抽了抽。

于一舟在后面踢了一脚他的椅子腿："哥，逡巡，qūn。"

季星凌："……"

你可真有文化。

书一扔，不念了。

其实王宏余这"两男两女"还真不是随随便便扒拉出来的，稍微留心就能发现，老王是根据颜值挑的。季星凌和林竞都是校草级别的大帅哥，韦雪也是笑容甜美的漂亮女生，至于罗琳思，据说三岁开始学芭蕾，坐那儿就是一小天鹅，班里有不少男生喜欢她。

体育课是下午第一节，两个女生主动来找林竞吃午饭，说等会儿可以一起去篮球馆。

"我听说还是去年那个摄影师。"罗琳思苦着脸，"完了，他连李总都能拍出一米三的效果，我不得更加霍比特？"

李陌远胸闷："琳姐，我求你别提去年。"

韦雪被逗得直乐："你也和我们一起吃饭呗，正好说一下要注意什么。"

李陌远诚心地提供经验："就一条，拍完一定要自己看一遍照片，该删除的千万别手软，否则就是下一个我。"

…………

下午两点，三个人在篮球馆签完到后，就被领到了准备区，准备什么呢？准备化妆。

无论男女，每人平均分配两坨高原红，相当公平。

林竞还没消化完这震惊的一幕，后面进来的季星凌已经消化完了，他冷静地后退两步，拔腿就跑。

那扣掉的五分还是让老王自己去挣吧。

告辞！

意料之中的，季星凌跑路未遂。牛卫东刚好从东门进来，对他进行了精准拦截："马上就要开始拍摄了，怎么还到处乱跑，你很忙吗？"

季星凌眼睛都不眨一下："忙，宋老师正在操场等我。"

"行。"牛卫东拍拍他的胳膊，"你忙你第一个拍，小周啊，快找个人来给他化妆！"

这一嗓子十分洪亮，韦雪和罗琳思咬住下唇，相当有默契地把头转向一边，周围还有几个高一的学妹，一样处于想笑而又不敢笑的状态，肩膀直抖。

季大少爷胸口发闷，深深地觉得自己从王宏余手里揽这么一活儿，可真是见了鬼了。另一个剪齐耳短发的女生红着脸看了他一眼，主动出来帮忙说话："牛老师，我觉得季星凌已经很上镜了，不如就这么拍吧。"

"不行，去年就没化妆，结果最后出来那照片效果，尤其李陌远，拍得像什么样子。"牛卫东亲自搬来一把椅子，命令，"今年都给我弄白一点，但也不要太白，要白里透红。"

季星凌被"白里透红"四个字雷得不轻，险些再度脱口而出不文明用语。

林竞站在旁边耐心地等了半天，眼看化妆师已经开始调粉底了，季星凌却还没有说服牛卫东，更没有当场拆除篮球馆、牺牲他一个拯救全世界的高尚思想觉悟，只好亲自出马捞人，顺便也捞捞自己。

"老师。"他举手提议，"既然已经有同学化好妆了，不如先拍几张试试，看现在这样够不够白。"

牛卫东一琢磨，也行。于是招呼化完妆的学生到篮球架旁，让摄影师抓拍了几张。

"季星凌、季星凌！"林竞一边装模作样地看照片，一边顺势转身，"你要不要也来拍一张？让老师们参考一下不化妆的效果。"

语调真诚，衔接自然，情绪饱满，处处站在教导主任的立场上为其考虑，充分展示了什么叫乖巧懂事的好学生，演技满分。

你星哥：……服。

林竞从地上捡了个球，随手抛给季星凌，顺利地让对方脱离化妆师的魔掌。所有女生都围在场地四周，等着看帅哥投篮，摄影师也举起相机做好准备——说是摄影师，其实和化妆师一样，都是热心家长免费来帮忙，技术肯定是有的，但远达不到专业水准，尤其是在单一场景下拍人物时，成片质量基本全靠模特质量。

幸好，季星凌这个模特质量上佳，又高又帅还很白，跃起来投篮时，狭长的双眼会微微眯起，玻璃顶上透出的日光被他悉数拢入手中，又从指缝间透出一缕刺目的金色。

少年穿着蓝白相间的校服，和整个夏天一样充满朝气，生机勃勃。

"明显不化妆的更好啊。"拍完之后，一群女生挤在相机旁，"老师，别化了吧，还浪费时间。"

"就是，色调太黑的话，PS 一下就好啦。"

"PS 还能把五官也修一修。"

"我不想和男生用一套化妆工具。"

"我也不想，我会长痘的。"

学生们叽叽喳喳麻雀一样闹起来，牛卫东被吵得头直晕，加上季星凌的照片确实不错，于是勉强退一步："不然先这么拍着，我再看看。"

之前化过妆的倒霉蛋们集体欢呼，纷纷抽出纸巾粗暴地擦拭。季星凌把篮球丢给林竞，有些痞气地吹了声口哨："到你了。"

林竞轻松地命中篮筐："不用谢。"

"喂，我要是化妆，你也逃不掉。"季星凌强调，"所以这顶多叫互惠互利。"

"可我也能等到你被涂成山魈以后，再去找老师。"林竞接住球，"所以，不用谢。"

季星凌一直等他走远，才掏出手机查了查什么是山魈。

屏幕上闪出一只五彩斑斓的花脸大猴。

"……"

既然不用化妆,拍摄进度也就加快了许多,三十分钟完美收工。季星凌捡起地上的校服,和(三)班男生勾肩搭背地去买水,林竞帮工作人员收拾好拍摄道具,想去卫生间洗洗手,推门却见葛浩正站在镜子前,扯住自己的衣袖闻得一脸严肃。

这种地方显然不会产生美妙、优雅的好气味,这么认真地闻来闻去……林竞不可避免地产生了一点负面联想,于是迅速后退一步,他刚才究竟是掉进小便池了,还是尿到校服上了?

偏偏葛浩还主动发出邀请:"林哥,正好你帮我闻闻,看有没有什么味儿。"

林竞表情一僵,我不想帮。

"刚刚有几个女生在喷香水,也给我来了一下。"葛浩又挥了挥袖子,"不过好像没什么味道。"

"嗯,是没味道。"林竞站在墙边挤洗手液。他刚刚在挪篮球筐时,不小心摸了一把黏糊糊的机油,目前有点心理阴影。

葛浩站着等他,又顺便提了一嘴,下周考完试后,好像整个年级都要换教室。前段时间五中因为电路老化险些酿成大事故,所以山海也要进行一次水电检修。

"换到哪儿?"林竞问。

"东山楼,之前的山海初中部,听说这两天正收拾呢。"

林竞刚来两天,并不清楚东山楼在哪儿,所以只"嗯"了一声。季星凌刚好也进来洗脸,他在篮球馆被摄影师指挥投篮数十次,出了满身的汗。

葛浩纳闷:"星哥,怎么你去拍个宣传照,倒比我跑了一千五百米还要累?"

"老牛简直就是旧社会监工。"季星凌撩起背心,把脸两下擦干,转身就看林竞又去挤了一大坨洗手液,"不是,刚我进来的时候,你不就一手泡沫地在搓吗?"

葛浩也很吃惊:"林哥,你摸到什么了,要洗三遍手?"

季星凌歪着头一瞥,嘴欠:"摔马桶里了?"

林竞手下一顿,冷静地和他对视:"没,就是突然想起来我好像碰过你的篮球,所以多消两遍毒。"

"……"

"相看两相厌"的场景再度被触发,葛浩及时觉察到诡异气氛,呵呵干笑打圆场:"这笑话确实有点冷,走走,要迟到了。"

他连推带拉,把两人强行推出洗手间。预备铃已经打过了,王宏余恰好路过高二(一)班,就站在教室后门往里看了一眼,季星凌拿着空饮料瓶丢进后排垃圾桶,单手插兜潇洒帅气地往回走，并且在走到第六排时，无比自然地抬手，揉了一把林竞的脑袋。

看来两人关系是真不错。

老王倍感欣慰，端起心爱的保温杯回了办公室。

季大少爷达成"挑衅洁癖"成就，拖着椅子二五八万地坐好，姿势嚣张，非常愉快。

林竞面无表情，啪的一声盖上笔盒。

你找虐。

下节是政治课。老师的名字也很政治，叫马列，讲课风趣幽默，风度翩翩，是山海女生公认的第一帅哥。

"哟，今天我们星哥看起来心情不错。"马列站在讲台上，"不如就由你来简要地分析一下，为什么往往越是没有思想的人，就越喜欢夸夸其谈、越喜欢发起挑衅，这体现了什么观点？"

被一道政治题嘲讽的季大少爷："……"

"就知道你一定没看世界观和方法论。"马列又点名，"新同学让我认识认识，听说是三中的学霸？"

"老师。"林竞哭笑不得地站起来，"下周就要考试了，你这样说我压力会很大的。"

"挺好的，还知道给政治分一点压力，不像李总，一天到晚就知道泡在数学里。"马列开玩笑，"行了，坐吧。"

季星凌还在纠结，于是趁着老师插 U 盘时，转身问狐朋狗友："主动发起挑衅能体现什么观点？"

于一舟漫不经心地胡扯："体现了你确实没有思想这一观……你踹我干吗？"

就踹你，因为你没有思想。

季大少爷在转回去时，又顺便瞥了一眼旁边。

林竞正在和他对视，并且深刻地反思着，反思自己课前有那么一瞬，居然认真地把这个人当成了对手，完全就是吃错药的表现，不然还是离远一点好，因为虽然智商不传染，但太傻确实不行。

季星凌被盯得莫名其妙，你这是什么世袭贵族看破落户的圣母眼神？

林竞默默地移开视线，把"远离季星凌"破格提升为转学后的第一准则。

"葛浩。"马列又敲敲黑板，"上课五分钟，你已经闻了五六次校服，请问是怎么回事？"

"我……那个，老师我这两天鼻炎，"葛浩回答，"老想打喷嚏。"

马列点点头："那你坐到最后一排吧，那儿离窗户近，应该能舒服一点。"

"谢谢老师。"葛浩抱着书换位置，林竞也回头看了看他。

葛浩刚把胳膊举起来，冷不丁地被抓包，表情很僵硬。

林竞："……"

打扰了，你继续。

下课之后，葛浩磨磨蹭蹭地过来，先靠在于一舟桌上聊了几句，又找季星凌问了问打球的事，最后才站到林竞身边："林哥，你有没有觉得这两天花粉还挺多的？"

秋天花粉挺多的，这借口果然符合季星凌团伙平均智商。林竞贴心地宽慰："你尽管暗恋，我又不知道她是谁。"

葛浩："？"

但学霸觉得自己逻辑相当严密——被女生喷了点香水，就陶醉地从洗手间闻到教室，还这么心虚，不是暗恋是什么？

葛浩："……算了，当我没说。"

临放学前，王宏余果然来通知了十月换教室的事。罗琳思举手："老师，东山楼是小教室吧？"

"是小了点，但肯定不至于拆班。"王宏余说，"大家克服一下，很快就能搬回来。"

四周闹闹哄哄，又有人问："那我们是不是要并桌了，能自己选同桌吗？"

"座位表老师会排好，就不劳各位费心了。"王宏余笑着拍拍讲台，"好了，放学，路上都注意安全。"

宁城三中一直就是分大组坐，所以林竞也不知道"有同桌"这件事究竟哪里值得全班兴奋，而和他一样缺乏讨论兴趣的还有季星凌，一响铃就和于一舟去了篮球馆，直到七点多才散场。

"司机没来接你？"于一舟问。

"他家今天有点事。"季星凌把球丢回塑料筐，"让你家司机顺路送我到万和吧，正好去拿个东西。"

"万和？"于一舟皱眉，"乌烟瘴气的，怎么想起往那儿跑？"

"我外公下个月生日，在那订了个礼物，这两天刚到货。"季星凌看了眼时间，"没事，还早。"

"万和"是一栋三十多层的商住两用楼，里面混杂着打工族、私房菜馆、美容院、文身馆、非法小旅店和电影城，人员构成本来就复杂，加上最近又被炒成了网红楼，每天都有大批的赛博朋克爱好者来合影，环境也就越发混乱喧嚣。晚上八点不到，街头已经有好几拨喝醉酒的社会青年在干架。

巷道有些黑，葛浩低下头，加快了脚步。不远处的万和大楼已经亮起霓虹灯，在沉沉的暮色中，显得格外寂静。

"前面那背书包的，你等等。"

一群小痞子围上来，眼睛冒着绿光——物理意义上的绿。

葛浩骂了句脏话，撒腿就跑。

"站住！"小痞子们扔掉酒瓶，影子在路灯下骤然拉长成狰狞兽形。

红色的雾和霾纠缠成蛇信，湿漉漉地攀上手腕，葛浩有些慌乱地一脚踩空，眼看就要被瘴气吞噬，却有另一道黑色的影子从远处滚滚掠来，夹裹着麒麟一族的雷与电光，凶猛强悍。

轰！

这是人类听不到的巨响。

而红雾也在一瞬间消散了。

季星凌拍拍他的脸："没事吧？"

葛浩惊魂未定："星、星哥。"

季星凌说："那些混混已经跑了。"

"是、是……"葛浩结结巴巴，胸口剧烈地起伏着，隐约觉得这件事似乎还有另一个重点。

三秒之后。

"星哥！

"星哥！

"星哥你……你刚刚……你也……"

季星凌拉着他站起来："恶兽为什么要抓你？"

葛浩还沉浸在"原来你也不是人"的震撼中，半天才供认："可能他们想用我泡酒。"

季星凌一愣："你是蛇？"

"不不。"葛浩赶紧摆手，"我是植物。"

——牛首之山，有草焉，名曰鬼草，其叶如葵而赤茎，其秀如禾，服之不忧。

"我今天已经闻了整整一天。"葛浩艰难地吞了吞口水，"星哥，我觉得我发育了，我要开花了。"

两个高中生坐在咖啡馆里，一起讨论着发育问题。

鬼草开花是一件非常麻烦的事情，不仅要面对一系列生理变化，还要面对恶兽的追捕——那是一个相当庞大的地下团伙，对妖怪的危害程度和人贩子相当。妖管委曾经多次派出警力对其进行大规模的镇压清扫，可往往是当时销声匿迹，过一阵子却又死灰复燃，如同一块无法治愈的糟心烂疮疤，让大众非常头疼。

不过在麒麟一族亲自镇守的锦城，倒没几个穷凶极恶的妖敢直接搞绑架，顶多像今晚的小混混一样，仗着人多困住葛浩，再从他的灵体上薅一把花苞或者根须用来泡酒，卖到黑市攫取不义之财。

但这也足够崩溃了啊！葛浩哭丧着脸："我真的没什么珍稀的药用价值，你说那些人是不是傻？"

"穿山甲也没药用价值，结果呢？"季星凌向后靠在椅子上，"而且你还叫忘忧花。"

忘忧花，光是这美好快乐的三个字，就足以忽悠大批没文化的暴发土鳖妖争先恐后地奉献出钱包，不然你叫"一喝完之后当场痛哭流涕花"试试，保证没人骚扰你。

葛浩长吁短叹，植物的花期一般都在二十五岁左右，这其中也有一点"长大后才能更好地进行自我保护"的意思，但自己就是这么倒霉，花期居然提前到了十六岁。

还没成年呢。

还没高考呢！

季星凌突然又想起一件重要的事："你的妖怪证丢过吗？"

"当然没有。"葛浩从书包夹层里摸出一张银白卡，"这怎么可能丢？"

妖怪证的挂失补办至少需要三个月时间，那应该和自己捡的没什么关系。季星凌示意对方把东西收好，单手拎着两个书包站起来："走吧，我先送你回家。"

深夜的江岸书苑是很安静的。

如果站在花园里往上看，只有一列列整齐的橙色护眼灯光。

季明朗的太太、曾经连续三年被评选为"银幕第一花瓶"的前著名影星，现如今的贤妻良母胡媚媚女士，此时正坐在客厅沙发上，心情很不好地盯着手表，身后九条雪白的大尾巴来回地摆动，几乎要掀起一阵小规模飓风。

八点半。

九点。

九点半。

临近十点时，门锁终于传来嘀一声。

季星凌敏捷地接住迎面飞来的沙发靠垫，及时表明："我今天送葛浩回家了。"

胡媚媚思路清奇："你把人家腿打断了？"

季大少爷心情很复杂，我在我妈心里到底是个什么鬼形象？

"算了，我不想听你的借口。"胡媚媚站起来，命令儿子，"抱好桌上的礼盒，跟我去 1302。"

季星凌瞪大眼睛："为什么要去 1302？"

"你舅舅下午才告诉我，原来那只姑获鸟就在隔壁工作。"胡媚媚说，"我们去看看能不能挖墙脚。"

"不去。"季星凌义正词严，"舅舅怎么能这样呢！利用职务之便调取妖怪档案，没有道德。"

胡媚媚反唇相讥："你回回考 300 分气你妈，倒是很有道德。"

季星凌："……"

我错了，您继续。

"就算挖不动墙脚，也要和隔壁搞好关系。"胡媚媚收起尾巴，"能被姑获鸟喜欢的小孩，学习肯定不会差，你多和人家沟通交流，说不定也能考 700 分。"

季星凌："？"

妈？

"行了，知道你考不了 700 分，400 分总行吧？"胡媚媚把礼盒塞进他怀里，"喜庆一点！"

季大少爷半步都不愿意挪，心里那叫一个抵触。

"妈，隔壁是我同学，这学期刚转来。

"特粗心，妖怪证到处乱扔。

"还油腻，喜欢骗人！

"虚伪兮兮的洁癖！

"我不去！"

胡媚媚又找到了新切入点："都是妖怪，怎么人家就能考 730 分，你连 370 分都够呛？"

季星凌强调："我考到 380 分了，我没有够呛！"

胡媚媚觉得自己心口疼。

于是她说："确定不去？那从下个月开始，你没有零花钱了。"

季星凌："……"

季星凌："就去五分钟。"

能屈能伸你星哥。

林竞正在吃夜宵。

淡甜的核桃莲子汤，既补脑又清火。姜阿姨一边收拾厨房，一边提醒他："吃东西的时候不要看书，对眼睛不好。"

"嗯。"林竞答应一句，手边继续翻着英语资料。下周的考试，因为两边学校课程进度不一样，数学可能会稍微吃力一点，万一不小心丢了分，用英语成绩填补是他最有把握的方法，所以这两天一直在刷试卷。

十六七岁的年纪，总会有一些不为人知的敏感和虚荣，毕竟谁不想在考试里一鸣惊人，成为其余同学羡慕和讨论的对象呢——更别提从上幼儿园的第一天起，就开始源源不断地获得优秀小红花的林竞小朋友。

他放下空碗："阿姨，我回卧室继续看书了。"

"早点休——"

一句话还没说完，门铃就叮咚响起。

这个点会是谁？姜芬芳疑惑地按下对讲机："哪位？"

"您好，我们是新搬来的隔壁邻居。"胡媚媚的语调喜气洋洋，"没有打扰吧？"

林竞："……"

姜芬芳打开门。

胡媚媚笑容满面。

姜芬芳觉得这位珠光宝气的太太有些眼熟，像是曾经在杂志上见过。

妖怪的身份是严格保密的，就算是相对热闹的妖管委，对外接待窗口也是又小又黑又隐蔽，十几只夜叉轮流排班，语调尖锐、凶恶、不耐烦，让每一个前来办事的妖民群众都恨不得飞速逃离，更加没心情扒着窗户往里细看。实在需要面对面沟通时，工作人员也都会以灵体的姿态出现，应龙、玄龟、重明、角端齐聚一堂，并不清楚谁是老师、谁是医生，或者别的社会身份，当然也就没几个妖知道，锦城的镇守麒麟和仁瑞集团的季明朗先生其实是同一个人。

所以姜芬芳就算绞尽脑汁，也只能想起季太太电影明星的身份。

胡媚媚看到餐桌旁坐着的林竞，立刻就更热情了。

"你就是小竞吧，这么晚了还在学习啊？"

林竞乖乖地打招呼："阿姨好。"

"听小星说你们是同班同学。"胡媚媚指挥儿子把礼品盒放好，"他这个成绩啊……阿姨是这么想的，你平时在学校要是有空，能不能多教他几道数学题，满分150分，至少得把零头考出来吧？"

姜芬芳闻言很同情，小孩考50分就能满足的家长，确实令人心酸。

"妈。"季星凌顶不住这满屋的学霸光辉，主动提出申请，"我想回去学习。"

林竞表情明显扭曲了。

季星凌："……"

你笑什么，我不能学习吗？！

胡媚媚心花怒放，觉得白泽加年级第一的疗效果然立竿见影，索性再接再厉："小竞，能不能让小星今晚和你一起看书？"

林竞：为什么？！

季大少爷的第一反应当然也是，不行，我不来！

但在拒绝脱口而出之前，他又及时地捕捉到了林竞的一脸蒙圈，以及一脸抗拒。

这就很有意思了。

于是他非常诚恳地说："姜阿姨，林同学，请问我能来吗？"

林同学没有说话，林同学全身的每个毛孔都在散发"不行"的信号。

季星凌再度挑衅成功，心情很好地转身："妈，我看人家也挺忙——"

"我不忙，真的，欢迎。"林竞打断他，"你想学什么，英语？"

季星凌："……"

十分钟后，林竞拿着书和试卷，出现在了1301。

至于为什么会换地方，是因为林竞向来不喜欢让别人进自己卧室，怎么说呢，其实季星凌也挺不喜欢的，但学渣又没人权。

胡媚媚亲自切了一盘水果端进来。

林竞翻开英语书："你高考单词背了多少？"

季星凌随口胡扯："一两千吧。"

"'abnormal'是什么意思？"

"……"

林竞提醒："'ab-'前缀有减少和去除的意思。"

季星凌试图找回场子："后面的我还没背。"

"可这是第一页的单词。"

"……"

胡媚媚觉得再在这里待下去，自己可能会被当场气昏。

季星凌抢来单词书，"abnormal"果然在第一页。

他不满地抗议："不是，你怎么专挑最长的考我？"

"你背单词还挑长短？"

"当然啊，不然你问我 a，我肯定知道 a 是什么意思。"

胡媚媚虚弱地回了卧室。

她迫切地需要打电话给出差的老公，让他来一起分享这育儿路上的滚滚天雷。

"行了，你背单词，我做试卷。"林竞把草稿纸和笔丢给他，"一个小时，这三页没问题吧？"

季星凌："有问题。"

"随便你。"林竞塞了一只耳机，"但阿姨要是问起来，我不会帮你撒谎。"

想到零花钱，季大少爷只好忍辱负重地翻开第一页。

墙上的无声挂钟走了一圈又一圈。

书桌很大，两人各占一边，互不干扰。

但架不住有人实在活跃。

在刚开始的半个小时里，季星凌先是吃完了一个橙子，又从林竞笔袋里强行地抽走一支笔，最后觉得坐着太累，索性半躺在了椅子上，双手捧书苦读。

林竞正在做一道阅读理解，文章内容太晦涩，他有些看不懂，暂时没心情搭理对面的捣乱分子。

季星凌干脆拖着椅子坐到他身边。

"喂，你干吗答应帮我补习？"

"我没答应帮你补习，只是和你一起学习。"

"为什么？"

"不想让你挑衅成功。"

"……"

好胜心还挺强。

林竞填完选择题，一对答案，错了四道。

"你这一脸苦闷代表什么？"

"代表我错了四道题。"

季星凌竖起拇指："这么多题只错四道，牛。"

林竞："……"

他也要被气死了。

季星凌继续默单词，狗爬的字龙飞凤舞，几乎要飞出纸边。

林竞正好在写作文，字迹工工整整像印刷体，季星凌盯着看了一会儿，顺利找到下一个话题："我发现你手还挺好看的。"

林竞头都不抬："我哪儿不好看？"

季大少爷陷入沉默："你这好学生怎么一点儿都不谦虚？"

"单词背完了吗？"

"……你复读机。"

"你 BP 机。"

"你人身攻击！"

"BP机是人类通信史上的一大飞跃，为什么要用来攻击你这个连abnormal都不知道是什么意思的人？！"

"我知道！变态！"

"你才变态！"

"我说这个单词的意思是变态！"

"……"

林竞被噎了一下，深刻地反思自己是不是喝多了假酒，为什么会在这种弱智的争吵中落败。

季星凌得意地扯过书包，又把那张妖怪证掏出来："喏，拿回去吧，你的东西。"

林竞的心理阴影顿时又多一层，给团伙成员派发身份卡已经非常"沙雕"了，还这么孜孜不倦，而自己和这么一个人吵架，居然能吵输，简直没有道理。

"再让我看到这张破卡。"他指着妖怪证，"我就每天都来盯着你背单词。"

季星凌完全无法理解："你这究竟是什么毛病？"

时间已经过了十二点，林竞觉得时光如梭，光阴飞逝，自己应该早点上床睡觉，而不是就"是否要加入以季星凌为首的不良团伙"这一无聊议题进行无聊乘以二的车轱辘讨论。

于是他打了个哈欠，眼泪汪汪地抱着书和试卷，回去了。

"谢谢阿姨的水果，阿姨再见。"

"小竞不喝杯牛奶再——"胡媚媚看着他推门离开，转身眉毛一竖，"季星凌，你又欺负同学了？"

季大少爷想想吐血："我没有。"

"那他怎么眼睛红红的？"

"我哪知道，可能是看我学习成效显著，所以流下了喜悦的泪水。"

胡媚媚："……"

这儿子她不想要了。

为了避免在放学路上再次被恶兽围堵，葛浩递交了住宿申请表，打算未来两年都老老实实地待在校园里。除此之外，他还准备了一大罐超强醒神丸，一大瓶呛鼻花露水，用来解决花期嗜睡或者是不受控制地飘出香气等一系列烦恼。

植物还挺麻烦。季星凌这么想着，又往左后方瞥了一眼。

也不知道这个品种会不会开花。

早上最后一节是王宏余的语文课。林竞为防止"因为没有试卷或者练习册而不得不和季星凌共看一张"这种倒霉的事情再度发生，已经提前去校门口复印了全套资料，但世事难料，他带了，有人没带。

　　"王老师。"季星凌翻了翻书包，举手，"我的练习册好像放在家里了。"

　　林竞心里涌上不祥的预感。

　　果不其然。

　　一分钟后，季星凌拉着椅子坐到第六排，并且及时撇清关系："老王的锅，和我无关。"

　　"你是不是根本就没做作业？"

　　"我做——"

　　"你做了也没带。"林竞打开练习册，"好好听课！"

　　季星凌被堵得胸闷，半天硬是没能憋出下一句。

　　这到底是哪里长出来的草，为什么这么凶？

　　好不容易挨到下课铃响。

　　速度快的同学已经第一时间冲往食堂，林竞收拾好桌子，拉开书包想把下午要用的书掏出来，却看到了一本卷边的、烂咸菜一样的练习册。

　　"……"

　　季星凌原本正准备回去，见他好端端地突然僵住不动了，于是顺嘴叫了句："喂？"

　　林竞回忆起了昨晚在1301，自己那睡眼蒙眬地随手一整理。

　　"季星凌。"他抬起头，"你中午有没有空，我请你吃饭吧。"

　　季大少爷惊疑未定："为什么？"

　　林竞默默地递回练习册。

　　季星凌："？"

　　直到坐进芙蓉苑二楼，季星凌还在语调狂妄地对这种"私藏同学作业本"的不道德行为进行着全方位立体化的谴责。林竞把饮料瓶咚的一声放在他面前，溅起小小的泡沫："闭嘴！"

　　"哎，你这是什么恶劣的道歉态度！"

　　林竞调整了一下表情："不然这样好不好？我今晚免费帮你补习数学。"

　　"……"那你还是继续恶劣吧，我觉得很OK。

　　林竞其实也尴尬，所以点了不少菜，满满当当堆一桌，打算用美食抵债。食堂小电视正在播放历届高考状元访谈，其中一位哥们儿比较夸张，上来就表示自己从小到大都习惯当第一，高三有一次成绩下滑到全年级第二，顿时心态就崩了，躲在操场号啕大哭三小时，觉得非常对不起父母、老师，更对不起国家的培养。季星凌实在无法理解学霸这高深的思想境界，于是问对面的人："你们学习好的都这样，考个第二就要哭？"

"不知道。"林竞喝了口汤，"我没考过第二。"

无形卖弄，最为致命。

你星哥：服。

还有水煮鱼和尖椒鸡没上，但两人都已经吃饱了，一问说厨房还没开始做，林竞就用退菜的钱换了几盒奶油饼干，准备分给班上的女生。

趁着食堂阿姨还在装袋，他又去了趟洗手间，留下季星凌一人站在窗口前面等。几个（五）班的男生恰巧路过，看到季大少爷手里拎着粉红甜点袋，当时就震惊了："星哥，你什么情况？"

"哪个女生啊？"

"（二）班的章露雯吧。"

"噢！"

"噢个头！"季星凌一脚踹过去，不耐烦地说，"我不能自己吃？"

"能，必须能，星哥就是有这么一颗纯情少男心，大中午的要么不吃，要吃就吃草莓蛋糕。"

季星凌哼了一声，也不知道是不是因为刚才在吃饭的时候，和学霸研究了一下"年级第一和年级第二"的高深话题，思想境界有了些许提高，他现在并不是很想听这群人贫嘴。正好林竞也从洗手间出来了，于是他把饼干袋递过去，两人一起回了教室，只留下现场一群蒙圈群众。

"星哥为什么要给男生送饼干？"

"那人谁啊？"

"新转来的，我听说是宁城三中的学霸。"

"星哥还能和学霸关系好呢？"

众人集体陷入沉默。

提问：比"季星凌喜欢吃草莓蛋糕"更惊悚的事情是什么？

回答：季星凌和学霸关系好。

魔幻，太魔幻了。

林竞刚刚转来，和班上的人都不熟，而季大少爷又很酷、很不耐烦，看起来也不像能胜任"派发饼干"这种温柔活儿，所以粉红小纸袋最终被交到李陌远手里："等会儿韦雪回来，你让她分给女生吧。"

"她被王老师叫去领安排表了。"李陌远说，"你下周考试估计得到梧桐楼，不过没事，就这一次。"

林竞没明白："梧桐楼怎么了？"

"就是Z考场啊，你转学没成绩，会被加在最末位。"李陌远解释，"那儿环境不怎么样，听说还有人十分钟就交卷，等最后铃响的时候，估计教室里只会剩你一个，心态一定要稳。"

"……"林竞想起了海底捞的五百元收买巨款。

季星凌一条胳膊垫在额下，左手扣住桌沿，正在姿态嚣张地午睡——左边过道被他的长腿一挡，来往同学只能绕着走。于一舟吃饭回来，随手扯过他的卫衣帽子往前一扣，季大少爷明显被吓了一跳，睡眼蒙眬地骂一句："你是不是有病？"

"刚我路过老王办公室，顺便看了眼考试座位。"于一舟递过来一瓶水，"这可能是你唯一一次能排在学霸前面，请问有什么感想？"

林竞听到之后，也本能地转过头。

季星凌还在犯困，对聊天内容没有一毛钱兴趣，哑着嗓子骂了一句"滚"之后，换个方向继续睡了。他右手搭在脑后，像是要把自己和周围吵闹的声音彻底隔绝开来，修长的手指穿过黑发，微微弯曲着，露出少年人的细瘦骨节。

林竞收回目光。

好吧，是自己想太多。

对方看起来似乎根本就没把考试放在心上。

结果当天晚上，季星凌就抱着三盒水果亲自登门。

"你能不能来给我补补课？"

然后在林竞拒绝之前，又抢先占据道德高地："看在语文练习册的面子上。"

"……"

林竞问："补什么？"

"就大概教一下我怎么考试。"季星凌举手保证，"我肯定不捣乱，就半个小时，半个小时行吧？"

胡媚媚站在1301门口，腰里系着围裙，也正充满期待地看向这边。

林竞换好鞋："行。"

胡媚媚心花怒放，觉得年级第一就是好，品德高尚。于是分批次地往儿子的卧室里送来了水果、牛奶、补脑口服液、花生汤、炖燕窝，源源不绝。

季星凌忍无可忍："妈！"

"好好好，那你们学习。"胡媚媚轻手轻脚地关上门，"有事尽管叫妈妈。"

林竞倒了一粒口香糖："你怎么突然关心起考试成绩了？"

季星凌感觉受到了歧视："我为什么不能关心考试成绩？"

林竞和他对视："你说呢？"

季星凌："……"

其实事情是这样的。傍晚的时候，胡媚媚出门做美容，结识了三四个同小区的家长，大家聊起孩子时，成绩最差的都能考500分以上，甚至还有年级前十的。胡媚媚听得羡慕无比，回家就对儿子展开了长达二十分钟的批评教育，并且表示下周的考试，要是总成绩没有400分，那他的零花钱也就没有了。

于是能屈能伸的星哥不得不再屈一次。

他催促："你别问这么多，就教教我怎么学习。"

"不行。"林竞坚持，"理由。"万一你有什么不良企图呢，比如说考不好就怪我教的方法不对。

季星凌瞠目结舌，第一次意识到了学渣在生物链中的底层地位，为什么想学习还要先编个理由，我就不能主动、渴望地在知识的海洋里遨游一回吗？！

啧，好像确实有点假。

他只好承认："考试成绩和零花钱挂钩。"

林竞勉强接受了这个说辞，伸手："先给我看看你上学期的期末试卷。"

季星凌："……为什么？"

"看一下你的基础。"林竞皱眉，"快点，不就考了27分嘛，有什么不好意思的。"

"谁说我不好意思了？！"

"那你考27分还很得意？"

"……"

倒也没有。

季星凌把试卷找给他，自己坐在旁边百无聊赖地玩手机。幸好，这次学霸并没有对满篇红叉开启嘲讽模式，看完之后就示意他坐过来："你语文其实还凑合，英语和数学烂了点，地理、历史努努力应该能及格。"

季星凌顺嘴问："那政治呢？"

林竞回答："选择题全靠蒙，填空题抄选择题，简答题抄填空题，你准备让我怎么评价？"

自取其辱你星哥。

林竞继续说："我先帮你划这次数学的考试范围，然后再找几道例题，你把例题背熟。"

季星凌喉结滚了滚。

林竟奇怪："你要说什么？"

"没，我就想问一句，为什么数学还能靠背？"季星凌单手撑住脑袋，"但估计你又要批判我，所以自动消音。"

林竟哭笑不得："这算应急的办法，你背完我再教你怎么用。"

过了一会儿。

"我背完就能考 400 分吗？"

"不知道。"

"那我为什么要背？！"

"不背拉倒。"

…………

行吧，背就背。

山海高中·学生证

·第3章

考试进行时

距离考试只剩短短几天，林竞充分地考虑了季星凌的学习能力，并没有给他划太多复杂的内容。

"你找个新本子，把所有重点抄一遍，今晚也就差不多了。"

季星凌翻了翻书，强行均摊压力："你说的啊，我背完这些就能保住零花钱。"

"我没说。"林竞把笔扔给他，"而且你以为把责任丢给我，自己就能考400分了吗？有时间东扯西扯，不如多背两个单词来得实在。"

反应敏捷，口齿清晰，句句直戳对方痛点，堪称学霸中的战斗机，植物中的吵架植。

夏虫也为之沉默。

沉默是今晚的星哥。

他翻开本子，老老实实地开始抄公式。

"我一点半的时候过来检查。"林竞站起来，"你要是有哪里不懂，可以先折起来。"

季星凌"嗯"了一声，非常罕见地没有对"一点半"这个不人道的时间提出异议。

一是因为零花钱，二是因为你星哥不想再自讨没趣。

胡媚媚正在客厅涂指甲："咦，小竞这么快就要走了？"

"我回去做会儿数学。"林竞说，"刚刚已经标完了考试重点，季星凌正在抄，我一点半的时候再过来。"

一点半？胡媚媚很吃惊："哎……好。"

"那我先撤了，阿姨再见。"林竞很有礼貌。

胡媚媚把他送出门，还是对"自家儿子居然愿意学到一点半"这件事情觉得非常不真实，于是站在卧室门口偷偷往里瞄了一眼。季星凌手里抓着笔，虽然坐姿看起来有些欠揍，愁眉苦脸的表情也生动地表明了他确实不知道自己目前正在抄的是什么玩意儿，但……真的是在学习，没有玩手机，没有睡觉，而是学习。

亲妈当场落泪。

一点二十五，林竞顶着洗完澡的微潮短发准时上门，身上依旧有淡淡青草香。

季星凌还在下笔如飞："哎，我跟你说，我真没偷懒，但这实在太多了，我抄到现在也只抄完三分之二。"

"我知道。"林竞拉过椅子，"本子先给我。"

季星凌活动了一下手腕，腰酸背疼、头晕眼花，俗称学习后遗症。

林竞努力地辨认了一下满篇狗爬一样的字，指着一行："这是什么？"

季星凌瞄了一眼，滔滔不绝地回答："直角坐标系中的 x 轴和 y 轴——"

"可以了。"林竞打断他。虽然像鬼画符，但抄完还能照着念出来，勉强算合格。

"剩下的明晚再抄吧。"他说，"抄完后来 1302 找我。"

可能是因为白天被虐太多次，季大少爷居然觉得这句"剩下的明天再抄"非常温暖，充满了浓浓的同学情谊。

林竞把笔记本还回去："那你早点睡。"

"我其实不算很困。"季星凌喝多了咖啡，目前正精神着，"不如你再给我讲讲平面向量的坐标运算。"

林竞打着哈欠："我困。"

季星凌亲切地勾住他的肩膀："你有什么好困的，你又不用睡觉，正好我今晚也搞学习上头，机不可失知道吧？来来来，坐。"

林竞被他拖得踉跄，反手就是一拳。

季大少爷没有一点点防备："你干吗？！"

"你不困的话，正好把剩下的政治抄完，明早带来学校。"林竞把书拍在他面前。

"有你这么当老师的吗？"季星凌捂住鼻子，泪光闪烁地控诉，"体罚学生是要被教育局处分的，你知道吧？"

"我知道体罚学生会被教育局处分。"林竞和他对视，"那你知道投诉信的正确写作格式吗？"

季星凌："……"

学渣毫无尊严。

再减一分。

这个夜晚，1301 的灯光一直亮到了凌晨三点。胡媚媚难以抑制内心的喜悦，差不多跟着一整晚没睡，五点半就起床亲自做早餐，并且很想立刻去小区家长群里反复炫耀，炫耀她儿子昨晚学到了三点钟。但又及时地想起来下周才考试，万一学到三点一样只考300分，那还不如打着游戏考300分，因为后者听起来只是稍微叛逆了一点，虽然也不算什么好事吧，但至少不会像前者一样，让人质疑她儿子的智商。

吃完早餐后，季星凌诚心地询问："妈，你现在心情好吗？"

"你又闯什么祸了？"胡媚媚警觉地问。

"也不算什么大事。"季星凌揉了揉鼻子，"就是前两天在操场上，我给林竞扔了个篮球，结果老王非说我嫉妒好学生，妈你知道他有多烦人对吧，一直唠叨，所以我就顺口承认了。"

胡媚媚："……"

季星凌说："然后他约你周五下午去学校。"

胡媚媚深吸一口气："你——"

"我要迟到了！"季星凌火速抓起书包，"妈你别忘了啊，我先走了。"

客厅门砰的一声被关上，胡媚媚虚弱地扶住额头，开始第八百次反思自己为什么要早早息影，为什么要生这么一个儿子。

最后得出结论，全都是老公的错。

遂拨通电话，怒斥季明朗五分钟。

大课间，于一舟踢了踢前面的板凳："江湖盛传（二）班有个女生，手机里都是你的照片。"

"哦。"季星凌现在困劲上来了，一个字都不想多说。

于一舟纳闷："你昨晚去当贼了？"

"滚！"季星凌抢过他的可乐，一口气喝掉半瓶，"你知道什么，我在搞学习！"

于一舟转了转手里的笔："哼。"

然后下一秒，林竞就拉着椅子坐到了季星凌身边。

"你的数学练习册呢？拿出来。"

季大少爷一愣："干吗？"

"昨晚不是要学平面向量的坐标运算吗？"林竞撕下两页草稿纸，"正好现在有时间。"

"别啊！"季星凌一口拒绝，"回家再说。"

林竞莫名其妙："为什么？你现在又没事。"

"但我困了。"季星凌很坚持，"我昨晚三点才睡的！"

"行吧。"林竞退让一步，"那你先睡，我写好公式和例题，你自己等会儿先看看。"

季星凌："……"

两个大帅哥凑在一起，画面还真挺养眼的，所以有不少女生注意到了这边。季星凌把笔从林竞手里强行抽走："总之我说不行就不行。"

林竞盯着他看了一会儿，心情复杂地说："我只见过上课睡觉、回家苦读，想假装自己是天才的年级第一，万万没想到你都倒数第一了，竟然也有同样的偶像包袱。"

季星凌："……"

于一舟偏偏这时多管闲事地问了一句："你们嘀咕什么呢？来分享一下。"

"关你什么事！"

季星凌单手压住林竞的肩膀，尽量放低声音："我要是埋头苦学半天，最后还是考300分，岂不是很丢人？"所以说呢，亲生母子。

星哥还是很要面子的。

林竞想了想，觉得确实丢人，那晚上也行。

1301深夜小课堂照常开课。

林竞做完一套试卷，扭头一看，季星凌倒是没偷懒，就是满篇字歪七扭八，实在辣眼睛，于是皱眉："你能不能写整齐一点？"

季大少爷强行解释："我这叫草书。"

"那你可能要'草'掉所有零花钱。"

"你不许咒我！"

"题已经不会做了，至少要把字写整齐吧？"林竞扯过他的本子，"哗啦"一把撕掉，"重写！"

"不要！"

"写两遍！"

"……"

人生就是能屈屈屈屈屈屈。

胡媚媚靠在门口，充满母爱地看了一会儿两个小孩在灯下学习的画面，回卧室给老公打电话，说其实儿子挺好的，自己现在不想把他送给隔壁姑获鸟了，还是继续留着吧。

季先生松了口气："没问题。"

第一场是语文考试，周一早上九点半。

梧桐楼是一栋三层的砖红小楼，很有年代感。季星凌熟门熟路地把林竞领上二楼，刚到Z考场门口，就听里面有哥们儿很震惊地来了一句："什么，今天早上难道不是考英语吗？"

哄堂大笑的声音传出教室，夹杂着"老岳，你昨晚是不是又去浪了""英语和语文对你来说有区别吗"之类的调侃，喜气洋洋，丝毫不见考试带来的紧张，倒是和元旦联欢会有得一比。

"哎，我跟你们说，这次我们考场有个尖子生。"

"刚转来的那个吧，我也听说了。"

"我说星哥怎么请他吃饭，原来是为了贿赂学霸，牛！"

"都吵个屁！"季星凌单手插着兜，懒洋洋地走进教室，冲林竞扬扬下巴，"那儿，你的位置。"

最后一列最后一排，完美卡角落，其余人一片哀叹："为什么活体答案离我们这么远？"只有右手边的男生冲他使了个眼色："喂，待会儿关照一下。"

林竞把笔袋丢在桌上："你没复习吗？"

"我复习了。"对方嬉皮笑脸，"但我复习的是英语，你帮星哥的时候，顺手捞捞我。"

林竞看了一眼讲台上的季星凌，实在想不通他是怎么连这歪瓜裂枣都没考过的，而且根据桌号来看，人家还是倒数第十，比起倒数第一来，成绩已经可以算是遥遥领先了。

岳升见林竞没接自己的茬，干脆挪着椅子整个人凑过来，刚打算继续攀关系，两个监考老师已经抱着试卷袋走进教室。

"都别说话了，桌上东西都收起来，放到讲台上，我们现在考试。"

老教室里没装空调，只有天花板上的风扇嗡嗡地转动着，吹得试卷翘起边。

在语数外三门大课里，语文已经算是季星凌比较擅长的科目了，运气好时甚至能混个及格分，而这次又被学霸抓着背了几遍作文写作要点，知道了"在紧扣主题的同时，最好能结合时事，再从个人和社会两个层面来论证观点"一系列常用的偷分技巧，他还是很有信心能保住零花钱的。

夏末朝阳刺目，林竞拉了一把窗帘，遮住些许灼热的光。

开考半个小时后，一个监考老师出去接电话，教室里顿时骚动起来，另一个监考老师不满地拍拍讲桌："不要到处乱看，都好好答自己的题！"

林竞把试卷折到第二页，开始看下一个阅读大题。岳升趁机侧过身，对他轻轻地"嘘"了一下，示意对方把试卷往右挪一挪。

监考老师正在往另一头走，暂时没注意到这一边。

"选择。"岳升又催了一句，他倒也没想抄到500分，但多考几分也好回去跟家长交代。

为了避免被风扇吹感冒，林竞坐得很靠左，整个人几乎贴到了墙上。岳升一连叫了几声，见他都没反应，也纳闷他是不是真没听见，干脆从笔袋里摸出半块橡皮丢了过去。

小小的橡皮在空中划出弧线，先是滚过林竞的试卷，然后又往前一弹，准确无误地砸到了季星凌背上。

林竞微微皱眉，刚打算说话，前面的大少爷已经重重地一挪椅子，不耐烦地回头骂了一句："你不会自己做？"

"……"

就算在相对嘈杂的Z考场，季星凌这一句也称得上是震撼全班了，连监考老师都被吓了一跳，疾步走过来训斥："怎么回事！"

林竞往右边看了一眼："没什么，有人往我桌上丢橡皮，砸到了季星凌。"

监考老师是高三的年级助理，她看了一眼林竞工工整整的试卷，这才想起对方应该就是从宁三转过来的尖子生，于是轻声说："你自己搬桌子，换到讲台旁边坐吧。"

周围几个人闻言低低地闷笑起来，也不知道是笑岳升弄巧成拙，还是笑学霸被挪上光辉的王座。林竞放好自己的桌子，又举手："老师，能让季星凌也换上来吗？我看讲台右边还空着。"

这回下面就不是闷笑了，是哄堂大笑。季星凌本人也目瞪口呆，不是，我刚刚才帮你撑过人，这是什么恩将仇报的植物行为？

"都吵什么！"之前去接电话的监考老师推门进来，他属于比较凶悍的长相，一嗓子能震得全班鸦雀无声。

"那窗帘拉不住，一会儿太阳会更大。"林竞耐心地解释，"还挺晒的。"

老师走过去试了试，发现窗帘滑轨果然卡住一半，阳光从缝隙里溜进来，刚好笼住后两排。

"那这位同学你也换个位置吧，速度快一点，不要打扰其他人考试。"

季星凌：实不相瞒，我真的可以晒一会儿。

两人一左一右，完美地占据了讲台两边。季大少爷生平第一次坐这么傻的位置，再一看底下几个人还在幸灾乐祸，笑得连肩膀一起抖，心里顿时更不爽了。他往右瞥了一眼，却见林竞也正在冷冷地看自己，眼底写满"你到处乱看什么，试卷写完了吗，零花钱还想不想要了"。

"……"

笔走龙蛇你星哥。

Z考场不负"盛名"，考试时间刚过半，考场已经空了三分之二。几个男生想等季星凌一起去打球，结果半天不见人出来，站在门口往里一瞄，就见讲台上的人还在埋头苦写，中途甚至捏着中性笔，冥思苦想了那么一小会儿。

于是集体石化。

星哥学霸附体，世界第九大奇迹。

季星凌是提前五分钟交的试卷，倒不是为了维护"学渣绝不坐到最后一秒"的中二人设，而是他实在想去洗手间。铃声响起，林竞活动着手腕走出教室，就见季星凌正靠在围栏上，低着头玩手机。

"给。"林竞把手里的稿纸递给他。

"什么？"季星凌莫名其妙。

"语文考试的答案。"林竞看着他，"你不对一下吗？"

季星凌："……"

原来你们好学生在考完之后还有这个环节？

林竞继续问："你对这周围应该很熟吧，有没有哪家饭店有包间？"

季星凌捡起地上的书包："包间不少，你不想吃食堂？"

"下午的考试三点才开始，现在还早。"林竞提醒，"找一个没人打扰的地方，你还可以再偷偷摸摸地学两个小时。"

季星凌被噎了一下。

有些事你知道就可以了，不用说出来，真的。

考试期间是可以午休离校的。怀抱着"找个安静的地方偷偷学习"这个既诡异又有一点谜之感人的目的，两人最后选了家日料店，算是这一带的馆子里比较高档的存在，环境清静。季星凌熟门熟路，上来就点了活蟹、活鳗、天妇罗、鹅肝和牛海胆饭，还要了两瓶冰镇汽水。

林竞说："怪不得你要熬夜学习保住零花钱。"

"我这是为了请你好吧。"季星凌抗议一句，掏出答案仔细看了一遍，"别说，我考得好像还真不错。"

林竞打开汽水："我知道，不然你以为我为什么让老师帮你换座位？"

季星凌没听明白："什么换座位，那儿不是晒吗？说起这事，坐在讲台上实在太傻了，还不如晒着呢，一抬头就能看见齐鹏那傻子在睡觉，还有好几个鬼鬼祟祟作弊的，表情简直一绝，他们该不会真以为老师看不见吧？"

林竞欲言又止，最后自己掰了根蟹腿："算了，好好吃你的饭。"

"不行，看你这一脸对我智商绝望的表情，就知道一定还有故事。"季星凌压住他的手，"说。"

"阅读大题你前两天看过，作文也背过类似范文。"林竞说，"我怕你考得太好，反而让别人觉得是在打小抄作弊。"

而且根据开考前的"食堂贿赂学霸"事件来看，你星哥也不是什么刚直不阿的正义少年人设，不如直接把人拎上讲台，孤立无援地在老师和全班的监督下答题。

季星凌回味了一下他的话，重点跑偏："我还能有考得太好的时候？"

"只要你数学、英语不再那么惨不忍睹，总分上 400 分也不是没有可能。"林竞倒酱油，"好了，半个小时吃完饭，然后再把例题好好背一遍。"

大概是被早上的语文激发了那么一点狂妄的自信心，季星凌得寸进尺地问："那你觉得我有没有可能上 500 分？"

林竞："……"

"喂喂，我就随便一说！"在嘲讽迎面砸来之前，季星凌抢先一步发出警告，"才刚考完一门，我还需要鼓励。"

"我觉得你这次非常有可能上 500 分。"林竞说。

季星凌盯着他看了一会儿："不是，你这虚情假意得太明显了吧？能不能稍微真诚一点？"

"什么样才算真诚，难不成我还得眼含热泪、作诗歌颂你对 500 分的渴望？"

"……"

服务员正好端着海胆饭上来，见包房里是两个高高帅帅的男生，都穿着山海的校服，就一边上菜一边问："今天你们考试吧，考得怎么样？"

林竞笑笑："还行。"

经她一提醒，季星凌才记起来，自己好像一直没问林竞考得好不好，但转念一想，学霸就算考砸也有 600 分。等级不同，还在新手村积攒经验的星哥决定才不要自取其辱。

吃完饭后，服务员撤走碗盘，给两人换上一壶苦涩浓茶，据说可以提神醒脑。

林竞不太爱喝茶，于是给自己又要了一瓶汽水，圆润的珠子卡在瓶颈，是小时候喜欢的玩具。季星凌背了一阵公式和例题，刚昏昏欲睡，就听到对面传来"叮"的清脆声音，抬头一看，林竞已经喝完了饮料，正在研究要怎么往出拧玻璃珠。

"……"

林竞问："你看什么？"

"我什么都没看。"季星凌非常上道，"你继续。"

"好好背你的笔记。"

"我在背啊，但这道看不懂。"

林竞丢下饮料瓶，示意他把题拿过来。

"像这种类型，你要先求 x，后求 y。"

"为什么要先求 x，不能先求 y？"

"因为 x 是爸爸。"

"明白。"

小林老师授课，就是这么粗暴简单、通俗易懂。

窗外，浓厚的树荫遮住烈日，只留下清凉与午后静谧。

细风溜进窗缝，夹裹着很淡很淡的花香。

在回学校的时候，季星凌突然说："伸手。"

林竞狐疑："你又要干什么？"

"伸手，快。"

"不伸。"

"伸。"

"快点走！"

"哎你这人怎么这样，等等我。"季星凌两步追上前，在他面前展开掌心。

一颗圆滚滚的玻璃珠，正在阳光下折射出光。

"给，补课学费。"

林竞："……"

幼稚。

操场上，有人在打球，有人在说笑。

连阳光都是十六岁的味道。

葛浩和于一舟也正在往考场走，他们两个的成绩要比季星凌稍好一些，都处于中游偏下位置，不至于被发配到梧桐楼。

"那不是岳升吗？"葛浩远远看见一个人，"我听说早上考语文的时候，他差点和星哥打起来，好像是因为乱扔东西，结果砸到了星哥。"

于一舟拧开水瓶："你没打电话问问？"

"打了，关机，不过我发微信给林哥，他回了我一句没事，"葛浩说，"他俩中午没吃食堂，一直在校外。"

岳升也是常年考试吊车尾人士，不管是内在还是外在，都发育得异常野蛮高壮。逃课、打架、勒索低年级学生，平时出手阔绰，在外校吃得开，在山海也是横着走——倒没招惹过季星凌和于一舟这几个金贵的大少爷，两边算是井水不犯河水。

于一舟对这人没什么兴趣："走吧，回教室。"

季星凌去了洗手间，林竞靠在单杠上，有一下没一下地翻着手机里的例题。不知道是不是因为环境闷热，他总觉得有些犯困，人也没什么精神。

一只黑猫悄无声息地出现，绕着他转了两圈，嗲嗲地"喵"了一声，把头凑过来蹭。

林竞挺喜欢小动物，但洁癖不允许他直接上手摸，就只弯腰逗了一会儿。

"喵。"毛茸茸的尾巴扫过衣袖，它又主动地露出肚皮。

林竞打开相机，刚准备给它拍个照，黑猫却像是受到了某种惊吓，忽地四爪着地，利箭一般蹿进了灌木丛里。

"你在干什么？"季星凌问。

"刚刚有只野猫，还挺好玩的。"林竞拍拍手站起来，可能因为动作幅度太大，大脑出现短暂的供血不足，于是重新蹲下去，"拽我一把。"

季星凌握住他的衣袖，看见上面几根黑毛，皱眉："什么野猫，黑色的？"

"你怎么知道？"林竞吸了一下鼻子，"得，我好像真被那破风扇吹感冒了。"

"你先回考场吧。"季星凌松开手，"我去趟老王办公室，他那儿有藿香水。"

林竞点点头，晕眩感和坐海盗船有得一比。

开考的预备铃已经响了，操场上变得空空荡荡。林荫深处，一只黑猫正在懒洋洋地晒太阳，它用前爪拨弄着刚从穷奇手里收来的酬劳，喉咙间发出舒服的咕噜声。眼看就要睡着，耳朵却敏锐地接收到了一阵低沉的钝响——先是很远，但又瞬间逼至身旁，如同夏日傍晚那些炸开在天边的惊雷。

黑猫困意顿失，雪白妖瞳缩紧："嗷！"

——金华猫，畜之三年后，每于中宵，蹲踞屋上，伸口对月，吸其精华，久而成怪。

黑雾气势汹汹地卷起猫妖，带着它一路轰鸣碾向校外。

门房大叔是一只上了年纪的开明兽，动作比较迟缓，刚刚抬头看到雷云，还没来得及拦截，就被烧焦了头顶毛发，于是原地惊呆。

…………

现在的学生啊。

逃学为什么要用原身，会不会太隆重了，究竟是墙不好翻还是后门的锁不好撬？

后巷里，胖乎乎的杂货店老板正在算账，门突然就被砰的一声撞开。

木风铃受不了这粗鲁的考验，掉在地上摔得粉身碎骨。

原本就因为亏本而心情不好的胖老板，顿时更加怒火中烧："我说你——"

话没说完，一只金华猫又重重地砸上柜台。

哗啦！

这下连玻璃都碎了。

胖老板声音颤抖："……你你你。"

"我要解惑药。"季星凌丢给他一枚金光闪闪的妖怪钱币，"快！"

胖老板扭亏为盈，态度随之一百八十度转变，亲切地表示："没问题。"

他是一只药兽。

——神农时，白民进药兽。人有疾病则拊其兽，授之语，语如白民所传，不知何语。语已，兽辄如野外，衔一草归。捣汁服之即愈。后黄帝命风后记其何草起何疫，久之如方悉验。……故虞卿曰："黄帝师药兽而知医。"

卧虎藏龙小破巷。

金华猫瑟瑟发抖，声嘶力竭地供认同伙："……是岳岳岳升那只穷奇让我干的！"

"你说你一个成年老妖怪，居然去施魅迷惑高中生，这是违反《妖怪治安处罚法》的知不知道？"胖老板敲敲它僵直的脊椎，"还是老老实实地贡献出一条命，记个教训吧。"

"嗷！"

…………

数学考试已经开始了。

林竞看着讲台右边的空座位，微微皱眉。监考老师觉察出他的不适，小声问："同学，你是不是不舒服？"

"感冒了。"林竞揉了揉太阳穴，鼻音浓厚，"没事。"

老师找到一次性纸杯，给他接了杯温水。

岳升单手撑着脑袋，幸灾乐祸地吹了声口哨，意料之中引来一声呵斥："好好答题！"

林竞没心情回应对方的挑衅，他目前的状态有些糟糕。

一部分是因为身体不适，另一部分则是因为季星凌的缺考。按理来说，从王宏余的办公室到梧桐楼，只要五分钟不到的时间，远不至于现在还没回来。

注意力始终无法集中，第二道选择题就卡壳。林竞用力地握紧笔，想让自己更清醒一些，眼前的重影却越发严重，甚至连胃也跟着上下翻涌。

额头上汗珠细密，而就在他终于坚持不下去，决定放弃考试去医院的时候，季星凌总算气喘吁吁地出现在了教室门口："报告！"

"怎么现在才来？要是高考，你已经不能进教室了。"监考老师不悦地批评了一句，"快去答题吧。"

"谢谢老师。"季星凌在回座位时，顺手把校医院的纸袋放在林竞桌上，轻声说了一句，"现在就吃。"

可能是担心病患过于头晕眼花听不到，他在进教室之前，还特意在纸袋上加粗描了三个潦草的大字——马上吃，以及一连串表示强调的感叹号。

白色药片没有包装，不过校医院经常会开这种大瓶分装药，林竞也没多想，就着水吞了一粒。

季星凌松了口气，这才拉开椅子坐好。

岳升在最后一排，看着那明显不会有用的感冒药，再度扑哧一下笑出声。他心情很好地抓过笔，想要随便糊弄几道选择题走人，却不小心对上了季星凌的视线——少年狭长的眼眸中，正翻涌着冰冷的黑色妖族怒火，饱含警告与威胁。

麒麟对恶兽的震慑力是与生俱来的，岳升心里一慌，手中的笔也落到了地上。

他从没想过，对方竟然也不是人类。

因为考试迟到二十分钟，这次季大少爷总算没有提前交卷，老老实实地坐到了最后一秒。

老师封好牛皮纸袋，一起回了办公室，教室里只剩下两个人。

"你怎么样？"季星凌走到林竞面前。

"吃完药好多了。"林竞搓了把脸，"不是说去老王办公室吗，你怎么跑去了校医院？"

"老王办公室没人。"季星凌敷衍了一句，"走吧，回家。"

"今天谢了。"林竞觉得有些对不起他，"要是你因为数学考砸，总分没上400分，我可以借你零花钱，也会去跟阿姨解释。"

"喂喂你千万别咒我。"季星凌赶紧拒绝，"我觉得我考得挺好的，真的，连最后一道大题我都算出来了，答案是 36 对吧？"

林竞欲言又止，最后一道是求 t 的取值范围，你怎么得出了 36 这个八竿子打不着的答案？

但小林老师没有说，小林老师很照顾学渣学生的自信心："可能，我其实也不太确定。你喝不喝饮料？我请你，顺便再去校医院拿点药。"

考虑到明天还要考试，季星凌并不打算让植物知道猫妖的事，以免影响心情。于是强行揽过对方的肩膀，带着就往教室外走，嘴里振振有词地搞教育："病都好了还吃什么药，药不能多吃知不知道？走走走，司机在外面等好久了，回家！"

林竞被他拖得站不稳："你怎么知道我完全好了？"

"因为校医保证过啊，童叟无欺、立马见效、包治头晕、头疼、消化不良。"

"为什么这个校医说话和江湖骗子一个风格？"

"医生只负责治病，你管人家是什么说话风格。"

"季星凌，季星凌你跑什么？我的书包还在教室里！"

"……"

星哥代取书包服务，迅速，便捷，不要钱。

这个晚上，林竞又吃了一次感冒药，很早就睡了。隔壁1301，季星凌正在打电话给杂货店的胖老板："那只金华猫怎么样了？"

"还能怎么样，交给妖怪纠察大队了呗，听说穷奇的家长也接到了治安处的电话，啧啧，看来这回熊孩子惹出的麻烦还不小。"

"还有件事。"季星凌躺在按摩椅上，单脚踩着桌沿，"你那儿有没有辟邪福袋？"

"你要的话，也不是不能找。"胖老板来了精神，"但这东西可不便宜。"

辟邪福袋，就是由各路镇守神兽分别贡献出一些灵器，比如说犀角啦、龙珠啦、重明火啦，再把这些东西统一装进鲛绡制成的小口袋里，当成护身符佩戴，能镇住百分之八十的恶兽，很适合没有什么自保能力的植物。

胖老板滔滔不绝地说："凭学生证可以打八折，也就是两百四十枚妖怪币，定金百分之五十，跑路不退。"

堪称天价中的天价。

但辟邪福袋的行价就是这么贵，因为挨家挨户地去敲神兽的门也不是一件轻松活儿，老板能主动打八折已经算是照顾未成年妖，非常慷慨有良心了。

季大少爷数了数剩下的压岁钱，只有一百四十枚妖怪币。

"妈。"他站在大卧室门口，"你要怎么样才能给我一百枚妖怪币？"

胡媚媚敷着面膜回答："能考500分的话，我给你五百枚。"

季星凌眼前一亮："真的？！"

"真的。"胡媚媚转过身，"先说说看，这次又闯了什么祸？"

"我没闯祸。"季星凌解释，"我是想买一个辟邪福袋给林竞，今天有金华猫和穷奇在学校找他的麻烦。"

胡媚媚闻言皱眉："没事吧？"

"没事，后门那只药兽已经通知了妖怪纠察队。"季星凌说，"听说穷奇的父母也被传到了治安处。"

经别人家的倒霉孩子一衬托，胡媚媚当即就觉得，儿子好像确实还可以，虽然也经常被老师请家长，但自己至少没丢人现眼地进过治安处。

于是她慷慨地开出支票，预支了五分之一的500分奖励。

而季大少爷也在一夜之间，顺利由富二代进化为身负巨债的悲惨未成年人。

胡媚媚充满母爱地问："什么时候才能给妈妈考个 500 分？"

星哥提出解题新思路："我也可以攒五年压岁钱一次性还清。"

胡媚媚："……"

你还是快点回卧室吧。

秋分后的锦城总是多雨，给早晨的空气增加了几分清冷寒意，连季星凌这种从来不肯好好穿校服的人，也难得地把拉链规规矩矩地拉到领口。林竞拿着伞从 1302 出来时，大少爷正靠在电梯口，嘴里叼了盒牛奶，随手划拉着《山海异闻》App 海外版。在熬夜突击好几天英语之后，他发现自己果然还是意料之中的，完全看不懂。

国外妖的名字大多生僻，除了灼眼胃兽 Bautatsch-Ah-Llgs，还有八岐大蛇 Kojiki's Yamata no Orochi，简直一眼望不到头，长得快要溢出屏幕，这么一比，星哥决定继续回去背高考单词，比如亲切简单的 abnormal。

"早。"林竞打招呼。

"你没事了吧？"季星凌把牛奶包装丢进垃圾桶，随手按下电梯，"今天我家司机不在，跟你坐校车。"

林竞"嗯"了一声，又问："考完试有没有空？请你吃饭。"

"今晚不行，我得去趟万和。"季星凌说。上次因为葛浩突然开花，耽误了取货的事，老板已经打了三四次电话来催。

"是万和大厦吗？"林竞觉得这个名字有些耳熟，"那里是不是有家卖 AJ 的潮店？应该还挺有名的。"

"你是说徐哥的招摇铺？"季星凌意外，"我晚上就是去找他，你也订了货？"

"没，有个朋友快过生日了，想挑个礼物。"林竞说，"上次看他转了一条这家店的朋友圈，好像很喜欢一双球鞋。"

林家父母都是医生，工作忙得脱不开身，所以锦城的房子和家政阿姨都是交给朋友帮忙打理和管理。这次刚好借着刘栩过生日，多少还份人情。

"那你可以跟我走。"季星凌说，"我和徐哥是老熟人，正好那儿有家牛蛙店做得不错，你吃吗？"

"都行。"林竞站在楼道口撑伞，"躲进来。"

雨丝软绵绵的，落进小区池塘也只有很小的一圈涟漪，基本等同于无。季星凌把伞朝他的方向推了推，很酷地说："自己挡着，我不要。"

结果话音刚落，牛毛细雨就变成了豆大、倾瓢……瓢盆、泼吧，反正就是很大的那种。

林竞问："那现在还要吗？"

星哥默默地挪到伞下，冲天空诅咒。

应龙，你是不是有病？！

校车里坐满了人，有些吵闹，不过也正常，考试前后一般是要格外亢奋一些的。不过从季星凌出现开始，所有的叽叽喳喳就都自动地变成鸦雀无声，也不知道是大少爷纡尊降贵亲自坐校车这件事太震撼，还是惧怕说话声音太大会被打。

季星凌疑惑："司机为什么一直看我，要买票吗？"

"不用。"林竞递给他一只耳机，"听歌。"

"什么歌？"季星凌随手戴好。

耳机里的女声很熟悉，英语听力。

在"帮助年级倒数第一维持绝不学习的中二人设"这件事上，小林老师还是很兢兢业业的。

因为天气转凉，梧桐楼的老风扇终于得以停工，丝丝细风从窗户溜进来，吹得人很舒服。

监考老师是一天一换，进门见讲台上放着两张课桌，还以为是不听话的捣蛋鬼，需要重点防范，所以并没让他们搬回去。

"老孙，我们班怎么少个考生？"

"那个是岳升吧，生病要休学一年，我早上刚好遇见刘老师，聊了几句。"

"是吗？那应该病得挺严重。"

季星凌闻言微微皱眉，收买成年妖怪在校园里捣乱，的确违反了《妖怪治安处罚法》，需要接受教育和缴纳罚金，但好像也不至于休学一年，难不成对方还有什么前科，这次属于再犯所以从严处理？

他打算考完试后，再去找杂货店老板打听打听。

英语是由年级主任亲自出的试卷，林竞粗粗地扫过一遍，觉得难度不算低。听力第一道大题有很多连读，稍不注意重点就会飞去天边。昨天的数学已经有两道超纲大题没做，英语没有任何丢分的空间，他集中精神，在稿纸上飞速地记着。

旁边的季星凌大笔一挥，潇洒选了个"C"，然后自信满满地准备听下一题。

眼睛的余光刚好瞥见这一幕的小林老师："……"

你为什么要现在翻试卷，你到底在听什么？

两小时过得很快，老师离开之后，季星凌敲敲桌子："老地方，日料店？"

"好，这次我请你。"林竞收拾书包，"你觉得英语怎么样？"

"还可以。"季星凌膨胀，"虽然作文没怎么看懂，但我写满了，还很整齐。"

"能及格吗？"林竞问。

"如果阅卷老师能手下留情的话。"季星凌美好地畅想了一下，"我好歹写了很多，你教我的，数学写个'解'字还能弄点分呢。还有听力那个David是不是喜欢吃胡萝卜，我听到好几次 baby carrot，所以是选 agriculture 那个吧，David 来中国学怎么种 carrot？"

"……嗯。"

"真的吗？我怎么看你的表情好像不太对。"

"季星凌。"

"干吗？"

"不然我请你吃顿贵的。"

"……"

直到坐进日料店，星哥依然没想通，为什么自己只是弯腰捡了个涂改液，听力题就从第二题变成了第三题，从来中国学习高铁技术的德国专家 David，变成了厨师讲述如何制作 yummy 的胡萝卜肉泥。

林竞安慰他，反正这次英语很难，大家肯定都不怎么样，属于普天同差。

"你抓紧时间再背会儿文综，而且就算总分上不了 400 分，只要年级排名提高，阿姨还是会高兴的。"

大少爷意兴阑珊地叼着蟹腿："哦。"

David，一听名字，就知道不是好人。

回德国继续种 carrot 去吧。

吃完饭后，老板给两人换了新的大麦茶，底下滚着很小的炉火，咕嘟咕嘟煮着。

季星凌看了几页历史，抬头看见对面的人已经趴桌上睡着了，就又找服务员要了床毛毯。

两点半，手机闹钟准时地嗡嗡响起。林竞活动着筋骨坐起来，睡眼蒙眬地看了半天对面的人，疑惑地发问："你这是什么吉卜赛妇女的流浪造型？"

"哎，你这人会不会说话？"季星凌把毛毯丢在一旁，穿着短袖伸手，"衣服给我。"

林竞这才发现自己身上盖了另一件校服。

"你不是有洁癖吗？我看这毛毯应该不少客人用过，边上都脏了。"季星凌拎起书包，"走。"

"……哦。"

门外的雨还在下着，淅淅沥沥，不知不觉就裹尽了夏。

比起早上天书一样的英语试卷，文综就要友好许多了，堪称轻松愉快的 150 分钟。交卷铃声响过之后，季星凌拿着学霸抄下的答案对了对，再度对零花钱燃起信心。

"我们要怎么去万和？"林竞问。

"坐地铁，不然这个点汇泉路那一截太堵。"季星凌说，"我先给老徐发条微信问问，你是要哪双 AJ？"

"这个，Travis Scott 联名款。"林竞想把图片发给他，却想起来两人还没加好友。

季星凌主动把手机屏幕递到他面前："给，你扫我。"

同学情谊更进一步，很值得吃一顿爆辣牛蛙来庆祝。

地铁一号线要路过金融园，不分时间段挤得要死要活，两人被人流推下车时，林竞脚上的 Yeezy 350 已经被踩成黑色满天星，身价顺利翻倍。

季星凌辩解："我真不知道这么挤。"

"我知道。"林竞整理了一下校服。

"你知道，为什么不提醒我一下？"

"我是说我知道你没坐过几次地铁，不是说我知道一号线很挤，你为什么会觉得我会知道一号线很挤？我们到底谁才是本地人？"

"……"

"你这表情是不是代表又被我绕进去了？"

"你别歧视人好不好！"

"那你重复一遍。"

"闭嘴吧。"

"你刚刚坐过地铁，不要碰我的头！"

偏不！季大少爷仗着自己要稍微高那么一点点，勾着人不松手，校霸本性充分地显露。

两人一路打闹，惹来无数上班族羡慕。

这个年纪啊，连傻气都盖不住青春的美好。

从地铁口到万和，还要走差不多五分钟。雨后的天很暗，路灯已经提前亮了起来，是很可爱的玉兰花形状。

"徐哥说你要的 AJ 没现货，不过可以订，一周就能拿到。"季星凌晃晃手机，"行不行？"

"没问题。"林竞看着前面，"那儿貌似有家药店，我先去买盒消炎药，感冒嗓子不舒服。"

"你真感冒了？"季星凌随口问。

林竞没听明白，什么叫我真感冒了？

"那只黑猫是猫妖。"

"什么？"

"金华猫，你应该听过吧？"季星凌双手插兜，一边倒退走路一边说，"我之前没提是怕吓到你，毕竟那老妖怪是会吃人的，对付你们这种小植物就更容易了。不过不用担心，它已经用一条命帮你解了魅术，现在被妖怪纠察大队暂时看管着，下一步应该会移交给狴犴。"

"季星凌。"

"嗯。"夸我，就现在。

"你到底在叽里咕噜些什么，我为什么一句都听不懂？"

"……"

林竞试了试他的额头温度，哦，正常。

那可能你没事，我发烧了。

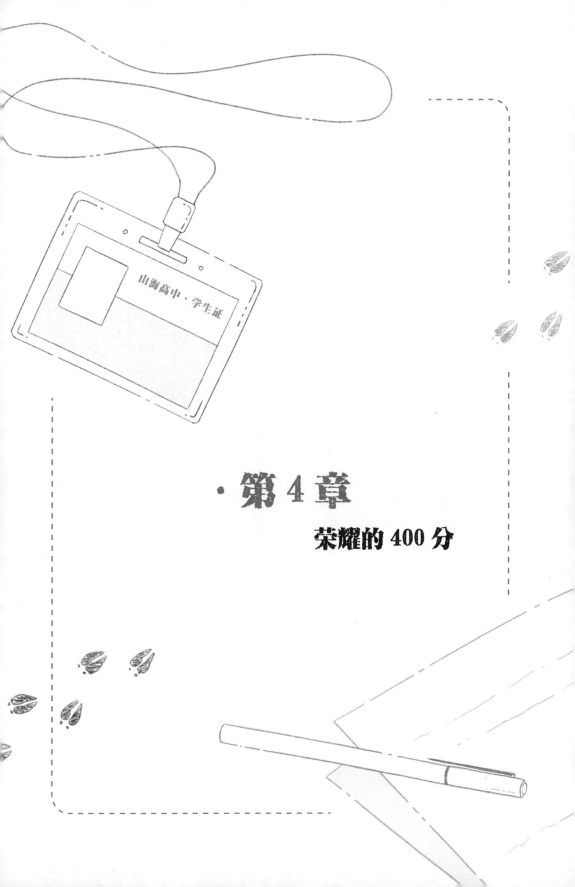

· 第 4 章

荣耀的 400 分

《妖怪法》里明确指出，不能强迫不想公开身份的妖怪公开身份。

虽然念起来有些绕口，但这个法条在保护妖权，以及维护妖界稳定方面还是非常有用的。

也的确有那么一部分妖怪，总喜欢谎称自己为人类。根据专家分析，这个群体要么是因为真的很喜欢人类，要么就是因为原身太丑。毕竟山海广阔，也不是每个妖都能像麒麟一样威风凛凛，还是有许多奇形怪状品种的。

季星凌陷入短暂的疑惑，难不成林竞是一株发育不良的自卑狗尾巴草？

林竞却在想另一个问题，既然两个人都没发烧，那关于什么猫妖和妖怪管理员的故事……不过话说回来，他之前以为问题少年不爱学习，拉帮结派，日常活动可能也就是翻墙逃学去网吧，抽烟烧烤打群架，万万没想到还有这种降妖除魔的热血幻想型，怪不得他要给小弟定制什么妖怪卡。

"我觉得你完全不用逃学，真的。"林竞真诚地建议，"你可以向学校申请组建一个话剧社。"

季星凌："？"

小林老师继续行走在拯救问题学生的路上，伸手："卡呢？"

这才对嘛。季大少爷顿时舒畅，把那张银白妖怪证放在他掌心："所以你是什么妖怪？"

"在回答之前，我还有一个要求。"林竞发自内心地说，"你能给李陌远也发一张吗？"

这么中二感爆棚的事情，他迫切地需要有人分担压力，如果另一个年级第一也愿意自降智商，那就再好不过了。

季星凌：你到底在说什么？

"那你考虑一下我的提议，我先去买盒阿莫西林。"林竞把妖怪证揣进裤兜，转身进了药房。

季星凌："……"

提问：比英语更难听懂的是什么？

回答：植物语。

正好这时招摇铺的老徐打电话来，问两人什么时候过去。

"我们快到楼下了。"季星凌说，"十分钟。"

"另一个买 AJ 的小朋友也是妖怪？"老徐打着哈欠，"我可就不变人了啊，下午喝多了酒，浑身没劲，反正店里也没什么客人。"

——南山之首曰鹊山，其首曰招摇之山，临于西海之上。……有兽焉，其状如禺而白耳，伏行人走，其名曰狌狌。

狌狌老徐是这一带有名的潮店老板，主业卖鞋，副业卖酒，身边常年美女如云，日子过得相当滋润。

林竞把消炎药装进书包："走吧，刚刚听收银姐姐说，那家牛蛙还挺火的，我们早点弄完去排号。"

"喂。"季星凌跟在他身后，"你怎么也不问我是什么妖怪？"

"在你把李陌远拉入伙之前，不要和我讨论这个问题。"

"……"

植物语难懂加一。

万和大厦只有四部电梯，人多又杂，进进出出的，差不多每层都要停一停。

手机没有网，身边还有一对小情侣可能正处于热恋期，一刻都不能分开地抱在一起，黏糊糊地亲来亲去，身上香水味刺鼻。好不容易抵达二十八层，林竞一口气打了三四个喷嚏，觉得自己快被熏晕了。

"这里一直就这样，又脏又乱。"季星凌买了三瓶饮料，"你先给老徐带一瓶，他就在前面那家店里等着，对了，老徐是招摇山的大狌狌，虽然样子凶，但性格还挺好的，你见了不用怕，刚电梯里没信号，我去回个未接电话。"

"哦。"林竞接过饮料，脑子还在晕乎，也没太听清。

拐角处，招摇铺的店招牌是红色霓虹管，闪烁明灭，引人注目。

季星凌靠在墙上打电话："我刚刚在电梯里，怎么了？"

"没什么。"另一头是杂货店的药兽胖老板，"你不是让我查岳升休学的原因嘛，他因为唆使妖怪恐吓人类，需要从严处理，所以被强制送到了未成年妖改造学校，得在那待上一年时间。"

季星凌瞬间站直："人类？"

"对啊，就被金华猫蛊惑的那个。"胖老板还在絮絮叨叨，"你说说那只穷奇，连同学是人是妖都没分清，就敢收买猫妖施魅了，他是不是以为对方也是小妖怪，吓唬一下顶多罚罚款？这下算是栽了……喂？你那边没声了，又没信号了？"

季星凌握着手机，远远地、眼睁睁地、目瞪口呆地，看着林竞推开了招摇铺的门。

我……

店里没有客人，很安静。

"徐哥？"林竞站在鞋架旁，试着叫了一句，"我是季星凌的同学，你在店里吗？"

"自己随便坐。"门帘一动，从里面出来一个……满身毛的，恐怖猩猩？

林竞没有一点点防备，魂飞魄散，呼吸一窒，差点把手里的饮料丢了过去。

"老徐！"下一秒，一声怒吼就在身后炸开，"你快去给我换了这身 COSPLAY 的破衣服！"

狴狴："……"

林竞也被吼得膝盖一软，惊吓乘以二。

季星凌揽住他的肩膀，强装镇定："忘了提醒你，徐哥平时就爱这种奇装异服，品味很变态的。"

老徐欲言又止，默默转身回了里间。

一分钟后，出来一个梳着莫西干发型，踩着大红 AJ 的潮流酷哥。

"对不起啊同学，吓到你了。"

"没事没事。"林竞已经缓回来不少，"我从没见过这么逼真的道具，要是去漫展一定能得第一名，是你自己做的吗？"

"……算是。"自己长的。

季星凌坐在沙发上，一口气喝光了一整瓶冰可乐，手指还在微微颤抖。

林竞疑惑："你还好吧？"

"没事，电梯里太闷了。"季星凌暂时没有心情整理前因后果，转移话题说，"先去收银台签单子，老徐这边都是付百分之三十定金。"

"别！都这么熟了还要什么定金，下个星期货到再说。"酷哥狴狴目前也心脏狂跳，只想把这两个小屁孩快点打发走，"我去拿你的东西。"

林竞随口问："你订了什么鞋？"

"不是鞋，老徐还有个……酒窖，我姥爷下个月过生日，所以找他买了一小瓶，那个，酒。"

"季星凌你真的没有不舒服吗？满头都是汗，不然我们回家吧，我下次再请你吃牛蛙。"

"……也行。"

回家的路很沉默。

出租车走走停停，停停走走，红灯不断，堵得九曲十八弯。

林竞有点晕车，所以一直在戴着耳机听歌。刚好，季星凌目前也不是很想说话。

他仔细地回忆了一下两人相遇的全过程，总算发现了问题出在哪里——自始至终都是自己单方面认定，那张妖怪证属于林竞。至于理由，一是当时现场只有他一个陌生人，二是对方身上那清爽干净的气息，确实很像妖怪山林最深处的雾，在细雨中被风裹着，弥漫在花与草叶间。

所以……难不成是妖怪和人类联合，共同出品的某种沐浴露？季星凌右手搭在额上，深深地呼出一口气，心力交瘁。

林竞用眼睛的余光瞥见，于是递过来一盒薄荷糖："吃不吃？"

季星凌神思恍惚地倒出七八粒，全部丢进了嘴里。

林竞吃惊："这是超强冰凉版，你不辣吗？"

一脸冷酷你星哥："还行。"

舌头疼得说不出话。

两人堵了快两个小时才回家。

林竞早就晕车晕成了霜打的茄子，蔫蔫地打了声招呼就想回1302，季星凌叫住他："喂，那张妖……不是，破卡，你还是先给我吧。"

"你又改变主意，不打算拉我入伙了吗？"

季星凌硬着头皮："嗯。"

可能是看他表情太僵硬，像是十分受打击，林竞又有些心软："其实我觉得你这个组织还挺有意思的，真的，不然这样，你不用再找李陌远了，我可以加入。"

季星凌："……不行，我不能勉强你。"

"一点都不勉强。"林竞打开1302的门，"那明天学校见，你早点休息。"

季星凌："……"

你给我回来！

姜芬芳正在客厅里织围巾，过了秋天，冬天就快到了呢。

"阿姨，家里有吃的吗？"林竞放下书包，"我今天有事没吃成牛蛙，饿了。"

"有，我去给你煮碗鸡汤细面。"姜芬芳站起来，"十五分钟。"

厨房很快就响起了锅碗瓢盆的碰撞声。

在照顾小孩这方面，姑获鸟堪称高手。她一只手拌小菜，另一只手在锅里翻面条，还能抽空用翅膀尖按下电话接听键，塞着耳机轻声细语地说："小竞很适应这边的生活，林太太你不用担心……对呀，还交到了很多朋友，今天就和隔壁同学出去玩了……考试成绩还没出来，但他学习很努力的……嗯……”

而 1301 的厨房也乒乒乓乓，是胡媚媚在烹饪奶酥饼干，用的是她在小区家长群里学习到的新配方。

季星凌反锁卧室门，打电话给胡烈：“舅舅，帮我查一张妖怪证编号。”

“不行！”对面的九尾狐警觉地奓毛，“你想都不要想，这是要被开除的。”

“我会保密。”季星凌催促，“而且你都帮我妈查姑获鸟了！”

“查姑获鸟是为了谁？你们麒麟都这么恩将仇报的吗？”

“不要把对我爸的意见发泄到我身上。”

“……”

争吵长达半个小时。

最后，胡烈不甘不愿，悻悻地说：“保密知不知道，敢外传我就把你光屁股的照片放在山海 App 首页。这串编号是中曲山的櫰木，未成年小妖怪，锦城十八中的学生，名叫邹发发，照片我就不截了，你想要的话自己来看，他怎么招惹你了？”

“没，我捡了一张妖怪证，好奇。”季星凌有气无力。

胡烈松了口气：“早说啊，我还以为出了什么大事，你有空记得交给庆忌，私自扣留他人证件是违规的，当然了，这个小妖怪粗心遗失证件，也要缴纳罚金和被通报批评。”

季星凌没心情听他唠叨，随手把手机丢到桌上，想了想，又拿回来重新拨了一串号码。

杂货店胖老板很稀奇：“你今天这么想我？”

“这个月的监控还在吧？”

“当然。”

半个小时后，季星凌敲响了 1302 的门。

林竞说：“咦，你还没睡？”

“突然想起来一件事。”季星凌四下看看，“你家阿姨呢？”

林竞帮他拿了瓶饮料：“去楼下超市买水果了。”

“那天要绑架我的是不是这群人？”季星凌把手机递到他面前。

林竞仔细地看了看：“对，在后巷的杂货店，你去调监控了？”

季星凌稍微冷静了一下：“嗯。”

林子大了，什么奇葩都有。

比如说不好好发展农业种植 carrot，偏偏要来中国学习高铁技术的德国人 David。

再比如连妖怪证都能丢，丢了还不赶紧找的中曲山櫰木邹发发。

最好不要出现在山海附近。

不然星哥见一次打一次。

邹发发就是那天在学校后巷一路狂奔，又迎面撞上林竞的准绑架团伙小弟。在发现自己的证件遗失后，他已经把常去的几个地方统统翻了个遍，但都一无所获，目前正处于战战兢兢、不知道该不该向父母坦白的崩溃阶段。

虽然季星凌一向看不上十八中那群混混，不过打架归打架，他也做不出"捡到对方妖怪证后故意藏着不还"这么跌份的事，所以还是打算要回来上交给妖管委。

林竞问："你调监控是要报警？"

"他们没胆子玩真的。"季星凌不以为意，"之前和我在烧烤店打过一架，输了，所以经常拉一伙人去后巷。"根据杂货店胖老板的回忆，每回都是人员齐全、计划周密，看起来很能"干一票大的"，但也每回都是季星凌刚出现，这支"十八中找场子联盟"就瞬间解散，成员纷纷作鸟兽散，不知道究竟是被打出了多大的心理阴影。

烧烤加打架，林竞总算在季星凌身上找到了一点"翘课差生"的感觉，但并不惹人厌。相反，在这几天的相处里，这位大少爷其实一直都表现优良，品行端正。哪怕只是看在考前帮忙买感冒药的分上，小林老师也决定努力一下，把他捞出年级倒数的队伍。

"今晚还一起看书吗？"

"……好。"

胡媚媚惊喜万分，万万没想到考试都结束了，儿子居然还愿意学习。于是亲自致电白泽，对他展开了长达半个小时的真挚感谢，并且由衷地表示你一定要保持身体健康，不要一天到晚在家里看书，空闲时要学会多出门走走，加强锻炼，当然了，也别走太远，江岸书苑这一带的风景就很优美，想不想来我家做客？

白泽：……谢邀，不想。

卧室里，林竞做完一套数学试卷，一边活动筋骨一边问对面的人："你单词背得怎么样了？"

季星凌回过神，看了一眼桌上没翻过的单词书："哦，我刚刚是在想……话剧社的事。"

林竞有些意外："你真打算去申请？"

季星凌赶紧拒绝："社团都是高一新生在弄，我们明年就高三了，老师肯定不会同意。"

他掩饰性地咳嗽两声，继续硬着头皮说："所以我打算放弃这个爱好，你还是把卡还给我吧。"

"是吗？"林竞觉得有些可惜，但高二的确没有太多时间能挥霍，所以他爽快地把妖怪证递回去，又安慰，"等你考上大学，就有大把时间组建社团了。"

季星凌实在不愿意再讨论什么见鬼的话剧社，满心只想把这张破卡快点上交组织。等林竞走之后，他拨通庆忌快递的电话，不到五分钟，就有一只穿着黄色冲锋衣的小妖怪彬彬有礼地敲窗取货："请问要保价吗？哦，您这是妖怪证归还，那就不需要支付任何费用，直接签字就可以了。另外这是我们的广告单，秋末各种珍贵灵果大减价，买一箱送一箱，当然啦，您要买人类的水果也可以找我们，反正顺丰又不会知道。"

他滔滔不绝地介绍了五分钟，最后可能是发现了面前客户的脸色越来越差，而且也并没有在听自己说话，这才遗憾地噤声，蹬着黄色小三轮一溜烟地飞向了总部集散点。

季星凌躺在沙发上，单手疲惫地搭上额头。

堪称惊魂一天。

考试成绩是在隔周放出的。

其实季星凌在"自己居然给人类讲了好几遍妖怪的故事"这种巨大的冲击下，已经不太顾得上关心成绩了，所以当于一舟把手机屏幕递到面前时，他还很纳闷："你这是座机像素吧，什么玩意儿？"

"我去找宁老师拿作业，正好看到了你的试卷。"于一舟揽住他的肩膀，"可以啊星哥，怎么考的，82分呢。"

季星凌："……"

考试大概也是百分之九十九的能力，加上百分之一的运气，或者运气的占比还要更高一点。这次英语试卷太难，所以大家分数普遍不高，听力更是惨不忍睹，但星哥运气惊人，虽然题目没听懂，强行让德国人去种了几亩地的胡萝卜，但选择题蒙对了大半。

上课的时候，Miss Ning专门点名："季星凌，你做一下准备，在明晚的英语自习上和大家分享学习方法。"

猝不及防你星哥："？"

于一舟趴在后桌，快笑昏了。宁芳菲敲了敲讲桌："那个英语退步到全班第六的课代表，你看起来好像很高兴的样子啊，要不要也和大家说说经验？"

"对不起宁老师，我错了，我真错了。"于一舟举手投降，"我马上闭嘴。"

"过来干活，这些发给同学。"宁芳菲笑着骂了一句，把一摞试卷递给他。高二
（一）班的学生之所以喜欢 Miss Ning，不仅因为她课讲得好，更因为其性格体贴、温
柔，不及格的试卷从来都是悄无声息地发放，不会像别科老师一样，字正腔圆地从
150 分念到 15 分，半点儿面子不给学生留。

林竞转了一下笔，看起来一脸淡定，其实还真挺紧张的。讲台上，宁芳菲已经
开始叫名字发试卷，前几个都是九十多分，越叫越高。全班立马鸦雀无声，除了一批
不及格的倒霉蛋，其余人都凝神静气，恨不能最后一个听到自己的名字。

罗琳思英语成绩 110 分，已经算是比较高的分数，于一舟 121 分排第六，第三是
韦雪，她发挥向来很稳，这次考了 133 分。试卷只剩最后两张时，教室里的静默逐渐
被打破，大家开始小声地议论起来，第一究竟会是李陌远还是林竞。

"李总你稳住，要替山海争光啊！"教室后面有人突然叫了一嗓子，其余人也都
跟着哄笑起来。宁芳菲哭笑不得："怎么，你们还把林竞的户口划归在宁城三中？都
别说话了。"

可能是她这一嗓子太温柔，底下依然嗡嗡声一片，季星凌回头看了一眼林竞，
见他一直在喝水，像是有些尴尬，于是单手一拍桌子："都别吵了！"

瞬间安静。

不仅全班同学很纳闷，为什么季大少爷突然就兼任了"维护课堂安静"这一职
务，连宁芳菲也愣了一下。而在这种关键时刻，狐朋狗友就显得很有用了，才被靠了
一下桌子，于一舟已经主动举手："宁老师，是我让季星凌帮忙维持秩序的，我今天
嗓子不太好。"

宁芳菲点点头："李陌远考得不错，147 分。"

全班再度小声地议论起来，Miss Ning 可能也对这群一念成绩就疯的小崽子比
较没招儿，于是趁着音浪还没涨，冲林竞招招手，示意他上台拿试卷："全班第一，
恭喜。"

"宁老师，第一是多少分啊？"有人拖着尾音问。

"作文扣了两分，也是这次的全年级第一，李总和（二）班马思文并列全级第
二。"宁芳菲看了一眼时间，"好了，给你们三十秒钟，用来恭喜所有取得好成绩的同
学，但事先说明，要是声音太大招来年级主任，扣了班分我可不赔，所以不如改成热
烈鼓掌？"

季星凌相当配合地带头拍手，转身冲小林老师挑了挑眉。

下课后，林竞和李陌远的课桌旁都围了一群人，这是高二（一）班的大型传统
迷惑行为，据说摸一下学霸的试卷，下次考试就能高歌猛进。季星凌当然不会参与

这么傻的活动，他丢给于一舟一瓶冰水："周五有没有空？后门那儿新开了一家烧烤店，你让侯跃涛组织一下，班级聚个餐吧，我请客。"

侯跃涛是副班长，昵称老侯，高二（一）班的憨厚老大哥，"俯首甘为孺子牛"的那种。于一舟点点头，又问："为什么突然要请客，普天同庆你英语差八分及格？"

"滚！"季星凌一巴掌拍上他的头，"让你去你就去，话多。"

教室里，学霸的试卷已经不知道被传到了哪里，座位上只留下了学霸本人。李陌远笑着转头："之前韦雪说我们班要转来一个大神，我还不觉得，结果第一次考试就被碾压，服。"

"英语高出一分纯粹属于运气好。"林竞说，"我数学两道大题完全不会，估计130分都难。"

几个成绩困难户正好捧着试卷来还，听到这么一句，顿时被打击得不想说话。

你们学霸的世界好难懂。

我还是选择闭嘴吧。

英语之后是语文，根据王宏余的满面红光来分析，成绩应该也不会差。

"季星凌。"他说，"你站起来。"

于一舟又笑崩了，不知道为什么，他总觉得季星凌一旦和"考得太好被老师点名表扬"这件事沾上边，就变得莫名其妙地非常喜感。

"你猜自己考了多少分？"王宏余问。

星哥再度一脸蒙圈，我不想猜。

他从来就不知道，原来考好一点还有被全班当猴看的这个糟心环节。

"下次考试要再接再厉。"王宏余没宣布分数，而是直接把试卷递给他，又往后看了一眼，"林竞，你脖子伸这么长做什么，想知道季星凌的分数？"

"……"

"当然了，你也考得不错，总体来说这次我们班语文普遍很好，拿到了年级第一和平均分年级第一。"王宏余很满意，"总算没有给我丢脸。"

全班都在眼巴巴地等分数，偏偏王宏余话还多，慢条斯理地说了半天"这次考试和高考相比还是简单的，所以你们取得好成绩也不用骄傲，要继续努力"云云，一个破保温杯端起来又放下，放下再端起来，直到看见底下的小崽子们已经一脸崩溃，才心满意足地叫来课代表发试卷："既然大家都考得不错，我就不单独念成绩了，重点挑几个分数说，年级第一韦雪130分，李陌远和林竞都是128分，进步最大的是季星凌109分，他这次作文写得很取巧，大自习的时候大家可以传阅一下。"

季星凌："……"

这又是什么奇妙安排？

"来来，借我拜读一下文豪大作。"于一舟唯恐天下不乱，率先伸手讨要，顺利地换回冷酷的一句"滚蛋"。季星凌把后排狗爪子甩向一边，扭头看了一眼林竞，见他正在和李陌远小声说话，似乎并没有因为"差两分错失年级第一"而心情低落，这才放心地坐了回去。

试卷分数栏写着鲜红的 109 分，109 分是什么概念？和年级第一只差 21 分，再往广阔的范围看一看，去年锦城的高考状元，语文成绩也才 115 分。

虽然题目难度肯定不同，但星哥目前的确有资格适当地飘一下。

王宏余心情大好，难得不拖堂，下课铃刚一响就慷慨地放行。

于一舟伸了个懒腰："去吃饭？顺便介绍一下你的先进学习经验。"

"经验就是尽量远离你这后进人士。"季星凌把书丢进桌斗，懒得贫嘴，"和葛浩去吧，我有事。"

于一舟强行勾住他的脖子："喂喂，你最近到底什么情况，日理万机的，不说清楚我可就跟着了啊。"

"给我松手！"

"不松！"

"于一舟！"

"老实交代，大中午的丢下我又想去哪儿？"

两个人在座位上扭成一团，葛浩站在旁边提醒："下午第一节是数学，李老师每次都是提前十五分钟过来的。"所以你们到底什么时候才能去食堂？

季星凌好不容易才挣开于一舟，抬头一看，教室里早就已经空空荡荡。他其实是想请林竞吃个饭的，毕竟这次作文能得高分，全靠小林老师考前范文找得好。但被于一舟一捣乱，饭局只能被暂时延后，于是不满地踹了对方一脚："走，芙蓉苑，中午你请。"

于一舟纳闷："你刚才不是还说有事吗？"

"改主意了。"季星凌扯过他的后衣领，拖着就往教室外走，"我决定给你一个请吃饭的机会。"

"滚！"

早上出的两门成绩，语文普天同庆，英语虽然算砸，可 Miss Ning 温温柔柔的，一点儿没骂人，反而还安慰了一下不及格的倒霉鬼，所以群众心态也基本稳定。

但数学就不一样了。

李建生本来就长了一张享受国家津贴的招牌严师脸，嘴角往下一垂已经很吓人，更别提他默不作声、阴沉着脸，面前放着一摞试卷，站在讲台后。

山海恐怖故事。

于一舟今天比较倒霉，进教室时还在和季星凌打着玩，结果一扭头，刚好笑容满面地和老李来了个精准对视，顿时脚步急刹："李老师！"

季星凌来不及收腿，鼻子直接撞上了于一舟后脑勺："嗞……"

葛浩抱着两人的校服站在最后："报、报告。"

距离预备铃还有七八分钟，但教室里已经安静得能听见针掉地上的声音了。

"你们三个，关系不错啊。"李建生问，"知道自己这次考多少分吗？"

同样是"猜猜你考了几分"，如果说早上的语文属于青春励志电影，那下午的数学就是恐怖杀人美剧，*Who Will Die Next*（《谁下一个会死》），暴风雪盘旋笼罩着整片山庄，谁先说话谁先死。

当然不会有人蠢到主动接茬。

于是李建生继续说："一个 47 分，一个 57 分，一个 67 分，别说，还挺会分配。"

底下有人低声闷笑，又很快收声。

李建生可能也不是很想多看这糟心的分数，免得血压继续上升，所以批评几句后就把三个人放了回去。季星凌原本不觉得有什么，毕竟 27 分都考过，47 分已经属于翻倍涨，但回座位时见林竞正看着自己，也不知道哪根神经被戳中，竟然莫名其妙被盯出了一种……类似于心虚的感觉。这可真是见了鬼，要知道老李"蜡炬成灰泪始干"地教了大少爷一年，都没能让他产生过哪怕一丝丝"不能考得太烂，让老师失望"的念头，而同行小林老师三五天就能完成这一不可能任务，堪称教育史上的一大奇迹。

试卷发下来，季星凌是中间那个 57 分，加上语文、英语一共 248 分，总分想上 400 分，依然有戏。讲台上，李建生看了一眼手里的试卷："林竞 127 分，你刚刚转过来，成绩非常不错，追上进度还能再进步。"

这分数和之前预估的差不多，林竞也不算太失落。季星凌瞄了瞄老李手里，至少还有十个人的试卷没发，所以 127 分连全班前十都不是？

那这就让人很不高兴了。

年级最高分是李陌远的 150 分，满分，属于李总的正常操作。季星凌没什么心情听李建生讲题，反正又听不太懂，干脆给小林老师发了条微信，以表安慰。

星哥：你还好吧？

林竞的手机正扔在桌斗里，上课前又忘记关静音，振动起来效果惊人。李建生不满地咳嗽两声，一道警告的目光扫过来，林竞老老实实地低头认错，迅速关机塞书包。

"……"

几分钟后，于一舟实在忍不住："星哥，你昨晚是不是落枕，为什么头一直扭来扭去？我快被你晃晕了。"

季星凌噎了一噎，僵硬地坐直。

你是字典成精吗？废话这么多。

好不容易等到两节数学课结束，高二（一）班再次自发地开展摸试卷大型集体活动，不过这次人都围在李陌远桌边。季星凌单手插兜，敲敲林竞的桌子："去买水？"

"帮我带一瓶吧，微信转你钱。"林竞正在忙着抄公式。

"喂，你那个，我觉得 127 分已经很高了，真的。"季星凌反跨着椅子，坐在他前桌，有理有据地分析，"再说那两道大题你根本没学过，扣掉之后再四舍五入一下，差不多算是满分了，对吧。"

林竞手下一停，抬头看他："季星凌，你不会是来安慰我的吧？"

"……"怎么了？不行吗？考 57 分的就不能安慰考 127 分的吗？！

"我没觉得自己成绩差。"林竞放下笔，"而且我刚准备抄完这些后，就来帮你看试卷，你这次数学没考好，是因为浪费了二十分钟考试时间，我会负责的。"

季星凌警觉："你要怎么负责？"千万别说要去找牛卫东动之以情、晓之以理，给我单独申请一场考试。

"我每周抽三个晚上帮你补数学，一定让你期中考试到 80 分。"小林老师本来想说保证及格，但考虑了一下学生目前的……惨烈水平，还是决定扣减 10 分。

季星凌："？"

不了吧，数学和老李的港星飞机头一样，都很辣眼睛的，我觉得 57 分已经可以了。

就在他正准备找个借口拒绝的时候，教室里再度陷入骚乱——侯跃涛刚刚去大办公室抱回了政史地的试卷，说老师让先发下来，明后天上课时细讲。

季星凌："……"

林竞拍拍他的肩膀："等着，我去给你拿试卷。"

学渣人设不能崩，绝不主动看分数。

在这个方面，星哥偶像包袱重达一千五百吨。

讲台周围已经挤成了一锅粥，不断有试卷飞出来。几个男生好不容易翻到自己的试卷，扭头一看林竟和李陌远正并排站在身后，顿时戏瘾发作，捏着嗓子太监一样地喊了两句，示意前面的渣渣们都闪开，让学霸先来。

季星凌一条胳膊搭在桌上，心不在焉地玩手机。葛浩站在他身后看了一会儿，费解地提问："星哥，这页面都到底了，你究竟在重复刷新什么？"

"……"

去开你的花！

过了一会儿，林竟拿着两人的试卷回来，没卖关子："你总分上 400 分了。"

季星凌揉揉下巴，尽量不喜形于色："哦。"

"真的，你考了 172 分，总分刚好 420 分。"林竟把试卷递给他，"下次数学再好一点，就能 500 分了。"

虽然这句话明显鼓励的成分居多，而且下次英语会不会这么撞大运也要另说，但星哥还是觉得心情非常好。他把试卷随意地捏在手里，问："你多少？"

"252 分。"

"李陌远呢？"

"247 分。"

心情好加一。

小林老师不能输。

放学的时候，年级大榜已经贴了出来。李陌远总分 672 分年级第一，林竟因为是转学生，这次不参与排榜，王宏余为此很遗憾，在办公室里絮絮叨叨地说了半天，早知道就提前打申请了，完全没必要不排进去嘛，不然这次年级前十我们班能占一半。

胡媚媚也接到了学校发来的考试成绩，她看着 420 分喜上眉梢，等不及儿子回家，还在路上就打来电话，兴高采烈、滔滔不绝地夸了五分钟之后，又想起来问："小竟考了多少？"

"654 分，全年级排的话前十。"季星凌说完及时补充，"但他数学有两道大题根本没学过，超纲了，不然肯定 150 分，总分就会比李陌远还高一点。"

胡媚媚果然赞许："那确实厉害。"

因为有小林老师的细心维护，季大少爷"从不学习，完全不关心分数，但随便认真考考就能进步"的中二人设始终不崩，而在季星凌再三强调"数学没学过，不然肯定 150 分"的努力下，林竟在小区家长眼里第一的形象也一直稳稳当当。

互帮互助，感人肺腑。

为了表示对林竞的感谢，胡媚媚原本打算请他到家里吃顿饭，结果敲开门才发现 1302 有客人——看起来是很斯文的一对夫妇。

"是林医生在锦城的朋友，今晚特意过来看小竞。"姜芬芳笑着邀请，"我煮了很多菜，季太太要一起吗？正好刘先生的儿子也在山海念高三，可以让小孩们聊聊学习上的事。"

两人说话时，刘栩正好端着水果从厨房出来，他身材瘦高，头发是时下小明星里最流行的浅红棕色。胡媚媚立刻就有了印象，去年开家长会时她曾经在光荣榜上见过照片，当时照片下还有一句优秀生感言，别人都是类似"直挂云帆济沧海"的话，只有红毛男生特立独行地来了个"我们学校不让染头，天生的"，引来不少家长笑着拍照。

胡媚媚对"和陌生夫妇一起吃饭"没有半毛钱兴趣，但是一旦"陌生夫妇"前加个定语，变成"培养出优秀生代表的陌生夫妇"，那别说一顿饭，十顿也完全 OK。

1301 的客厅里，季星凌正躺在沙发上打游戏，他一只脚踩着扶手，另一条腿架上靠背，生动地诠释了什么叫"无所事事地四仰八叉"。其实大少爷刚刚考到荣耀 400 分，按理来说是可以嚣张地玩一会儿手机的，所以听到门响后，他也没有及时地摆正姿势，结果正好迎来劈头盖脸的一顿训："季星凌你看看你现在像什么样子，上不了光荣榜也就算了，为什么连坐都不会坐？"

"……"

星哥沉默地坐直，400 分的保质期，短到令人发指。

这是什么塑料母子情？

"起来换衣服，跟我去 1302 吃饭。"胡媚媚吩咐，"正好小竞的朋友也在，听说是山海高三的尖子生，你好好听一下人家的学习经验。"

季星凌秒速躺回沙发："我不去，不认识。"

"你不认识是对的，你们也不在一个层次上。"胡媚媚把他的拖鞋踢过去，"还想不想要五百枚妖怪币了？"

精准打击。

给杂货店胖老板的定金已经付了出去，身背巨债又上不了光荣榜，考了 400 分就开始打游戏，反正吧，就是不思进取毫无人权……妖权，他并没有讨价还价的资格，只能乖乖地抱着红酒和甜点去隔壁接受学霸熏陶。

饭桌上很热闹。

刘叔叔名叫刘大奇，和太太卢雨是大学同学，毕业就结婚，工作也在同一家单位，标准的模范情侣。就是上班地点太过庄重严肃，锦城东方殡仪馆，不大适合拿来做谈资，所以几个家长的话题全程都死盯在了提高学习成绩上。刘栩在高二时已经拿下了物理省一，高三开学又顺利地进入省队，根据无条件降分政策，只要考到一本线就能进清华。胡媚媚先是适当地表示了一下赞美，然后又关心地询问："那你们住在哪儿？"

季星凌警惕："妈！"

别说你又想搬一次家。

"就在对面的江南岸。"卢雨笑着说，"早就应该来看小竞了，可是小栩马上就要入学考试，不让我们来打扰弟弟，所以一直拖到今天。"

江南岸和江岸书苑相隔一条马路，同属白泽镇守。靠搬家让儿子上 500 分是没指望了，胡媚媚只能把希望重新寄托于小林老师身上。

"其实——"林竞本来想说其实季星凌还是很努力的，考试前几天一直在熬夜背书，并没有游手好闲，但又及时地想起饭桌上还有刘栩在，于是及时闭嘴，并且淡定地转移话题，"排骨好吃，你多吃一点。"

季星凌心不在焉，兴致索然，把小骨头咬得嘎吱嘎吱响。

早知道这么无聊，还不如和于一舟出去吃烧烤。

不过提到烧烤，季星凌又想起来另一件事。吃完饭后，家长们坐在客厅聊天，他靠在书房柜子上："喂，周五晚上全班聚餐，就在后巷烧烤店，你记得把时间空出来。"

"这周五吗？"林竞查了查手机，"可我要去锦城大学听一个文学讲座，已经报了名，七点半开始。"

"……"

"不然我就不去吃烧烤了。"林竞继续说，"是全班 AA 制的话，我明天把钱转给班长，下次一定去。"

"算了，是我请客。"季星凌把手里的书放回去，觉得有些没劲，"先回去睡了。"

"这么早？"

"困。"

季大少爷单手插兜，眼角微微垂着，一如既往地慵懒又漫不经心。林竞把他送出门，回到书房后，刘栩问他："你转学后，请全班吃过饭吗？"

林竞一愣："没，为什么？"

"这还能为什么。"刘栩被逗乐了，"转学后请客吃饭，彼此增进感情呗。其实你请了全班，也不会全班都去，愿意凑热闹的也就十几二十个，但都是班里的活跃分子，和这群人把关系搞熟，有助于你加速融入集体。"

林竟之前从没想这些，不过经过提醒，也觉得自己现在是有一点高二（一）班入侵者的意思，虽然不至于被孤立，但根据英语课上那句"李总要给山海争光"来看，就像 Miss Ning 说的，"户口"八成还被划归在宁城三中。

"我也得回家了。"刘栩叮嘱，"那个讲座如果不是非听不可，你还是去和同学吃烧烤吧，反正肯定不会亏。"

林竟点头："好。"

季星凌把自己丢进按摩椅，嘴里叼着一根棒棒糖，正在和于一舟打游戏。他今晚状态欠佳，连累队友疯狂地掉血，耳机里的声音嘈杂又抓狂："哥哥你怎么回事？左边左边，你倒是上啊……我，我，哥那是我！"

林竟拍拍他的肩膀："季星凌。"

房间里凭空出现一个人，恐怖程度直逼《午夜大榛子》，季大少爷受惊不浅，手机差点盖在脸上。

"你什么时候进来的？！"

"一分钟前，阿姨给我开的门。"林竟解释，"我叫了两三声，你戴耳机所以没听到。"

"找我有事？"季星凌站起来。

"我不去听讲座了，周五烧烤加我一个。"林竟问，"应该还没上交名单吧？"

"全班聚个餐要什么正式名单，谁想去放学留下就行。"季星凌揉揉鼻子，"是老侯负责订位置，那我明天让一舟告诉他一声。"

"好。"

过了一会儿。

"季星凌，你经常请全班吃饭吗？"

"……我为什么要经常请全班吃饭？"

"我就问问。"林竟看了一眼沙发上的手机，"那你继续打游戏，明天见。"

公屏上的队友还在疯狂地喷人，喷打到一半突然挂机的都是弟弟。季星凌干脆没品没德地直接退出，抬头一看林竟还站在门口，心中顿时警铃大作，难不成你现在就要给我补数学？

小林老师仔细琢磨半天，总觉得好像忘了一件事情，但又死活想不起来，于是问："季星凌，你有没有觉得自己还有哪件事没有做？"

季大少爷一头雾水："你这是什么钓鱼问题？"

"算了，也可能我今晚头晕。"林竟按了按太阳穴，"那晚安，还有，谢谢你的烧烤。"

"不客气。"语调非常云淡风轻。

这一晚，小林老师直到睡前还在思考，究竟是哪件倒霉的事情被自己遗忘在了角落，抓心挠肝。

而这个疑问直到第二天的英语大自习时才被想起。

Miss Ning站在讲台上："季星凌，你准备好了吗？准备好了就来讲台上。"

林竞脑子里轰隆一声。

完了，英语学习经验。

季星凌："……"

鉴于他确实没什么惊天动地的绝妙好方法可以分享，只好如实地供认："我是蒙的。"

全班哄堂大笑，宁芳菲也跟着弯腰笑了半天："蒙的，也跟同学具体说说该怎么蒙，争取期中像语文一样，给我拿个英语平均分第一。"

不知道谁起的头，噼里啪啦的掌声热烈响起，半天不见停，喜气洋洋的，跟过年似的。季星凌无语凝噎，不是，我真蒙的，你们欢呼什么啊。他往后重重地一靠椅子，于一舟你声音还敢再大一点？

场面一度失控，最后依然得靠小林老师出马捞人。

看见林竞举手，宁芳菲点头示意："你说。"

"老师，季星凌好像真的没怎么认真学过，我经常见他晚上去楼下打球。"林竞站起来，"也就考试当天，我在考场外面看阅读理解和作文，他过来问了问我要怎么答题，所以聊了几分钟。"

宁芳菲有些意外："你们住在一起？"

"邻居，经常串门。"

"那就换你来和大家分享一下答题方法。"宁芳菲果然放行，"季星凌，你先坐下吧，下次要保持住这个分数。"

林竞是空手上的讲台，他虽然也没做准备，但英语方面的答题技巧还是能随口说上十分钟的。下课之后，又有不少同学跑过来细问，季星凌好不容易才找到机会，递给他一瓶水："谢了。"

"不客气。"座位旁边还围了不少人，林竞想了想，突然表情诚恳地来了一句，"季星凌，我觉得你特牛，真的，我还从来没见过谁学十几分钟就能多考好几十分，好厉害啊。"

你星哥："？"

倒也不用这么浮夸。

季大少爷在山海本来就有名，再加上林竞用力过猛这么一吹，到下午放学的时候，关于他"考前看书十分钟，考后暴涨一百分"的威猛事迹已经被传遍全年级，并且还有越来越沸沸扬扬的趋势。

"季星凌稍微看一下书就能考 400 分！"

"季星凌不用看书都能考 400 分！"

"季星凌想考几百考几百！"

"……"

到后来，连于一舟都有些蒙了，专程跑来问："你这是什么崭新的人设？"

"这人设给你要不要？"季星凌单手撑住脑袋，一个字都不想解释，"算了，你还是闭嘴吧。"

再隔一天，葛浩汇报："星哥，现在大家都在说考前拜李陌远没用，得拜你。"

季星凌："？"

葛浩继续解释："因为想要李总的成绩得靠日积月累，你不一样，你是一夜暴发。"

而暴发户听起来总是要更加省时省力、天降横财一点的，符合广大群众对不劳而获的美好期待。

于一舟："哈哈哈哈哈哈哈哈。"

季星凌有气无力。

由此可见小林老师售后服务太到位，也是个问题。

周五放学，教室里留了十七八个人，男女各半，就像刘栩说的，都是平时班上的活跃分子。在结伴往烧烤店走的路上，已经叽叽喳喳地快闹翻了天。

"哎，你们听说了吗？我们要换一个新的副校长。"

"换就换吧，副校长又不会亲自上课。"

"可他是九中来的，九中政教处超变态的好吧，别的不说，我觉得我们很快就要和手机 say goodbye 了。"

现场哀号一片，林竞没听明白："九中怎么了？"

"九中和山海是锦城最好的两所高中，两边风格不大一样。"李陌远解释，"九中管得巨严，高一就要住校加晚自习，差不多半军事化，我们更轻松一点。但实话实说，这两年山海的高考成绩是不如对面，可能从九中调校长也是为了提高分数。"

"这样啊。"林竞对此并没有太大反应，反正有没有手机都是一样学习，而且管理严格，某人也能少逃几节课——虽然坐在教室并不代表真的听进去，可多少也算接受了一番知识的熏陶，有利无害。

于是他问："新校长什么时候来？"

"运动会之后吧。"罗琳思插话，"我爸现在不太确定，但应该差不多。"

季星凌还在和于一舟聊天，并没有意识到小林老师已经在志得意满地进行着新一轮辅导计划。后巷新开的烧烤店场子铺得很大，老板腿脚不便，走路有些一瘸一拐，长着一副江湖大哥相，性格也很江湖大哥，亲自赤膊上阵烤串，还要趁着上菜来和小老弟们碰几杯。

"你们都未成年吧，那我可不能卖酒。"他大着舌头，一看就喝得正上头，"要遵守人……不是，遵纪守法、遵纪守法，未成年人保护法，来来，给你们榨点西瓜汁。"

葛浩挪过来，神神秘秘地压低声音："星哥，他刚刚是不是准备说要遵守人类的法律？"

季星凌"嗯"了一声："是独足鸟。"

葛浩惊讶地问："怎么看出来的？"

"猜的。"季星凌说，"学校附近都会有独足鸟，之前那只刚刚搬走。"

矗蠹可以帮助未成年的小妖怪们避开天雷，所以校方也愿意给予他们优惠政策，把周边好的店铺交给这个族群经营，算是互惠互利。

周五店里顾客不少，几个服务员忙得团团转，林竞牢记刘栩"要和同学搞好关系"的叮嘱，主动担负起去厨房催菜的活儿，结果一掀帘就见后院蹲着一只毛茸茸的巨鸟，顿时惊呆。

"同学，你怎么跑出来……不是，你怎么来后厨了？"老板娘火速地出现，亲亲热热地扶着他的肩膀往店里带，"那只是刚刚送来的新鲜鸵鸟，吃不吃？吃的话我马上磨刀。"

喝醉酒的矗蠹老板："……"

林竞赶紧拒绝，我看它活得挺好，不如多养两天。

罗琳思好奇地问："你们在聊什么？"

"哦，我刚刚在后院看到了一只鸵鸟，挺大的。"林竞比画了一下，"比动物园里的要大。"

"哇！"女生纷纷站起来，"我们也去看。"

老板娘："？"

她赶紧挡住门："还是不了吧，小孙、小孙，快点把你爸……买的那只破鸟关起来，不要让它咬伤同学！"

小孙看起来只有七八岁，正趴在收银台后写作业，憨憨的，动作迟缓。没等他迈着小短腿跑到后院，班里几个喜欢罗琳思的男生已经拥着女生们冲破老板娘的阻碍，大包大揽地表示大家尽管看，有我们的保护，十只鸵鸟冲过来都没问题。

季星凌从洗手间回来，见座位空了大半，莫名其妙："人呢？"

"去后院看鸵鸟了。"林竞往后指指，"好大一只，就是长得有些奇怪，你也要去看看吗？"

季星凌："……"

他拔腿就往后院跑，结果刚好和往回走的于一舟撞了个满怀，对方惨叫一声，捂着鼻子蹲在地上，眼泪都快飙出来了："你为什么看个鸵鸟这么积极？"

季大少爷暂时顾不上安慰狐朋狗友，继续跑到门外一看，院子里的还真是鸵鸟，一动不动站着，双目迷离，双腿健硕。

…………

幸好，虚惊一场。

回到包厢时，于一舟正在捂冰袋，声音颤颤巍巍，表情一言难尽："你居然真的不管我，自己跑去看鸵鸟了？"

脆弱的友情再次遭遇残酷的考验，大少爷咳嗽两声，象征性地拍两把以示歉意，自己抽空把葛浩拽到一边："怎么回事？"

"就是鸵鸟，不是橐蜚。"葛浩小声，"我刚刚也以为是烧烤店老板喝多了，吓一跳。"

院子里，老板娘看着眼前的鸵鸟，惊恐地问："老孙，你你你为什么变成了这样？"

橐蜚老板晕晕乎乎："啊？"

"你知不知道自己变成了鸵鸟？"

橐蜚老板低头看了看，疑惑："什么鸵鸟，我不还是我吗？"

"可我看你就是一只鸵鸟啊！"

"你确定不是自己上了年纪眼花？"

"孙致富你是不是想离婚？"

几分钟后，浮动在空气里的屏障飘飘忽忽，被风吹散了。

橐蜚老板还是那酷酷的独足大佬，并没有变成食用的鸵鸟。

老板娘松了口气："……你是没变，但刚刚谁布了幻境？"

"不知道啊。"老板没有完全清醒，"哪个生活老师恰巧在附近吧，你知道的，他们有义务保护未成年人妖的身心健康。"

"什么人妖，是未成年人和未成年妖，老孙，你要是再在工作时间喝酒，我们就要被没收营业执照了，你知不知道？！"

"是是是，知道知道，我不喝了、不喝了。"

为了把此次事件圆满地盖过去，老板娘还特意网购了一批昂贵的鸵鸟肉加入新菜单，以表示我们真的有这玩意，那蹲着的憨货并不是我老公。但几天之后，老孙烧烤铺还是收到了一张来自妖管委工商办的整改通知书，开头写着"据群众匿名举报"云云，限期三日缴清罚款。

橐蜚老板惊怒："又没有暴露，为什么要罚我们的款？哪个群众这么无聊，我要投诉！"

"孙致富你哪里来的脸投诉？这次的罚金全部从你的零花钱里扣！"

"……"

不过幸好，老孙烧烤店物美价廉，生意很红火，"十一"假期的位置早早被预订一空，应该用不了多久就能赚回损失。

山海高中的放假安排也已经贴了出来，除高三外，其他年级都有八天完整假期。季星凌要回老家给长辈过生日，林竞没什么安排，打算抓紧时间看书，正好把落下的数学补回来。

季星凌难以理解："哪儿都不去，待在家看八天数学？"

林竞："有问题吗？"

"没有问题。"小林老师厉害，小林老师牛。

"那我回家了。"林竞收拾好试卷，"你早点睡。"

"哎，等会儿。"季星凌叫住他，在抽屉里翻半天，最后摸出来一张票，"你之前不是想去锦大听讲座吗？我这有张音乐剧的票，也在那个礼堂，送你。"

音乐剧叫《妖精山村》，据说视觉效果逼真、惊人，最近被炒得一票难求，很火爆。林竞问："你为什么不去？"

"我要回乡下。"季星凌说，"陪姥爷住几天。"

"那我就不客气了，谢谢。"林竞用微信给他转了票面价，"收。"

"这是别人送我爸的，我又不是二道贩子。"季星凌靠在桌上，"这样吧，钱先不用给，算你欠我一顿饭。"

"……也行。"林竞抱着书，"国庆后见。"

临出门前又补充："哦，对了，我等会儿把作业发你，记得下载打印出来。"

星哥不仅疑惑，还大声地说出来："什么作业？"

"数学和英语。老师发的试卷对你来说有点难，所以我重新找了几套。"

"……太多了，我写不完！"

"你只写我布置的就能写完。"

"那老李和宁老师布置的怎么办？"

"我做，你七号能回来吧，一晚上就能抄完。"

"你们好学生怎么可以教唆别人抄作业？！"

"季星凌你之前哪次作业不是临时抄的？！"

"……"

"别想偷懒！"

小林老师补习班，品质的班，负责的班。

包教包会包四百，安全可靠，值得信赖。

胡媚媚用了都说好。

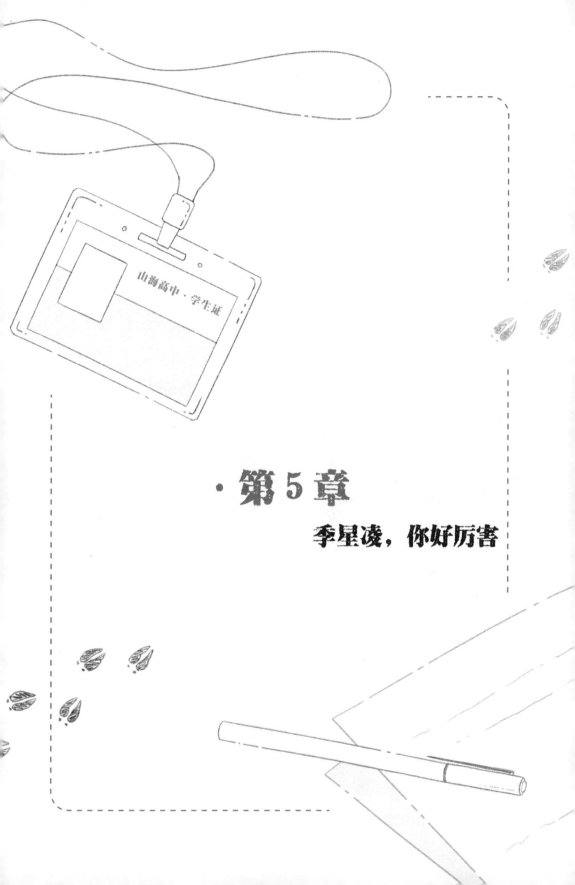

山海高中·学生证

· 第 5 章

季星凌，你好厉害

国庆假期，林医生夫妇被医院抽调到偏远山区做义诊，没法亲自飞锦城，只能每晚给儿子打个视频电话，提醒他别一天到晚闷在家里，还是要多出去走走。

"知道，我今晚就去锦大看音乐剧。"林竞说，"是最近超火的《妖精山村》，同学给的票。"

"一个人吗？"林太太盘问，"几点结束？安不安全？"

"安全，姜阿姨散场会来接我。"其实十六七岁的大男生，已经完全可以冒充成年人，并不需要家长接送走夜路，但架不住姑获鸟太有职业道德，林竞多番拒绝未果，只能接受。

"正好锦大附近的夜市很有名，我们可以一起去吃个夜宵。"

林医生本来正在刷牙，听到儿子这么说，立刻端着漱口杯强行入镜："夜市都是垃圾食品和违规添加剂，大肠杆菌一定超标，不准吃。看完音乐剧就回家，让姜阿姨给你炖点汤，再不然音乐剧也别去看了，一听这妖精鬼怪的名字就知道内容浅薄，爸爸等会儿给你推几场有深度的讲座……哗！"

"老林你废话怎么这么多！"林妈妈拎着他的耳朵教育，"儿子偶尔吃吃小吃看个音乐剧，放松一下紧张的大脑我看就很好。"

"商薇，你作为一个医生怎么可以留这么尖的指甲？！"

"为了掐你，五分钟前刚剪的。"

"……"

林竞把手机放在支架上，一边收拾书包一边听对面的两个人吵架——打情骂俏的那种吵。

"爸妈，那我出门啦。"

"去吧。"林妈妈把老公丢到一边，慈爱地摆摆手，"路上注意安全，我和爸爸也会尽快搬来锦城。"

——青丘之山有兽焉，其状如狐而九尾。

晚间雾气弥漫在整片山林间，让花瓣也凝出透明的露。

季星凌躺在月光下的草地上，面无表情，臂弯下、胸口上、腿上都趴着毛茸茸的九尾狐小崽。

一会儿滚下去。

一会儿又爬上来。

一会儿再滚下去。

当一只小爪不知天高地厚，直直地踩上大少爷的鼻子时，他终于忍无可忍，拖过大竹筐把这些远房弟弟都归拢进去，像抱鸡崽一样抱回老宅："妈，我要去做作业了！"

胡媚媚正在和一屋子九尾狐姐妹聊天，听到之后诧异地问："你不是刚刚写完吗？"

"还有英语没写，林竞给我的试卷。"季星凌说，"那我先去书房了。"

"哇！小星现在这么爱学习啊。"

"对，都不和弟弟们玩了。"

"长大懂事了。"

"真是，又帅又乖。"

夸奖和羡慕都来得没有一点点预兆，胡媚媚被簇拥在人群……狐群中央，生平第一次拥有传说中"别人家的儿子"，暂时被巨大的喜悦冲昏了头脑，半天没缓过劲。

青丘是没有 Wi-Fi 的，手机信号也很弱，好像也只能靠学习来消磨时间。

季星凌坐在台灯前，有一下没一下地在试卷上写写画画。

林竞挑出来的题目很简单，也就勉强够上基础入门的边，连年级倒数的学渣都能毫无压力地往下刷。小林老师大概是想循序渐进，先让学生享受一下一路畅通的成就感，但季大少爷毛病不少，太难的不会做，太简单的也不行，总觉得每一道题目都在全方位地嘲讽自己的智商——我学习也并没有差到连一三五是什么数列都不知道的程度好吧！

于是他干脆丢下笔，不做了。

太简单！

星哥膨胀了！

书房里弥漫着古旧的檀香味，季星凌躺在摇椅上，百无聊赖地吱呀晃着，生生地把自己晃出了困意。

迷迷糊糊中，小林老师突然推门进来，二话不说拿起试卷，检查之后双手叉腰展开批评："季星凌，你为什么连这么简单的数学题都不会做？你这个人到底有没有脑子！过来，把九九乘法表抄三百遍！"

季大少爷在梦里一个激灵，当场清醒。

确实有点吓人。

他权衡了一下，在"没做完作业然后惨遭嘲讽"和"反正没事干，题目又简单，不如顺手写了"之间……行吧，写作业。

窗外，星星也被云层遮住了。

幕布缓缓升起，锦大礼堂里，《妖精山村》正式开演。

根据宣传单介绍，整部音乐剧都会围绕一桩灵异凶案展开，走的是推理悬疑路线。结果开场一分钟，一群打扮成鸟的人在唱歌，开场五分钟，还是同一个场景。

开场十分钟。

十五分钟。

…………

林竞被唱得昏昏欲睡，而身边大哥早就开始打鼾，也有后排姐姐小声抱怨，什么破剧情嘛，这也能火？

话音刚落，就从天而降一股火，噌的一下照亮整座剧院的那种火。

观众瞬间哗然，打鼾大哥不明情况，稀里糊涂地站起来就想跑，却被身后阿姨怒斥："那个光头，快点坐下！"

"……"

火光如龙一般地穿过剧院上空，高排观众甚至能感觉到灼热的温度。

特效逼真过头。

睡是肯定不会再有人睡了，换成了如雷的掌声。

而再接下来还有更多的奇妙场景轮番上演。

句芒催生万物。

谨用不同的语言吟唱歌谣。

毕方以烈焰吞噬村庄，十几只却火雀挥舞着翅膀自浓烟中飞出。

计蒙降下了一场雷雨。

闪着光的蔓金苔爬满了整片舞台。

这是一场盛大而又诡谲的绮梦，直到演员轮番出来谢幕，观众才如梦初醒，纷纷起立鼓掌。

林竞的位置很靠前，所以受到的震撼也最直接。他总算搞明白了，为什么网友对这部音乐剧的评价，大都是"太牛""必须看""舞台设计，我敬你是爸爸"之类的激情评价，原来并不是大家品德高尚不剧透，而是这么一场折腾下来，压根没人能记住剧情到底是什么，脑袋里只会装满灯光的特效。

从这个方面来说，的确值回票价。

保安抱着七八束观众送的花，去后台转交给演职人员。推门后休息室里漆黑一片，有人正在不满地抱怨："烛龙，你为什么又闭眼了？我还没有卸完妆。"

"我今天盯着你打了两个小时的光，眼睛酸，让夜明来顶一下。"

"大风呢？大风，今天舞台效果不错，下次继续按照这个角度吹。"

…………

所以说，《妖精山村》剧组严禁非工作人员进入后台，是非常合理的。

否则送花观众可能会被吓得当场怀疑人生。

天空下了细雨。晚上十点半，姜芬芳准时地出现在散场处，她右手撑着一把大伞，胳膊下夹着厚外套，包里装着保温杯，一见到林竞就疾步迎上前，先抖开外套唰啦一下把人严严实实地裹住，又把伞递过去，最后拧开盖子："来，把红枣银耳汤喝了，驱寒润肺。"

全套动作行云流水，一气呵成，林竞还没听明白，热乎乎的杯口就凑在了嘴边。

"……"

夜市垃圾食品计划惨遭扼杀，林竞老老实实地喝着健康滋补汤，养生从青少年抓起。

其实姜芬芳也很苦恼，她当然知道，自己对雇主溺爱过头。

但这就是姑获鸟的天性呀，看到乖巧的小孩，总会忍不住地想把他们揽在羽翼下。

空荡荡的马路上，两条伪装成流浪狗的混沌相互龇着牙，刚准备干上一架，就被姜芬芳飞起的一双翅膀，双双扇进了垃圾堆。

脏兮兮的，不要吓到我家小朋友！

混沌头上顶着香蕉皮，整狗惊呆！

这到底是什么无妄之灾，阿姨，你是不是更年期提前了？

林竞纳闷，回头问："什么声音？"

"没听到呢。"姜阿姨笑容朴实，"可能是剧院太吵，你还没缓过来，今晚早点休息。"

林竞"哦"了一声，趁着等车的时间，又给季星凌发了条微信表示感谢，着重强调表演挺精彩的，风雨雷电特效惊人。

而等季大少爷收到这条微信，已经是两天之后了。离开青丘，他的手机才开始疯狂地提示消息，于一舟、葛浩、班级群，还有其他狐朋狗友，差点卡得死机，不过大多是没什么用的话，看和不看一个样。只有小林老师人狠话不多，七天一共发来两条信息，一条是说音乐剧精彩，另一条则直击灵魂提出问题——你试卷做完了吗？有没有哪道题不会做?

季星凌先是快速地打了一行:我做完了!

后来又觉得感叹号过于激动像傻子,于是删了标点符号。

再看还是不顺眼,干脆全部清空,换成了一个"嗯"字,又酷又冷漠,很好很星哥。

几秒钟后。

可达:"嗯"是什么意思?季星凌,你又没做试卷对不对?!

怎么还看不起人呢,学渣也是有尊严的!季星凌秒驳斥之:我全都做完了!

按下发送之后,星哥才后知后觉这不是很 OK,不仅激动、傻、感叹号一个不缺,还特意强调"全都",都个头,显得我好像很在乎一样,于是又想撤回,结果不小心手滑删除了。

"……"

麒麟脏话。

手机屏幕又亮了亮。

可达:真的全都做完了吗?你好厉害啊!

季星凌被尬得头皮炸裂,深度怀疑对方是不是批发了一箱"你好厉害"卡,要不然怎么隔三岔五就能毫无征兆地往自己脸上甩一张。

"林竞,你再这么阴阳怪气我就要删好友了!"

"夸你也不行吗?!"

"有你这么夸人的吗?!"

"那我要怎么夸?"

"你不许夸!"

"……也行。"

反正小林老师面对 400 分,也不是很能真情实感地夸出口。

"你下飞机了吧,几点回来?"

"你又想干吗?"

"你不来我家抄作业吗?"

"……抄,半小时。"

"那等你。"

季星凌挂断电话，扯过书包想摸包纸巾，却觉得似乎哪里不太对。

两分钟后，他缓慢地扭头："妈，我那些打印的试卷呢？"

"我哪知道，"胡媚媚被问得一头雾水，"你自己没装好吗？"

季星凌："……"

我真的全部做完了！

整座青丘老宅，只在客厅安装了一部座机，管家接到电话后去书房一找，就见十七八只小崽正在地上撒欢打滚，周围是雪一样的试卷碎片，铺了厚厚一层。

一群长辈互相推诿，最后是狐狸姥姥颤巍巍地拿起听筒："那个，小星啊……"

晚上八点，车子稳稳地停在江岸书苑。

胡媚媚拍拍儿子的肩膀："这样，妈妈去向小竞证明，你这次真的做完了。"

"他又不是老师，有什么可特意说的。"季大少爷哼了一声，浑身没劲儿地下车，"我困了，回去洗澡睡觉。"

胡媚媚当然知道自己儿子的毛病，不高兴了、郁闷了、心情低落了、不想说话了，或者委屈了，一律简称困了。

1301 的房间很大，浴室更大。

季星凌把自己丢在浴缸里，无聊地数泡泡。胡媚媚最近沉迷于香薰精油，家里的男同胞也只好屈从于这满浴缸的玫瑰芬芳，舒缓神经，越泡越困。

一个小时后，胡媚媚终于忍不住，在外面咚咚敲门："季星凌，你是不是在浴室睡着了？小竞已经等你半天了！"

季星凌瞬间坐直："在哪儿等我？"

站在胡媚媚旁边的林竞："……不然你再洗会儿，我不着急。"

浴室里传来清脆的哗啦一声，也不知道是哪个倒霉的瓶罐命丧于防滑地板。

胡媚媚见怪不怪，去厨房继续鼓捣小甜点。季星凌把头发两下擦干，单手拧开门，就见林竞正坐在书桌后。

大少爷提出抗议："你下次过来能不能提前说一声，万一我洗完澡懒得穿衣服呢？"

"我本来是想着你可能累了，需要安安静静地多泡一会儿。"林竞转了转笔，"好吧，下次改进。"

季星凌坐在床边："找我有事？"

"阿姨叫我过来的。"林竞回答，"她说你的试卷被表弟拿去垫狗窝了，情绪低落，需要安慰。"

星哥听了也沉默。

我妈这理由是真的绝。

"那你还有什么不会的题要问我吗？"林竞过来的时候带着电脑。

"……就一道数学吧，求象限那个。"季星凌揉揉鼻子，"其他的都还行。"

"只有这一道？"林竞在屏幕上放大试卷，随口说，"那你还是很——"

话说到一半戛然而止，季星凌等了半天也没等来下一句，于是主动提问："我还是很什么？"

林竞提醒："你不让我夸你。"

"不是，这种可以适当地夸一下。"季星凌拖着椅子坐到他身边，"我说不让的是那种尬到爆的夸，尬到爆你懂不懂？"

"不懂。"林竞在纸上帮他写解题步骤，"季星凌，我发现你要求还挺多。"

"这明明就是合理需求！"季星凌单手揽住他的肩膀，催促，"快点，夸我！"

"不夸。"

"林竞，你这人怎么这样！"

"所以你又要向教育局投诉我了吗？"

"……"

"举报信的格式记住了吗？"

"你还是闭嘴吧。"

过了一会儿，胡媚媚送进来一罐现烤的小饼干。林竞单手撑着头，一边吃东西，一边看季星凌抄作业："这个是 C，你抄错了。"

"抄作业随机错两道是国际惯例知不知道？"星哥在这方面经验丰富，"不然很缺德的。"

林竞哭笑不得，你还挺有职业操守。

刚出炉的奶酥香味浓郁，季星凌在飞机上没怎么吃东西，被勾得胃咕咕地叫，于是也伸手去摸饼干。两人的手在饼干罐里碰到一起，林竞没怎么当回事，季星凌倒是很有兴趣地盯了他半天。

"你看什么？"

"你不是有洁癖吗？我刚抄作业没洗手。"

林竞顿了顿，面无表情地把饼干放回去。

季星凌："？"

"你居然真的嫌弃我？！"

"嗯。"

"嗯个头，我澡都洗完了！"

"但你笔袋脏。"

"不行，必须吃！"

"我吃饱了。"

"张嘴！"

"你还想不想抄作业了？！"

"……"

厨房里，烤箱叮的一声，又出炉了新的小点心。

整个 1301 都充满了甜甜的奶香。

晚些时候，林竞又想起来一件事："明天有空吗？我想请你吃顿饭，谢谢那张音乐剧的票。"

"行，正好老徐今天说鞋到了。"季星凌也没客气，"还是那家牛蛙？"

"不然牛蛙留到下次，我请你吃点别的。"干锅人均只有八十元出头，但《妖精山村》的票已经被炒到一千三百元，林竞不想太占对方便宜，"你喜欢日料还是西餐？或者中餐，也有这家店。"他把手机递过去，全部是这几天新收藏的餐厅，人均消费勉强能抵过票价。

"我都行，那就这个什么 River 吧，离得最近。"季星凌随便指了一家，"我下午约了于一舟打球，你去不去？"

"刘叔叔明天中午请我吃饭，可能来不及。"林竞合上笔帽，"那我们五点半，吃饭的地方见。"

The River 位于锦城饭店二十楼，算是这里最有名的老牌西餐厅，很能彰显小林老师的请客诚意。正好，中午刘大奇请他吃饭的店也在附近，旁边还有省图书馆，很适合消磨时间。

季星凌迟到了五分钟，市中心经常堵车，他是让司机先回家，自己坐地铁过来的。年少总是有不惧寒潮的资本，他在霏霏细雨里只穿着一件短袖 T 恤，外套随意地搭在肩上，短发上也沾了一点剔透水雾，整个人看起来冷冷的，就很酷。

"季星凌。"

"干吗？"

"你再凹造型就要感冒了。"

"……我不冷！"

两人一路打打闹闹，电梯小姐也被这蓬勃的快乐感染："请问是要去八楼的游泳馆吗？"

"The River，我们已经订了位置。"林竞说，"谢谢。"

电梯小姐按好楼层，又笑着问："二位的父母已经到了吗？"

季星凌："？"

林竞也没怎么听明白："必须有家长陪同吗？"

"……当然不是。"电梯小姐明显一愣，不过很快就恢复了职业笑容，"二十楼到了，祝二位用餐愉快。"

电梯外还有一条挺长的走廊，铺着厚厚的地毯，看起来严肃又隆重。门口的迎宾显然也没见过这种两个高中生来吃饭的组合，在领位时犹豫了一下，还是没有把他们安排到预留好的情侣卡座，而是领到了相对明亮一点的窗边。

季星凌："为什么大家都在看我们？"

林竞："我不知道。"

季星凌："我觉得这里好像是情侣餐厅。"

林竞："嗯。"

"你是不是没发现？"

"……"我发现了，刚一进门就发现了，所以你可不可以闭嘴？

但在来之前，小林老师已经用电话点了一部分菜，并且支付了龙虾订金。

很贵的，必须吃。

季星凌系着餐巾，百思不得其解："为什么这家店会在你的备选名单里？"

林竞欲言又止。

"你要说什么？"

"我本来想狡辩一下，把这个锅甩给你的。"

"这和我有什么关系？！"

"对，所以我现在坦白从宽，我选的时候压根没细看简介。"全凭价位和评星截的图。

"……"

"但也有不是情侣的。"林竞四下看了看，自我安慰，"你就当我们是商务宴请。"

季星凌运动了一整天，早就饿得前胸贴后背，也没什么力气挑三拣四，自己拿了餐前面包当饭吃。其实如果不谈环境，The River 里的东西还是不错的，毕竟是老牌餐厅，无论鲜虾、嫩叶沙拉还是黄油香煎扇贝都好吃，鳕鱼微焦，奶油汤裹面包也美味，林竞已经提前点了牛排和龙虾，季星凌为照顾小林老师的钱包，自己只加了份传统意面，按理来讲两个人也差不多，但就像之前说的，这家店是情侣约会专用，厨师可能觉得没有哪位客人会抱着吃饱肚子的目的前来用餐，所以菜量简直少到令人发指，意面小小一卷，餐后甜点只有半块牛轧糖加一勺冰激凌，摆在直径二十厘米的盘子里，视觉效果惊人，吃完更饿。

林竞觉得非常对不起被请客对象，但如果在这家店里吃 M9 和牛吃到饱，自己未来很长一段时间可能都得靠西北风过活，所以只好折中提出："不然我再请你吃一顿干锅牛蛙？"

"这个点从市中心去万和，堵死了。"季星凌拿着外套，"走吧，街对面有家海底捞，你的牛蛙留到下次再请。"

餐厅门口还有服务生在发红玫瑰，应该是想让每位客人都能留下美好的用餐回忆。林竞五雷轰顶似的火速拒绝，单手扯住季星凌，简直是做贼一样进的电梯。

而直到离开锦城饭店，呼吸到大街上热闹又微冷的空气，两人才不约而同地松了口气。

季星凌本来也觉得这就餐体验一言难尽，不过看林竞一脸蒙圈，又觉得挺好玩的，于是凑过去："你现在是不是觉得特尴尬？"

"我为什么要尴尬？"

"因为你带我吃了一家情侣餐厅。"

"我明明找了五家店，是你自己选的什么 River。"

"哎，你这人，你刚刚说过不会把锅甩给我。"

"我改主意了，不行吗？"

"当然不行！"

"走。"林竞把人拉进海底捞。

比起 The River，火锅店的喧嚣沸腾显然更适合高中生，情侣餐厅带来的诡异尴尬终于被冲淡，两人吃饱喝足，摊在沙发上谁也不想动。

"季星凌，我好像吃撑了。"

"我也是。"

"我们走一会儿再打车吧。"

"好。"

外面夜雨初停。

橙红色的路灯，在地面上映出湿漉漉的影子，不能让城市颠倒，也能让人产生一瞬间光和时空的错觉。

林竞双手插在衣兜里，沿着花坛边沿慢慢地往前走。

路边有一株上了年纪的老树，老得都快忘了自己是什么妖怪，所以经常会稀里糊涂地、不分季节地开花，不过幸好，它长得很高很高，所以不会轻易被人发现。

而这一晚，它又开出了一朵花，是浅银色的。被风一吹，刚好飘飘忽忽，落在了林竞的肩头。

人类的植物里显然不该有这个品种，为了避免麻烦，季星凌两步追上前，耍赖般地搭上他肩膀，手指不动声色地一拢："你等等我。"

花瓣在指间扬成细粉，又在空气中闪烁浮动。

林竞扭头看他："你说什么？"

那些细碎微光如尘轻盈，霎时覆满他的眼睫："咦？"

"我说闭眼睛。"季星凌拉着他站到阴暗处，"亮晶晶的，也不知道是从哪家店里飘出来的装饰，别动，我帮你擦干净。"

林竞很配合："哦。"

微烫干燥的指尖，动作小心翼翼。

过了一会儿。

"季星凌。"

"别动，马上就好。"

"我不是要说这个。"

"那你要说什么？"

"你好像真的发烧了。"

"……"

在初秋细雨里穿着短袖不撑伞，叛逆总是需要付出一点代价，季大少爷这一晚发烧高达38℃，顶着降温冰袋有气无力地躺在床上，不想说话。

林竞在临睡前过来探望了一下病号，并且安慰："你明天好好休息，我会把作业全部带回来的。"

季星凌："……"

他嘴里叼着温度计，喉咙沙哑地抗议："不是，有你这么探病的吗？"

林竞抿了抿嘴，用指背碰碰他的额头："晚安。"

"等会儿。"季星凌撑着坐起来，"明天郑不凡应该会统计运动会的项目，你帮我盯着点。"

"好。"林竞点点头，又问，"盯什么，帮你填报名表？"

"盯着别让那帮家伙给我瞎写。"季星凌躺回去，"跑步、跳高、跳远什么的，你随便帮我挑一个，最多两个啊。上学期我也是报名的时候不在，结果被填了一堆。"

山海高中的运动会，不单有常规田径，还有许多莫名其妙的、一点都不"趣味"的"趣味"项目，比如绑腿跑，再比如蒙眼运球。校领导的本意可能是想渲染气氛，再弄个皆大欢喜的人人得奖，但因为项目实在太落伍了，土味盎然的，所以每回都要靠着强制分配，才能勉强地填满名额。

其实像运动会或者校艺术节这种活动，积极的主力军都是高一新生，高三是一定没空参加的，高二也已经步入兴趣衰退期。第二天班会后，体育课代表郑不凡拿着报名表"流窜"了半个班，费尽口舌都没能成功地填满，最后挪着椅子坐到第六排："哥们，你也挑个项目呗？"

"我看看。"林竞要看报名表，见上面热门一点的或者简单一点的田径项目，已经被填了个七七八八。郑不凡可能实在没辙了，只好昧着良心撺掇新同学："你觉得这个顶球绕圈跑怎么样？我觉得还挺简单的。"

在剩下的运动项目里，也就男子 1500 米看起来还顺眼一点，林竞帮忙填了季星凌的名字："好了，给。"

"这不星哥吗，那你呢？"郑不凡双手抱拳、虎目含泪，改走卖惨苦情路线，"求你了，报个趣味项目吧，或者你说服星哥报一个也行，就当救我一条狗命。"

"……不然就这个。"林竞初来乍到，不想表现得太不好相处，于是配合地挑了个多人运球，虽然肯定挺傻的，但不傻也没资格叫"趣味"项目。郑不凡这才心满意足，继续拿着报名表去忽悠别人了，林竞把田径名单拍下来发给季星凌，汇报了一下1500 米长跑的事。

星哥："你呢？"

林竞沉默了一下，回复："没，我什么都没报。"

绝不给某人"哈哈哈哈哈"的机会。

刚才他在填报名表的时候，还特意留意了一下，发现男子 1500 米和多人运球差不多同一时间开始。而众所周知在校园田径项目里，跑步类总是要更加轰动热烈一些的，何况季星凌又高又帅又是校草，那么从理论上来说，自己完全可以充分利用全场目光都被吸引走的这段时间，先悄无声息地"趣味"完，再悄无声息地潜回来，最后顺利混入男子长跑加油大军，计划得相当完美、科学，不愧是学霸你竞哥。

季星凌的感冒已经好了大半。下午的时候，他裹着被子坐在床上，给舅舅打了个电话，汇报芝泉路老树会不分季节地开花这件事。

"我查查……哦，那是一株迷榖树，的确已经有些年岁了。"胡烈说，"我会约一下市政局的人，尽快把它移回招摇山安度晚年。"

迷毂树可以帮助新手司机快速地认清道路，减少拥堵，降低事故发生率，在GPS还不发达的年代里，妖管委每年都会拨一大笔专门款项，用于迷毂的研究与栽培。后来随着导航系统越来越完善，这些伪装成梧桐或者白杨的老树也就逐批被移回老家——但偶尔也会出现漏网之鱼，比如芝泉路那一个年迈的、已经忘了自己是什么树的老爷爷，稀里糊涂地打着瞌睡，就给树下两个少年撒下了一片发光的星辉幻梦。

有妖怪的城市里，到处都能遇到小小的惊喜。

姜芬芳听说季星凌感冒，特意为他炖了一小盅汤，林竞在放学路上又买了点水果、牛奶，晚上一起拎到了1301。

季星凌："你这是什么八十年代老干部的探病方式？"

"你不是嫌我只带作业不够隆重吗？"林竞插好牛奶吸管，"起来，做作业。"

季星凌瞪大眼睛："为什么我感冒了还要做作业？"

林竞一脸纳闷："为什么你感冒了就不用做作业？"

可能是对方的疑问看起来太过发自内心，季大少爷也被唬得一愣，琢磨学霸的世界里大概没有"因病缺席学习"这种事，于是放弃了申辩"生病的人需要多休息"，掀开被子就想下床。

林竞嘴角一抿，把牛奶递到他面前："喂，我开玩笑的。"

季星凌踩着拖鞋坐在床边，胸闷："我发现你这个人是真的无聊。"

"那你继续睡吧，我回家了。"林竞说，"作业我已经标了重点，你明天上课前看一遍就行。"

墙上的挂钟刚到九点，距离高二生的睡觉时间还有两三个小时。季星凌在床上躺了一整天，本来也不困，他叼着牛奶走到书桌边，喝了一口却觉得不对，仔细一看包装——成长快乐儿童奶。

添加深海鱼油提取物，帮助大脑发育，妈妈更放心。

小林老师也放心。

季大少爷对这种恶趣味不予置评，他把空盒潇洒地丢进垃圾桶，翻了两下林竞带来的作业，就见里面夹了几张A4纸，用很浅的铅笔写着解题思路。胡媚媚端了感冒药和水进来，看到儿子居然在老老实实地做题，也觉得挺吃惊的，甚至还有那么一瞬间，觉得他是不是被烧坏了脑子。当然了，这种不利于母子关系稳定的想法一定不能说出来，所以她只是慈爱地问："还不睡吗？"

"嗯。"季星凌嘴里叼着一支笔，正在手机上查公式。林竞的解题思路写得很简略，可能是想让学生自己思考一下，但年级倒数毕竟水平有限，也不是那么容易就能思考出来，所以他把题目用微信发给了小林老师。

星哥：这道题是得用余弦定理吧？

一般像这种做题求助，林竞都会回复得很快，最长不超过十分钟，但这次足足过了半个小时，手机也没什么动静，就在季大少爷深度怀疑手机坏了的时候，于一舟倒是很会挑时间地发来一条条爱的问候。

于。：你感冒好了没？
于。：老宋说运动会报项目的要集中小训一周。
于。：我今天听宁老师提了一句，好像这周就要换教室。
于。：人呢？
于。：我妈让你多喝热水。

季星凌刚打完一句"你最近废话怎么这么多"，发出去就看到来自长辈的多喝热水，只好又火速地撤回，随便敷衍地回了两句，再退回主界面一看，林竞还是没有回复。

这就很没意思了。考虑到小林老师家可能刚刚断网，季大少爷决定充分发挥主观能动性，师不动我动，于是随手拿起练习册出门："妈，我去隔壁问道题。"

客厅里看电视的胡媚媚："？"

林竞刚刚洗完澡，来开门时，一只手还在擦着湿漉漉的头发。

"咦，你怎么没睡？"

"不怎么困。"季星凌解释，"我在微信上问你数学题，你没回我。"

"做题没看手机。"林竞侧身把他请进来，"我去厨房拿瓶水，你到卧室等我。"

这个年纪的男生，房间差不多都长一个样，只有干净整洁与乱七八糟的区别。小林老师显然属于前者，他还遵从父母的叮嘱，在飘窗上摆了一些据说能净化空气的绿色植物，花盆造型各异，还挺可爱的。

"给。"林竞给他端了杯温水，自己拿了瓶冰果汁，"你嗓子不好，别喝凉的。"

季星凌提出疑问："你这饮料是什么魔鬼颜色？"

"芹菜、胡萝卜、牛油果加橙子，喝吗？可以给你放到常温。"

季星凌表情一凛，实不相瞒，我觉得我喝完可能会吐这儿。

"谢谢，不渴。"

1302的书桌要稍微小一些，两个人不能一左一右，只能并排挤在一起。季大少爷坐姿嚣张，两条长腿往前一蹬，一只手晃着笔，另一只手搭上旁边的椅背，百无聊赖地等了半天，见林竞还在算同一道题，于是贴过去问："是不是很难？"

"嗯。"头发差不多半干了，林竞把脖子上搭的毛巾随手丢到一旁。熟悉的山林青草气息再度散开，季星凌多事地伸手揉了揉："哎，连你都不会做，你说老李布置这种题目到底是为了什么？"

"谁说我不会？"林竞看了他一眼，"我早就做完作业了。"

季星凌不解："那你这五分钟在干吗？"

"我之前已经给你写了解题思路，你不是没看懂吗？"林竞回答，"所以我这五分钟一直在想，要怎么简化题目，先让你理解最终是要求 α 的值，和余弦定理没有一毛钱的关系。"

季星凌："……"

星哥当场自闭。

林竞笑着勾勾手指："过来，我给你讲。"

"不听了！"学渣的尊严很脆皮，一击即碎。

"真的不听？"

"不听！"

"听吧、听吧。"

"不听！"

"季星凌，你不要得寸进尺。"

"……"

夜深人静，1302 的卧室窗户，透出橙黄色的暖光。

"现在听懂了吗？"

"嗯。"

"这么快就听懂了，季星凌，你好厉害。"

"……"

求你闭嘴。

可能是因为国庆长假的散漫余韵还没消，这两天连清晨的校车都比往常热闹。林竞上来时，一群人正凑在一起讨论着换教室的事，说东山楼里已经贴好了座位表。高二（一）班的微信群也有人丢了张图，是隔着前门玻璃偷拍的，虽然像素低还反光，但并不影响群众的下载热情，屏幕上消息刷得飞快，一分钟上百条。

林竞把图片保存进相册，放大仔细地看了半天，还没找到自己的名字，就有人打着哈欠一屁股坐在旁边："干什么呢？贼眉鼠眼的。"

"……"

为什么你这种人语文都能考到 109 分？

季星凌属于典型的伤疤一好就忘了疼，昨天还在家咳嗽、气喘地养感冒，今天就松松垮垮地穿着校服来上学，领口歪敞着，耍帅耍到连小林老师都看不过眼，随手扯住他的拉链往上一拽，本意是想提醒对方保暖，结果季星凌好巧不巧地低头看了眼手机，就这么着，拉链精准抵达，把大少爷的下巴生生地卡出一道血痕。

"哐……"季星凌毫无防备，当场疼到蒙圈。

林竞手一抖："对不起。"

"你知不知道你这三个字说得很没有灵魂？"

"……但你可以很有灵魂地原谅我。"

季大少爷哼了一声，自己到司机那儿要了一片创可贴，坐回来丢给他："帮我一下。"

那道伤口说深不深，说完全没事又有点昧良心。林竞帮他贴好创可贴，又用指尖仔细地按了按："好了，挺帅的，真的，我发现你果然是什么造型都很帅，哇。"

季星凌沉默三秒，无声鼓掌，你这个"哇"字真是虚伪到极致。

小林老师，一个没有感情的夸夸机。

被他这么一捣乱，林竞也忘了座位表的事："你今天怎么想起来坐校车？"

"四点多就醒了。"季星凌活动了一下筋骨，"困，我再睡会儿。"

他身材瘦高，本来就很占地方，平时又习惯了歪七扭八的坐车姿势，校车的狭小座位显然不够发挥，所以没多久就把脑袋挤过来，强行抵在了林竞肩膀上——倒也很符合大少爷一贯不学无术的慵懒形象。

林竞点开英语音频，还没听两句，耳机就被抢走一只。

季星凌自己塞好，哑着嗓子来了一句："催眠。"

"……"

耳机里的女声说——

Do you see the fruit buried in the fallen leaves？

It is the flavor of autumn.

你看到落叶里埋着的红果了吗？那就是秋天的滋味呀。

总有许多许多的酸，和许多许多的甜。

…………

两人进教室的时候，正赶上副班长侯跃涛捧着热气腾腾的座位表回来，这下就不是高糊版了，是高清版。一群积极分子立刻挤上前凑热闹，季星凌叫过葛浩："我和谁坐？"

"韦雪吧，好像。"

季星凌："……"

这是什么安排？

虽然星哥对同桌是谁的兴趣并不大，但身边坐着班长这件事也太不 OK 了，刚好老王正在往这儿走，于是他整理了一下衣领，主动去找班主任："王老师，我能不能换个同桌？"

"为什么？"王宏余很疑惑。

季星凌语气诚恳："我觉得我学习太差，上课小动作又多，会打扰到别人。"

"最近你的成绩提高还是很显著的，要对自己有信心。"王宏余循循善诱，"而且和林竞坐在一起，平时有什么不会的题，也可以多问一问他，我看你们的关系好像还不错。"

"好的老师，那我回去了。"

大少爷态度转变得太迅速，王宏余一肚子苦口婆心只来得及开了个头，没有机会充分地发挥，就很噎。

讲台上围着的人已经散了，季星凌在回座位时瞄了一眼座位表，自己在三组第七排，林竞也是。前桌是李陌远和韦雪，葛浩可能最近开花开得太忘我，眼神不大好，所以看串了行。

"星哥。"于一舟踢了踢他的椅子，"我发现你这座位也是绝，周围全是学霸，是不是老王在上次考试里发现了你的潜力，觉得还能抢救一把？"

"我后面是谁？刚没注意。"

"……我。"

"那可能老王并不想抢救我，已经放弃治疗了。"

"滚吧。"

班里嗡嗡嗡吵着，都在讨论同桌的事。王宏余带班多年，知道这帮小崽子一时半会儿肯定静不下心，索性向学校打了个申请，也不用再等周五，今天下午放学就搬，早搬早省事。

学苑楼距离新教室有挺远一段距离，林竞属于做题狂魔型，开学第一天是拖着行李箱来的，现在只有多走几趟往那边扛。季星凌刚收拾好自己轻飘飘的书包，还没来得及站起来，就有几个女生站在桌边问："季星凌，你能帮我们搬一下书吗？"

"能，稍等啊。"季星凌看了一眼教室后方，懒洋洋地道，"侯跃涛！"

"……"

老侯"俯首甘为孺子牛"，亲自去便利店要了个蓝拖车，让女生们把书和练习册堆上来，一趟搞定。季星凌单肩搭着书包，走到第六排伸手："给我。"

"侯跃涛已经走了？"林竞把最后一摞试卷整理好，"我还打算蹭一下他的车。"

"嗯，走了。"季星凌搬起他的书，"快点，我等会儿还要去操场。"

"又去打球？"

"老宋让运动会报项目的人留下，每天放学练一个小时。"

林竞一听很警觉："正式项目还是所有项目？"

"正式项目，趣味活动那么傻，耍个猴有什么可练的？"

"……"你还是闭嘴吧。

两个人往返三趟，才算搬完了学霸的全部家当。林竞看了一眼时间，问他晚上要不要一起吃饭。

季星凌意外："你不回家？"

"我今天值日。"林竞说，"再加上还要搬东西，肯定挺晚的，所以跟阿姨说了在外面吃。"

"行，那你弄完到跑道找我。"季星凌把书包丢过来，自己去操场集合。

还有两个值日生都是女生，面对刚搬完教室的满地垃圾十分崩溃，唯一不崩溃的可能也只有"和帅哥搭档扫地"这一点，林竞充分发挥了优良传统，主动承包了大多数脏活、累活，又问："现在桃李楼还开着吗？"

"开着，灯都没熄。"魏悦以为他要去问数学题，"不过不知道老李还在不在。"

"嗯。"林竞拎起两个书包，"那你们早点回家，路上注意安全。"

桃李楼是教师楼，几个老师正在大办公室里改作业。

"老师。"林竞敲了敲门，"我能不能倒杯热水，东山楼没有饮水机，便利店也关门了。"

"饮水机在墙角。"有高二的老师认识林竞，笑着问，"今天的值日不好做吧，看你这灰头土脸的。"

"嗯。"林竞接了一保温杯水，道谢后直接拿到操场，果不其然，刚刚跑完 1500 米的大少爷，正在捡衣服准备去校外买饮料。

"给。"

"干吗？"

"你感冒了。"

"我好了。"

"快点！"

"……"

保温杯里还泡了几朵金银花，星哥也是服。

"你这是什么中老年养生秘诀？"

"好好喝你的水。"林竟查了查附近的饭店，"你这两天不能吃辣，砂锅粥、猪肚鸡还是排骨药膳？"

"……我选绝食。"

"行。"林竟把手机装回裤兜，"那我去吃饭了，你一个人回去。"

"哎，你还欠我一顿牛蛙呢。"季星凌跟在他身后，"请客要有点诚意，知不知道？"

"难道我还要三顾你家？"

"倒也不用。"季星凌强调，"但吃什么得听我的。"

两人一路推推打打，在学校周围逛了一大圈，也没找到一家正经饭店——用小林老师的话说，都是又油又辣又卫生堪忧，最后季大少爷没辙："那就还是日料店？"

"刚刚路过的时候看了一眼，已经关门了。"

"……行，那我带你去别的地方吃。"季星凌选择屈服，于是又打车走了一截，把人领进一条小胡同，"下去。"

林竟："？"

面前是一条黑咕隆咚的楼梯，又长又陡，两边墙上挂着闪烁的彩灯，感觉不发生凶案都对不起这闹鬼场景。

"季星凌，你是准备带我去不良发廊吗？"

"喀！"大少爷嗓子有点干，正端着保温杯喝水，现在一口全部喷了出去。

"……杯子送你了。"不用谢。

"你这好学生的思想怎么这么不纯洁？"季星凌揉了一把他的脑袋，"这下面是陶叔开的饭店，很火爆的知不知道？小心别摔。"

陶叔是一只饕餮，年轻时比较横行霸道，总想着要联合全城恶兽搞点事情，后来被成年麒麟季先生打到崩溃，只好老老实实地走上勤劳致富路，开了这家看起来像黑店的私房菜馆。

"你确定下面真的有饭吃？"林竟走得异常纠结，"不然我还是请你去吃烧烤，或者火锅、烤鱼、干锅，什么都行。"

"不行，我感冒了，不能吃辣。"

"你好了。"

"我没好。"

季星凌一手扯着他的书包肩带，另一只手推开厚重的店门。

巨大的音浪喷薄而出，林竞差点被当场震聋。

十几个球灯同时在天花板上旋转，把每一个食客的脸都照成赤橙黄绿青蓝紫。

柜台后的小陶瞪大眼睛："你说他是人类？"

"人类怎么了？你爸又不是不接待人类。"季星凌强行要了个 VIP 包间，转身一看，刚刚还站在门口的小林老师，不见了。

饕餮老陶的这家私房菜馆装修风格成谜，既像迪厅又像酒吧，换个萎靡红灯管还能立刻混进电视剧片场冒充按摩房，就是不像正经吃饭的店。林竞在门口站了不到两秒，就被一群乱舞狂魔实力劝退，打算先撤回地面再给季星凌打电话，结果在他拎着书包上楼时，好巧不巧地另一群人也正在往下走，或者更确切一点，是另一群喝醉了酒的妖怪。

"我可再也不想去妖管委开会了，每次都要抄写一大堆破规则，烦都烦死。"美艳讹兽踢掉高跟鞋，顺手塞到旁边的伥鬼怀里，蒙眬的双眼一抬，"咦，老陶这里什么时候多了个小帅哥，未成年打黑工？"

"对不起，借过。"林竞脚步匆匆，侧身想上楼，却被一旁的伥鬼拽住书包："跑什么，没听到有人在问你话？"

"别，别吓到小弟弟。"讹兽上下打量他，笑容不怀好意，"老陶给你一天多少钱啊？不如跟着我干。"她一边说，一边把血红的双眼凑近，毛茸茸的双耳也垂下来，想去触碰对方的脸。

林竞对她这另类的 COSPLAY 造型没意见，但对"有个陌生大姐要用脱过鞋的手摸自己"却很有意见，不过对方人多势众，傻子才会当面硬杠，于是他不动声色地侧头避开，猛地一把扯回书包，拔腿就往楼上跑。

可世事难料，他是不傻，下一秒，傻子来了。

季星凌刚一出店，就看到林竞正被一群混混堵着，顿时火冒三丈，三两步冲上来一把扯住伥鬼，反手就是一拳："你胆子不小！"

已经顺利地跑到楼梯口马上就能恢复自由的小林老师："……"

店里音浪太强，老陶和小陶暂时不知道楼梯间正在发生斗殴事件。麒麟一族对恶兽的震慑力虽然是与生俱来的，但当一个未成年小麒麟同时面对七八头成年恶兽时，还是显而易见地会处于下风。对方可能也真喝蒙了，没能及时地想起来崽子后面往往还会有个爹，把他围在中间推来推去就想动手。林竞迅速地打完 110，单手拎了把椅子刚要下去帮忙，却被季星凌迎面飞来一书包，砸得向后跟跄两步，差点摔进街边的花坛。

下一秒，耳边传来砰的一声，入口处的铁门被关得严严实实。

"季星凌！"林竞心里冒火，抬脚狠狠地踹了两下门，见这玩意儿纹丝不动，于是从身后的花坛里硬抽出几块装饰砖，抬手用力一扔，狠狠地砸碎了铁门上方的玻璃气窗，打算踩着椅子钻进去。

"你要干什么？！"身后突然响起一声呵斥。

对方是位五十来岁的中年男性，西装革履、头发油亮，成功人士的标配外形。

"我朋友被一群混混围在里面。"林竞把砖块塞进书包，不准备在这里浪费时间。

大叔对当代青少年这一言不合就动手的毛病也很苦恼，他把公文包递过来："拿着，我去看看。"

林竞提醒："他们人不少。"

但大叔已经三两下用西装裹住手臂，挡着玻璃碎碴儿钻了进去，身手相当敏捷——其实也可以不挡的，甚至能直接飞，但那样未免神兽过了头，还是需要适当地伪装一下，免得吓坏小朋友。

狭窄的楼梯里，蜚和祸斗骤然变出原身，刚想把眼前这只不知天高地厚的崽子推入幻境火海，就被一声清亮的鸣叫震得魂飞魄散。重明鸟乘风呼啸而至，把小麒麟卷到自己羽下，再一挥翼，现场所有妖怪都惊慌失措地变回了人形。

而林竞也刚好踩着椅子，踮脚从气窗探出半个头："季星凌！"

"……"

远处隐约传来警车的声音，中年大叔打开门："快走！"

林竞没搞明白，心想我一受害者为什么要逃，还打算等会儿到派出所录个口供，但季星凌在这方面的经验就比较丰富了，二话不说拉着人就往反方向跑，一连穿过两条街才停下。

"不是，你等等，你等一下。"林竞气喘吁吁地甩开他，"我们又没做错事，为什么要跑？"

"进去可麻烦了，浪费时间不说，还得家长来领人。"季星凌坐在地上，也累得够呛，抬起头问，"哎，你没事吧？"

"……没事。"林竞看着他挂彩的脸，自动把"你刚才其实可以不用冲上来"消音，改成了"谢谢"。

"我也疏忽了，没想过你可能不适应那儿的环境。"季星凌龇牙咧嘴地伸出手，"拉我一把。"

刚才的那场 1V8 的混殴，他虽然没占太大便宜，可也没吃亏，就是脸上挨了一拳，看着比较狼狈。

林竞从便利店里买来雪糕和毛巾，临时做了个简易小冰袋："要不要去医院看看？"

"擦伤，不至于。"季星凌拦了辆车，"先回家。"

出租师傅可能见惯了不良少年，一句没多问，全程都在踩油门，看起来很想把这两个倒霉蛋快点送到目的地。路灯照出斑驳的树影，拉长的光不断地照在后排，越发显得空间寂静。

过了一会儿，季星凌忍不住先开口："今晚吓到你了？"

"没。"林竞扭头看他，"我是在想，你刚才为什么要把我关在外面。"

"你不是好学生嘛，哪见过打架。"季星凌随口敷衍，"血肉横飞的，少儿不宜。"

出租师傅明显虎躯一震，果断地又踩了脚油门。

"那下面实在太吵了，我就想到街上透透气，没想过会撞见一群醉鬼。"林竞说，"对不起。"

"你道什么歉，那群人本来就不是好东西。"季星凌懒懒地靠回椅背，眉宇间还有些打架打输的不忿和戾气，"正好给他们一点教训。"

林竞"嗯"了一声，又强调："但你一个能打那么多个，真的好厉害。"

"……"

——这世界上没有什么东西能取之不尽、用之不竭，小林老师的"你好厉害卡"除外。

但这次可能是心情不一样，季星凌觉得听起来不仅不浮夸，甚至还有那么一点点顺耳，有那么一点点想乐，只是嘴刚刚一咧，伤口就疼得他倒吸冷气。

林竞也跟着笑，接过冰袋轻轻地贴在瘀肿旁："你别动。"

"……哦。"

白绿相间的小车在城市中穿行，沿途溅起水的每一个水洼里，都有花和树的影。

两个少年并肩坐在车后排，偶尔会小声说话。

和打架无关，这其实是个很好很好的秋夜。

因为风把满天的星星都点亮了。

江岸书苑 1301，季星凌回家时，胡媚媚刚刚接完一个电话。

"阿姨。"林竞抱着两个书包，站在门口先发制人，"今天是我约季星凌去外面吃饭的，他看见一伙小混混当街抢劫，就见义勇为地冲过去帮忙，结果不小心脸上挂了彩。"

说完他又补充一句："但他打赢了，还帮别人拿回了钱包。"

季大少爷一脸蒙圈，这又是什么奇妙环节，你要编故事怎么也不提前和我商量一下？！

林竞双手把书包还给胡媚媚："阿姨对不起，我没能及时拉住季星凌。"

说这话时，他眼角微微垂着，耷头耷脑，一副诚恳认错的乖巧姿态。

"没……事，你们没受伤就好。"胡媚媚半天才憋出来一句话。

"那我先回去了。"林竞又看了一眼季星凌，"你一定要多注意休息，再见。"

他眼神闪烁，完美地演绎出"目睹英雄见义勇为后，内心深受触动的平凡人"，就差九十度鞠躬以示尊敬。胡媚媚一路目送他回到 1302，心情复杂地问儿子："你知道救你的是重明叔叔吧？"

"知道。"

"你知道他和爸爸是好朋友吧？"

"知道。"

"你知道他一定会打电话告诉我今晚的事情吧？"

"知道。"

胡媚媚难以理解："那你编这个见义勇为的鬼故事还有什么意义？"

季星凌也欲哭无泪，这我真不知道。

"过来，帮你涂点药。"胡媚媚把他拎到沙发上坐好，又叮嘱，"饕餮的店人员很杂，下次别再带小竞过去，免得出意外。"

"我平时去那儿吃习惯了，没多想。"季星凌反思了一下，觉得今晚是有些冒险，于是爽快地承认错误，又顺口说，"不过我每次见到重明叔叔，他都是花里胡哨的原身，没想到变成人之后还挺黑。"脸色黑，西装更黑，严肃程度大概是牛卫东乘以 N，N 趋正无穷。

沙发上的手机在嗡嗡地振。

可达：情况怎么样？

季星凌一边啃着苹果，一边单手回复。

星哥：没事，你吃饭了没？

林竞回了一个"嗯"，又拍过来半块炸馒头片。

这是什么粗糙伙食？季星凌拨通电话："你家阿姨不在？"

"在，但我不想让她知道。"林竞一边拆牛奶，一边压低声音，"不然又要盘问半天，说不定还会告诉我爸妈，麻烦。"

五分钟后，大少爷亲自上门，假借做作业之名，暗中送来煲仔饭一盒、鲜虾肠粉一盒、青菜炒腊肠一盒、汤一盒，全部热气腾腾。

林竞看得目瞪口呆，你书包是真的能装。

"都是我家阿姨做的，虽然热了一次，但总比这玩意强。"季星凌帮他把剩下的馒头片挪到旁边，"那我回去了，你慢慢吃。"

"你不是来找我做作业的吗？"

"哎，你有没有人性，我都被打成这样了，为什么还要做作业？"

"可刚才在车上的时候，有人跟我说他一点事都没有。"

"我吹牛的，真的，我现在头特晕，甚至想当场昏迷。"

"你没洗澡，不要昏在我床上，好了，回去吧。"

"我偏不！我要学习！"

大少爷说一不二，当场掏出英语书，把自己以完美的姿态丢到了小林老师的床上。

舒服！

林竞看着甩飞到自己面前的嚣张拖鞋，陷入长久的沉默。

"季星凌。"

"干吗？"

"不做完十篇阅读理解别想下床。"

"……"

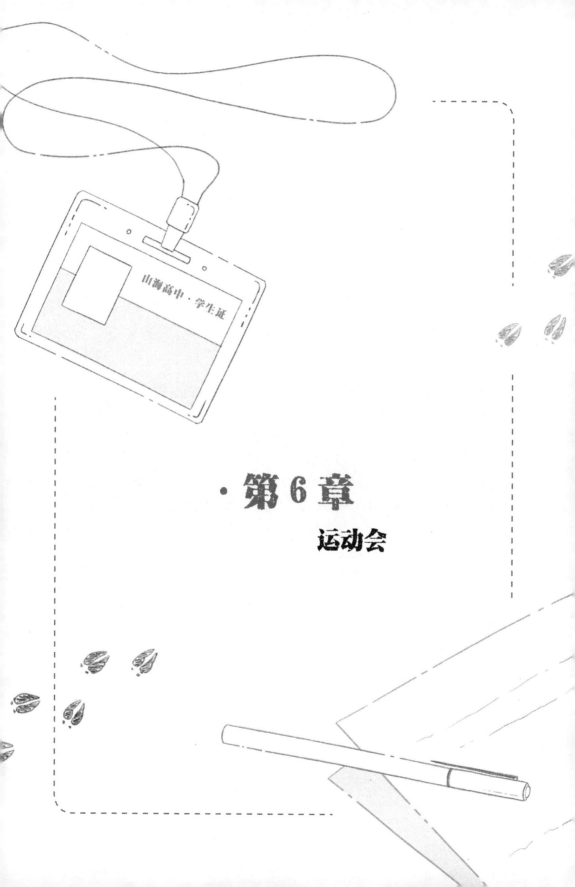

山海高中·学生证

·第6章

运动会

"先帝创业未半而中道崩殂"，季大少爷挑衅洁癖未半而被强塞一堆英语试卷。

林竞已经决定在他走之后，要把床单、被罩全部换了，于是也不赶人了，主动扔过来一个笔袋："好好做题！"

季星凌："……"

等一下，我觉得这情节发展得好像不太对。

林竞把灯调到最亮，自己端起饭盒坐到书桌角落，一边吃东西一边看数学。季星凌几次三番想为自己申请一点自由权，都被学霸这争分夺秒搞学习的凛然姿态给震了回去，只好老老实实地抓起笔，跟着一起看起了练习题。

小林老师布置的第一篇阅读理解长达半页试卷，上来就说 "The following true story will deeply touch your soul（下面的真实故事将深深打动你）"，看起来对自己的内容很有信心，但季星凌认认真真地观摩了五分钟，也只能勉强看懂主角貌似是个非洲人，养了一群野象，soul 是没指望 deeply touch 了，睡意倒是被勾得如江水泛滥，还没做两页题，眼皮上就像被涂了 502。

林竞蹲在床边："喂，醒醒。"

季星凌眼睛都懒得睁，扯起嗓子大爷一样地答一句："嗯，我在学，elephant（大象）。"

林竞表情僵硬了一下，忍着没笑场："你要不要回家睡？"

季星凌扯过他的枕头，把自己的脑袋捂了起来，试卷里的非洲人催眠效果一流，他现在半步都不想挪动，正困得天昏地暗。

林竞抖开被子，免得大少爷又被冻感冒。季星凌的睡姿和性格一样嚣张，一米八的床也能被斜着占满，额前碎发凌乱地垂下来，遮住大半眼睛，鼻梁高挺，唇峰微微有些上翘，连睡着都是满脸大写的帅，不愧是校草你星哥。

但鉴于小林老师本人也挺帅的，所以并没有对这张脸进行多角度的仔细欣赏，调暗床头的灯光就回到书桌，继续专心致志地做作业——两份，反正季星凌的字如同狗爬，自己再用左手抄一份，老师应该看不出区别。

时间一点一点过去。凌晨一点半，飘窗上摆的植物悄悄地收拢叶芽，和窗外雨雾一起坠入梦境。季星凌睡得正沉，修长的手指攥着鹅绒枕，看起来很想终身被绑定在这张舒服的大床上，林竞也就没有再打扰他，只给胡媚媚发微信汇报了一下——当然不能实话实说，毕竟"季星凌在我家睡得叫不醒"这种事实在太让家长糟心，需要适度地进行美化。

而胡媚媚果然被哄得很高兴，又给老公打了个电话："小星去隔壁学习了，学到夜不归宿。"

季明朗比起胡媚媚，要稍微清醒那么一点点，他实在没办法想象自家儿子学习到忘我是个什么魔幻的场景，所以只能猜测又是通宵打游戏的借口，但嘴上还是要对太太表示附和的，这样才能你好我好大家好。

"你回来之后，跟我去 1302 感谢一下人家。"胡媚媚吩咐，"听说小林的父母下学期就会搬过来住，邻居关系要提前搞好。"

"没问题。"季先生满口答应，"我会提前准备礼物。"

在妖怪的世界里，有很多珍稀土特产都可以伪装一下再送给人类。

比如说很像水蜜桃的招摇山灵果。

比如说祝余草做成的金华火腿酥饼。

比如说鲛绡织成的柔软丝巾披肩。

再比如说主动送上门，并且蛮横地霸占床位的帅气麒麟崽——虽然 1302 的主人可能并不想要这份礼物。

清晨六点，丁零零的清脆闹铃声准时响起。季星凌迷迷糊糊地伸出手，习惯性地摸了半天也没摸到手机，最后不得不顶着一头乱毛坐起来，和床头柜上的闹钟大眼瞪小眼，不是，这玩意儿是从哪儿冒出来的？

又过了十几秒，大少爷总算后知后觉地反应过来，莫名其妙在这间卧室里冒出来的，不应该是闹钟，好像是自己。

"……"

浴室里有轻微的电动牙刷声，是林竞正在洗漱。季星凌踩过地毯，靠着门框，嗓音沙哑地抱怨："你昨晚怎么也不叫我一声？"

"我叫了。"林竞把毛巾挂回去，随手递给他一瓶矿泉水，"但你抱着我的枕头哼哼唧唧，死活不肯起来，所以我只好去旁边的大卧室睡了一夜。"

"扯吧。"季星凌不屑地顶了一句，一口气灌下去半瓶水，才算稍微清醒了些。

"我没扯，我录像了。"

"喀喀！"猝不及防地听到这一句，季星凌差点被呛昏，震惊道，"你这是什么不道德行为？"

"为了防止你像现在一样，死不认账的行为。"

"给我看看。"

"不给。"

"快！"

"不！"

两人在房间里抢了五分钟手机，动静闹得不算小，直到姜芬芳来敲门才勉强消停。季星凌一只手把人压在床上，另一只手握着手机，恶霸般威胁道："密码多少？"

"328971。"林竞被挠得哭笑不得，眼泪都快出来了，只好主动投降，"骗你的，没录。"

季星凌熟练地解锁，很有素质地强调："我只删自己的照片，不看你别的东西啊。"

林竞沉默了一下："嗯。"

但大少爷很快就发现，这句保证委实多余。

因为小林老师的相册里除了教材笔记PPT，就是各种疑难题型，再或者还有大段大段的英语新闻截图，即便自己道德低下想偷窥隐私，实力也不允许。

学渣的照片，根本就配不上学霸相册里好几个G的浩瀚题海。

这是什么扑面而来的冷冷嘲讽，又是什么残酷无情的人间真实？

林竞推开他坐起来，笑着说："留下吃早饭吧，我这儿有一次性牙刷。"

大少爷把手机丢回去，矜贵地应了一句，先在1302吃完饭，又回1301冲了个澡，最后和往常一样踩着预备铃潇洒地进学校，结果差点迟到——忘了上课地点已经换到东山楼，还在纳闷为什么今天教室外面格外安静。而和他一样想法的人还不少，早自习前前后后来了七八个气喘吁吁喊"报告"的，折腾到最后，王宏余彻底没脾气了："这一个个年纪轻轻的，都什么记性？"

全班默契惊人，扯起嗓子拖长音调，齐声答道："学习压力太大。"

王宏余哭笑不得："看看隔壁九中，人家才叫压力大，你们连晚自习都没上过，还好意思在这儿跟我号。"

"王老师。"底下有人举手，"听说我们再过一阵也要上晚自习了，真的假的？"

"还没收到通知。"王宏余敲敲黑板，"行了，别把心思花在这些事上，好好背书吧。"

季星凌稍稍侧过头："哎，你知不知道老王的'还没收到通知'，四舍五入就等于铁板上钉钉？"

"无所谓，宁三和九中一样，都是高一就有晚自习，我习惯了。"林竞翻开课本，找了支笔开始勾古文注释。

季大少爷从初中开始，这还是第一次拥有同桌，内心可能比较躁动，时不时地就想凑过去说句话。林竞刚开始勉强能敷衍地回两句，到后面也被吵烦了，于是甩过去一本语文书："全文背诵！"

季星凌："……"

于一舟坐在后排，一直在百无聊赖地转笔，看到林竞扔书还被吓了一跳，以为两人起了什么争执。但万万没想到，下一秒，冷酷你星哥就开始二五八万地念起了"浔阳江头夜送客，枫叶荻花秋瑟瑟"，还念得很流畅，堪称高二（一）班一大清早的灵异事件。

也不知道是这栋楼有毒，还是同桌有毒。

反正都挺惊人的。

搬教室的事圆满搞定，大家也很快就适应了有同桌的新生活，但王宏余想让全班静心学习的目的可能短期内尚无法达成，因为紧随其后的还有一个山海校运会。

开幕式定在周六。周五下午，郑不凡拿着名单挨个通知，所有运动员要在明早七点准时集合，排队走方阵。

林竞："……"

林竞警觉："所有？"

"对。"郑不凡说，"正式比赛和趣味比赛的运动员都要参加入场仪式，人多好看一点，尽量别迟到。"

"等一下！"林竞拉住他，"除了走方阵，还有没有什么活要干？我可以义务帮忙。"

"应该没什么体力活。"郑不凡想了想，"也就举一下班级牌吧，本来王老师定的是罗琳思，可她貌似被临时抽去顶播音的缺，来不了了。"

"举牌归我！"林竞果断地拍板，"季星凌我通知就行。"

"……好。"郑不凡在他的名字后面标注了一下，"那谢了啊，林哥。"

晚些时候，几个男生又抬过来几大包红T恤，说是专门为本班运动员定做的，胸前印着漆黑的"稳赢"，背后印着漆黑的"高二（一）班"，还弄了个黄色的闪电标志，丑到绝。

于一舟翻两下，满脸嫌弃："这什么鬼，老郑，你为什么要咒我们天打雷劈？"

全班哄堂大笑，王宏余刚走到教室门口，表情跟着扭曲了一下，不过又及时地把笑憋回去，严肃地批评："于一舟，不准说脏话！"

下面依旧嘻嘻哈哈的，本来嘛，周末加上运动会，实在很难紧张得起来。这时刚好季星凌拎着几瓶水回到教室，看了一眼桌上放着的班服，也陷入短暂的迷惑："这是什么天打雷劈的仇恨设计？"

这回连老王也绷不住了，草草安排两句就回了办公室，估计是打算找个没有人的地方一次性笑够，只有郑不凡扯着嗓子喊冤："闪电侠懂不懂，你们这群人怎么回事？！"

"忍了吧星哥，隔壁的更丑，我刚路过（二）班看到，一水的鸭屎绿。"有男生笑着嚷嚷，"至少咱还红火。"

班服是郑不凡在网店统一定做的，这种东西顶多就穿两天，显然没必要物美，价够廉就行，拆开包装后一股纺织物混合油墨的诡异气味迎面扑来，娇气一点的女生，当场就捂着口鼻跑出去透气了。

季星凌也觉得这玩意儿实在劣质，于是用胳膊肘推了一下身边的人："哎，你怎么也拿了一件？不参加比赛的不用穿，快去还给老郑。"

林竞沉默片刻："这是我的，我明天和你一起走方阵，郑不凡说了七点准时在班里集合，你记得别迟到。"

星哥一听就很纳闷："你又没报项目，走什么方阵？"

"罗琳思有事不能举班级牌，郑不凡让我临时顶缺。"

"老郑，你怎么回事啊？"季星凌闻言很不满，转身大声问，"举班级牌的不都是女生吗，为什么这次让林竞去？"

全班瞬间安静，林竞眼前一阵发黑，想捂住大少爷的嘴也来不及了，只好把求助的目光投向郑不凡，期盼对方能和自己产生一丁点儿默契，先主动接下这口锅。

但那是不可能的，郑不凡神经粗到能当绑架麻绳使，显然不具备心灵感应的高端技能，立刻辩解："没啊星哥，是林哥主动要求举牌的，不信你问他。"

季星凌："？"

季星凌缓慢回头，非常莫名其妙地问："你为什么要主动承接这个活儿？"

"第一次参加运动会，想积极为班级做贡献。"

"很傻的，你知道吧？"

"我知道。"

"知道你还主动要求举牌？"

"季星凌你能不能闭嘴？"

"……"

偏偏郑不凡还要跑来解释："其实举牌人员真没规定过男女，只不过约定俗成要女生，女生化个妆好看嘛，但男的也行，宋老师听完还夸呢，说林哥特帅，显得我们班贼一枝独秀。"

"是。"林竞硬起头皮,"我一定好好走,坚决不给高二(一)班丢人。"

季星凌越发迷惑,你是不是真发烧了,怎么这也能激昂热血?

但林竞目前已经上了贼船,一时半会儿实在下不来。在十六七岁的年纪里,总会有一些非常没有道理的坚持,比如说现在,只因为季星凌每次提起趣味运动会时,都一副"傻子才会报名"的嘲讽表情,林竞就死活也不愿意供出参加多人运球的事——宁可默认自己就是渴望举着牌子走在班级的最前方。

"不行吗?"

"……行。"

小林老师厉害,小林老师特牛,小林老师想躺着进场都行。

林竞有气无力地趴在桌上。

生活过于多姿多彩,他不想说话。

因为走方阵的队伍需要提前集合,坐校车有点来不及,所以季星凌早上六点半就来到 1302 门口敲门:"跟我一起走?"

"好。"林竞今天起得稍微有些晚,匆匆收拾好书包,问他,"你觉得郑不凡那儿有没有多余的班服?我发了微信他没回。"

季星凌不解:"这破玩意儿你还想多要一件留作纪念?"

"没。"林竞也很愁苦,"我的洗坏了。"

本来只想过一遍水,去去灰尘和味道的,结果这件衣服可能制作成本只有五块钱,印刷的字当时就浮了起来,"稳赢"变成"禾心凡","高二(一)班"比较惨烈,只剩下一个大大的"二",闪电标志倒是很结实,但并无什么用,更傻了。

季星凌:不好意思,容我先笑一会儿。

"就知道你是这反应。"林竞把书包丢进他怀里,自己蹲下穿鞋,"本来我还指望你高风亮节一下,能看在我是举牌门面的分上,主动舍己为人地换走这件奇葩的班服。"

"不是,脏一点我能换,破了也行,但这实在太傻了,你知道吧。"季星凌搂住他的肩膀,"不过没关系,举牌应该穿什么都行,去年有女生还穿裙子呢,你就穿校服上。"

林竞暂时没辙,只有到学校后再看看。车走到一半时,郑不凡发来一条微信语音,絮絮叨叨 60 秒,基本能精简成一句——班费有限,衣服每人只有一件,没多余的。

"我这件洗坏了,所以想问。"林竞语音回他,"没事,凑合凑合也能穿。"

过了一会儿,郑不凡又发来 60 秒的一段话,季星凌瞥了一眼他的手机屏幕,纳闷:"说什么呢,这么滔滔不绝?"

"班服的事。"林竞随手点开播放。

郑不凡周围环境可能有些嘈杂，所以嗓门扯得不小："哦，林竞你班服洗坏了啊，没事，举牌不要求服装统一的，穿什么都行。就是你明天去参加多人运球的时候可能得——"

林竞迅速掐断，双眼直视前方，假装无事发生过。

季星凌用非常吃惊的目光看他："你报名了多人运球？"

"我没有。"

"我刚才已经听见了。"

"我说没有就没有，你什么都没听见，郑不凡疯了。"

"……"

几秒钟后，没疯的郑不凡往群里扔了张运动员项目安排表，这下整个高二（一）班都知道了，学霸要去参加傻傻的多人运球。

其实按理说这事又不单林竞一个人干，不该有这么高的关注度，但架不住在所有参与趣味运动会的人员里，他明显最帅。山海校内的话题度大抵是这么排的，"帅哥＜学霸帅哥＜要参加多人运球的学霸帅哥"，后者简直能起轰动效应。

于是等两人抵达学校时，连高一的学妹都在到处打听，趣味运动会的多人运球要什么时候开始，需不需要占位置。

季星凌已经笑了整整一路。

林竞目前处于一种比较超脱的状态，面无表情，岿然不动，俗称破罐子破摔，就很佛。

"放心，我一定准时来给你加油。"季星凌信誓旦旦。

"你没机会的，我和你的 1500 米同时开始。"

"那我就找个人来录视频。"

"你敢！"

"我又不录你，老侯也报了多人运球，我录老侯行不行？"

"不行！"

"哎，你不能不讲道理。"

但很快，大少爷连"找人录像"这个步骤都省了。

因为校运会筹备处直接群发一条通知：应广大同学要求，明天下午趣味运动会的多人运球项目，在原有的基础上延后一小时举行，请各班运动员注意时间安排。

林竞："？"

这回的"应同学要求"，是真的很服从民意。因为广大观众，尤其是女生，既不想

120

错过季星凌的长跑，也不想错过林竞的多人运球——毕竟不管是在跑道上奋勇冲刺的帅哥，还是扛着球崩溃搞运输的帅哥，似乎都挺吸引人的，必须去打个卡，所以几乎每个班的体委都被派到筹备处提出过申请，申请把男子1500米和多人运球的时间错开。

校领导可能事先没想过，一直毫无存在感的趣味运动会居然还能有这么万众瞩目的一天，不说喜出望外吧，也高兴得差不多了，反正又不是什么大事，不会产生场地冲突，于是大笔一挥签字同意，还特意抽调了两个摄影师，负责全程跟录，重点报道。

季星凌：不是我想笑，是这件事情真的很喜感。

葛浩胆战心惊地挤进教室："于哥，我怎么觉得林哥扛着班牌一声不吭地站在那，下一秒就要打人？"

于一舟："你先别说话，我再笑会儿。"

葛浩："……"

天空艳阳高照，应龙很给面子地驱散了最后一丝雨云，才下班回家补眠。山海高中的运动会开幕式向来别出心裁，尤其是高一年级，往好听说叫素质教育百花齐放，往直白说就是一群"中二"少男少女的自我放飞，恨不得搭起戏台直接唱。而班级前面还有国旗队、校旗队、运动会会旗队、校徽队、会徽队、彩旗队，再加上主题方阵和各大兴趣社团，队伍浩荡、蜿蜒、雄壮，堪比国庆阅兵。好不容易轮到高二年级上场，一群人已经快蹲在主席台下蔫蔫睡着了。

"精神一点儿啊！"（一）班的体育老师叫宋韬，他简短地吹了一下哨子，"要充分地表现出当代青少年的活力知不知道，林竞……林竞你给我等等，跑这么快干什么？牌举反了！"

"……"

高二（一）班的门面林竞默默地退回来，把牌子调了个方向。

比起高一的精心准备，高二就要自由、散漫许多，王宏余坐在观众席，简直看得目瞪口呆："为什么他们连步子都走不整齐？"

"你们班不错了。"（二）班的班主任也很苦，"我们班那班服，那颜色，压根儿不能看。"

"老王你抱怨什么，你们（一）班效果多轰动啊。"旁边的老师搭腔，"全场都快喊破天了。"

这倒是实话，高二（一）班绕场一周，走到哪里，哪里的观众席就是一片尖叫。季大少爷耍帅上头，生生地把运动员入场演出了粉丝见面会的效果，林竞可能比较嫌弃这种孔雀开屏的行为，再加上本身没什么经验，腿又长，于是扛起牌子走得飞快，以至于最后全班运动员不得不集体飞奔追门面，效果相当喜感。连主席台上的牛卫东也借口捡笔，弯腰在桌下隐没半分钟，据可靠目击者描述，教导主任当时笑得连肩膀都在抖。

林竞出师不利，决定这辈子也就这一次了。

以后谁再提举牌，当场被拉黑。

季大少爷觉得，他的小林老师太可爱了。

两人第一天都没项目，所以走完方阵后就坐回观众席。这时候跳远和五十米已经开始了，许多人都跑去凑热闹，看台上有些稀稀落落。

林竞没来得及吃早饭，在书包里装了三明治和果汁，季星凌伸手："分我一些。"

"你也没吃？"林竞在递餐盒之前，先塞过来一瓶免洗洗手液，一包湿纸巾。

很好，洁癖人设不崩。

"起太早没胃口。"季星凌擦干净手，自己拿了块三明治，"李陌远好像回教室自习了，你去不去？"

林竞拒绝："其实我也没学到李总的忘我程度，放松放松挺好的。"

"那现在我能采访一下，你是出于什么心态要报名多人运球跑吗？"

季大少爷牌烧水壶，哪壶不开提哪壶。

这梗看来一时半会儿是过不去了，林竞索性硬杠："我就是发自内心地热爱这项趣味运动，你有意见？"

"没有，不敢有。"季星凌抢过他的半瓶果汁，仰头喝空，"我保证，到时给你拉一个连的啦啦队，（一）班必须赢！"

林竞："……"

季星凌你这个人是真的无聊到炸天。

但季大少爷本人并不觉得自己无聊，甚至还对撩拨小林老师这件事情，有那么一点儿幼稚的乐此不疲，时不时就要来讨人嫌地"趣味"一下。林竞可能也是被他吵出了毛病，内心深处居然对运球产生了一丝迫不及待——恨不能五分钟后立刻开始比赛，好让某人快点消停。

"趣味运球。"

"求你闭嘴。"

赛场上不时爆发出欢呼声，看起来比赛进行得还挺激烈。人一旦到了这个环境，哪怕本身对体育不感兴趣，也会被激发出争强好胜的集体荣誉感，但高二（一）班比较惨，属于总积分年年垫底的拖后腿分子，全班能打的也就寥寥可数的几个人，季星凌算一个，体委郑不凡算一个，还有扔铅球的牛犇犇——这哥们原名牛剑穹，听起来非常义薄云天，所以也不负此义地天天在黑巷子里收"保护费"，最后惹怒亲爹，到派出所给他改了名，一夜之间从带头大哥变成笨笨老弟，很没排面，社会是没法混了，只有把多余的体力发泄在搞体育上，听说还拿到了国家级证书。

"上届运动会，靠老牛一个人把班分抢救到了倒数第三。"季星凌说，"其实今年有于一舟在，积分应该还可以，那家伙去年在家睡大觉，缺席了两个大项目，老王当场被气成河豚。"

"那你呢？"林竞问，"不是说去年报名你不在，所以被郑不凡填了许多项目吗，为什么你不能抢救高二（一）班？"

季星凌："……"

季星凌："因为我水平不怎么样，也就充个人头。"

林竞看了他一会儿："老郑给你填的都是趣味项目吧？"

季星凌："没有。"

"季星凌，你一个参加过蒙眼顶球跑的人有什么资格嘲笑我的多人运球？！"

"我真没参与。"季星凌随手扯来旁边一个男生，"你来证明！"

"我发誓。"男生举手保证，"星哥去年是被老郑强行填了七八个趣味项目，可在运动会开场的前一天，名单又换了一次，他真没上场。"趣味运动会是没什么严格要求的，只图一乐，所以参赛者变来变去也是常有的事，A顶着B的名字上都没问题。

至于为什么要在临开场前才换，当然是因为星哥临开场前才知情，不然早改了。林竞原本是想从"季星凌也参加过趣味运动会"这件事上找回一点安慰，万万没料到，大少爷居然还有强迫郑不凡换名单这条致富大路可以走，顿时更心塞了。

"我发现你这人挺好玩的。"季星凌钩住他的肩膀，"虽然趣味项目确实傻，但能苦大仇深到你这程度的也不多见，不就图一乐，怎么还真杠上了？"

林竞完全不想回答这个问题，要不是你每天嘲讽八百遍趣味项目，我也不会产生这么大的心理阴影，现在居然还好意思来问我为什么？

"我之前不是不知道你报名吗？"大少爷可能也及时地意识到了这件事，于是给自己找补，"有你在就不傻了，真的，有你在就显得特优雅。"

"……"林竞觉得自己八成也要步老王后尘，当场被气成河豚。

早上的项目因为同时有郑不凡和牛犇犇，所以高二（一）班的分数竟然还能看，爬到了年级第一的位置。众人纷纷跑去和积分榜合影，连广播台的罗琳思也假公济私，多夸了好几遍这辉煌时刻，否则等到运动会结束，优势又会荡然无存，重回苦情垫底老大哥。

最后一个项目是男子立定跳远，结束时刚好十二点。运动会午间是可以离校的，季星凌拿起两个书包："走吧，和于一舟他们出去吃。"

学校附近不缺餐饮店，几个人常去一家小面馆，味道不错，就是环境不太明亮，窗户糊报纸，桌子常年油腻。季星凌可能是怕洁癖会掉头走人，在其坐下前还专门抽出纸巾，象征性地帮他擦了两下："这家店后厨挺干净，卫生条件绝对合格。"

"你们平时吃什么？"林竞抬头看墙上的菜单。

"牛肉面、排骨面，干拌也行。"

林竞点了和其他人一样的汤面，季星凌自己从冰柜里取了水："哎，下午还有什么项目？"

"高二（一）班悲情项目。"于一舟打着哈欠回答，"四百米，实心球，三级跳远，全部是去年的垫底项目。"

葛浩在旁边插话："林哥，你腿这么长，怎么也不报个比赛？"

林竞被季星凌喋喋不休地折磨了一早上，产生了一点条件反射，张口就来："因为我热爱趣味顶球跑。"

"噗。"于一舟一口水全喷在了地上，"真的假的？"

当然是假的。其实小林老师的体育很好，短跑爆发一流，但山海的体育课是自主选择，林竞中途转过来的时候，热门课程已经被挑了个七七八八，只剩下一个略显喜感的男子韵律操，所以老宋暂时还不知道班上藏了这么一个脱缰的良将，运动会报名时压根没想起来。

林竞拧开水瓶，实话实说："我之前在宁三的时候，比赛项目都是全班抢名额，这回郑不凡找我也只说了趣味运动会，我以为其他都有安排，就没多问。"

季星凌回忆起在饕餮店里打架那晚，觉得他的确很能跑，都飞奔过两条街了，还能拽着自己钻地下通道。

几个人有一句没一句地聊天，老板娘也煮好一碗面端了上来，可能看林竞是新面孔，所以优先放在他面前。

牛肉红汤里飘着碧绿的香菜，季星凌看了一眼，果断地推给对面的人："给，你先吃。"

于一舟蒙圈："为什么？"

"有香菜，林竞不吃。"季星凌侧过身，冲后厨喊了一句，"张姨，帮我煮一碗不加葱花、香菜、少辣油的。"

"好嘞！"

林竞奇怪："……你怎么会知道我的口味？"

"上次吃火锅，看到你打料碟就顺便记住了。"季星凌随口一答，没当回事。

于一舟敲敲桌子："哎，我们认识多久了？"

“六年，还是七年。”

“那在我们认识的六七年里，你就从没注意到我也不吃香菜？”

“你连樱桃味的可乐都能喝，有什么资格学别人不吃香菜？”

葛浩在旁边傻乐："星哥，于哥他真的不能吃香菜，他过敏，张姨和这一带的餐馆老板都知道。"

“……”你这怎么还能靠着不吃香菜声名远播？

“季星凌你真的，真的绝了。”于一舟无声地鼓掌，又转头问林竞，“林哥，你手机里是不是有他的裸照，不然怎么这么听话？”

“裸个头，信不信我塞你一嘴香菜？”季大少爷丢给他一个纸团，“好好吃饭！”

过了一会儿，店里又进来一群人，咋咋呼呼，穿着红杠的校服。

“钢三附中的吧。”于一舟把醋瓶放回去，对林竞解释，“这学校定位一绝，盛产二百五，全锦城唯有十八中可以与之一战。”

因为中曲山檗木邹发发的缘故，季星凌最近对“锦城十八中”这几个字比较敏感，对钢三附中也搞起连坐，不悦地回头瞄了一眼："城北的学校，跑我们这儿来干吗？"

“寻衅滋事呗，还能干吗。”于一舟没在意。

“星哥。”葛浩的位置正好能看到对桌，于是压低声音，“我怎么觉得这群人好像是来找你的？”

季星凌有些莫名其妙，他问于一舟："你对钢三附中有印象吗？"

“没啊，见都没见过。”

于一舟没印象，葛浩就更不可能去招惹了。于是季星凌问身边的人："哎，会不会是找你的？"

林竞对他也是服："你要是把这甩锅的功力用一点点在数学上，可能早就成功地挤进了全年级排名前五十了。"

季星凌已经习惯了小林老师无时无刻、无差别的人身攻击，只无赖地捞走一筷子牛肉聊表抗议。林竞慷慨地把整碗都推过去："还要吗？我不吃了，全给你。"

季星凌瞪大眼睛："至不至于啊，我筷子碰一下你都嫌弃？"

“我不是嫌弃你。”林竞耐心地解释，“但钢三那群混混真的一直在往这桌看，我觉得你等会儿八成又要打架，所以才主动贡献出仅有的三片牛肉，这叫为你的不败事业添砖加瓦。”

季星凌：“……”

于一舟在对面直接笑趴："我说你俩，下次校艺术节直接上台说相声怎么样？肯定拿第一。不然每年都是罗琳思和韦雪，显得咱班文艺人才特匮乏。"

季星凌心想，你可闭嘴吧，我俩上台那不叫相声，叫我单方面被撑。

葛浩虽然也很想跟着笑，但他算是这一桌里比较靠谱的，还记得对面有一群横跨半座城来滋事的混混："他们已经嘀嘀咕咕半天了，现在要怎么办？"

"吃呗，吃完再说。"季星凌不以为意，把碗挪回林竞面前，又问，"不然你先撤？"

"不用。"林竞拧紧水瓶，"我也能勉为其难地参与一下混战，万一运气好被打断腿，正好可以不去参加趣味运动会。"

于一舟："哈哈哈哈哈哈哈。"

季星凌也哭笑不得："我说你这人……"

几个人在这儿嘻嘻哈哈，气氛跟快乐的春游差不了多少，倒显得对桌钢三那群人谨慎过度，有些贼眉鼠眼。面没吃两口，又进来一群隔壁班的男生，这时店里生意正好，小桌都坐满了，只有季星凌他们的大圆桌还有空位，于是众人一边在收银台点餐，一边转身问："星哥，收留我们拼个桌？"

葛浩站起来挪椅子，给他们腾出四个人的空间，又趁机瞄向对桌。季星凌其实是背对钢三那群人的，并不清楚对方在这段时间里都作了什么妖，但是看葛浩一直一脸紧张，心里也挺不爽，大少爷的脾气上来，拎着椅子重重地一挪，转身面色不善地扫了对方一眼。

有个倒霉鬼端着碗正准备喝汤，冷不丁地就撞上了季星凌的视线，顿时心里一慌，手腕一软，哐当一声又哗啦一下，面碗砸在桌上摔了个粉碎，溅起一片红油。

于一舟没来得及看清全过程，等他转头时，碗已经摔了，于是判断失误，以为对方终于耐不住性子想动手，单手一拍桌子就站了起来。

（二）班几个男生和他们平时挺熟的，见这边像是出了事，也赶紧跟着围过来，形成了一种人多势众的视觉效果。只有季星凌和林竞还坐着，大少爷是嚣张惯了懒得动，小林老师是没什么打架闹事的经验，所以单方面采取了"季星凌干吗我干吗"的速成学习方针。

然后下一秒，只见钢三那群人纷纷扔下筷子，争先恐后地往外……溜了，其中有一个比较绝，临出门前还向这一桌鞠个躬，说了句"星哥好"。

"等等！"季星凌冷冷地叫住他，"那个染黄毛的，是你朋友吧，打碎东西不知道赔？"

对方手忙脚乱地摸出来二十块钱，放在收银台上，一声没吭，拔腿跑得飞快。

（二）班的男生有点蒙："怎么回事？"

于一舟："说出来你们可能不信，我们根本就不认识这群人。"

"算了，就钢三的平均智商，你说他们倒三次地铁就专程来向星哥鞠躬致敬我也信。"

"你说那学校到底是个什么神奇的筛选制度？"

"和十八中一样的筛选制度。"

几个人说说笑笑，这事就算带过去了。季星凌看了一眼身边的人，纳闷地问："你为什么把矿泉水瓶子攥这么紧，不会是想在打架的时候，用它做武器吧？"

林竞："……"

默默松手。

"你还真没打过架，这种时候要拎椅子知不知道？"季星凌诲人不倦。

"谁说矿泉水瓶不能当武器了？"林竞冷静地和他对视，"你把头伸过来，让我用力地砸一下试试。"

季星凌："……"

OK，小林老师的矿泉水瓶不是瓶，是飞行的炮艇，是生化武器。

被钢三的人这么一捣乱，几个人都没什么胃口再继续吃饭。时间还早，于一舟和葛浩去了附近网吧，季星凌和林竞回了教室，一个趴在桌上玩手机，一个打着哈欠翻试卷。东山楼建成有些年份了，窗外树木葱郁茁壮，春夏秋三季都有浓密的树荫，阳光会穿过树的缝隙洒进来，照出片片斑驳的光影。

这是一种很奇妙的心情，尤其是在午休时，听着周围同学各种细细碎碎的声音，总会让人觉得时光格外柔软，也格外悠长。林竞做错一道题，在笔盒里半天没翻到橡皮，季星凌眼睛的余光瞥见，随手把自己的笔袋丢给他，却因为这一瞬间的松手分心，被对面一梭子弹打回了 GAME OVER（游戏结束）。

"……"

"挂了？"林竞把耳机递过来，"请你听歌。"

季星凌举手投降："已经够困了，求你高抬贵手，别再让我听这催眠大咒。"

"不是英语听力。"林竞笑，"真的是歌。"

是一首旋律轻快的歌，有口哨和吉他，和秋初的校园完全适配。季星凌单手撑着脑袋，随口问他："以我的英语水平，听不懂歌词是理所当然的，对吧？"

"这不是你能不能听懂歌词的问题。"林竞说，"而是你居然听不出来这根本不是英语的问题。"

季星凌顿了顿，面不改色地往桌上一趴，睡觉！

天花板上的白炽灯在左臂弯里投下硬币大小的光亮，然后光亮像是被对方的动作挡住，先是闪了闪，又很快重新出现。

紧接着，他就觉得有一只手搭上自己的后脑，轻轻地揉了揉，还有同桌没忍住的一声笑。

季星凌抽出右胳膊，反手一搭，懒洋洋地覆住他的手。

少年手指修长，掌心温暖干燥。

林竞单手解锁手机，把法语歌换成了英语听力。

季星凌果然不满地拍了一下。

林竞果断地收回手。

自己打了自己一巴掌的季大少爷："……"

林竞低头闷笑，继续在试卷上做题。

笔尖声音沙沙，和窗外摇曳的树影融在一起，漫开在了整个秋天。

下午的运动会比赛，就像于一舟说的，全部属于高二（一）班的悲情项，连运动员本人都是"求求你们千万别来看我丢人，让我迅速比完迅速被遗忘"的佛系状态，所以广大群众也不打算去观众席暴晒凑热闹，准备拖到时间点完名就散伙。

林竞买了两瓶水，回来用瓶子碰了碰同桌的脸："起床。"

季星凌正做着梦，被活活地冰了个激灵，心脏狂跳半天没回神："你叫人起床的方式怎么这么野蛮？"

"难道我还要给你唱个温柔午安曲？"林竞把水丢过来，"快点，还有两分钟王老师要在看台点名。"

季星凌睡得没什么力气，被他拉着踉踉跄跄地往看台走："我说你慢点行不行，迟到几分钟老王又不会管……喂喂大哥，我还要去洗手间！"

林竞："……"

由于大少爷的午睡起床仪式太过烦琐，等两人赶到观众席时，已经迟了十分钟，但没事，因为老王还没来。

季星凌立刻蹬鼻子上脸："你看，我说什么来着。"

林竞不是很想和他说话。

看台上又热又晒，却半天等不来王宏余。韦雪身为班长，刚打算给王老师打个电话，就见体育老师和宁芳菲匆匆赶过来，手里拿着点名簿。

"宁老师，怎么是你来点名啊？"李陌远问，"王老师呢？"

"在校医室。"宁芳菲没多解释，"来，大家安静一下，我们点名。"

林竞侧头："王老师病了？"

"不会吧，早上不还批评我们连方阵都走不整齐，我看他挺生龙活虎的啊。"季星凌看了一眼天上毒辣的，压根就不像秋天的，不知道应龙是出于什么心态搞出来的火红太阳，"哦，也有可能中暑了。"

宁芳菲点完名后，就又急急忙忙地走了，她待会儿还要参加教师运动会。宋韬看了一眼剩下的学生，在所有没项目的人里挑了个最高的："林竞你站起来，能跑吗？"

"……跑什么？"

"下午的400米，还有明天早上的男子接力。"宋韬说，"周章中午……那个，不小心摔了一跤，不能参加剩下的项目，我已经让校医院开好了证明，你能跑的话，跟我去组委会办一下手续，领个新号牌。"

"行。"林竞爽快地点头。

全班一阵哄闹，原本打算点名就撤的女生，立刻就不走了，改成查男子400米什么时候开始。男生本来对"看帅哥"这项活动是没什么兴趣的，但一听葛浩说林竞好像还真挺能跑，就觉得看一下也行。

"别的班都有口号，我们是不是得给林哥想一个啊？"

"对，赢不赢无所谓，主要是气势上不能输。"

"语文课代表呢？白小雨，快给林哥想一个，最好能在精神上先取得胜利！"

"山呼海啸一点。"

"那就山呼海啸好了。"

半个小时后，高二（一）班在400米跑道旁强行扯了条火红的横幅——山呼海啸我林哥！

效果还真挺好的，因为别班运动员一看就笑瘫了，属于战略胜利。

办公楼外，季星凌背靠着墙，漫不经心地低头玩着手机。

林竞拿着号牌从电梯里出来："咦，你怎么在这儿？"

季星凌身上套着校服，把手里的T恤丢给他："班服，先给你穿。"

比赛开始前，保卫处专门有人过来提醒，说跑道两旁不允许挂横幅。但没关系，高二（一）班充分发挥了帅哥力量，派出于一舟去和刚好坐在终点线旁的高一（三）班交涉，成功地把"山呼海啸我林哥"转移到了看台最高处，怎么讲，更嚣张了。

因为初考成绩和趣味运动会，林竞在山海校内已经刷了两拨存在感，所以现在一听说他还要跑400米，许多人就都赶来凑热闹，连李陌远也在广播的召唤下放弃刷题来加油——至于为什么林哥临时跑个400米还能被广播，那当然是因为高二（一）班在广播台有人，罗琳思只瞄了一眼班级群，就能面不改色地当场现编报道稿，一边"希望各位运动员都能保护好身体"，一边"祝救场的林竞同学能取得好成绩"，假公济私能力超绝。

另一边，季星凌和林竞还没走到签到处，就看到了看台上那扎眼的"山呼海啸"，以及明显不止高二（一）班的庞大观众群。

"……"

"林哥。"郑不凡从后面跑过来，"走，我带你先去签到。"

"这横幅也太隆重了。"季星凌问身边的人，"哎，要是跑不到第一名，你打算怎么办？"

林竞回答："当场自杀。"

季星凌："……是这样的，我觉得你稍微有点夸张。"

郑不凡笑着说："不只我们班做了横幅，别班都有，只不过没我们占的地方好，林哥你千万别有压力啊。"

"我没压力。"林竞活动了一下筋骨，又问，"周章到底怎么了？"

"他吧，"郑不凡压低声音，"其实我中午跟宋老师到校医室看过，他好像被一群外校的人给打了，老王已经叫了家长，刚又陪他去了市医院。"

季星凌："……"

林竞也一愣："外校，钢三附中的？"

"对对，就是钢三。"郑不凡纳闷，"林哥，你怎么知道？"

"……吃饭的时候碰到了。"

所以那群人其实是来找周章麻烦的？只不过恰巧在面馆碰到传说中的山海校霸，没忍住多看了两眼，却被葛浩谎报军情成"星哥我觉得他们是来找你的"，从而引出一场误会。如果真是这样，那中午就不算对方挑衅了，而是大少爷毫无理由地又摔椅子又瞪人，再加上于一舟这个拍桌子帮凶，吓得无辜的食客摔碗鞠躬，白白损失了二十块钱。

林竞转过头，眼神和心情都很复杂，完了，这下你八成要更加声名远播，被传成连别人到山海附近吃顿饭都不允许的超级恶势力了。

郑不凡继续说："那我先过去看看，林哥你抓紧时间做热身。"

林竞应了一句，又问身边的人："我和周章不熟，他平时看着人还行啊，怎么会惹到钢三的混混？"

"不清楚，你要是想知道理由，我可以找人问问。"季星凌从他手里抽过号牌，"先转身。"

别针的质量太次，他花了半天时间才帮对方戴好："我去看台，你加油。"

林竞把水瓶递给他："嗯。"

签到处已经围了不少运动员。

其实每个班擅长体育的人，算来算去一共就那几个，平时体测多跑两圈就能知根知底，只有中途转来的林竞除外——大家只能根据看台上的加油声来判断，可能真还挺强的。

整个高二（一）班目前正处于十分癫狂的状态，一直在喊"林哥第一，林哥第一"，完全不知道是从哪里来的自信，欢天喜地的就很迷。而其他班被（一）班这么一带，也跟着一起疯了，给本班加油的声音一浪高过一浪，场面惊人，甚至还成功地召唤来了教导主任牛卫东。

于一舟用肩膀一推身边的人："哎，你觉得我们班第几？"

"我不知道。"季星凌用两根手指捏着矿泉水瓶，远远地看了一眼签到处。

林竞正在做赛前热身。他皮肤本来就白，穿上红色短袖后更白，站在阳光下时，整个人都被笼上了一圈金色透明的光晕，反正就……和周围其他人不大一样，属于一眼就能被注意到的特殊存在。

学渣的照片配不上学霸的手机，但学霸的照片还是可以在学渣的手机里存在一下的。季星凌打开视频功能，提前调了调镜头焦距。

"星哥。"于一舟有点费解，"你以前拍过我吗？"

"我为什么要拍你？你又没拍过我，有来有往知不知道？"

"我拍过。"

"……谢谢。"

于一舟："？"

抽签结果，林竞的跑道在最内圈，他活动了一下膝盖，做好起跑前的准备。看台上终于安静了下来，每个人都屏住呼吸，直到发令枪响后，才再度躁动——声嘶力竭的那种躁动。

于一舟感慨："哎，我还是第一次看见李总喊得脖子暴青筋。"

"林哥第一"的呼声震天，而林哥确实也挺第一的。他本来就跑在内环，刚出发时处于最末位，然后一路跑一路飞速地追赶，观赏效果一流。

最后一段距离，林竞一骑绝尘，甩开了第二名足足三十米，率先冲过终点线。

高二（一）班这下不用再喊"林哥第一"了，直接改成嗷嗷尖叫，比赛刚一结束就涌下看台，把他围在了最中间。宋韬事先万万没想到，自己随手拉来的学生居然能轻松地夺冠，一时间也比较蒙，把人单独叫到看台下面问了半天，最后才喜气洋洋地叮嘱："明天的接力要好好发挥，这样，我调整一下位置，你跑最后一棒。"

"好。"林竞问，"还有三棒是谁？"

"于一舟、苏宁和李陌远。"

也就于一舟还靠谱一点了。苏宁同学虽然听起来很电动智能化，但顶多算个扫地机器人，任劳任怨，行进缓慢；李陌远更甭提，他这回纯粹是为了评市"三好"，必须积极地响应市里"德智体美全面发展"的要求，才不得不乱报了一个体育项目。

宋韬可能知道这么一个草台班子组合，夺冠基本没戏，所以最后又补充一句："得不得奖是其次，重在参与。"

"嗯。"林竞点点头，"谢谢老师，那我先去休息了。"

季星凌正在树下调手机。在四百米的最后一段距离，所有人都在激动地往看台前挤，镜头晃来晃去没怎么拍到人，倒是录了不少嗷嗷鬼叫，听得牙疼。

林竞走过来："你在看什么？"

"本来想给你录个视频，记录一下光辉时刻。"季星凌说，"但我看了半天，大部分是葛浩乱窜的后脑勺。"

林竞笑着从他手里接过水："去洗手间吧，我把衣服还你。"

"穿着呗，明天不是还有个接力吗？"季星凌和他一起往回走，"对了，刚我问到周章那边，好像是因为抢了钢三一个什么老大的女朋友，对方才会带人过来教训他，老王已经在处理了。"

林竞闻言诧异："周章有女朋友？"

季星凌闻言也很诧异："周章为什么不能有女朋友？"

林竞："……"

好像也是。

青春总是和悸动联系在一起的，这个年纪，有喜欢的人或者是被别人喜欢，似乎都很理所当然。心是浸泡在梅子酒里的海绵，攥一下就能满溢酸甜，忐忑微醺的那种。

季星凌随口问："那你在宁三有女朋友吗？"

林竞看了他一眼："我有女朋友为什么还要转学？"

季星凌如实评价："这句话听起来很像是因为你在宁三找不到女朋友，才会转来山海以求发展第二春。"

林竞："……"

大少爷难得撑一次小林老师，心情就很好，于是又揉揉他的后脑勺："哎，你喜欢什么样的？"

林竞回答："好看的。"

"肤浅。"

"那你来喜欢一个深奥的。"

季星凌想了想，说了一个相对不肤浅的回答："学习好的。"

"学习好的，为什么要喜欢你这个倒数分子？"

"我单恋行不行？"

"行。"

过了一会儿。

"不是，等一下，我有颜有钱，学习好的为什么就不能喜欢我了？"

"肤浅。"

"那行，我们一起肤浅。"季星凌欣然接受，搭住他的肩膀，两人一起打打闹闹，歪歪扭扭地走向教学楼。

夕阳把影子拉得无限长。

因为林竞的神仙救场，悲情的高二（一）班瞬间就不悲情了。第二天早上王宏余点名的时候，喊了三四声才让班里安静下来，一头雾水地问："我说你们都在亢奋什么？"

"王老师你昨天没看到，林竞简直像飞一样。"韦雪举手，"其他班的人都呆了。"

"就是，哎，不如我们凑钱买点东西，去医院慰问一下老周吧，要不是他英勇负伤，我们的总分现在还垫底呢。"

这个提议得到了全班一致赞成，甚至还傻里傻气地鼓起了掌。王宏余听得胸闷，但又不能明说周章不是不小心摔跤，而是因为早恋，跟校外混混起了冲突，只好转移话题扯了两句别的，赶紧把这群闹心的小崽子打发回了看台。

400米的终点是老地方，所以"山呼海啸我林哥"也依然留在看台最高处，这回还多了其余三个人的横幅，格式非常统一，大家一起呼啸。苏宁受宠若惊，李陌远则是内心苦闷，长吁短叹了大半天，自己当初到底为什么要选这么一个万众瞩目的鬼项目。

跑第一位的是于一舟，他和林竞一样人高腿长，一百米轻轻松松首先交棒。苏宁就比较不能看了，属于心有余而力很不足，于一舟积攒的优势被他跑得荡然无存，第三棒李陌远本来已经对自己极度地没信心，再看到苏宁远远地如同电影慢镜头回放一样地从另一头奔来，顿时更苦闷了，偏偏看台上还有一大群李陌远的"事业粉"在盲目地尖叫"好帅"，叫得李总压力倍增，起跑第一步就跟跄了一下。

郑不凡在看台下方远程汇报："宋老师，说出来你可能不信，林竞接棒的时候，（三）班的人已经抵达了终点线。"

但高二（一）班的热情丝毫没被影响，依然"林哥！第一！林哥！第一！"喊得声嘶力竭，林竞握紧接力棒，在真正山呼海啸的欢呼声里，咬牙冲完了最后一百米。

郑不凡："等一下宋老师，先别挂电话，说出来你可能还是不信，林竞刚刚把我们班的总成绩从倒数第一追到了正数第三。"

宋韬："……"

现场比较激动的还有李陌远,这好像是他从小到大,第一次拿到和体育相关的奖项,属于人生的一大里程碑——将来功成名就写自传时,必须单开一章细细描述的那种。于是试卷都不做了,亲自去小卖部扛回一大箱饮料,和队友以及同学共享这天降喜悦。

接下来的男子3000米,于一舟也跑得挺顺,让高二(一)班的总成绩再次攀升,顺利地爬到中游偏上的位置。王宏余喜出望外,站在看台花式夸奖十分钟,甚至还打算自掏腰包,给运动员们准备一点礼物。

下午两点,教室外的回廊被树荫笼着,安静到一丝细风也没有。林竞站在季星凌身后,拆下自己"092"的号牌,换成了他的"001"。

"看你的了。"

作为山海风云人物,季星凌的男子1500米当然不会缺观众。林竞本来想到终点线附近等他跑完,结果看台上人山人海,半天硬没挤进去,最后还是牛卫东见他在下面来回晃悠了三四圈,像是非常无助,才亲自开口把人领到了前排。

宁芳菲也弄了面加油的小旗,马列端着两杯可乐,挤过来坐在她旁边:"我总算明白为什么每年的1500米都要提前占位置了,这些小女生,哪是来看比赛的,分明就是来追星的,签到处那尖叫,我快被震聋了。"

说来也巧,这次各班跑1500米的选手好像都挺帅,光在那站一排就很养眼。葛浩带着几个男生挂好加油横幅,依然是山呼海啸同系列,只不过字体在原有基础上被放大一倍不止,用李总的话说,这叫率先在面积上取得压倒性胜利。

前排有几个女生经常去听演唱会,追星工具齐全,这次是直接带着望远镜来的。林竞调了半天手机焦距,发现确实装备不如人,于是不好意思地叫人家:"同学,能借我用一下吗?"

别人借应该是不行的,但帅哥出马,一切好说。

五秒钟后,小林老师成功地得到"望远镜×1"。

季星凌做完热身运动,扭头扫了一眼远处的观众席,就见林竞站在牛卫东身边,正拿着一个望远镜看这边,顿时乐了,非常配合地用食指和中指按住嘴角往上一推,做出标准笑脸。

林竞："……"

葛浩挤到他身边:"林哥你看什么呢,笑得这么高兴?"

"嗯？没什么。"林竞把望远镜还给前排学妹，"横幅挂好了？"

"挂好了，可惜就是看台位置不够，不然我们还能再拉长五米，"葛浩分给他一面小纸旗，是班里的女生为 1500 米比赛特别定做的，樱花粉的纸上印有季星凌 Q 版画像，酷酷的，跩跩的，嘴角一歪，超绝可爱。

林竞往四周看了看，到处都是同款粉红小旗，女生差不多人手一面吧——王宏余在这件事上倒很大方，还特批了一部分班费，不过也是，毕竟单旗成本不到两毛五，几百块钱就能换到全场加油的震撼效果，在录像资料里显得高二（一）班非常有面子，属于稳赚不赔的好生意。

发令枪响，比赛正式开始。

最前排一哥们可能是临时被拉来凑数的，没什么长跑经验，上来就照脱缰的路子狂奔，看起来遥遥领先，有两三个选手还真就被他打乱了计划，跑得比较慌。季星凌属于没受影响那一拨，一直跟着自己的节奏走，不紧不慢地保持在第一梯队最末尾，首圈路过高二（一）班的看台时，甚至还有心情给前排观众飞个眼神。周围一片尖叫，林竞拇指按下快门，把大少爷的嚣张一刻精准地定格。屏幕里的少年神采飞扬，阳光恰好从他的发梢掠过，在那里投下了一道半圆形的绚烂光圈，眼睛微微眯着，笑起来有一点点欠扁的痞气，以及更多更多无敌的帅气。

"季星凌，加油跑啊！"马列也跟着喊了一嗓子，"你们宁老师都要激动哭了！"

周围的学生齐声大笑，宁芳菲笑也不是气也不是，干脆端着杯子坐到了王宏余身边。

在这么青春热血的环境里，哪怕是沉稳的成年人，也会被勾出一点可爱的孩子气。

最后两百米，季星凌开始向终点迈腿冲刺，他跑得其实很放松，看起来似乎没费什么力气，但就是一路飞掠如风，生生地跑出了麒麟一族夹裹雷电的超绝气势，红色班服在阳光下像一团肆意燃烧的火，燃得整片看台沸腾喧嚣，宋韬和几个男生守在跑道外，差点没接住他。

"星哥超 A！"欢呼声震天，粉红小旗也飞了满天——不过飞完还得再捡起来，一是当代学生不能这么没素质随地乱扔；二是这旗绝对属于限量定制款，外校想要还没有，所以很值得拿回去和其他高中回忆一起珍藏。

林竞也把小旗塞进书包，刚准备跟随大部队一起去看台，就被牛卫东叫住，问他："多人运球准备得怎么样了？"

"……"

林竞目前满脑子都是季星凌冲线时的超燃画面，都快忘了还有个糟心的运动会项目，又不能直说，只能按好学生的标准敷衍："练了几次吧，应该差不多。"

牛卫东很满意这个答案:"好好比,这次还有外校老师来观摩,你们要充分展现出我们山海学子的良好精神风貌。"

林竞:"?"

周围一圈同学也跟着:"?"

于一舟吃惊地想,这有什么好观摩的?

但可能上一辈人对"趣味运动会"都有一些美好滤镜,反正听牛卫东的意思,外校老师还真不少。

跑道上,季星凌又慢跑了一段距离,才逐渐停下脚步,周围有人帮忙放松肌肉,有人帮忙递水,更多的人则是扯起嗓子欢呼。林竞拿着他的校服跑下看台,本来想送进去,但是看宋韬已经帮忙找了一件运动服,就没跟着凑热闹。季大少爷用眼睛的余光瞥见,顿时有点不愉快,等人群散去后,他过来钩住小林老师的肩膀:"哎,你怎么也不祝贺一下我?"

林竞答:"人多,挤不进来。"

"那现在给你一个机会。"季星凌从他手里抽走校服,一边套一边强调,"'你好厉害'除外,我都快 PTSD(创伤后应激障碍)了知不知道。"

"你居然没说错 PTSD 的顺序,好厉害呀。"

"……"算了,你还是闭嘴比较可爱。

季星凌的校服衣领掖进去了一点,林竞服务到位,帮他拉出来整好,然后非常自然地问:"1500 米已经结束了,你现在是回家吗?那再见。"

"开什么玩笑,我怎么可能错过你的趣味运球?"

"……季星凌。"

"干吗?"

"你现在想不想去网吧打游戏?"

"你还是省点力气运球吧。"

"……"

两人正说着话,身边乌泱泱走过去一群人,穿得很像天线宝宝,五彩斑斓且滚圆。林竞纳闷地问:"等会儿还有闭幕演出?"

"不知道啊。"季星凌叫住后面一个人,"贾飞,你们班等会儿有演出?"

"没演出。"被叫住的男生正笑得胃疼,"就趣味运球统一一下服装,赵老师的主意,正好上次校艺术节剩了现成的衣服,就借来用了,星哥我先走了啊。"

林竞:"?"

林竞转头问:"这衣服还有吗?"

季星凌莫名其妙："你难道想穿？"

实不相瞒，林竟还真的想穿。因为天线宝宝的装备很齐全，从头到脚，属于穿好之后亲爹都认不出来的那种，藏头遮脸，简直是完美的装备。

"那你可能没机会了。"季星凌乐，"我们班的艺术节向来都是两个女生上，最多只能给你借条裙子。"

"……"小林老师决定闭嘴。

唯一能自我安慰的，就是"多人运球"已经算是所有趣味项目里最不傻的那一个。只需要两个人背靠背，胳膊钩着胳膊，共同夹着球跑五十米，每支队伍六个人，哪一支队伍率先完成三组接力就算赢。

因为多人运球的比赛时间被延后一小时，也就变成了本届运动会的最后一个项目——怎么说，观众更多了，黑压压的一片人头，非常热闹，跟过年似的。

季星凌问："你怎么突然不说话了？"

林竟答："我在想要怎么找牛老师说转学的事。"

"别啊，赛前心态得放轻松。"季星凌揽过他，强行把人往前带，"真不傻，特优雅，谁和你搭档来着？这种得挑个身高差不多的。"

"不知道，没兴趣，别问我。"

"面无表情 .jpg"。

（五）班那群天线宝宝已经成功地引发了看台上第一轮哄笑，（四）班不甘示弱，迅速去校门口购置了一批塑料面具，可能也是想走"看不清脸就不丢人"的自欺欺人路线，（八）班一群人傻乎乎的仿佛喝多了假酒，正在模仿篮球明星绕场一周，而观众居然也很捧场，还自发地掀起了人浪。林竟瞬间更郁闷了，比李总站在接力跑道上还要郁闷的那种郁闷，我究竟是要和一群什么人同台竞技，你们能不能稍微正常一点？

季星凌也在笑，不过他笑的点不在天线宝宝和假酒上，而在蔫头耷脑的小林老师身上，时不时就想伸手戳一下，欠欠的。这时郑不凡正在点名，纳闷地问："汪适呢？"

"这两天好像一直没看到他，请假了吧。"

"可他报名多人运球了啊！"郑不凡赶紧打电话，对方也比较蒙，"我前天感冒了，所以让周章顶我上，都说好了的，他没找你？"

郑不凡："……"

郑不凡声音一颤："除了周章，你还能找到别人替你吗？"

"周章不行？那我得问问啊，什么时候开始？"

"十分钟后。"

"……"

挂断电话，汪适还特意发来几张微信截图，证明自己真的和对方商量好了，并没有放班级的鸽子。但这时候有再多截图也没用，总不能让截图去运球，郑不凡只能去看台上挨个问，看谁能来顶一下这个缺。

林竞推了推身边的人："你来？"

季星凌："……"

你还挺会想。

"来吧季星凌，求你了。

"你看郑不凡都快急疯了。

"他好可怜。

"正好我们身高差不多。

"行不行？

"季星凌。

"比赛快开始了。

"季星凌，我没有队友。"

周围人很多，林竞靠在看台下的柱子上，微微地低着头，他表情没有任何变化，甚至嘴也没怎么动，远看仍然是个阳光温柔的寡言帅哥，只有被他死死扯住衣袖走不了，被迫听这招魂咒的大少爷情绪比较崩溃。其实这时看台上已经有同学愿意下来了，但小林老师是谁！既然打定了主意要拖人下水，就绝不会错失机会，于是拉着他往前一拽，活活地把季星凌拖到了签到板前。

"笔拿好！"

"我——"

不文明语言还没出来，牛卫东就先出来了，并且比较惊喜地来了一句："季星凌，你和林竞一组运球啊？"

嗓音之洪亮，不愧是山海你教导主任。

现场沉默三秒，然后再度轰的一下爆炸。

"星哥威武！"

"星哥加油！"

"星哥第一！"

郑不凡喜出望外，赶紧跑下看台："星哥你要运球？"

季星凌："……"

我能不能拒绝？

"星哥!"

"林哥!"

"星哥!"

"林哥!"

观众席又有了加油新组合。

直到站上起跑线，季星凌还处于一种很飘、很梦幻的蒙圈状态，林竞忍住笑，背对背站好，用后脑勺轻轻地撞了一下对方："喂，胳膊。"

"……"

负责分球的老师对帅哥组合格外照顾，在筐里翻拣半天，挑出一个比较干净的新球——其实之前都是用气球的，但去年不小心炸了一个，运动员还没上赛场就直接进了医务室，出师未捷耳先鸣，所以这回就改成了排球，不会炸，梆硬。

季星凌和林竞都属于胳膊长腿长的大高个，想共同夹住一个球并不费力，而且还能勉强地保持姿态优美。隔壁的天线宝宝就比较惨了，造型非常扭曲，还没跑就笑趴了整片看台，但无所谓，胜在挡脸。

牛卫东亲自承接了打发令枪的活儿。

季星凌看着观众席上那不约而同举起来的手机，有气无力地对身后的人说："你的目的达到了，我现在也开始对隔壁天线宝宝产生了羡慕之情。"

"羡慕也没办法。"林竞冷静地回答，"最多只能给你借一条裙子。"

"……"

乓的一声，发令枪口冒出袅袅青烟。

一红一绿两个天线宝宝瞬间蹿出，虽胖但灵活，一蹦一蹦非常欢乐。赛前绕场一周的"假酒受害者"们也大步飞跃，气势如虹，还自带"一、二、一、二"的口号。纵观全场，出师不利的也只有你星哥和你林哥，两人一次没练过，简直毫无默契可言，还都很要面子，昂首挺胸地没走三步就滚了球，只好重新回到起跑线。

"别紧张。"女老师可能看出他们没经验，所以在放球的时候，快速地教了一句，"学一学别的班，跳着走比较快。"

可别了吧！两个"真·耍帅上头·迷之倔强·绝不跌份·少年"在这一点上，意见倒是出奇统一，继续迈着长腿往前缓慢地挪。这种比赛重在耍猴，成绩又不会计入班分，所以下一组的侯跃涛和郑不凡完全不着急，甚至还掏出手机哈哈哈笑着加入了拍照大军。

二十米之后，快到交接点的天线宝宝可能是蹦跶得太激动，球飞了。

又过了五米，"假酒团伙"欲哭无泪地回到了起跑线。

其他几个班也先后出现运球失误，高二（一）班被傻瓜同行这么一衬托，瞬间就显得非常有谋略，甚至还被别班选手速成学习，当场拷贝两位帅哥这端庄优雅的运球姿势。

最后五米，观众席上再度爆发出轰鸣的掌声，激动的程度仿佛两人不是成功运球五十米，而是一举夺得了奥运冠军。外校老师坐在最前排，基本快被吵聋了，从而对当代高中生对"趣味运动会"的渴望产生了那么一点误判，琢磨着是不是要把山海这方面的先进经验也学一点回去——这很坑本校青少年。

这不重要，重要的是，季星凌和林竞终于顺利地抵达交接点，圆满地完成当猴……运球任务。两人如释重负，火速撤到观众席下，并且强烈地拒绝了全场"再来一次"的要求。

比赛结果是什么已经不再重要，重要的是，趣味运动会终于名副其实地"趣味"了一回，等到比赛结束时，全场观众都快笑疯了，减压效果一流。季星凌和林竞还被牛卫东强迫上台，双双领了个参与奖，奖品好像是个零食大礼包之类的，一结束就被以于一舟为首的高二（一）班"抢劫团伙"瓜分一空，连瓶饮料都没剩下。

夕阳挂满了梧桐树。

跑道旁的自动贩卖机好像出了问题，林竞扫完码后，半天没有饮料掉出来，于是转身问："你会不会弄这个？"

季星凌面无表情地回答："我不会，我只会趣味运球。"

林竞抿了抿嘴，继续蹲下研究出货口。季星凌比较胸闷，上来用双手卡住他的肩膀，恶狠狠地强行压上去："喂，我说你这人怎么这么恶劣？"

"是你自己说的，不傻，特优雅。"林竞被他压得坐在地上，笑着侧过头，"别闹。"

"请我喝……"季星凌继续趴在他身上，抬头在玻璃柜里看了一圈，最贵的也就八块钱，靠金钱来弥补心灵的创伤是没指望了，于是拍拍他的脑袋，"记账啊，不能让我白傻这一次。"

售货机反应迟钝，直到现在才滚出两瓶饮料，林竞递给他一瓶："算还清债务了吗？"

"当然不算。"

"那我再帮你拧开。"

"……"

您这一拧可真值钱。

晚上八点，林竞用毛巾擦着头发，单手发了条微信。

可达：学习吗？

正在沙发上跷着腿悠闲地打游戏的邻居："……"

星哥：不学。
可达：那你看看天上挂的月亮。

季星凌撑起上半身，向窗外瞄了一眼。

星哥：看完了，然后呢？
可达：像不像你数学考得不及格的样子？

　　几分钟后，季大少爷把自己转移到了1302的卧室，他半潮的头发还没有完全干，穿着圆领 T 恤和棉质长裤，又帅又清爽，又不学无术——至少在小林老师看来，一进门就趴在自己床上开始打游戏的这种行为，确实很不学无术。
　　"过来吃葡萄。"
　　"不吐葡萄皮。"
　　"……"
　　林竞产生了一点和胡媚媚相似的心情，这同桌他不想要了。
　　可能是因为卧室里有学霸镇守，所以不宜游戏，季星凌打了没两把就丧失兴趣，主动拎起椅子挪到小林老师跟前，抓过一支笔开始做英语作业。
　　林竞没抬头，只把葡萄往他面前推了推。
　　台灯的光很柔和，房间里安安静静的，季星凌做完一篇阅读理解，随手抓过林竞的试卷对了对，惊喜地说："我好像就错了一道选择题。"
　　"嗯？"林竞伸手要过两人的试卷，一看还真是。
　　季星凌赶紧："你别说话！"
　　林竞："？"
　　"我不厉害，真的。"
　　"……"
　　姜阿姨端进来两碗雪梨银耳汤，炖得黏黏糊糊，让两人休息一会儿再继续学习。

林竞一手拿着勺子，一手拿着手机滑动，季星凌随口问："看什么呢？"

"查以后要怎么夸你。"

季星凌凑过去一看，还真是在搜"老师应该怎么鼓励学生"，但仔细一看："为什么内容都是在讲幼儿园？"

"我觉得夸奖这种事不应该论年龄，得按智商来。"

"……"

大少爷表达不满的方式比较直接，大部分时间是靠抢东西，比如说牛肉面里的牛肉，再比如说银耳汤里的红枣。

林竞把剩下的两颗都给他，自己继续吃剩下的。季星凌观察了他一会儿，疑惑："为什么你有洁癖还能忍受我的勺子？"

林竞继续看着手机："难道你希望我充满嫌弃地把碗扔进马桶，再捏住鼻子尖叫着冲出来？"

季星凌脑补了一下画面，好像有点惊悚："算了，当我没说。"

林竞笑着抬头："我也不知道，可能就……你看起来还挺干净的，所以无所谓。"

季星凌人生第一次收到这种评价，看起来还挺干净的。

虽然好像是正面夸奖，但听着就很迷。

"我没有挺干净的，我是超干净。"

"嗯，季星凌你好干净。"

"……"

星哥当场自闭。

班级群里也正热闹着，大多数人在发运动会照片。季星凌看了一会儿，觉得就算是多人运球，好像也还可以，并没有出现天线宝宝的喜感效果，于是用胳膊肘推推他："群里正在发照片，你要不要存？"

"不要。"林竞拒绝回忆多人运球，"我屏蔽了，什么时候这场照片分享大会结束，什么时候你再提醒我。"

"能不能不要对自己这么高标准、严要求？我真觉得还行。"季星凌把手机强行凑到他面前。

林竞看着屏幕上自己喜感的表情："你管这个叫'还行'？"

"……不是，也不是还行，是特帅。"

这句话和"你好厉害啊"一个性质，都属于说话的人可能的确是想夸奖，但另一方怎么听都很像是嘲讽。林竞把数学试卷丢到他面前："做，做十套！"

季星凌："你不如让我干嚼了，这样比较快。"

“那你嚼。”

“……”

小林老师不讲道理。

两天的运动会下来，又跑又跳又运球，两人都有些精疲力竭，连林竞也没能撑过十一点，早早就上床睡了，并且在第二天闹钟响后，又头昏脑涨了半小时，直到姜芬芳第三次敲门才爬起来。

“早饭已经装好了，记得吃。”姑获鸟育儿经验丰富，餐包、牛奶、雨伞准备得妥妥帖帖，拎了就能走。

“谢谢阿姨！”林竞换好鞋后，匆匆忙忙地跑出门，刚好撞见同桌嘴里叼着牛奶，正在不紧不慢地往下按电梯。

季星凌吃惊地问：“你跑什么？”

“……迟到了。”

“不可能，我今天还早出发了五分钟。”季星凌看了一眼时间，“跟我走吧，包你在预备铃前进教室。”

大少爷经验丰富，果然在预备铃响之前，精准地卡点上楼梯。还没等两人进教室，就听到里面传来一阵哄闹声，非常受打击的那种拖长语调的抗议。

王宏余站在讲台上：“你们现在算高三预备役，也该收收心好好学习了，都安静一点。”

“王老师，上晚自习也就算了，为什么连手机都不准带啊？”

“除了山海，现在还有哪个学校允许学生带手机？”王宏余苦口婆心，“学校也是为了你们好，别再唉声叹气了啊，等会儿韦雪跟我去领个正式通知，下午班会的时候再仔细讲这件事，现在先准备上课。”

九中调来的副校长，风格果然很九中。

据说这还是他听取其他老师的建议，一步一步慢慢来的结果，并不算大刀阔斧。但对自由散漫惯了的山海学生来说，已经算是晴天霹雳、人生灰暗。

于一舟趴在桌子上：“完了，我已经能预见我们接下来的高三将会有多么惨绝人寰了。”

季星凌见林竞一直在看手机，于是问他：“你这算是暗夜前的最后狂欢？”

“我想查一下副校长是谁。”

学校网站上刚刚挂出了照片，西装革履、大背头，成功男性的标配。

实不相瞒，有点眼熟。

灯红酒绿的饭店，COSPLAY 的流氓，砰然关上的铁门，见义勇为的大叔。

林竞回忆起那个夜晚，沉默片刻，不打算接受现实："季星凌，我是不是眼花了？"

曾经在副校长面前勇猛 1V8 的麒麟崽："……"

重明叔叔，嗨。

山海高中·学生证

·第7章

小林老师感冒了

重明鸟大名唐耀勋，除了人类高中校长的身份，在妖管委也身居要职。

在麒麟崽还没上幼儿园的时候，大麒麟经常带着他一起上班，有时候太忙了，就把儿子丢给同事带。细说起来，捣蛋鬼小时候大概没少拔重明鸟漂亮斑斓的尾羽。

而在每次过年的时候，小麒麟总会从对方手里收到一大笔妖怪币压岁钱——所以他原本是十分喜欢并且期待见到重明叔叔的！

好好的保姆加七彩羽毛玩具提供者，外带节庆期间限定开放的妖怪币提款机，突然就变成了严厉的高中副校长，这谁顶得住？！

季星凌趴在桌上，发自内心地叹了口气。

和他一样想叹气的还有林竞，在疑似不良场所打架打到副校长面前，又是砸玻璃又是翻窗户，伴随着警车声撒腿狂奔，还破坏了公共绿化带的装饰砖，就很绝。

两人各怀心事，一早上都没怎么说话。高二（一）班其他人看在眼里，也跟着比较慌，纷纷猜测这次新来的副校长到底有多恐怖，为什么无论是逃课大户还是学霸大神，好像都很忧心忡忡、神思恍惚，非常吓人。

下午的班会课上，韦雪果然领来新通知。晚自习一共三大节，从六点半到九点半，校车时间和班次会跟着做调整。还有就是明令禁止携带手机——不过对于大多数山海学生来说，明令禁止约等于不能再光明正大地掏出手机。调成静音塞进书包，只要别太大摇大摆，应该也不会有什么大问题。

林竞怀抱着最后一丝希望问同桌："那天黑灯瞎火的，唐校长会不会根本就没记住我们？"

季星凌沉默了一会儿，决定坦白从宽："……不大可能，他是我爸的好朋友。"

林竞微微一晕以示尊敬，理了理这其中的关系，又换了种表达方式："那他会不会根本就没记住我，只把你深深地刻在了心底？"

季星凌扭头和他对视，非常有气无力："你这人怎么一点都不有难同当？"

林竞冷静地说："对的。"

林竞又说："实不相瞒，我正在考虑要不要找老王换个位置，离你这重点监控分子远一点。"

季星凌："……"

这是什么秋风扫落叶般无情的小林老师。

明天就要开始上晚自习，于一舟他们几个原本是打算组局，一起吃吃饭唱唱K什么的，再不然就去球馆玩几个小时，用来纪念这"最后的自由夜"，但林竞和季星凌都肉眼可见的没兴趣，两人各自找了个借口，打算一打铃就迅速撤离，以免又被副校长抓个"放学之后到处乱逛，聚众吃烧烤"的不良现行，罪加一等。

临下课前，杂货店的药兽老板给季星凌发来一条微信，说之前预订的瑞兽福袋已经到货了，问他什么时候去拿。

星哥：这么快？

杂货店老板：因为你福袋里不要貔貅嘛，所以快，也便宜。

要貔貅就比较贵了，附带招财效果的神物都比较贵。

星哥：行，那我放学过来拿，剩下的妖怪币——

字还没打完，一件校服就从天而降盖住手机，吓了他一大跳。

"季星凌，我有点热。"林竞面不改色，"先放在你那边，我这儿东西塞满了。"

"……"外面还在下雨，你为什么会热？

"喀！"王宏余站在教室门口重重地咳嗽了一下，身边还站着新来的副校长——重明叔叔唐耀勋。

季星凌这才反应过来，火速用校服裹住手机塞进桌斗，随手抓起一支圆珠笔做刻苦学习状。

副校长走进教室，示意同学们继续自习，不要被打扰，自己站在季星凌桌边看了一会儿，问："这是语文自习，为什么全班只有你一个人在做数学题？"

王宏余："……"

季星凌非常苦闷地站起来："那什么，因为王老师刚刚不在。"

王宏余再度："……"

林竞对他找的这个借口也是服，虽然很不想管，但总不能真见死不救，只好再度亲自出马，硬着头皮举手："老师，刚刚季星凌做题卡住了，他问我这篇阅读理解的选项，我不是很确定，就想等王老师回来再说。可能他觉得时间不能被白白浪费吧，所以抓紧时间做几道数学题。"

此言一出，整个高二（一）班都只想抱拳，不愧是年级前十的学霸，撒起谎来简直艺高人胆大，季大少爷主动问语文题，还不想浪费时间地做起了数学题，这种魔幻故事，也就刚来的副校长能相信了。

"你坐。"唐耀勋点点头，又对林竞说，"我听你们王老师提过，你是很有希望冲全省前十的尖子生，还有一年多就要高考了，好好加油。"

"谢谢老师。"林竞态度良好，满脸乖巧，就差把"我会刻苦学习"六个字顶在头上。

幸好唐副校长日理万机，没时间多问语文阅读理解的事，很快就和几个老师一起转去了别的班，季星凌迅速地把数学习题集换成语文，又把校服递给他，低声说："谢了。"

林竞没空说话，一口气打了三四个喷嚏，接过衣服的时候，手指有些凉。毕竟秋天的锦城下起雨来，还是很阴冷的，东山楼就更湿冷。季星凌问："你杯子呢？我去给你接点热水。"

林竞抽出纸巾擦了擦鼻子："之前送你了。"

送我了？季星凌回忆半天，才想起来在去饕餮店里吃饭的那个晚上，小林老师一脸正直地说出的话惊得自己当场喷出一口水，玷污了有洁癖的保温杯。

"……"

正好这时下课铃也响了，于一舟在背后推推他："去买水？"

"帮我带一瓶。"季星凌踢开椅子，"我去趟小操场。"

他记得那儿的便利店里好像有杯子卖，花花绿绿地堆在货架底层。事实证明大少爷的记忆力还是很强的，这家店里的确有许多杯子，但都是卡通梦幻风格，粉红、粉蓝，反正就各种粉啦叽，上面还印着桃心星光美少女，一看目标顾客就是全校女同学，并没有男生什么事。

季星凌想了一下，自己如果给同桌送一个带美少女的粉红杯子……啧，不然还是算了吧。

他拍拍手站起来，刚准备回教室，身后就有沉稳的男声传来："你要买什么？"

"……"

店里没有其他顾客，季星凌老老实实地打招呼："重……唐校长好。"

"下节自习课快开始了，你怎么还在到处晃悠？"唐耀勋拍了一下他的脑袋，又警告，"小子，下次别再让我看见你上课偷偷玩手机。"

"哦。"得，小林老师算是白感冒了。

"回去好好上课。"唐耀勋说，"别迟到。"

"唐校长。"既然都碰到了，季星凌想了想，索性理直气壮地主动开口，"你那儿有新的保温杯吗？"

"有，跟我来拿。"在这种生活琐事上，唐耀勋还是很乐意帮老季照顾一下幼崽的。

三分钟后，季星凌抱着一个银色大保温杯，离开了副校长办公室。

至于为什么要抱，因为他单手根本拿不住，跟个火箭炮筒似的。中老年网红爆款，大容量，贼省事，让你早起接杯水，畅饮一整天。

于一舟拎着三瓶冰可乐懒洋洋地晃过来，刚好遇到他，整个人都惊呆了："你这是什么玩意儿？"

"杯子，不认识啊？"季星凌强行无所谓，站在饮水机前接了点热水，啪的一下潇洒地盖上盖子，抱回座位后，又咚的一声放在了同桌面前，冷酷地说，"赔你一个新的。"

林竞："？"

前桌的李陌远和韦雪也纷纷扭头来参观这绝世巨杯，非常疑惑："季星凌，你为什么要买一个这么大的杯子？"

"……"你星哥就喜欢大的，不行吗？！

同桌之情虽迷惑但感人，林竞最后还是决定收下这份礼物，并且表示了感谢。但桌斗是塞不进去的，放在桌上又很占地方，只有带回家才能使用。

季星凌发自内心地觉得，这个神杯八成今晚就会被丢进1302的杂货间，但没关系，反正他也很嫌弃，要不是看在副校长的面子上，他恨不能在看到它的第一眼就拔腿走人。

放学铃响后，季星凌一个人去了后巷杂货店，一手交尾款，一手拿福袋。

"怎么样，我这效率还可以吧？"胖老板扬扬自得。

效率确实够可以，但商品质量就……季星凌看着盒子里那紫红色缎面的，上面绣满粉红荷花和碧绿荷叶的小口袋，觉得自己快瞎了。

这是什么辣眼睛的审美？

为什么会有这么土鳖的鲛人？

胖老板试图解释："这不给你打折了吗？打折商品哪能没缺点？这种花色的鲛丝价格最便宜，辟邪效果都一样，我总得适当地赚一点不是？"

季星凌很想呕血，早知道打折的代价是这紫红荷花，他宁可主动放弃学生价八折。

可能是看他有些犹豫，老板立刻强调："一旦售出，概不退换，这是行规，你知道的啊！"

季星凌把福袋随手揣进裤兜，非常……头疼。

和这玩意儿一比，感觉下午的保温杯都不那么落伍了，甚至还称得上时髦现代，就像广告里常说的，银色线条凸显了明快的科技感。所以可想而知要把福袋送给小林老师，并且还要让他心甘情愿地挂在脖子上，是一件多么不可能完成的任务。

打折货确实不能闭眼瞎买，容易心塞。

但经验总结得再多也只能下次引以为戒，至于这次，俗话说得好，买都买了。

回家以后，季星凌掏出福袋，站在卧室门口，试图找到一点时尚共鸣："妈，你觉得它好看吗，是不是还可以？"

胡媚媚回答："哪儿可以了？你说这破东西是从垃圾堆里捡来的我也信。"

果然亲妈。

季星凌：……不想说话。

1302 的厨房里，姜芬芳也吃惊地问："怎么买了这么大一个杯子？"

"季星凌送我的，可能学校里只有这一种吧。"林竞站在水槽边把它冲洗干净，他倒真没有多嫌弃，反正这东西又不用二十四小时随身携带，放在卧室里还能提醒自己多喝几杯水，胜在实用。

晚上八点，小林老师补习班准时开课。季星凌拎着书包过来时，林竞已经泡好了两杯白菊蜂蜜茶，而保温巨杯正安安稳稳地放在桌子上，幽幽地发着光，容量大满足，感觉能让两位少年你一杯我一杯，就这么对饮到明天早上。

"这个杯子，"季星凌尽量问得漫不经心一点，"你觉得怎么样？"

"还行。"林竞一边做题，一边随口回答，"保温效果特好，你想喝水的话要小心烫。"

季星凌又追问："外观呢？"

中老年款保温杯，十个有九个长成这样，有什么好特意"外观"一下的？林竞警惕地抬起头："季星凌你是不是又不想好好学习，故意在这和我扯七扯八？"

"……"

你星哥就很冤。

运动会刚刚结束，各科老师可能是为了让学生收心，作业布置得都不少，连一向手下留情的宁芳菲也多发了一套试卷。语文、数学、英语、综合，林竞做完两套题后，口干舌燥得厉害，想站起来拿杯子，却觉得眼前的物品在转。

"季星凌。"

"怎么了？"

"我头晕。"

"……"

姜芬芳取来温度计一量，不到 38 摄氏度，低烧。

果然是同桌，发烧也要一人一次，非常公平。

严格来说，这口锅得归季星凌，所以他趁机提出："不然我补偿你一个礼物。"

"什么？"林竞顶着降温冰袋靠在床头，看起来有些无精打采。

季星凌要求："你先把杯子放下。"

否则他总觉得小林老师在看到福袋的下一刻，就会因受惊过度泼一被子水……要么干脆泼自己一脸水，因为实在太丑了，丑绝人寰。

林竞喝完最后一点水，在转身放杯子的时候，越发天旋地转，索性直接躺平在被子里，恹恹地问："放好了，什么礼物？"

季星凌顶着巨大的心理压力，把那个福袋掏出来："怎么样，是不是还可以？我妈说像 GUCCI。"

隔壁的胡媚媚："？"

林竞本来就有些眼花，盯着看了半天，才非常疑惑地说："你真觉得它好看吗？"

季星凌："……还行，主要是寓意好，寓意好你知不知道？我妈向大师求来的，据说只要贴身戴着就能考清华、北大，可灵了。"

"那你就好好戴着它。"林竞咳嗽了两声，觉得有些冷，于是把被子拉得只露出一双眼睛，闷闷地说，"将来我们一起去北大。"

季星凌："……"

不，我不是这个意思。

季星凌继续说："我应该没什么希望考北大了，不如你收下它。"

林竞正病得难受，也没精力推三阻四，就配合地从被子里伸出一只手："那谢谢你，给我吧。"

这句"给我吧"说得相当敷衍，以至于季星凌觉得，可能自己前脚离开 1302，后脚这个斥巨资购入的辟邪福袋就会精准地飞进垃圾桶。

于是他坚定地说："我帮你戴。"

林竞有气无力："季星凌，你不要得寸进尺。"

"我都帮你趣味运球了！"

"……"

"你不还欠我一回吗？"

"……"

林竞把被子扯下来，勉强撑起上半身，微微仰头："戴吧。"

季星凌双手绕过他的脖颈，由于发烧，对方的皮肤微烫，指背不小心蹭过时，触感如丝缎柔软。

"你既然答应我了，就不能丢掉啊。"

"那我要戴多久？"小林老师表情比较绝望，他是真的很想睡。

"……两年，等你考上北大。"戴一辈子更好，很值钱的，知不知道？

"季星凌，你还是拿回去吧，我不要了。"

一听这玩意儿居然两年起步，林竞果断地往后一缩，直接把自己卷进了被子里，再反手一裹，坚决不肯起来了。场面和三只小猪的童话差不多，目前季大少爷就是那匹反派狼，站在坚固的水泥屋外很没辙，再诱哄对方也不会开门，如果强行掀被子，说不定还会被小林老师赶出门——或者被姑获鸟赶出门。

"季星凌。"林竞语调里有浓厚的鼻音，"晚安。"

"……"

行吧，晚安。

胡媚媚正在客厅看电视，都不用问，就知道自家儿子肯定送礼未遂——说实话，那紫不啦叽的玩意儿能送出去才见了鬼，而且对方还是人类，并不知道辟邪福袋有多珍贵。

季星凌只好给葛浩打了个电话："你之前订的福袋到货了吗？"

"昨天刚到，我妈送学校来的。"葛浩躺在宿舍床上，"怎么了，星哥？"

季星凌换成了视频通话："给我看看。"

葛浩从脖子上解下来，小巧的福袋是漂亮的青灰色，系线也不是土味大红，一看就不是打折货。

"星哥，你是麒麟，应该不需要这种东西！"

"嗯。"星哥当然不需要，但星哥的人类同桌需要。

虽然从理论上来说，上次的穷奇和金华猫都是小概率事件，林竞也未必会遇到第二次。但福袋既然已经买了回来，总不能丢在抽屉里吃灰。

在打电话之前，季星凌其实是想如果葛浩的福袋不那么土，自己就补全差价，看看他愿不愿意换，反正对妖怪来说，这类货品的内涵要远大于外观。但对方现在已经贴身戴过了，季星凌还是打消了调换的念头——送二手货不符合你星哥的风格，更何况小林老师还是个很事儿的洁癖。

胡媚媚看完一集电视剧，靠在卧室门口敲了敲："要不要我帮你出个主意？"

季星凌转过椅子："什么？"

"你这个丑福袋，可以交给爸爸，让他找蜃叔叔施一道幻术。"胡媚媚说，"变成正常的挂坠之后，应该很容易就能送出去，但我有条件。"

季星凌想了想，很上道地问："我期中要考 500 分吗？"

"450 分就行。"胡媚媚还是很照顾儿子实力的，"或者至少别掉下 400 分。"

这要求不算苛刻，甚至还称得上充满体贴，大少爷并没有讨价还价的余地。

"成交。"

蜃叔叔目前还在美国进修，所以胡媚媚暂时把福袋收回了卧室，她答应儿子，如果期中考到 450 分，就亲自去重明叔叔那儿再要一根毛，同时放进去。

福袋的事情算是勉强解决，就是星哥背负的压力又沉重了一点，甚至做梦都在期中考试，结果各科成绩出来后，怎么加总分也只有 160 分，数学更是硕大的一个零，堪称午夜惊魂。

清晨六点，手机准点推送天气预报，一股来自西伯利亚的强冷空气将自西向东影响我国，提醒广大市民注意加衣。

姜芬芳给林竞套了件毛背心，又看着他喝完感冒冲剂，才让他出门上学。

季星凌正靠在电梯口。

"你今天要去坐校车？"林竞揉了揉鼻子，嗓子明显发炎，连说话都疼得皱眉头。

"我不坐校车。"季星凌用手背贴上他的额头，"你感冒也别往停靠站点走了，我带你上学。"

林竞和他一起进电梯："你是特意早起来等我的？"

"嗯。"

"你怎么也不先发微信，万一我请假呢？"

"……没想过。"

被他一提醒，季星凌觉得自己好像是有点……傻是不傻的，这叫随性不羁，想等就等了，爱来不来，就很酷、很帅、很嚣张的那种。

林竞抿了抿嘴，看着他笑："谢谢。"

"谢什么，我昨天不玩手机，你也不会感冒。"

虽然玩手机其实也是为了小林老师，但星哥肯定不会在这种事上斤斤计较，非得要算清是谁的责任。司机正在停车场里等他们，广播里恰巧在播天气预报，季星凌听了一会儿，随口问："为什么每次寒流都来自西伯利亚？"

林竞一边擦鼻子一边瓮声说："西伯利亚只能算寒流的第二故乡，真正的源头在北极，北极地区处于冷性高压带，中纬度地区盛行西风气流……阿嚏！"

"我自己看地理书行不行？"季星凌举手投降，让司机调整了车内温度，又取过毯子盖在他身上，"你还是再睡会儿吧。"

林竞"哦"了一声，扯高毯子捂住头，真睡了。

昏昏沉沉中，觉得隔壁有谁伸手过来，揉了揉自己的脑袋。

欠欠的。

因为英语老师宁芳菲家里有点事，所以和李建生换了早上的课，一连四大节数学，上得所有人都头晕眼花——病号尤其严重，放学铃一响就趴在桌上，叫都叫不起来。

于是季星凌到副校长办公室里要了条薄毯。

唐耀勋："……"

果然是老季亲生的崽，这如出一辙的理直气壮，土匪作风。

薄毯里织入了凤凰火，暖暖的，像春末夏初的宜人温度。

林竞觉得稍微舒服了一点："谢谢。"

季星凌又往他桌上放了几个餐盒，一如既往懒洋洋地垂着眼睛："那我去吃饭了。"

食堂里没有多少病号餐，只能凑合买了碗热粥，还有土豆泥和蒸海鱼，都是软软烂烂的，不至于吞咽困难。

怎么说，这份同桌心意虽然十分感人，但大少爷可能并没有多少照顾别人的经验，所以只管饭，不管餐具。

就还……随性不羁，挺酷的。

食堂的饭菜当然称不上诱人，但林竞目前真饿了，还是很想吃的，于是试着给李陌远发了条微信。

至于为什么选李总，是因为他好像每次都是第一个回教室。

可达：你吃完饭了吗？

李总：中午和李老师一起吃的，刚从他办公室出来，有事？

可达：会路过桃李路吧，顺便帮我带罐八宝粥，钱先转你。

他不想麻烦别人专门去食堂为自己拿一趟餐具，桃李路那刚好有台自动售货机，会卖面包和罐装粥之类的充饥点心。李陌远回了他一个"OK"的表情，和同行的人打了声招呼，就穿过小路去帮忙买东西。

葛浩也在那儿，他从出货口取出来一包蛋糕："咦，李总你中午不吃饭？"

"没，林竞想吃八宝粥。"李陌远在屏幕上选好商品，一摸裤兜才想起来自己没带钱——这年头也没几个人会随身带钱包了。于是他小心翼翼地往四周看了看，叮嘱旁边的于一舟："你帮忙盯着点老师，我迅速扫码付个钱。"毕竟是山海禁止学生带手机的第一天，年级第一也不能太嚣张。

但年级倒数第一还是可以嚣张一下的。

李陌远还在说话，售货机已经嘀一声，滚落了一罐莲子八宝粥。

"走吧。"季星凌漫不经心地把手机装回兜里，转身往芙蓉苑的方向走，"去食堂。"

他人高腿长，葛浩赶紧小跑跟上，手里还拿着那袋蛋糕："星哥，李总不是要回教室吗，蛋糕不如让他带给林哥？"

"算了，你自己吃吧。"

"啊？"

季星凌踢开脚下一颗石子，觉得心情有些烦闷，没有来由的。

又或者是有点理由的。

葛浩纳闷地看向于一舟，星哥又怎么了？

对方做了个拉链封嘴的手势，几步追上前揽住季星凌的肩膀，没心没肺地晃了晃："走，吃饭。"

西伯利亚的寒流比较凶悍，风穿过林荫道，吹落了一地金黄的叶。

教室里依旧只有林竞一个人。

李陌远把东西放在他桌上："咦，你这不是有吃的，还要粥干吗？"

"我只想要个餐具。"林竞把塑料盖里的勺子抠出来，"你不是离食堂挺远的吗？回去一趟麻烦，就这个也能凑合。"

李陌远找出半条橙子糖，递给可怜兮兮的感冒患者，说可以补充一点维生素 C，又随手把林竞的六块钱微信转给季星凌，备注八宝粥。

对面一直没人收，不过李总日理万机，转完钱就关机看书，并没有发现。

八宝粥自带小勺虽然软塌塌，但吃顿饭还是没什么问题的，林竞把最后一点鱼肉也剥下来吃干净，这才拎着空餐盒出去丢垃圾。走廊上的风很冷，迎面一吹，又是一连三四个喷嚏。

小林老师顶着通红的鼻头，站在洗手间的镜子前用光了两包纸巾，最后决定，不然还是请假回家。

好学生也有偷懒的权利，况且他现在是真的晕，一想到下午的政治就更晕。

王宏余被他的苍白脸色吓了一跳："没事吧？"

"没事的，王老师，我就是感冒。"林竞背着书包，还戴了个大口罩，以免喷嚏不断遭人嫌，"睡一天就好了。"

王宏余把人送到医务室，又给姜芬芳打了个电话，通知家长来接。

五分钟后，山海附近的僻静灌木丛里哗啦一抖，飒飒姑获鸟变回利落的保姆阿姨，拎起超市购物袋，矫健地直奔学校大门。

校医室里，林竞吃惊地说："怎么这么快？"

"刚好在附近的超市。"姜芬芳帮忙把书包拎起来，又看着他穿好外套，喝完感冒药——要不是担心吓到雇主，她甚至想当场带着小孩飞回家，再把他舒舒服服地塞回绵软的被窝里。

人类的交通工具可真是慢啊。

还很堵。

林竞坐在出租车后排，把脑袋埋在姜阿姨肩上，睡得昏沉。

下午第一节课，季大少爷一如既往，踩着预备铃精准地进教室。

几个女生挤在林竞的位置上，正在和前桌韦雪叽叽喳喳聊天。

季星凌的脚步稍微顿了顿。

可能是看出他的疑惑，白小雨主动解释："我刚刚听李总说，林竞好像烧得厉害，所以请假回家了。"

"哦。"季星凌漠然地答了一句，拖过椅子坐下，并没有多问。

马列是锦城乃至全国的政治名师，这堂课来了不少贫困地区的老师观摩学习，都挤在教室后排，季星凌身边也坐了一个，唐耀勋还时不时地出现在教室后门，所以他只能老老实实地听完两堂大课，直到放学前才有机会看一眼手机。

可达鸭的头像后并没有数字提示，李陌远的六块钱转账倒是明晃晃的。

季星凌把手机丢进桌斗，往后一靠桌子："喂，放学打球吗？"

"行啊。"于一舟答应，又不放心地问了句，"我怎么觉得你今天不太对劲，真没事？"

"没事。"季星凌把笔丢回笔袋，"就困。"

无非……从来没有照顾过别人的大少爷，好不容易照顾一回，在食堂里挑三拣四逛了一大圈，特意挑了没有葱姜辛辣的粥和鱼肉，结果对方还不领情，宁愿找李陌远带冷冰冰的速食粥。关怀被忽略的滋味总归不算好，而十六七岁的年纪，往往会格外在乎一些事情，哪怕那其实很小、很微不足道，也像一根浸在柠檬汁里的针，总能精准地扎在最敏感的神经上。

就还挺酸的，真挺酸的。

季星凌单脚踩住桌框，仰着椅子晃来晃去。

哼，爱吃不吃。

傍晚时分，窗外的风更大了。

林竞下午回家先睡了一觉，吃过晚饭又睡了第二觉，直到九点才打着哈欠坐起来。微信显示一连串的新消息，大都是同学发来问候、提醒他多注意休息，班级群还刷了半天万能的"多喝热水"，洋溢着浓浓的集体温暖。

唯一不温暖的只有隔壁邻居。

冷酷你星哥的微信头像也很冷酷，万年不变的一片漆黑。

林竞还特意点开看了看，最后一条消息依旧停留在昨晚，并不是网络延迟。

"……"

"阿姨！"林竞踩着拖鞋，站在卧室门口问，"我睡觉的时候，有人来敲过门吗？"

"没有啊。"姜芬芳正在织毛衣，"哦，业委会来征集了一下签名，要换届选举了。"

小林老师对业委会选举没有一毛钱的兴趣，哪怕选出一个奥特曼也无所谓。他匆匆地套上厚外衣，一把拿起桌上的练习簿和试卷："我去隔壁做两小时作业。"

"今晚也要过去吗？"姜芬芳惊讶地站起来，"你都病了，听话早点睡吧。"

"没事，我睡醒了。"林竞吸了吸鼻子，拧开把手风风火火地出门，刚好遇到电梯门打开。

季星凌拎着书包："……"

林竞问："你刚回来？"

"打球。"季星凌往他手上扫了一眼，浑身没劲地说，"困，我先睡了。"

"那你作业做完了吗？"

"明天再抄。"

"季星凌，你怎么又抄作业？"

"反正也不会做，抄呗。"

"那你期中还想不想考 500 分了？！"

季星凌听得有些不耐烦，反手关上门，砰的一声。

林竞："……"

沙发上的胡媚媚被惊了一跳："你这是关门还是拆门？"

"去洗澡了。"季星凌把书包扔上沙发，径直走进卧室。

胡媚媚疑惑地跟过来敲门："谁又招惹你了？"

季星凌懒得说话，只把花洒拧到最大，又随手打开浴室音响。

"A group of very cold tourists are sitting in a cafe in old Quebec.（一群非常冷的游客坐在老魁北克的咖啡馆。）"

季星凌："？"

他这才想起来，自己前两天听取小林老师的建议，刚把音乐换成了英语听力。

胡媚媚听到里面传来的英语朗诵，也短暂地迷惑了一下，心想怎么儿子气冲冲的居然还有心情搞学习，白泽的镇守有没有这么好用。

大少爷在农民普天同庆"the harvest of lemons（柠檬丰收）"里关上了吹风机。

是很丰收。

都酸出幻觉了。

胡媚媚问："需要谈心开导吗？"

季星凌躺在卧室床上："暂时不需要。"

"好吧。"鉴于儿子这段时间表现都不错，胡媚媚并没有多盘问，还主动替他关上卧室门，给青春期的少年留出了单独的空间。

桌上手机嗡嗡地在振动，跳出微信小绿条。

学业繁忙的李陌远可能是刚洗完澡，总算有空看一下消息列表。

李总：季星凌，你怎么不收钱？

李总：这是林竞给的。

李总：就中午那八宝粥。

李总：对了，你们是不是邻居？他感冒怎么样了？我发了消息他没回。

李总：是不是睡了？

叮叮咚咚的，季星凌被振得手都麻了，你才应该和于一舟组一个相声团队吧，为什么这么话痨，而且林竞感冒好没好、睡没睡，我为什么会知道？

星哥：钱不要了，你退他吧。

李总：哦，那行。

李陌远点出可达鸭的头像，又把六块钱转了回去。

但小林老师已经怒而关机了。

至于为什么要怒而——生病回家一下午都得不到同桌的关心，还被关在了1301门外，整件事情简直莫名其妙，所以还是可以适当地怒一怒的。

寒流冻结空气，风吹了整整一夜。

锦城很少有秋天，总会从夏一步迈进冬。似乎前两天还在运动会上抱怨太晒，隔天全市人民却已经抱起胳膊瑟瑟迎风抖。

林竞刚到学校，就被李陌远抓来问数学题，也不知道是从哪本竞赛集里找到的，光题目就很绕，两人凑在一起研究了半天，才勉强解出第一步。

李陌远："鉴于我们都做不出来，我合理地怀疑题目错了。"

前桌听到，默默地竖起拇指，学霸们牛。

林竞擦掉旧的图形，刚打算画个新的，身边的椅子就被人重重一拖，季星凌向来身上带刺，走到哪儿都动静不小，林竞看了他一眼，也没打招呼，继续和李陌远一起研究题目。后排的于一舟倒是看出异常，单手撑着脑袋啧啧——搞了半天，问题在这儿？

少年总是不大会隐藏自己的心事，放在大少爷这里，还多了一点不屑于隐藏的意思。所以整个早上，两人都很有默契地没有再看对方一眼，规规矩矩地守着那条并不存在的"三八线"。中午，林竞收拾东西和李陌远去吃饭，于一舟照旧揽着季星凌嘻嘻哈哈地往外走，只有葛浩比较蒙，抽空问他："于哥，你真不觉得星哥不太对？"

"小事。"于一舟拍拍他的肩膀，抱着那么一点唯恐天下不乱的、只有亲密发小才有资格拥有的看戏心态，一乐，"你别招他就行。"

这可太好玩了，毕竟从小到大，从来都是大少爷让别人不爽，这好像还是第一次反过来。

算稀罕事，走过路过，不能错过。

下午的大课间，林竞被王宏余叫到办公室。韦雪从桌斗里拿出来一罐八宝粥，打开之前习惯性地看了看日期，瞪大眼睛："不是吧，林竞怎么给我一过期食品？"

"我昨天刚帮他买的，怎么会过期？"李陌远凑过来，"没，明明还有一年呢，雪姐你什么数学水平！"

"……"韦雪摸出自己的餐具，"我可能饿昏了，芙蓉苑新窗口的砂锅米线可真够难吃的，和塑料没差别。"

季星凌在后面拍拍桌子："李陌远。"

"嗯？"

"林竞昨天中午吃的什么？"

"粥啊，还有鱼什么的，你问这个干什么？"

季星凌稍微顿了一下，指着韦雪桌上："那他要你买这玩意儿干吗？"

"他没餐具吃饭啊。"李陌远回答，"就想在八宝粥里抠个勺子用。"

季星凌：……这？

我的小林老师呢？！

林竟不知道被王宏余叫去了哪里，一连两节大自习都没上，直到放学铃响也没见影。

讲台上，宁芳菲一边收拾教案一边乐："我说诸位，积极收拾哪门子书包呢，今天开始正式上晚自习，忘了？"

教室里静默三秒，然后就开始嗷嗷抗议，"猿声啼不住"的那种。

怪不得隔壁那帮家伙一下课就狂奔，敢情是去食堂抢饭的？！

呼呼啦啦兵荒马乱，没过几分钟，高二（一）班的教室也空了四分之三。

季星凌叫住前桌："哎，你知不知道林竟去干吗了？"

"不清楚。"李陌远猜测，"可能在王老师办公室吧。"

季星凌微微皱眉，李陌远都不知道，所以应该不是竞赛评奖方面的事？那究竟在谈什么，居然能谈两个小时。

不知道哪根神经搭错，大少爷不由自主地就脑补出了"小林老师滔滔不绝地向班主任陈述同桌的恶行，并且强烈要求换位置"的生动画面。

不行，不 OK。

于一舟按住他的肩膀："走，吃饭。"

季星凌意兴阑珊地把书丢进桌斗，和他一起往芙蓉苑走，沿途当然是偶遇不到小林老师的，食堂里也没有。

葛浩递给两人一人一瓶水，自己去买一楼的咖喱牛肉饭。季星凌没什么胃口，只搭起胳膊靠在椅子上，心不在焉地看着打菜窗口。于一舟在他面前晃晃手："星哥，醒来了，你知不知道你现在看起来真的很像视察卫生工作的老牛？"

想起牛卫东那张脸，季星凌食欲直降至负值："不想吃，你随便点吧。"

"行。"于一舟给自己要了碗排骨粉，又到鲜榨窗口端回一杯粉红色饮料，杯口点缀着假珍珠，旁边还有几个猫爪棉花糖，"来，请你。"

季星凌一愣："这什么破玩意儿？"

"草莓牛奶。"于一舟回答，"配合一下你这茶饭不思的青春期少男情怀。"

"滚！"

这满杯粉红的少男情怀实在辣眼睛，大少爷充分发挥了校霸本色，强迫于一舟现场表演一口闷。葛浩端着餐盘坐下，也跟着乐，顺便提了一句："我刚在一楼碰到林哥了，和几个高一女生在一起，好像刚开完会。"

季星凌没听明白："他和女生开什么会？"

葛浩拧开饮料："就重点大学自主招生的介绍会，我们去年不也有吗？林哥是中途转来的，所以老王安排他和这一届的高一一起听。"

于一舟冲季星凌扬扬下巴："哎，我去把人叫上来？估计他和那群女生完全不熟。"

"我看有说有笑，应该还挺熟的。"葛浩插话，"而且林哥就过来买个水，买完就走了。"

于一舟意味深长："哦。"

季星凌把手里的空瓶投进垃圾桶，懒洋洋地起身去窗口买饭。不知道为什么，刚才听葛浩说林竞不在一楼，他居然有些如释重负的感觉，毕竟……那个，还是需要先道个歉的。

那么问题就来了，季星凌打架逃学的经验不少，道过的歉却寥寥可数，哪怕知道自己有错在先，还是有些拉不下来面子，没想好该怎么开口。尤其小林老师那张嘴，和巴雷特M82A1狙击步枪也差不了许多，网络百科大概是这么介绍的，精度高、威力大、射程远，可把一千米以外的目标人物拦腰打成两半。

大少爷不是很想当场两半，所以他幻想了一下，同桌折服于自己的人格魅力，主动忽略冷战事件的概率有多少。

然后得出结论，差不多也就等于零吧，或者还可以更自信一点，去掉"差不多"，就等于零。

他站在窗口前，轻轻哼了一声，又舔了舔左边刚冒出尖的叛逆小智齿。

提问：比看牙医更糟心的事是什么？

回答：是当着小林老师的面摔门。

获得"季星凌你好厉害卡×1"。

林竞到便利店买了个三明治，和橙汁一起带回教室。就像于一舟说的，他和那群高一的小女生完全不熟，只是碍于对方一直在问问题，不好中途走开，才陪着一起到了食堂。开会的小礼堂暖气开得太足，跟在烘干箱里待了一个半小时没区别，他觉得自己目前像一颗脱水蔬菜，蔫头耷脑的那种。

天色已经完全变暗，校园里亮起一圈圈的橙黄路灯，照亮墨蓝的天幕。除了住校生，全班绝大多数人是第一次上晚自习，总会有点不一样的奇妙感受，教室里也闹哄哄的，活泼亢奋过头。

但林竞除外。

他一进教室就开始做数学，中途只和李陌远讨论了几分钟解题思路，目不斜视的，完全把已经坐回座位五分钟的同桌当空气。

季星凌只好主动开口："你的感冒好了？"

按照常理，小林老师下一句应该类似于"不知道，不然你再把我关在教室门外试试"，就很牙尖嘴利，很精准地狙击。

但林竞这次只不轻不重地回了一句："嗯。"

头都没抬。

季星凌硬着头皮："那我给你接点热水？"

"罗琳思帮我冲了茶。"

"你又不爱喝茶。"

"奶茶。"

"奶茶和茶有区别吗？"

林竞啪的一声合上本子，点了点斜前方的女生："雪姐，能换个座位吗？我有几道题想问李总。"

"好。"韦雪收拾了几本书，爽快地坐到了第七排。

季星凌："……"

于一舟看够了热闹，才踢踢他的椅子："星哥，下节数学自习。"

季星凌把视线从前方倔强的后脑勺上收回来，随手掏出一本英语习题精讲。

韦雪用眼睛的余光瞥见，不得不再度提醒他："季星凌，数学。"

"……"

数学老师依旧在打铃前就进了教室，自习是不会自习的，三堂课，正好用来复习白天的内容，以及讲前两天布置的试卷。

"都打开放在桌上。"李建生检查这类作业的方式比较粗暴，在教室里走一圈，粗粗地扫一眼就算完，如果心情好，还会随机抽两三个人的试卷翻个面。听起来轻松随意，但实际非常吓人，主要老李本来就不像宁芳菲和马列那么随和亲切，再加上数学到底是什么，也不是人人都能搞懂，一个未知事物叠加另一个未知事物，这么一平方，足以让全班都凝神静气，寡欲清心。

"都有谁没做，自觉地站起来。"李建生从第一排开始翻。

季星凌很配合地"自觉"了一下。

"拿着试卷出去补，下节课讲题再回来。"

这也是（一）班的老规矩。

季星凌不以为意，带上试卷和笔出了门。

半分钟后，教室里突然传来小小的骚动。

李建生一抬头，也比较茫然，还特意确认了一下："你没做作业？"

林竞如实地回答："做了，没做完。"

李建生接过他的试卷一看，大概就写了半页不到。

偏袒是没法偏袒了，老李头疼："出去站着。"

季星凌用蒙圈的目光迎接学霸下凡。

林竞一手拿着试卷，靠在墙上和他对视。

季星凌打抱不平："不是，你都病了，老李怎么还让你罚站？"

"作业是前几天布置的。"

"那你干吗没做？"

"准备昨晚做。"

这下大少爷就不能再问"那你昨晚为什么没做了"。

林竞没再理他，在试卷后垫了本书，稍稍歪过头，用铅笔草草地演算。

几缕细风穿过走廊，吹得纸边也卷起来。

季星凌拉着他往旁边挪了挪："那儿有风。"

林竞手下一用力，笔芯断成两截，在试卷上留下一道很短的污痕。

"季星凌。"

"嗯？"

"茶是茶叶，奶茶是茶加奶。我解释完区别了，你还有什么问题要问？"

"……"

"不想道歉就闭嘴。"

"对不起。"

林竞依旧低着头，一只手垂在身侧，像是在等他继续说。

"就……我昨天心情不好，你别在意。"倔强和自尊都是微妙又敏感的存在，季星凌犹豫了一下，还是没有把八宝粥的事情说出来，只是认真地看着他，"我道歉。"

"嗯。"

"嗯是什么，你不生气了？"

"有一点。"

季星凌摸了摸鼻子："冷不冷？我校服给你。"

林竞摇摇头，后脑轻轻抵着墙壁，也没什么心情再做题。

回廊上的灯亮着，挑出一片很暖的光晕。

整座校园都被寂静所笼罩，白天那些熟悉的树丛和操场，在夜晚会有不一样的模样。

而夏季喧闹的蝉鸣蛙叫已经消退，换成了一片秋叶沙沙，偶尔会传来一阵花香，说不清是什么。

林竞看着半空中摇摇晃晃的枯叶。

季星凌看着他落满灯光的眼睛。

过了一会儿。

"那现在呢，不生气了吧？"

"你生气按分钟计时？"

"我按秒表。"

"……"

"季星凌。"

"你又要嘲讽我了吗？"

"你昨天为什么心情不好？"

"……我不想说。"

"但我是受害者。"

"我爸骂我。"情急之下，暂时想不出别的理由，只能对不起老季了。

"为什么？"

"因为我学习不好。"

"所以你就自暴自弃抄作业吗？"

"嗯。"

林竞按出新的铅芯，继续垫着书本做题。

"不用掐秒表了，我原谅你。"

季星凌稍微松了口气。

然后他又犯了给颜色开染坊的老毛病，持续积极地卖惨。

"你爸妈是不是从没骂过你？哎，我就不一样，我爸从小对我要求特严格，是很偏执的那种。"

"是吗？"林竞翻过试卷，"那我下次见到叔叔的时候，帮你批评教育。"

季星凌："？"

我觉得也不是很有必要。

李建生到底还是不舍得让林竞在走廊罚站，又听李陌远说他感冒刚好，正好借着这个台阶，没到一刻钟就让两人回到了教室。

在接下来的时间里，季星凌都表现良好，没有再打扰小林老师专心学习。直到九点半放学铃响，才转头说了一句："我让司机先回去，等会儿一起坐校车。"

林竞把书包收拾好："这也是你烦琐道歉仪式的一部分？"

"……"实不相瞒，我以为我刚刚在走廊已经走完了整个流程。

但江湖规矩，谁先摔门谁理亏。

所以季星凌只含混不清地"哦"一声，小林老师说了算。

这一晚的月色很美，银白的碎影漂在波光粼粼的假山湖上。仰起头时，天空还有丝丝云环，白色的，深红的，忽而又像是被风穿过，变成了片片鳞状——其实也不是风，是蛟龙，或者虬龙，或者应龙，或者别的什么龙，反正它们总喜欢在天上飞来飞去。如果是六月盛夏，还有可能会撞到正准备乘风去南海天池的鲲。

天上的交通一样是很拥挤的。

而校车也拥挤。

两人在后排角落找了个位置，林竞照旧分给他一个耳塞，懒懒地说了句："下车后翻译。"

季星凌冷静地推辞："以前好像没有这个环节。"

"新规矩，免得你三心二意。"林竞系好安全带，"有不懂的暂时先记在手机上。"

那我大概会记满。

大少爷刚开始是这么想的。

但很快他就发现，听不懂是确实听不懂，但记满也不大现实。耳机里的低音炮男应该是租了个按秒计价的镀金录音棚，恨不能一秒钟蹦八千个单词，语速和来中国种 carrot 的魔幻 David 有一比。十分钟的听力，季星凌唯一能记住的只有最后的掌声，手机记事本比小林老师的脸还要干净。

学渣果然毫无尊严。

林竞在睡前按了单曲循环。

对，学霸已经睡了，上车就睡了，用凤凰火薄毯把自己连头裹住，一动不动，造型喜感。后上车的同学乍一看，可能会误以为季大少爷品味独特，刚从哪里偷了个塑料模特。

车子走到一半，有几个醉汉横穿马路，司机踩了一脚刹车。短暂的失重感让林竞从梦里惊醒，心脏怦怦地跳着把毛毯扯下来："怎么了？"

他声音里有困倦未消的沙哑，眼尾薄红，头发也乱糟糟的，整体看起来比较茫然。这样的小林老师不太像巴雷特 M82A1 狙击步枪，顶多像把卡通造型的棉花锤，毫无杀伤力，深受小朋友的喜爱。

季小朋友把毯子重新罩回他头上："没事，继续睡你的觉，形象还要不要了？遮好！"

林竞："……"

他闷声闷气地问："我刚是什么形象？"

季星凌想了一会儿："你见过李招财吧？"

那是小区门卫养的大橘猫，圆饼脸，耷拉眼，长年累月揣着前爪趴在窗户上，维持着半睡不睡的困倦姿势。

林竞精准无误地扬起一拳。

季星凌挡住他的手腕，笑着侧过头。

两人回到江岸书苑时，正好赶上电梯检修，四部只开了一半。趁着这段时间，林竞问："你英语听力怎么样了？"

"没听懂。"

"不可能！"

季星凌一愣，这有什么好斩钉截铁不可能的？

"我专门挑的少儿英语，你不至于连介绍汉堡包都听不懂吧？"

"……"

季星凌在"我水平还可以，只是没有认真听"和"我居然连少儿英语都听不懂，也太丢人了"里迅速地选择了前者。

他说："嗯，我玩了会儿游戏。"

林竞略略无语，一个人进了电梯。

季星凌跟在他后面，没过多久反应过来："不对啊，介绍汉堡包为什么要集体鼓掌？"

"什么鼓掌？"

"就你让我听的听力，一直在噼里啪啦地鼓掌。"

林竞疑惑地按出历史记录。

一看，哦。

"你这是什么表情？"

"对不起，点错了，让你听了一路经济峰会。"

季星凌："？"

"我到家了，再见。"

"不行！"季星凌从后面圈住他的脖子，把人强行拉过来，"你这种行为很打击我学习积极性的，知不知道？"

"季星凌你能不能不要像猴子一样？！"

两个大男生从电梯里一路踉跄地冲出来，吓了刚出门的胡媚媚一大跳。

"阿姨。"林竞整好书包站直。

"感冒好了？"胡媚媚笑着说，"先去放东西，然后过来喝点汤，刚刚从乡下拿来的鲜笋，烧出来很清淡。"

林竞已经发现了，隔壁一家人吃饭都偏重口，既然额外强调"清淡"，那八成是特意照顾了自己的口味，也就没客气。

汤是胡媚媚亲手炖的，用了青丘出产的各种蔬果，滋味又鲜又甜。

林竞在家长面前向来是走嘴甜吹捧的路线，和打折批发的"季星凌，你好厉害"卡不同，赞美得非常有灵魂。

胡媚媚果然被哄得心花怒放，一边给他加汤，一边教育另一个："把菜全吃了，从小到大一直挑食，什么毛病！"

聊天进行到这里，其实是完全没问题的。但胡媚媚发现在自己批评完后，儿子居然还是一副吊儿郎当的鬼样子，用勺子不停地戳着萝卜，坐没坐相，欠得不行，就又产生了一个"打包送给隔壁姑获鸟"的塑料想法，转头对林竞诉苦："你看看小星，被他爸和爷爷、奶奶宠成什么样了，挑食不管，学习更不管，初一的时候他数学考了 18 分，季家的人居然都能变着花样庆祝，把我气得够呛。"

季星凌："妈！"

"哎哟，你突然这么大声干吗？"

林竞抿着嘴角："季叔叔或许是工作忙吧，所以顾不上管他学习。"

"没，我爸还是会管的。"季星凌试图抢救一下，"是那种，虽然看起来好像惯着我，但实际超严格。"

胡媚媚用"你今天是不是吃错药了"的疑惑表情看着儿子。

季星凌单手投降，这件事我们晚点再解释，现在求你先别说话。

林竞喝完最后一勺汤，很有礼貌地站起来："谢谢阿姨，那我回家学习了。"

季星凌："……"

锅扣给老季还没五个小时，就被加倍扣了回来，气势汹汹且劈头盖脸。

由此可见，镇守瑞兽果然不能随便招惹。

季星凌很想仰天长叹，他做了半天的心理建设，最后还是抱起一摞作业，装模作样地去 1302 敲门。

林竞晚上没吃饭，被刚才的汤勾起食欲，现在正在吃一罐饼干，见他进来，随手往他那边推了推："要吗？"

气氛好像也不算太糟糕？季星凌坐在他旁边，象征性地清了清嗓子。

林竞等了一分钟，耐心基本耗尽："你又不是来演讲的，为什么还需要预留时间打个腹稿？"

季大少爷被狙得很无辜。

讲道理，我没稿。

我就是在犹豫。

林竟主动出击，看着他说："李陌远早上给我转了六块钱，说昨天的八宝粥是你买的。"

季星凌面不改色："嗯，他没拿钱，我正好在，就顺手扫了个码。"

"那你怎么不问我，为什么不吃你带的饭却要重新买粥？"

"因为你下午回家了。"

"微信呢？"

"我没带手机。"

"你用意念帮李陌远扫的码？"

"……"

"所以你在因为八宝粥和我生气？"

"怎么可能！"星哥没有，星哥不会，星哥是那么幼稚的人吗？

"季星凌。"

"干吗？"

"你好可爱。"

"……"

季星凌现在已经能比较精准地判断出，夸夸机小林老师哪种语调是没有感情地随机掉落，哪种语调是发自内心地想要表扬。不幸的是，他觉得刚刚"你好可爱"这四个字，还挺发自内心的。

但冷酷你星哥并不需要这种夸夸！

要是被以于一舟为首的那帮人知道，估计会当场笑到升天。

于是他果断地驳斥："没有没有，我不可爱，你可爱，小林老师最可爱。"

林竟把饼干罐递给他，笑着说："剩下一片，给你。"

"那你不生气了？"

"嗯。"

这个"嗯"字和走廊罚站时的"嗯"不一样，属于相当有灵魂的那种。

成功收获了小林老师的灵魂式原谅，季星凌心情很好，当场做了一道题以示庆祝。

林竟仔细观察了一下奋笔疾书的居然奇迹般算出了正确答案的同桌一会儿，到底没忍住开口。

"季星凌。"

"嗯。"

"你好可爱。"

"你是复读机吗？我都说了我并不可爱！"

"哦。"

过了一会儿。

"季星凌你好厉害。"

"……求你，让我安安静静地学习。"

林竞把脸埋进胳膊，趴在桌上笑得肩膀一抖一抖。

季星凌没辙又心塞，只能单手卡住他的后脖颈，虚张声势地恶狠狠捏了一把。

和威胁胖橘李招财一个套路。

山海高中·学生证

· 第 8 章

粉红萌萌水晶心

天气一天天转凉，校园里最后一片黄叶也被狂野地吹落，只留下常青的灌木丛。

于一舟穿着短袖，在风里打了个冷战："我发现果然还是林哥有先见之明。"

"什么？"季星凌扬手投篮，精准地命中三分。

"我当初也应该选男子韵律操的，娘就娘了，总比落到老宋手里大冷天地吃风强。"

宋韬走过来，刚好听到这一句，抬手哭笑不得地用哨绳抽了一下，把人赶去跑道做热身。

男子韵律操的教室也在体育场，西看台下的一排矮房，墙上装了大镜子，女生平时练舞，还有跆拳道兴趣社什么的都在这儿。季星凌坚决地贯彻宋老师"热身要充分地舒展筋骨"的理念，一路潇洒地奔到跑道最西，往窗户里瞄了一眼。

正在拍手跳的林竞："……"

和篮球、足球、跑步比起来，男子韵律操这种课吧，总让人觉得不那么酷，不太能满足青春期的男生日益增长的耍帅需求，尤其是今年的韵律操还花式繁多，跳起来十分难看。所以这间教室里百分之九十五以上的男生，都是因为选课时手速太慢，所以被迫"流放"，每次都一脸崩溃地蹦得像做贼，生怕窗户外路过一群女生。

或者路过一个无所事事，本来就很帅了，还卑鄙地抢走很帅的篮球课，还要来看热闹的校草。

林竞单手一指，你给我去老实地上课！

季星凌靠在窗外，欠兮兮地摇头，我不走，你接着舞，在王者峡谷里舞。

林竞要被他气死了。

"好了，大家组队坐着压一下腿，拉拉筋。"体育老师拍拍手，"热身五分钟。"

林竞的搭档是（六）班的董雄，校乐队鼓手。林竞已经算大高个了，他还要再冒出一个头，身形很魁梧。于是季星凌眼睁睁地看着他的小林老师被对方重重地一拉手腕，当场扯了个筋骨舒展，疼成扭曲尖叫鸡。

"喂喂！"季星凌不满地推开窗户，"董雄，你下手能不能轻一点？"

林竞："……"

体育老师莫名其妙："你是哪个班的？站在那儿干什么？快去上课！"

季星凌继续关心："你腿没事吧？"

众目睽睽下，林竞觉得这丢人程度和站在升旗台上跳男子韵律操也差不多了。

体育老师又催了一次，季星凌才准备把窗户关上，眼睛的余光却瞥见董雄的后脑勺上，突然冒出了一撮不正常的黑色……鬃毛，并且还在不断变长。

季星凌来不及多考虑，砰的一下撞门进去，在所有人都没反应过来之前，扯过一边的校服罩在了对方头上。

"快松手！"体育老师被吓了一跳，赶紧过来拉。

董雄已经反应过来了，他身形再魁梧，内在也不过是个十几岁的男生，心里还是比较慌的，匆匆忙忙罩着校服就跑去了洗手间。林竞吃惊地问："你干吗？"

"……"季星凌暂时没想出什么好借口，只好揉揉鼻子说，"和他开个玩笑。"

一旁的体育老师被气得够呛，要来他的学生证看了一眼："下课后来我办公室，现在先去上课。"

季星凌"哦"了一句，在回篮球场之前，先去了一趟洗手间，问镜子前站着的人："你怎么样？"

"没，刚刚就……这几天没睡好。"董雄的样子已经恢复正常，惊魂未定地说，"谢谢。"

"没事，回去吧。"季星凌又提醒，"下次热身时动作轻一点。"我的小林老师很金贵的，知不知道？要轻拿轻放。

"喂！"董雄叫住他，有些好奇，"你……我是驳，你是什么？"

"将来再说。"季星凌吹了声口哨，酷酷地走了。

但他没能酷过一个小时。

下课后，他先是被韵律操老师叫到了王宏余的办公室，接受轮番批评，回到教室后，还要被于一舟拦住，于一舟震惊地问："听说你因为董雄拉了林竞一把，就凶神恶煞地踹门要和人家打架，真的假的？"

"当然是假的，这是什么弱智谣言？你有没有智商？"

"我有，但你有没有目前不好说。"

季星凌按住他的脑袋，两人"小学鸡"一般扭着进了教室。林竞原本还想问一下体育课的事，但见他嘻嘻哈哈的，好像也没怎么被批评，这才放心地继续做题。季星凌用眼睛的余光瞥见，稍微松了口气——否则他还真没想好要怎么解释。

董雄后来又找体育老师说了一次，勉强把这场风波用"玩笑"盖过，但绝大多数同学不清楚还有后续，所以对整件事唯一的印象，就基本停留在了"林竞归季星凌罩，稍微一碰都要毛"上。尤其是男子韵律操班又传来新消息，说在那之后的体育课，董雄都不怎么敢用力拉林竞，下手屏气凝神，非常小心翼翼。

就很实锤。

深秋已经彻底冷了，呼吸会在空气中凝结成白雾。

因为要上晚自习，小林老师八点补习班不得不推迟开课，回家后洗完澡刷完牙，差不多十一点。姜芬芳给他换了一身厚一点的家居服，摸上去毛茸茸的，十分保暖。这么一对比，就显得旁边依旧穿短袖T恤的季大少爷骨骼清奇，很有一点"把自己冻感冒就不用参加期中考试接受450分检验"的二百五意图。

林竞用毯子裹住他，自己端着大水杯检查作业。季星凌在旁边看乐了："别说，你还真挺像老师的，不如不考北大了，考师范吧。"

"有你一个学生就够心塞了。"林竞看着满篇狗爬一样的字，在骂人的边缘来回试探，"我不是让你练字了吗？"

"你还让我好好学习考500分了，短期内不也无法达成吗？罗马不是一日建成的。"季星凌理由还挺多，非常理直气壮，"这种事得循序渐进，你要善于发现我的微小进步，并且积极地提出表扬。"他一边说，一边抽过对方的水杯喝了一大口，又还回去，"连老王都夸我了，字能看。"

林竞看了一眼自己的杯子，又看了一眼他。

"忘了。"您是高贵的洁癖，"不然我重新赔你一个。"

林竞想起银白保温巨杯，选择拒绝。

"没事，我可以换一边喝。"

"……"如果说这话的人是于一舟，季星凌可能会觉得对方是不是脑子有病，但换成小林老师，大少爷居然还有一种谜之被肯定的感觉。

绝！

林竞在纸上列了列，如果语文100分，英语80分，数学80分，综合190分，加起来刚好450分。

好像也不是很难。

季星凌解释："不是，对你来说不难，对我来说还是很难的。"

"可他们说山海的期中考试超简单。"

"那是因为你问的'他们'是李陌远。"而李陌远和你一样不是人，是学习机。

"……但你不也在认真地学习吗？"林竞揉揉他的脑袋，爱的鼓励，"没问题的，加油。”

“考不到怎么办？”季星凌向后靠在他掌心，耍赖。

林竞撤回手，很没有感情地说：“那我就把你逐出师门。”

季星凌猝不及防没了借力点，差点仰躺在地毯上。

“我呸！”

“呸数学吧。”

“……”

季星凌揽着他的肩膀，苦口婆心：“你是好学生，不要学别人说脏话。”

然后想了想，又补充：“得充分发挥自己的长处，尽量优雅地狙击，知不知道？”

林竞继续低头做题，嘴角有些笑意。从季星凌的角度，刚好能看到他一点尖尖的虎牙。

于是他把前段时间收到的“你好可爱”卡，全部用意念还给了小林老师。

凌晨十二点。

“你不困吗？”

“你数学做完了吗？”

“没做完，但我申请趴五分钟，不，十分钟。”

林竞在算一道大题，懒得理他。大少爷正好趁机偷懒，大概是觉得这十分钟来之不易，不能在硬邦邦的桌子上浪费，于是非常自然地转移到了软绵绵的床上。

拉过一点被子，秒睡。

林竞给胡媚媚发了条微信，汇报了一下某人可能又要学到夜不归宿的事。这次季星凌睡得很规矩，只占据了一半不到的空间，林竞做完作业后，站在床边想了想，还是没有再去隔壁主卧。

床头灯也熄了。

香气淡淡萦绕。

清晨的闹钟依旧响得铁血无情。

季星凌从不可告人的梦境里惊醒，有些蒙圈地擦了把脸。

林竞摸索着关了闹钟，习惯性地用枕头捂住脑袋，只沙哑地说了一句：“左边抽屉里有一次性牙刷。”

季星凌有些尴尬地“嗯”了一声，做贼心虚地溜进洗手间。

林竞把眼睛睁开一条细缝，又重新闭上，微微地侧过身，膝盖也蜷起来。

浴室里充盈着浴液香调，和梦里的一样，都和山野雾岚有关。季星凌不得不用冷水冲了半天脸，好让躁动的血管重新恢复冷静。等他拧开浴室门时，林竞已经换好了衣服："早。"

"早。"季星凌靠在门上，尽量让自己表现得君子坦荡，"对了，你昨晚怎么也不叫我一下，我妈说我从小睡觉就不大老实，没踢你吧？"

"还好。"林竞站在洗手台前挤牙膏，"我也挺困的，你只要不把我踹下床，其余都好说。"

"那应该不至于。"

"嗯。"

这到底是什么没营养的晨间对话。

季星凌摸了摸头："那我先回去了，那个，要等你一起上学吗？"

林竞打开电动牙刷，微微地垂下眼睛，含含糊糊地"嗯"了一句。

回到1301后，季星凌又去浴室冲了个澡。他其实已经忘了梦里具体有什么，但融进血液里的滚烫的躁动还微妙地存在着，经不住任何试探撩拨。虽然这一切都能用青春期来解释，但为什么偏偏青春的地点会是1302？大少爷百思不得其解，索性把花洒拧到最右，在深秋强行洗了个醒神的凉水澡。

由于季星凌的沐浴流程过于冗长，这次换成了林竞先在电梯旁边等。他手机里是英语新闻，*Drinking Water May Boost Kid's Mental Sharpness*（《喝水可以提高孩子的思维敏捷度》），然后下一刻，隔壁季小朋友就拿着一瓶冰水出门了，瓶身上还结着一层冷冻的凉雾，又在他修长的手指下，凝结成透明的水珠。

"你在看什么？"季星凌问。

"研究表明，多喝水对你的脑子好。"

季星凌很自然地"哦"了一句，又一口气灌下大半瓶冰水，对脑子好。两人的发尾都微微泛潮，带着沐浴后的不同香气，一个是很酷的阳光活力柚子味，一个是山间雾岚青草香。

林竞其实也挺尴尬的，这个年龄段的男生，起床时总会有那么一点……但你林哥毕竟要比你星哥更加沉着冷静，于是说："你昨晚数学剩了两道题没做完，到教室记得抄，免得又被老李罚站。"

"嗯。"

"早自习是宁老师的吧，她估计又要情景对话，不过这次应该不会抽我们了，上次就是我们。"

"对。"

"听说最近教导处要严查手机，你还是不要随便拿出来了，免得被没收。"

"好。"

"季星凌。"

"怎么了？"

"天要被你聊死了。"

"……哦。"

接送季星凌上下学的是奔驰 GLS，后排座位相隔巨远，两人上车后，就很有默契地一人靠一边，都在各自低头刷手机。司机老冯原本很寡言，偏偏这个早上不寡言了，他可能觉得车里有些安静，于是趁红灯回头调侃："你们两个小朋友，怎么今天这么沉默啊，背着家长干坏事了？"

自以为很幽默，嗓音贼洪亮。

季星凌表情僵硬了那么一瞬，单手搭上眼睛，带着一丝丝放弃抵抗后的破罐子破摔："冯叔，真的，在你开口之前，我其实还没这么尴尬。"

林竞抿了一下嘴，侧头看着窗外。

季星凌伸手过来，有气无力地在他脑袋上揉了揉，牙根都痒。

不过幸好，尴尬也就这一路的事。到学校后，被满教室的闹哄哄一搅和，气氛立刻正常多了。季星凌抓着学霸的数学作业三两笔抄完，还要凑过来邀功："哎，你有没有觉得我现在字看起来很可以？"

"你为什么抄个作业还能抄出优越感？"

"这不叫优越感，叫陈述事实。"

"但你有没有发现，自己抄串行了？"

"……"

季大少爷情绪崩溃，抢过作业本重新写，林竞转了转手里的笔，眼底藏着一点笑，靠在椅子上继续喝牛奶。

窗外阳光斑驳。

期中考试前一周，林竞帮季星凌圈完了各科重点，说："我已经挨个问过老师了，真的不难，你不要有压力。"

"那你能考年级第一吗？"

"能。"

季星凌默默地竖起大拇指，这没有一点点犹豫的"能"，果然是我的小林老师。

相比林竞，李陌远这回的压力反而有点大。初考他虽然要高出几十分，但那是因为林竞主动放弃了两道数学大题，现在对方已经追上了进度，再加上山海的期中是七校联考，题目相对简单，对好学生来说，想拉开分数就更难了。

他转过来开玩笑："不如我们都考满分，然后并列第一怎么样？"

林竞点头："好。"

周围一圈群众已经快听崩溃了。

"不如我们都考满分"，这是什么血淋淋的魔鬼契约！

不如请两位大佬闭嘴。

山海初考的试卷基本采用高考模式，期中联考因为要配合其他学校，所以还是单科分卷，一共三天，上午分别考语文、历史、地理，下午分别考政治、数学、英语。

林竞的"梧桐楼考场单次体验卡"已经失效，考试当天，季星凌把他送到 A 考场楼下："我走了啊，你好好考。"

"这话是不是应该由我说？"

"那你说。"

"你肯定能上 450 分的。"

季星凌笑笑："行，去吧。"

说完又想起来一件事，掏出手机晃了晃："对了，你要是像上次一样哪儿不舒服了，记得给我打电话。"

林竞往他身后迅速一扫，满脸无辜："季星凌，你在说什么，我不舒服为什么要给你打电话？你又不是校医，而且我也没带手机。"

"……"

季星凌僵硬地转过头。

唐耀勋正在和他对视。

旁边还跟着面无表情的牛卫东。

山海重金属死亡天团。

牛卫东伸出手。

季星凌自认倒霉，上交手机。

"先去考试吧。"唐耀勋看了一眼他身后，"你也快点去教室。"

两个小崽子乖乖答应一声，夹起尾巴各回各的考场。

非常老实。

林竞并没有录初考排名，所以其实这次系统排出座位表后，他还是在最末考场的，但王宏余可能听说了上次岳升的事，专门打报告给他在 A 考场申请了一个座位，桌子摆在讲台上，抬头就能和李陌远大眼瞪小眼。

韦雪一进门就乐："老王这是让你们互相施压，然后双双超常发挥？"

"可别了吧。"李陌远举手投降，"林哥居高临下看我一眼，我就已经疯狂地想上洗手间了。"

林竞单手撑着脑袋，依然在想季星凌的倒霉手机，随口说："那不然我们换个座位，你来居高临下地看我？"

李陌远还没说话，韦雪先抗议："试都没考，你就开始明晃晃地觊觎我们李总年级第一的位置？"

林竞这才反应过来，看着李陌远桌上狂妄的A-01，双手抱拳："我错了，我真不是这意思。"

韦雪笑着看李陌远："哎，你加油啊。"

林竞敲敲桌子："班长你不公平，为什么我不能获得一个爱的加油？"

"我帮同桌，行不行？"

"行，雪姐说什么都行。"没同桌没人权，我懂。

A考场的诸位大神，对期中考试是不会发怵的，临考前照旧嘻嘻哈哈地互相打趣。同样不紧张的还有挂尾几个考场，因为反正紧张了也考不好，不如愉快地聊聊天。一堆男生凑在一起，声音压得很低，看脸上的表情，就知道一定没聊什么健康绿色的话题。

"哎，星哥。"有人扭头，笑得大家都懂，"最新的，你要吗？"

"滚吧。"不要打扰我考试的心情。

季星凌照旧大大咧咧地靠在椅子上，坐姿嚣张，阳光逆着照下来，给他打出一圈模糊的光影轮廓。

"星哥现在看起来简直天神下凡。"

"我要是有星哥的脸，还学个头。"

"你现在也可以照着星哥去整一个。"

"整完立刻出道。"

"谢谢谢谢，那哥几个先赞助我一笔整容费用。"

"没问题，五毛钱请拿好。"

季星凌听得有点无语，心想这是什么弱智话题。因为初考的超常发挥，他这次其实已经不在最后一个考场了，向前挪了两个考场，但为什么同考场的人员还是这么一言难尽，难道真的只有A考场才没有傻子？

语文这种科目，属于虽然不可能拿满分，但只要识字就至少能看懂题目的友好学科，不像数学一样是令人茫然的天书。试卷发下来后，季星凌先看了一眼作文，得，题目完全没见过。

林竞也先是翻作文，还好，虽然题目没见过，但题干要求明确，只要大少爷不梦游，应该能扣题写完，取得一个相对满意的分数。在确认这一点后，小林老师才开始放心地答自己的题，并且提前五分钟交了卷，直奔梧桐楼外。

季星凌是踩着铃声下的楼，看到林竞后一愣："你提前交卷了？"

"对，为了检查你有没有坐满一百五十分钟。"

"我不但坐满了，我还检查了。"

"去日料店吗？"

"你怎么不先问问我考得怎么样？"季星凌从他手里抽走一瓶水，勾肩搭背地一起往校外走，"我觉得还可以，就是考到最后全教室只剩下我一个男的，心理压力比较大，你们考场就不会这样吧？"

"嗯，我是第二个交的卷。"

"第一个是谁？"

"韦雪。"

语文因为作文的关系，一般 A 考场的人都不会提前交卷，所以当韦雪站起来的时候，林竞还愣了一下，不懂这是什么操作，连监考老师也问了一句："同学，你不再检查一下？"

"不用了。"韦雪背起书包，走得有些匆忙。

监考女老师看见她腰里系的校服，追出去一路把人送到了洗手间。李陌远也往窗外多看了两眼，意识到什么之后，脸一红，继续答题了。

季星凌就比较傻，还在说："班长果然飒。"

林竞："……"

人群散去后，午间校园渐渐地静了下来。

确定周围没人后，韦雪才悄悄地拧开女生洗手间的门，小心翼翼。她已经把校服挡在了身后，但……腓腓一族的白色尾巴实在太过累赘，稍不注意就会被别人发现，还没走两步，就又赶紧躲回了隔间。

未成年小妖怪的灵力往往有限，太累或者太心不在焉的时候，就会露出一点小马脚。本来不算什么大问题，就像体育课上的董雄，只要集中精力几秒钟，就能迅速恢复，但韦雪可能是因为最近经常熬夜，在洗手间里待了快一个小时，也依旧呈半妖的状态，眼看距离考试开始的时间越来越近，手机还忘在了家里，她心急如焚，抬手一抹眼泪，蹲在地上就想哭。

一个塑料袋突然从天而降，分量不轻，砰的一声砸得她晕头转向。

一团金色雾气冲出窗口，盘旋两下，迅速消失在了天边。

袋子里是一条裙子，很长、很厚、毛茸茸的那种，长到脚踝，丑但实用。

还有两个潦草的字——"别怕"。

下午的考试，季星凌照旧把林竞送到了东山楼下，并且认真地叮嘱："你别再提前交卷了，要考过李陌远知不知道。"

站在旁边吃苹果的李总："？"

你们能不能稍微考虑一下我的感受？

林竞对着他乐："雪姐早上说的，只给同桌加油，走了。"

季星凌目送两人走进教学楼，才转身往自己的考场走，心情还是比较轻松的——虽然这学期的政治内容令人迷惑，但他有小林老师倾情传授的"实在看不懂题目也能乱扯一通宝典"，比如遇到"文化创新"四个字，就可以填"继承传统，推陈出新，积极体现时代精神"之类，虽然有时可能会跑偏方向，但一般阅卷老师都会给点分，加起来一样及格有望。

在通往 450 分的路上，星哥目前还是走得很自信的。

韦雪是第一个到教室的，她穿着那条很大的裙子，哭过的痕迹已经被粉底遮掉，又涂了点唇膏提气色。监考老师还没来，她在笔袋里翻了两下，里面夹着一张崭新的购物小票，是从塑料袋里抖出来的，购物地点在辽城百货大楼，时间是今天中午。

辽城百货大楼，距离锦城两千多公里，坐飞机也要三四个小时。

她有点想不明白为什么对方要跑这么远。不过能在一个小时内来回，只有能御雷乘风的妖怪才能做到，她往教室四周看了看，猜不到是哪个男生。

至于为什么不会是女生——这么辣眼睛的颜色，上面简直就写了"钢铁直男"四个加粗的黑字。

她轻轻地笑了笑，很可爱。

青春期的小女生，都很可爱。

第一天的考试很顺利，第二天也是。

四门考完，星哥甚至有点飘，晚上复习极度不老实，硬挤在小林老师身边："哎，我觉得我数学考得特好。"

林竞捂住耳朵："你只是做对了最后一道大题，真的没必要这么膨胀。"

"但最后一道大题有十二分。"

"是是是，季星凌你好厉害。"

"不不不，还是小林老师比较厉害。"

林竟哭笑不得，抬手把他挡开："好好去看你的地理。"

"明天考完之后，要不要跟我们去球馆？"季星凌问，"就于一舟他们几个，都是男生，你要是不打保龄球，还有 VR 游戏和电玩。"

林竟没什么兴趣："你不累吗？"

"你累啊，那有按摩椅。"

"……"

"那就这么定了。"季星凌给于一舟说了一声，让他先定人数，又提醒林竟，"明天考完英语，你在东山楼那等我。"

"你现在闭嘴复习，我就和你去打球。"

季星凌做了个"OK"的手势，心满意足地挪着椅子坐回去。

林竟揉了揉太阳穴，这两天真的困，但架不住有人精力旺盛。于一舟很快发来了保龄球馆的地址，就在学校附近，打车十分钟。

行吧，就当跟过去混个按摩椅。

最后一天的考试比较轻松，于一舟和葛浩这次在同一个考场，两人都是提前很久就交了英语卷。在梧桐楼下等了半天硬是没见季星凌的人影，葛浩纳闷地说："星哥不会答完听力就撤了吧？"

"手机也打不通。"于一舟靠在树上，"等呗，不还有其他几个人吗？不然大家就直接球馆见。"

两个人正在说话，就看林竟和李陌远也从东山楼那头走了过来。

葛浩单手捂眼，夸张地后撤半步："啊，这是什么耀眼夺目的学霸光辉！"

林竟笑着给了他一拳："喝水吗？我去买。"

"到球馆再说吧。"于一舟看了眼时间，"星哥可能已经过去了，他好像还没买新手机。那等侯跃涛他们几个人齐了，我们也去打车。"

林竟抬头看了一眼，说："哦。"

交卷铃响后，季星凌把试卷放到讲台上，单手拎起书包，离开了早就空荡荡的考场。

唐耀勋站在楼梯口，笑着拍拍他的肩膀："这回表现不错。"

"那手机能还我吗？"

"不能。"

塑料瑞兽情。

但没关系，只要考上 450 分，新手机和妖怪币全部是小意思。季星凌心情很好地继续往外走，却在转角处猛然停住脚步。

大厅那儿站了一群人，说说笑笑的，都是等会儿要去球馆的男生。

这怎么回事？

不是说好了在东山楼下见面吗？

你们来梧桐楼干什么？

星哥绝不最后一个交卷！

季星凌果断地后撤两步，转身狂奔上楼："重明叔叔！"

唐耀勋："怎么了，崽？"

三分钟后，副校长冷酷地下楼："考完试不回家，都站在这吵吵闹闹做什么？那个男生是不是高二（一）班的，手里还拿着手机？"

于一舟心里骂了一句："我立刻走！"

兵荒马乱十秒钟，大厅瞬间空无一人。李陌远是裤兜里装着手机所以心虚，而林竞是稀里糊涂，被李陌远一把拽走的。

季星凌：……不是，其实你们可以把小林老师给我留下。

因为有唐耀勋在，麒麟崽不太能明目张胆地裹着雷电化形，只能老老实实地去校门口打车。抵达球馆的时候，于一舟他们已经开完了一轮局。

"星哥你去哪儿了？"葛浩问，"大家在考场外等你半天。"

"回了趟家。"季星凌把书包扔在沙发上，"林竞呢？"

于一舟扬扬下巴："那儿，我们深度怀疑他已经和按摩椅长在了一起。"

这家会所的按摩椅是巨大的全包裹型，季星凌走过去，半天才找到小林老师。

"真来睡觉？"

"不想打球，你去吧。"林竞指指计时屏，"我刚扫了码，还能再躺一个小时。"

"不如我带你去玩点刺激的。"

"什么？"

"恐怖 VR。"

"没兴趣！"

"你该不会是害怕吧？"

"我害怕很奇怪吗，难道你开门看到柜子里蹲着长发女鬼，会觉得身心愉快？"

"嗯。"

"季星凌，你好变态。"

"你这样考试精力百倍，考完无精打采的人才叫变态。"季星凌使劲地把他拉起来，"走，我陪你醒醒神。"

林竞没辙："那我不玩恐怖类。"

"行。"只要小林老师愿意离开按摩椅，怎么都行。

VR游戏区要排队，林竞拿着介绍卡选游戏，季星凌到另一边去付费。

眼镜区的架子稍微晃了晃，又很快恢复了平静。

季星凌回来后问："你要玩什么？"

林竞把介绍说明插回去，懒洋洋地回答："《粉红萌萌水晶心》。"

季星凌："……"

小林老师你好厉害。

《粉红萌萌水晶心》是一款少女游戏，当然了，少男也可以体验一下。

没什么高要求，全程专心攻略爱情就行。

现阶段的VR技术刚起步，眼镜普遍视角窄、重量大，林竞还轻微地晕3D，所以完全是抱着敷衍的心态选了个简单的游戏，打算玩够五分钟就走人，他转头问季星凌："一起？好像可以双人联机。"

星哥当场神情一凛，连连表示这么高端、大气、有质感的恋爱游戏，当然是小林老师一个人玩。

结果郑不凡刚好过来，发出灵魂三连问："这什么？好玩不？我试试？"

林竞回答："恋爱游戏。"

恋爱游戏好！郑不凡果断伸手："老板，我也要。"

"你要什么要？"季星凌一巴掌拍开，恶霸般赶人，"你觉得自己和恋爱游戏这四个字搭吗？老实去打球。"

"星哥你不能这样啊。"郑不凡强行戴上眼镜，"你和林哥肯定不缺女朋友，但我缺，还不允许非高富帅人员在游戏里谈个恋爱了？"

季星凌看了一眼林竞，立刻纠正："什么叫我不缺女朋友？我是没兴趣交女朋友。"

郑不凡表示："更受打击了。"

季星凌懒得跟他说话，自己退到了游戏区外。

直到游戏开始，郑不凡才发现这不是和萌妹谈恋爱的直男游戏，自己才是萌妹本妹，全程都需要想方设法地俘获霸总的心。

"……"

教练，我想回去打保龄球。

林竞选走了唯一的动物形象，是个软Q的小兔子，郑不凡在剩下的角色里扫视一圈，非常屈辱地点了个美艳御姐。

可能是看VR区热闹，其他几个没打球的人也跟了过来。这个游戏的内核相当狗血,男主被绑匪挟持,所以需要玩家去营救,每个关卡难度不同,说明书上没有介绍得特别清楚。林竞原本以为恋爱游戏顶多扫扫房子再做做饭,没想到上来就是一场硬核枪战。

小林老师:实不相瞒,这霸道总裁我不想救了。

季星凌手肘搭着于一舟的肩膀,笑得十分没有同情心。

和趣味运动会一个道理,帅哥在玩 VR 的时候第一需求还是帅,哪怕对面是喋血僵尸,也绝不会像郑不凡一样要么贼眉鼠眼,要么嗷嗷地叫着往地上蹲。在大多数时间里,小林老师都是微微地侧着头,双手在空中优雅地挥舞,如同在玩维也纳指挥家游戏,头可断,发型不能乱,装出全新境界。

于一舟无话可说:"服。"

但游戏本身算好玩,所以林竞并没有五分钟走人,拖着残血硬是闯到了最后一关。这时绑匪已经被击退,总裁也顺利地回到了两百平方米的豪华大床上,玩家只需要再做一顿饭,获得五星就能过关。

冰箱里的食材不少,郑不凡琢磨了一下可恶有钱人的口味,采取了"尽量挑贵的"路线,澳龙、蓝龙、帝王蟹各来一只,去腥的柠檬汁不管三七二十一,都先瓢泼一般地洒一轮。季星凌看得牙都倒了,又把视线转向林竞的屏幕,小林老师这边就比较养生了,考虑到霸道总裁刚被绑架过,需要饮食清淡,目前他正在慢条斯理地熬粥。

不知道是不是靠隔壁同行的衬托,季星凌竟然觉得那一锅粥还挺美味的,想吃。

然后下一秒,就见林竞不知道出于什么目的,突然挥了一下手,狂野地倒进去整瓶辣椒油。

"……"

林竞微微皱起眉,有些搞不懂突然出现在视野区的那个半透明小人是怎么回事,以为是指引或者隐藏关卡之类,就一路不停地跟着追,掀得调料瓶乒乒乓乓狂往锅里掉。于一舟他们都看呆了,这哪里是给虚弱的男主煮饭,分明就是蓄意谋杀后再抢夺家产。因为是双人模式嘛,最后总得二选一,游戏系统面对这么两位惊天神厨,大概也很为难,半天才颤巍巍地给郑姓御姐戴上了象征胜利的钻石大王冠。

与此同时,林竞眼前的透明小人突然膨胀变大,变成了一张流血狞笑的惨白鬼脸。

毫无心理防备,他被惊得呼吸一窒,猛然一把扯掉眼镜,手柄也重重地摔在地上。

周围正在傻乐的群众纷纷愣神,心想,不是吧,玩个恋爱游戏还能输到真生气?

季星凌上前捡起体感手柄:"怎么了?"

"……"林竞往右边看了一眼,美艳御姐正在和霸道总裁翩翩起舞,郑不凡或许是打开了新世界的大门,跟贵妇似的,还跳得很投入。旁边则站了一只已经出局的兔子，脑袋上扣着半锅粥，非常呆滞。

"林哥，你没事吧？"葛浩递给他一瓶水。

"你们没看到最后有个鬼？"林竞茫然地问。

一圈人齐刷刷地摇头。

我们就看到了你试图给霸道总裁灌辣椒水，计划未遂还怒摔手柄了。

"不是，我这边最后真的有一个鬼，突然冒出来，七窍流血的那种。"林竞强调，"你们是不是都在看郑不凡，没人注意我这边？"

侯跃涛扯着大嗓门说："没啊，星哥一直在用葛浩的手机录你。"

季星凌："……"

你？

季大少爷冷静地说："嗯，结果你全程特优雅，不像郑不凡全程猥琐，非常喜感。"

小林老师要过手机翻了翻，屏幕上还真没有女鬼，只有自己像中邪一样，一路蹦蹦跳跳地狂摔调料罐。

"但我的确看见了。"林竞蒙圈，"是串线了吗？"

老板也搞不清是怎么回事，检查了半天没发现问题出在哪儿，最后只能送给他们几张免费体验卡，就当是赔礼道歉。玩个恋爱游戏都能和女鬼近距离对视，林竞不知道自己这是什么运气，血淋淋的五官依旧生动地浮现在眼前，接下来八成要用至少三个月时间，才能勉强忘记这位超逼真的 3D 贞子姐姐。

他头疼地说："我去洗把脸。"

"左边直走。"老板热情地指完路，回来见季星凌正拿着那副 VR 眼镜，于是又解释，"这套设备以前真没出过问题，得送到厂家才能知道是怎么回事。"

"没事，可能是我同学眼花了。"季星凌把眼镜还给他，单手插着裤兜走到僻静处。

一声细细的惨叫从他掌心传来，只有妖怪才能听到。

那是一只半透明的妖怪，很小，拖着长长的头发。从前喜欢藏进人的耳朵里，所以被称为耳中人，现在科技发达，这类妖怪也就有了更多地方可躲藏，比如跑进 VR 眼镜里搞恶作剧。

被麒麟卡住脖颈的滋味并不好受，他正在可怜地呜咽着，试图卖惨逃逸。

季星凌没有被骗过去，让葛浩叫来庆忌快递："帮我把他送到妖管委。"

穿着黄色冲锋衣的快递员瞪大眼睛："我们……我们原则上只负责运送货物，为什么你不拨打獬豸报警电话？"

季星凌懒得填报警表，于是说："因为你们速度最快，网络通达 99.9% 以上区域，每时每刻都伴随在顾客身边。"活学活用广告词，小林老师式的稳准狠。

快递员果然被说服了，当然主要还是看在金灿灿的妖怪币的面子上，以及这只耳中人的确很小，已经被麒麟捏得半死不活，没什么威胁性："那麻烦您给我五星好评！"

小三轮车一路哐哐地消失在天边。季星凌回到沙发区，要了几杯醒神的冰果汁。习惯性地摸了把手机，才想起来被牛卫东没收的事，正好这时于一舟叫他过去打球，闲着也无聊，就跟着打了一局。

这家保龄球馆连着 KTV 和健身房，隔壁是一家迪厅，还有密室逃脱之类的娱乐场所，人员构成复杂，卫生间也装修得灯红酒绿，霓虹灯管一照，盘丝洞似的，每个人都不像人。

林竟用冷水洗了两把脸，闭着眼睛伸手想去抽纸巾，却被重重地一把扫开。

几个小混混不知道是什么时候进来的，把洗手间挤得满满当当。有顾客想上厕所，探头一看也赶紧识趣地离开，门都顾不上关，宁可膀胱爆炸多爬一层楼。

其中一个人可能是大哥，上来就问："你就是季星凌新收的小弟？"

林竟："……"

对方继续说话："听说他最近挺嚣张啊。"

林竟觉得其中有个人有点眼熟，但一时半会儿又想不起来在哪儿见过，于是一边擦手一边说："他一直都挺嚣张的。"

这句话原本是陈述事实，但小混混明显不这么想，抬腿哐当一踹垃圾桶，梗着脖子瞪他："所以你就不把我们老大放在眼里？"

林竟后退一步，不想被对方的口水喷到："你们老大是哪位？"

"钢三附高二（五）班的刘向龙，刘哥！"

林竟还记得上次在后巷面馆时，季星凌满脸费解地问于一舟的那句"你对钢三附中有印象吗"，好像没和对方打过交道的样子，那这个杀马特刘哥是从哪里冒出来的？

林竟问："你们是来这里找季星凌的？"

"我们是来找你的！"

林竟疑惑："为什么要找我？"

对方一脸横："就是看你不顺眼，怎么着吧？"

"不怎么着，所以你们是不敢招惹季星凌，才会专程来堵我？

"是因为最近山海人人都在传归季星凌罩吗？

"找我的麻烦就等于找季星凌的麻烦？

"还是说打完我之后，在你们心里就约等于打了季星凌？

"你一直举着手机做什么，是想录下全过程，然后在市中心租一块 LED 大屏，循环滚动地播放你们成功地挑衅了季星凌新收的小弟？

"LED 屏很贵的，有钱吗？

"有钱不如先买一条能提起来的裤子。"

林竞靠在洗脸台上，双手插进校服兜，语调漫不经心，脸上也没太多表情，但语速堪比加特林，没有一句废话，连标点符号都是大规模的杀伤武器。

那帮小混混平时骂人最高段位也就是飙飙脏话，没经历过这种高贵优雅的人身攻击，半天才面色铁青地憋出一句："你小子是不是活腻了？"

林竞回答："我没活腻，但我说完了，接下来要打架吗？"

小混混："……"

在来之前，他们其实已经打听过了，确定林竞只是学习好，打架水准很一般，这才专程来场子里堵的。但是现在看他一脸淡定，好像还真的有点强，就不敢轻举妄动了，生怕对方会是深藏不露的季星凌二号，一群人站着半天没挪步，只是嘴里骂骂咧咧、不干不净，企图用脏话取得心理胜利。

不过有人已经没耐心等了。

季星凌一脚踹开半掩的门，单手拖着后排倒霉鬼往外一丢，指着最前面的混混，懒懒地一抬下巴："把刚才的话，再给我说一遍。"

"……"

"刚才的话"显然不是什么好话，对方喉咙滚动了一下，没出声。

"先出去。"季星凌拍了把林竞的肩膀，"带上门。"

"算了，这儿脏兮兮的。"林竞站直，"要报警吗？"

一听要报警，对方立刻就急了："江湖规矩——"

话还没说完，林竞就扑哧地笑出声。

"……"

于一舟他们几个半天等不到人，也找了过来，见到这阵仗明白了，纷纷围上前："星哥。"

"没什么。"季星凌看着刚才一直举着手机的那人，"删了。"

对方赶紧彻底清除，还专门清空了"已删除"内容："星哥对、对不起。"

季星凌拉过林竞的手腕，在带着他往外走时，随手按住旁边一个黄毛的脑袋，哐当一声杵进了擦手纸丢弃箱，冷声地说了句："滚回你的十八中。"

中曲山檫木邹发发毫无防备，差点整个人都栽进垃圾桶，魂飞魄散："星星星哥！"

林竞这才想起来那个眼熟人士是谁——来山海报到的第一天，那撒腿狂奔的通风报信小弟。

至于为什么明明是十八中的人，却硬要说自己是钢三附的，回到大厅后，于一舟丢过来一瓶果汁："想两边挑事儿呗，你看我之前没说错吧，盛产傻子，智商持平。"

季星凌洗干净手，也坐到沙发区："哎，要是我没及时赶到，你真准备和他们干架？"

林竞否认："怎么可能，对方有十个人。"

"那你还滔滔不绝地嘲讽，真激怒了对方怎么办？下次再遇到这种事，先认怂脱身再来找我，知不知道？"

林竞说："但你不是一直站在门外吗？"

"……"哦，原来你看到了啊。

其实刚刚季大少爷打完半局球，就晃去洗手间找人了，结果刚好听到对方在自报钢三附的名号。

"季星凌，你是不是故意不进来的？"

"没有没有。"

"你想看我出丑？"

"没有！"这个真没有！季星凌摸了摸鼻尖，"我就……反正你要是搞不定，我肯定会冲进来的，但你不是搞定了吗？"

不仅搞定了，还搞定得很优雅，很大规模的杀伤，星哥当时靠在外面的墙上，跟着"循环滚动播放的 LED 大屏"乐了好一阵。

"我还发现一件事。"季星凌继续说，"你平时对我已经算手下留情了，真的，刚一对比我才知道，特温和，简直就是充满了爱的关怀。"

林竞淡定地拧紧饮料瓶："嗯。"

他嘴上沾了一点番茄汁，刚准备舔，季星凌就已经伸手过来，不轻不重地蹭了一下。

"……"

林竞和他对视。

季星凌也是擦完才蒙圈地反应过来，这动作好像有点……恰巧这时葛浩在另一边叫："星哥，你要不要和林哥来打最后一局？我们准备散场吃饭了。"

"你去玩吧。"林竞摸出手机，"我回个微信。"

"哦。"季星凌站起来，大步往球道的方向走。

林竞目光扫过他的背影，低头随便拨弄了几下手机。

球道那头传来一阵起哄声，季星凌打了个不错的分数，却没心情搭理周围的一片叫喊声，只轻轻地搓了一下手指。

柔软的，像细雨里的棉花糖。

一群人吵着要去鱼头馆吃湘菜，号称是为了照顾副班长发炎初愈的嗓子。

侯跃涛产生些许迷惑："湘菜很养生吗？难道不应该是辣到昏迷？"

"也有不辣的。"于一舟安慰他，"要学会知足，鱼头馆里好歹还能找到清淡和甜口，否则我们就直接去吃爆辣烤鱼了。"

"就是，你要是实在不想吃人均六十八元的剁椒鱼头，可以抱一下星哥的大腿，换一家人均六万八千元的湘菜馆。"

一群人跟着哗哗鼓掌，本来说话的人也就那么一说，大家笑笑闹闹起个哄，算是男生的固定保留节目。但这次季星凌可能正在神思恍惚，于是随口接茬："要吃湘菜吗？行，我请客。"

"……"

葛浩不得不提醒："星哥，我们说的是六万八千元。"

"你现在给我找出一家人均六万八千元的湘菜馆。"季星凌回神，拍了把对方的脑袋，"挑不出来就去银杏馆。"

这个名字有些陌生，现场有男生掏出手机一查，被 App 上显示的人均晃了晃眼。当然远不至于上万，但这个价格对于高中生来说还是略显过火。侯跃涛主动举手："不用管我！我能吃烤鱼，你们给我点个酱香的就行，真的。"

"行了，别废话。"季星凌让林竞叫了辆车，又对于一舟说，"地方知道吧，你带着剩下的人打三辆车。"

郑不凡比较耿直，张口就问："星哥你们车上是不是还能再挤两个人？"

旁边立刻有人抗议："胡说，我星哥能被挤吗？"

"就是，星哥不仅不能被挤，还应该坐在车顶！"

"阿斯顿·马丁的顶！"

"布加迪威龙的顶！"

狗腿大会顺利地变成报车名大会，一群男生站在路边，嘻嘻哈哈地闹着玩。于一舟让葛浩和侯跃涛分别叫了车，问季星凌："上次我们去银杏还是两年前，怎么突然想起这家店？"

"不挺好吃的吗？老侯最近嗓子不好，让他养养生。"季星凌把书包搭在肩上，"我的车好像来了，你们快点。"

林竞打的是专车，按照经验，大概率会是本田雅阁或者大众帕萨特，谁知这次系统直接派了辆华颂商务，巨大，七座。星哥和林哥就算需要各自横躺一排，车里按理说也能再塞一个人。于一舟面不改色，在郑不凡再度提出不合理拼车的需求之前，随手把人拖到了旁边。

"……"

两人都挑了最后一排。

林竞扣好安全带，看了一眼手机地图："我以为就在附近，要开半个多小时？"

季星凌问："你饿了？"

"还好，刚在球馆里吃了个小面包。"

"嗯，这家店你应该会喜欢，特养生。"

"为什么特养生我就要喜欢？"

"因为你喝牛油果、胡萝卜、芹菜加橙子榨的汁，肯定不是因为它好喝。"

带养生的小林老师吃养生的银杏馆，很合理。

林竞捏着果汁瓶，突然又问："你刚刚怎么不多叫两个人上车？"

"……讲道理，你也没叫。"

"因为我要站在路边对车牌。"

"人多太闹。"季星凌懒懒地靠在车椅上，看着窗外一闪而过的店铺，像是不过心地回他，"吵得心烦，困。"

林竞"嗯"了一下，没再吭声。

车里静得出奇。

过了一会儿，季星凌后知后觉地反应过来，于是又没头没尾地补了一句："不是，我没嫌你吵，我是说郑不凡他们，你可以说话。"

司机在前面听乐了，觉得现在的小孩怎么这么好玩，但迫于职业素养，只是含混、短暂地笑了一声。

季星凌："……"

他扭头看了身边的人。

林竞正在手机上翻着菜单，貌似没在意他刚刚那句有些傻气的补充，只问了句："这家什么菜好吃？"

"都还行。"见他没再纠结前一个问题，季星凌莫名地就松了口气，"我两年没去过了。"上次是和于一舟他们，两家人一起过节吃饭，银杏馆那边还是商务宴请更多，虽然是湘菜，却没多辣，走滋补路线，和果汁都要选番茄汁的小林老师非常搭，环境也不错。

林竞关掉手机屏幕："你去过他们说的鱼头馆吗？"

"去过啊，主要离学校近，老侯他们喜欢吃，之前聚餐老去。"

"那这次为什么不去了？"

"……"

季星凌没来由地捏了一下骨节，含混地说："没，那家店又油又脏的，你去肯定吃不了，反正湘菜味道差不多，银杏馆干净一点。"

林竞继续问："所以你是因为我，才改地方请大家吃饭的吗？"

季星凌还没想好该怎么回答，前排司机倒是积极主动地接茬——他可能是想弥补一下刚才不敬业的扑哧一笑，强行地没话找话插了句："那你们这同学关系真好，银杏馆可不便宜。"

林竞没理司机，继续说："这顿饭我们平摊吧。"

"不用，我自己也不想去鱼头馆。"季星凌皱起眉，微微不悦，"不就一顿饭吗？你跟着吃就行。"

"有洁癖的人是我，为什么要让你多花几千块钱？"

"为什么不能？"

"为什么能？"

"……"季星凌舔了舔后槽牙，有些烦躁地哼了一声，把头歪向一边，"随便你，我睡会儿。"

林竞没再说话。

他也不知道自己究竟是吃错了什么药，才会变成刚才那么刨根究底，甚至有点咄咄逼人的样子。

或许是因为不想欠对方太多的人情，又或许是因为别的。青春期总会有许多莫名其妙的小情绪，像厚重的云层里的一束微光，抓不住，也解释不清楚，却又偏偏真切地存在着。

季星凌闭起眼睛，眉头依旧皱起，胳膊放在扶手上，修长干净的手指稍稍屈了屈，又很快地松开。

林竞把视线投向窗外。

两人就这么一路无话地到了湘菜馆，其他人因为司机换了条路，没遇到几个红灯，反而到得更早一点。

"我们已经点了几个菜，剩下的你看看？"于一舟把 iPad 递过来。

"不用，你们自己看着办，我吃什么都行。"季星凌把书包丢到一边，随手拍了拍葛浩的肩膀，"往那边挪一个。"

"啊？"葛浩一愣，"坐这干吗？我这是上菜的地方。"

"我请客，我负责上菜，不行吗？"

葛浩依然没搞清楚局面，还在充分地履行小弟职责，半开玩笑半正经：“当然不行，星哥必须上座。”

里面空出来的两个位置，左边是李陌远，右边是于一舟，一看就是特意给两人留出来的。林竞挑了李陌远旁边，若无其事地和他聊天，没过一会儿，葛浩也赶过来了，非常茫然地对于一舟说：“星哥今天没事吧，怎么这么有为人民服务的精神？”

“大概就想坐门口，那儿通风。”于一舟给自己倒果汁，“放心，这家店不会给他为人民服务的机会。”

十六七岁的男生，心都比较大，再加上林竞一直在和李陌远说话，现场十来个人除了于一舟，硬是没人觉察出情况不对，还在插科打诨地说学校的事。而于一舟肯定不会在这个时候抽风，主动冲出来当和事佬——所以这回他全程除了催菜，基本上就没干过别的事。

刚考完试总有理由更疯一点，满桌人除了心情欠佳的季大少爷，就只有李陌远和林竞尚保持优雅，其余人的话题早就奔着各种不宜一去不复返。饭局快结束时，季星凌可能觉得包间里实在太闹，头昏脑涨的——当然也有可能是被车里的小林老师气晕的，胃更不舒服，于是想去洗手间透透气，站起来时，身体稍微晃了晃。

林竞往后一挪椅子，想要站起来。

“星哥你慢点！”葛浩丢下杯子，一把扶住他。

林竞就又坐了回去，顺手端过旁边的柠檬茶，掩饰地喝了一口。

于一舟叫来服务员：“埋单。”

“别。”林竞打开支付宝，“这顿我请。”

“你请？”于一舟一愣，“不是星哥请吗？不过我看他貌似不舒服，就先付了。”

“我们一人一半。”林竞解释，“转到高二（一）班，我还没请大家吃过饭。”

旁边几个男生听到之后，纷纷鼓掌：“林哥这觉悟，高尚！博爱！牛气！可以！”

“这样啊。”于一舟笑笑，也没和他推三推四，“行，那你等会儿转我一半。”

林竞用微信把钱给他转过去，又等了好一会儿，葛浩才和季星凌一起回包厢，苦着脸说：“星哥好像真不舒服，不如你们先换个地方续摊，我得送他回家。”

“我送吧。”林竞拿起校服外套。

“别别，林哥你接着和他们去玩。”葛浩赶紧拒绝，“星哥交给我就行。”

林竞说：“我晚上还有事，就不去K歌了。”

“……那也还是我来送，就那什么，我反正得去星哥那拿个东西，很顺路。”葛浩飞快找理由——他有点担心季星凌的状况，虽然按理来说不会，但万一真的头晕眼花露出妖怪马脚呢，比如说尾巴和龙角，或者光显出几片玄鳞也已经足够让无辜人类惊悚昏迷。

林竞没再说话，他有些摸不准究竟是葛浩真需要拿东西，还是其实季星凌并不想让自己送，就只"嗯"了一句。

季星凌深吸一口气，反手拎着葛浩出了包厢。

风把门重重合上。

林竞："……"

走廊里，葛浩竖起手指："这是几？"

季星凌："……我就是有点头晕胃疼，还没有降智到这种程度。"

"不行，星哥，今天我必须送你回家。"

"七！"

"那十八加三十二呢？"

"……五十。"

三分钟后，顺利通过小学算术测试的季大少爷被"忘忧草·很贴心·葛浩"转移到了小林老师手里。

"那星哥就麻烦你了，他好像还比较清醒。"

季星凌："……"

你闭嘴就可以了，真的。

其他人还在收拾东西，林竞和季星凌先出去打车。这个点路上已经不堵了，不过司机可能是想抄近路，一路都在拐道穿小巷，季星凌本身就有点不舒服，再多经历两次转弯和刹车，胃一并跟着翻涌起来。

"师傅，就停这儿吧。"林竞解开安全带，"我们在路边坐会儿。"

季星凌半闭着眼睛，侧头瞄了他一眼，没吭声。

这是一条安静的巷道，没有风的时候，不算太冷。

林竞扶着他坐在街边的长椅上，自己到便利店里问了收银员，买回一堆酸奶和水，据说可以护胃。

"给。"

季星凌看着面前插好吸管的草莓酸奶，眉心挑了挑，还是接在手里。

"你难受吗？"林竞问，"冷不冷？"

"我没事，就有点头疼。"季星凌向后靠上椅背，"你要有事就先回家，我没关系。"

林竞用手背蹭了蹭他额头的薄汗："前面好像有家咖啡馆，不如我带你去那休息，在这坐久了会感冒的。"

"不用。"

季星凌嗓音干哑，侧脸隐没在灯影里："你别理我，回去吧。"

林竞站在他面前，没走，没说话，只倔强地替他挡着风——虽然好像也没什么用。

路灯是橙色的，和这个冷夜不算搭，像一把暖融融的金子。

"季星凌。"过了一会儿，林竞先开口，"你这次能考到450分吗？"

"……不知道。"

"你要是每次都能多考一点分数，高考的时候……"

长椅上的人抬头看他："高考的时候怎么样？"

林竞看着他的眼睛。

离开阴影后，少年的眸底有光如星辰。

他低声说："我想和你一起去北京。"

在外人面前，林竞总习惯表现得温柔谦和，好像什么事都能商量。但只有最亲近的人才知道，他骨子里其实比谁都犟，想要就必须得到，喜欢的就一定要留在身旁，年级第一也好，朋友也好，有时甚至强势到偏执——性格并不算讨人喜欢。

林竞也清楚这一点，所以在说出"我想和你一起去北京"之后，他其实是有一瞬间茫然和慌乱的。就这么把自己的梦想突兀地强加到对方头上，不管怎么想都不合理。

而季星凌也真的没有回答，只是继续看着他，眼睛一眨不眨。

林竞被盯得有点下不来台，错开视线："那你坐吧，我先回去了。"

"喂！"季星凌一把握住他的衣袖，"你这人怎么这样？我现在脑子有点蒙，你让我缓缓。"

"为什么要缓，我说的话很复杂吗？"

又是脱口而出，再立刻后悔。

林竞很想拍一把自己的脑袋，为了避免更多的当场尴尬，他索性不说话了。

季星凌握住他衣袖的左手往下滑了滑："我觉得我这次能上450分。"

林竞说："嗯。"

"北京又不是只有北大，对吧。"季星凌继续说，"那，我努力一下。"

"……好。"

风吹过街。

路灯照着长椅上的两个少年。

穿着校服，最青春懵懂的年纪，拥有最纯粹的梦想。

模糊的，美好的。

回去的车上，季星凌盖着两件校服，头稍稍地侧向左侧，带笑的眼底不断映出路边灯火。

林竟哄他："睡觉。"

"不睡。"

"但你困得眼睛都要睁不开了。"

"我是晕。"

林竟用剩下的酸奶杯冰了冰他的脸。

季星凌："算了，我不应该对你照顾人的能力有所期待。"

林竟笑，伸手帮他轻轻地揉太阳穴。

这次的司机寡言少语，并没有嘹亮地来一句"你们同学关系可真好"。

所以车里的气氛也很好，像脉脉流动的光。

江岸书苑十三楼。

林竟从他手里接过校服："你就这样回家没关系吧？"

"没事。"季星凌说，"睡一觉就好了。"

"那你早点睡，晚安。"

"哎，明天周末。"季星凌叫住他。

"所以你要来和我一起学习吗，好早点考上 500 分。"

"……"

想起半个小时前的街灯和北京，季星凌说："嗯。"

"那明早八点，我在家等你。"

完全没有讨价还价的余地。

胡媚媚正在客厅看电视，她已经收到了于一舟的微信，知道儿子有点不舒服，于是催促他快点去洗澡，早点休息。

"考得怎么样？"

"凑合。"

按照经验，"凑合"十有八九代表着 350 分，胡媚媚难免心梗，于是抱着"责任明明也有你的一半"的心态，打电话对季先生展开了长达五分钟的批评。

"是是是，好好好，你说得都对。"

成年麒麟求生三连。

说完又叮嘱："给小星热点牛奶，免得他明天醒来不舒服。"

"儿子就是这么被你惯坏的知不知道？！"胡媚媚用勺子搅了搅温热的奶杯，义正词严地推卸责任。

季星凌已经洗完了澡，他这个晚上过得比较混乱，各种情绪交织在一起，也懒得再维持人形。

被子中间鼓起来一小块。

未成年的麒麟崽，只有小狮子那么大。

胡媚媚被可爱到了，揉揉他的脑袋，柔声地问："怎么了？"

小麒麟懒懒地睁开眼睛，又把头埋回枕头里，从嗓子里发出含混不清的声音。

"先把这个喝了。"胡媚媚把儿子拖出来，"喝完会舒服一点。"

小麒麟被亲妈从腋下拎着，四蹄悬空，就很不酷。

胡媚媚看着他喝完了一杯甜奶，监督："去刷牙。"

小麒麟："……"

未成年没有妖怪权。

直到儿子重新睡好，胡媚媚才离开卧室，并且重新给老公打了个电话。

季先生："我知道，我们明天就把小崽送给姑获鸟。"

"季明朗你在胡说些什么？你是不是想和我离婚？！"

季先生："？"

季先生：我不想离婚，我想申请一个重新答题的机会。

胡媚媚靠在窗边："他真可爱。"

季明朗笑："嗯。"

隔壁1302，林竞也洗完了澡。

两人刚才没仔细检查，拿错了校服。

他趴在桌上，用指尖蹭了蹭那微凉的袖口。

青春期呀，每一个心思都裹满了柠檬和糖霜，咬一口是酸，融化后是甜。

胡女士的爱心牛奶很好用，第二天的季星凌已经满血复活，然后在清晨八点抱着书包准时登门1302。

他穿了一套浅灰色的运动家居服，刚洗过的头发干净清爽，凌乱地垂在额前，整个人看起来要比在学校时更温柔、懂事一点。

"姜阿姨，我来找林竞学习。"

姜芬芳把他请进来："这么早呀，小竞还在睡呢。"

季星凌："嗯？"

姜芬芳敲门："小竞，起床了吗？同学来找你做作业了。"

一连问了三四声，卧室里才传来兵荒马乱的哐当一声。

季星凌："……"

"马上！"林竞冲进洗手间。今早闹钟响起来的时候，他正迷迷糊糊睡得香甜，就随手给关了，直到听见敲门声才忽然清醒。水流哗哗地冲出水龙头，带着晨间寒意，驱散了最后一点绵长梦境的影子。

拉开窗帘后，大片的阳光倾泻，风也从窗户里钻进来。

飘窗上开了一整排的钻石玫瑰。

林竞带着微湿的头发开门："早。"

"我刚才敲门了，让你不用着急。"季星凌站在门口，无奈地说，"但你好像没听见。"

"……我没听到闹钟。"林竞侧身，"对不起。"

"你先去吃早餐吧。"季星凌熟门熟路地拉开椅子，"我已经吃过了，自己看书就行。"

"那你等我一会儿。"林竞打算拿两片面包就回来。

可能是因为房间主人刚睡醒的关系，这间卧室还是很暖的，带着一丝花的香气。

被子凌乱，枕头旁丢着眼罩，内侧床栏上还挂了个小布包——是貘一族的产品，据说可以吞噬掉噩梦，主攻人类的各大旅游景点，放在宽窄巷子叫"蜀绣名品"，放在南锣鼓巷叫"京城福袋"，和"××记忆"老酸奶以及刮背招财木青蛙一个套路，出现在哪里就是哪里的特产，反正总会有游客愿意埋单。

至于能不能真的吞噬噩梦……就凭那稀薄如水的一层灵力，就算能，也最多只有一点点能。

要不是主管工商的貔貅一族太严格，要求推向人类市场的产品必须和鼓吹的功效一致，季星凌觉得按照貘的奢啬程度，八成会装填一把廉价的稻草就上市骗钱。

林竞嘴里叼着面包片，端了一杯牛奶和一杯咖啡回来："你在看什么？"

"没什么。"季星凌转身，"这个口袋，你做噩梦？"

"以前偶尔会半夜惊醒，后来姑妈就送了这个。"林竞说，"好像有点用，可能因为香吧，就一直挂着了。"

"都旧了，我过两天重新送你一个。"季星凌坐回去，又欲盖弥彰补充一句，"正好有朋友要去锦里。"

"好。"林竞坐在他身边，"我帮你听写英语课文？"

"……我们可不可以循序渐进，不要一上来就这么猛。"

林竞弯着眼睛："那你背单词，我做会儿数学。"

季星凌乖乖地翻开作业本。

窗外的天气很好。

房间里弥漫着咖啡豆烘焙后的气息，林竞喝了一大口，把杯子放回去。

过了一会儿，季星凌也端起来喝了一口。

姿势非常自然。

有可能是因为太专心地背单词，所以没在意。

也有可能是因为昨晚街灯下的对话，所以多了那么一点点没来由的横行和嚣张。

林竞视线一晃，笔尖把试卷戳出一个小洞。

搅打奶油覆着浓缩的咖啡，上面撒满杏仁碎片，滋味醇厚焦甜。

一人一半刚刚好。

周日下午，乌城。

这里是全国著名的小商品中心，貘的工厂也在这里，负责人叫石蔡，是一个有着两撇小胡子的精明商人。

"美梦口袋"不愁销路，他的心情当然很好，正躺在摇椅上美滋滋地喝茶。

然后就被一团雷鸣电闪的黑云砰的一下撞飞到了沙发上。

"啊！"他惊慌地叫出声。

麒麟崽："……"

对不起，跑太快，没刹住。

石蔡的头发被电得竖起来，满脸漆黑，他看着真皮摇椅上的焦洞，颤颤巍巍地问："崽，你要干吗？"

"我想要个美梦口袋，货真价实的那种。"

石蔡立刻正色："说什么呢，我们出产的每一件商品都货真价实，已经全部通过了质量管理体系认证，从不欺骗消费者。"

"可以了，我不是来帮貔貅叔叔钓鱼执法的。"季星凌拿出准备好的口袋和剪刀，"头发分我一点，胡子也行。"

石蔡："？"

然而小麒麟也不是很愿意接受这种周边，全是看在灵力的面子上，才决定给小林老师送一点别人的胡子。他还找青鸾阿姨要了一团漂亮的干花和绒毛，尽量把那撮胡子藏在最中间。

遭到崽嫌弃的貘："……"

石蔡："以貌取人是不对的。"

小麒麟："叔叔再见，烧焦的椅子让我爸改天赔你。"

石蔡：……不听完长辈说话，就变成雷电嚣张地滚走也是不对的。

当天晚上，小林老师就收到了新的景区周边。

他说："这个好像不香。"

季星凌面不改色："但这个销路最好，据说很灵验。"就是不香，故意不香，不然万一太好闻，你一直拿着闻怎么办？别人……别貘的胡子绝不可以拥有这种待遇！

林竞把旧的那个换下来："谢谢。"

季星凌靠在柜子上，随口问他："今天还要学习吗？"

林竞明显欲言又止。

季星凌很上道："你是不是又想嘲讽我，学习还要挑黄道吉日？"

林竞淡定地否认："我不是，我没有，别瞎说。"

季星凌自己也说乐了："哎，我现在是不是还挺了解你的？"

"一般般吧。"林竞坐在床边，"我打算出去买本书，你呢？"

小林老师都这么问了，大少爷当然不会回去睡觉。

书店虽然无聊，但逛一逛也不是不行。

林竞在家里宅了一整天，一直穿着家居服。他打开衣柜找衣服，某人无所事事地站在后面评价："这个不好看，太黄了你知不知道？

"白绿的像葱。

"你怎么还有粉帽衫，这不是女生爱的颜色吗？

"大晚上不要穿黑的出门。

"这个好看，就这个，蓝得低调优雅有品位。"

林竞回头看着他。

季大少爷穿着一件蓝色外套，振振有词，表情严肃。

小林老师把人赶了出去。

不过他最后还是穿了那件蓝色的帽衫。

连电梯里的阿姨都忍不住夸奖："两个小伙子，看着可真清爽利落，天都黑了要去哪儿啊？"

季星凌厚颜无耻地回答："谢谢阿姨，我们去书店学习。"

林竞："……"

阿姨果然很高兴，硬是从购物袋里摸出一把糖。林竞推辞不掉，于是代表季星凌也拿了一粒，应该是超市赠品，包装纸不好看，但味道还可以，奶味浓郁。

走在小区路上，季星凌教育："以后不要乱吃陌生人给的东西，记住没？"

林竞看他一眼："那你现在在干吗？"

"我没吃陌生人给的，我吃的是从你手里拿的。"大少爷歪理向来多，"所以你得对我负责。"

"做梦吧。"林竞踢走脚边的石头，"你要是被糖吃昏，我当场就加入人贩子的分钱队伍。"

季星凌配合地昏了一下。

他本身就高，倒过来的时候，很有那么一点泰山压顶的意思。林竞压根没想这人会演得这么上心，还以为就虚晃一枪，结果接的时候差点闪了腰，被他压得跟跄着向假山湖里倒去。季星凌见状也被吓了一跳，顾不上多想，单手环住他的肩膀一用力，顺势带起一股呼啸的风，让两人摔在了草坪上。

"你没事吧？"

"……"

林竞疑惑地问："刚哪儿来的风？"

季星凌转移话题："你是不是应该先从我身上起来？"

林竞："……"

草坪这两天刚被修剪过，还带有清新的味道，软绵绵的。

林竞冷静地说："你要是让我直接摔在草上，说不定还没这么疼，你太硬了。"

"有点良心好不好，你也没软到哪儿去。"

林竞拉着他站起来，两人互相拍了拍身上的草叶。

林竞忽略了刚才那阵莫名其妙的风，想着可能是什么浇灌草坪的新设备。季星凌悄悄地松了口气，两步追了上去。

两人去的书店就在小区附近，一个大商场的负二楼，步行可达。

这年头，除了校门口的教辅书店，其余大部分书店都有向咖啡馆靠拢的趋势，这家亦不例外。林竞在书架前选书，季星凌去吧台区点饮料。

服务生热情地推荐："我们店的丝绒咖啡很有名，要试试吗？"

"两杯蜂蜜奶昔就好。"季星凌还记得小林老师睡眠不良这件事，没要含咖啡因的饮料，哪怕蜂蜜奶昔听起来非常女生，也愿意陪他一起喝。

服务生笑着说："这么体贴，小帅哥是陪女朋友一起来的吧？"

林竞抱着一摞书走过来："不是，是陪我。"

服务生微微尴尬，笑得更灿烂："这是二位的收银小票，请收好。"

角落的沙发椅很舒服，季星凌翻了两下他挑的书："我还以为你是来买习题集的。"

"在家做了一天题，头晕，出来透透气。"林竞插好吸管。

季星凌竖起大拇指："不愧是小林老师，放松都要来书店看《雪莱诗集》。"

林竞表情一言难尽："虽然……但是，雪莱。"

季星凌："……不是，我是没看清，不是不认识这个字。"

"又没有很大的区别。"

"区别大了好吗！"季星凌强调，"前者顶多粗心，后者是弱智。"

你星哥才不弱智！

他叼着吸管尝了口奶昔，意外地觉得还挺好喝，于是自己也从那堆里抽出一本。

这回轮到林竞竖拇指："精准。"

季星凌："……"

那是一本《少儿古诗大全》，适合三岁以上的儿童，含小学生必备古诗词八十首，图文并茂，让淘气宝宝爱上学习。

季星凌："你怎么又借机嘲讽我？"

"因为你是真的不会背。"林竞把书抽回来，随手翻开一页，"不然就这个，《赠刘景文》的第一句是什么？"

季星凌承认："实不相瞒，这个人我不认识。"

林竞笑着说："这些童书和你没关系，是我帮楼里张阿姨选的，那天正好碰到她。"

"头上常年顶着发卷的那个张阿姨？"季星凌龇牙，"她孙子还是孙女的才两岁吧？有非认识刘景文不可的必要吗？你能不能高抬贵手，让小宝宝安心地享受属于他们的快乐童年？"

"能。"林竞从最底下抽出两本体育杂志，"我已经埋单了，拆封吧，你可以在今晚短暂地享受一下快乐，然后明天接着好好学习。"

小林老师既贴心又因材施教，季大少爷心情愉悦，在沙发上找了个舒服的姿势，规规矩矩地看起了杂志。

这家书店是骊龙爷爷开的，他的年纪已经很大了，所以经常会把空调温度开得很高。

季星凌坐了一会儿，就把外套脱在一边，只穿了件黑色的短袖 T 恤，瘦瘦的，皮肤很白。

林竞不自觉地就多瞄了他两眼。

季星凌的视线停在书上，只微微地抬起头，叼着吸管问他："怎么了？"

"……没。"林竞说，"你好像一直在混着喝两杯饮料。"

季星凌回过神："是吗？"

他本来想站起来重新买一杯的，但不知道想到什么，就没动，只问："你介意？"

林竞低头看书："不介意，没事。"

季星凌嘴角一弯："哦。"

他稍微有点嘚瑟，继续晃了晃手里的奶昔杯，融化后的冰沙从边缘流出来一点，黏糊糊的。

还没来得及站起来去洗手，对面就递来一包湿巾。

更嘚瑟了。

他痞兮兮地凑过去问："哎，你到底是在看书还是看我？"

林竞表情一僵，把湿巾揣回兜里："自己去洗！"

"别啊，我懒得动。"季星凌伸手来抢，"你看了这么久的雪莱，有没有什么优美的诗句，考语文的时候写上去就能显得我特有文化，让阅卷老师当场落泪的那种？来共享一下。"

"有，就刚那本三岁以上儿童读的，被你diss（嫌弃）很久的刘景文，最后两句'一年好景君须记，正是橙黄橘绿时'，只要你放对地方，肯定能多拿几分。"

"我们今晚能不能放过这位老人家。"季星凌求饶，擦干净手又换到他旁边坐下，"你在看什么？"

对方求知欲谜之旺盛，林竞只好回答："《解放了的普罗米修斯》。"

季星凌："哈哈哈哈哈哈哈哈。"

林竞吃惊地问："你笑什么？"

季星凌："等会儿，我是不是不应该笑？我就是觉得这个书名有点搞笑，解放了的普罗米修斯，讲什么的？"

"古希腊罗马神话。"林竞合上书，伸手过去捏捏他的下巴，"季星凌，虽然你有时候好像很没有文化，但真的超可爱。"

"……"

事关尊严，冷酷你星哥不得不再度强调："我没有可爱，我一点都不可爱，你才可爱，你哪里都很可爱。"

盘在屋梁上的骊龙老爷爷被聒噪的麒麟崽吵醒，用虚幻的风影拍了一下他的脑袋。

公共场所，保持安静！

林竞把最后一点奶昔喝干净："你摸头干吗？"

"没，就突然疼了一下。"季星凌看着他，"你相不相信世界上有妖怪？"

林竞点头："信。"

回答得太爽快，季星凌反而有点吃惊："为什么？"

"因为我没办法证明没有。"林竞说，"不要轻易否定未知的事物，我爸从小就这么教我。"

林叔叔的教育方针可以！季星凌再接再厉地问："那你喜欢什么妖怪？"

林竞想了一会儿："九尾狐吧，毛茸茸的很可爱，我前两天刚跟着姜阿姨看了半集神话电视剧，想捏它的尾巴。"

小麒麟：不，你不能对我妈产生这种想法。

"那麒麟呢？"

"在电视剧里是超级反派，道貌岸然，无恶不作的那种级别的。"

"……"

这是什么莫名其妙的电视剧？！

季星凌要来他的手机，查了一下刚刚说的片子。

出品人，胡烈？

这糟心的舅舅不能要了。

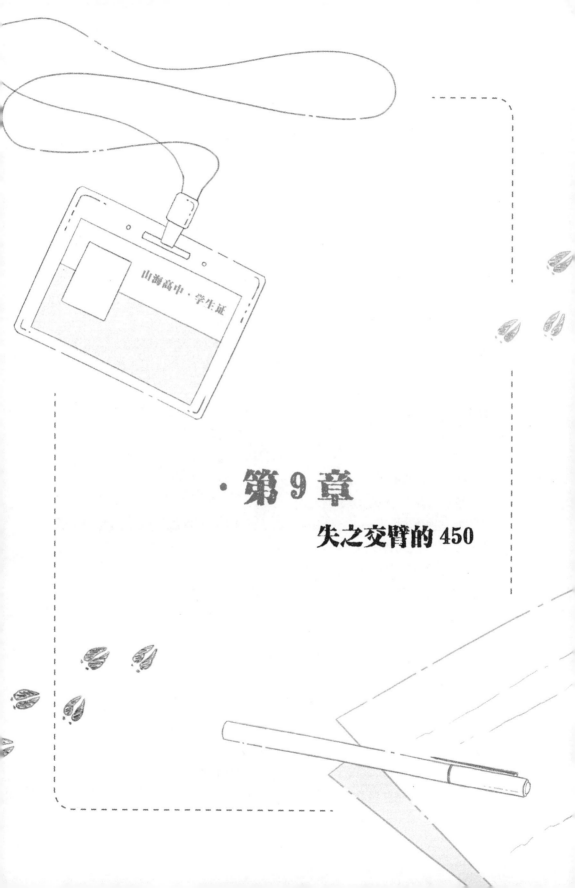

· 第 9 章

失之交臂的 450

这家书店服务很贴心，顾客可以把买到的书寄存在前台，等下次来时继续阅读。

季星凌凑热闹："那我也存一本。"

林竞问："你都没书，要存什么，《小学生古诗精选》？"

季星凌晃了晃手里的两本体育杂志，谁说我没书了！他抢过对方的《雪莱诗集》，叠在一起推到服务人员面前："麻烦存在一起，还有啊，你们这儿能办会员吧，我申请一个，有没有实体卡？"

前台小姐可能还是第一次见到这么积极主动地想入会的顾客，愣了一下才回答："有的，您扫这个二维码就可以了，需要填一下简单的资料。"

季星凌："……"

期中考试分数没出来，你星哥暂时还没获得新手机，扫不了。

林竞在旁边说："他不用办，谢谢。"

季星凌试图继续争取一下，想着能不能手写填个资料表之类，但还没来得及张嘴，人已经被拖出了书店。

"喂，你怎么可以打击我学习的积极性！"

"你只是想要一张实体卡，好去你妈那儿骗零花钱吧？"

一针见血你林哥。

季星凌虚伪地否认："没有没有。"

林竞从自己钱包里抽出会员卡："给，你以后要是想看书，可以直接用我这张卡。"

"那你呢？"

"我手机里有电子卡，一样。"

也行。季星凌接到手里："明天一起上学？"

"好。"林竞说，"不过校车停靠点变成了西门，你别走错。"

季星凌纠正："和校车没关系，我的意思是你来坐我的车。"

"不用，校车能早点到学校。"林竞说，"我习惯提前半小时翻翻书，那你自己慢慢来吧。"

大少爷"哦"了一句，默默地把"在我车上你还能再睡一会儿"自动消音。

忘了，你们学霸都不需要睡觉。

两人在书店待得有些久，出来的时候，街道已经变得空空荡荡。

空气清爽微凉。

季星凌从小走路就不怎么规矩，喜欢踩一些边边角角，比如花坛的边沿，再比如便利店门口的斜坡，像微信小游戏一样，一个方格一个方格地往前迈。他人高腿长，所以走得很轻松，双手插在外套的衣兜里，微微低着头，鼻梁到下巴会连出一道好看的弧线。

前方有一条绿化带，边上的砖被打磨成光滑的半圆，可能是为了防止行人跌倒时被尖锐的边角磕到，看起来行走难度颇高。季星凌突然问他："你猜我能不能一路不摔地走完？"

林竟喉结滚了滚，大概是咽下了"季星凌你幼不幼稚"，替换成："嗯，你能。"

小林老师还是很给面子的。

但季大少爷向来得寸进尺。

他挽着林竟的胳膊，把人强行拽上绿化带边沿："你走前面，看我们两个谁先掉下去。"

"……"

"不然这样，你如果能走完，我明天就去坐校车。"

"你坐不坐校车和我有什么关系？"

"当然有关系，少一次私家车出行，就少一次尾气的排放，保护环境，人人有责，电视里天天都在说，金山银山不如绿水青山，快点。"

"……"

林竟在"反正天黑不丢人，不如快点走完这段绿化带换取耳根清净"和"坚持不走就要被迫听他扯天扯地瞎贫，说不定还会被吵到耳鸣"里，勉强地选择了前者。

他踩着圆形的边沿，慢慢往前走，刚才看季星凌迈得轻松，轮到自己时才发现其实并不容易，夜间的雾气会在砖石表面凝出一层薄雾，稍微不注意就会趔趄一下。

"小心一点。"季星凌在后面抓住他的胳膊，"摔了我可不负责啊。"

"你为什么不负责？明明就是你强迫我参加这项无意义运动的。"

"好好，我对你负责。"

话音刚落，林竟脚下就打了个滑，整个人摔下绿化带，撑着坐在了街上。

季星凌被吓了一跳，赶紧把他拉起来："你怎么说摔就摔？"

林竞也很迷惑："难道我在摔之前还要先给你打个报告？"

"……不是，我不是这个意思。"

所幸绿化带不算太高，小林老师并没有受伤，季星凌检查过后稍微放了心，同时不忘教育："下次走路要小心一点，知不知道？"

"你想得太多，这种缺心眼的活动在我的人生中绝对不会有'下次'。"

罪魁祸首比较理亏，于是没有再进行无意义的申辩，只扯住自己的衣袖，帮他把掌心仔细地擦干净："疼不疼？"

"还好。"林竞抽回手，"回去吧。"

街边便利店的灯光很亮，季星凌紧追两步，和他并排走："哎，明天是不是要交数学作业？"

"就之前的两套习题。"

"那你的借我抄一下。"

"你昨天不是已经做完了吗？"

"是吗？我以为我做的是英语。"

"……"

"季星凌。"

"干吗？"

"你下次转移话题的时候，能不能不要讲这种生硬又无聊的冷笑话，你有没有发现，现在气氛更尴尬了？"

"没有，我觉得气氛还可以。"季星凌的掌心覆着他的后脑勺，"不过你要是不喜欢，我也可以换一个更无聊的，比如说明天的天气，以及今晚的月亮。"

林竞扭头看他："今晚的月亮，然后呢？"

大少爷一脸耿直："就很圆。"

"……"

"你怎么又不说话了，难道你不觉得它非常圆？"

"算了，你还是继续说数学作业吧。"

今晚的月亮很圆。

今夜的月色也很美。

轻柔地圈住年少悸动。

再流淌出一地银白的光。

第二天清晨，住在江岸书苑的学生结伴出门，说说笑笑地去校车停靠点。

女生间的话题，除了学习，无外乎就是明星和帅哥，以及在校规的允许下，要怎么变更漂亮的小心机。山海的网站昨天更新了一批运动会照片，老师可能也知道帅哥比较吸睛，特意把季星凌做成了版头，看起来又帅又嚣张。

"你肯定偷偷截图了。"

"我截图怎么了，校草不值得被截图吗？"

"值，特值，你们说他为什么就不能在我们班？"

"你也可以申请转去（一）班，还能再看一年半的帅哥。"

几个女生笑着上车，然后就看到运动会版头正坐在第二排，耳朵里塞着一只耳机，漫不经心地嚼着口香糖。

"季星凌，早。"其中一个女生主动打招呼。

大少爷回神，把挡在走道上的腿收回来："抱歉。"

"没。"尚洁想说自己不是这个意思，但又觉得补充一句"你不用收腿"好像更奇怪，再加上对方明显心不在焉，一直在往门外看，也就没再说话，和朋友一起坐到了后排。

"你们有没有觉得，季星凌最近好像经常坐校车？"

"嗯，超养眼的。"

"是经常和林竞一起坐吧。"

"对哦，帅哥二号今天怎么还没来？"

而季星凌也正在思考同一个问题，他今早是特意卡点来坐校车的，准备"负责"一下昨晚摔下绿化带的小林老师，但眼看已经到了发车时间，身边的座位依旧空空荡荡，小区门口也没人影。

司机关上车门，提醒大家系好安全带。

"等一下。"季星凌拎着书包站起来，"我要下车。"

司机一边按开门键，一边提醒："校车不等人的，同学你是忘带作业了吗？"

"不用等我。"季星凌看了一眼时间，"我回家拿个东西。"

他跳下车，匆匆向着小区入口跑去，书包随意地拎在手上，没有拉好拉链的校服兜起风。

尚洁坐在靠窗的位置，一直看着他的背影消失，才低头继续摆弄 MP3 里的英语，眼睛的余光却扫到了地上的一点白色。

电梯叮的一声停在十三楼。

林竞靠在墙上听着英语，抬头看见季星凌居然站在电梯里，于是稍微一愣："你为什么会从一楼上来？"

"……我去楼下拿了个东西。"季星凌跑得气喘吁吁，"你稍微等我一下，我去交给我妈。"

"好。"

胡媚媚正在镜子前化妆，她今天约了朋友喝早茶，看到一早出门的儿子突然又回来了，就很吃惊："怎么了？"

"没怎么，校车太挤，我还是不坐了。"季星凌淡定地说，"妈，你给司机打个电话，我这就去上学，让冯叔先送我再回来接你，来得及吧？"

"来是来得及。"胡媚媚替他整了整头发，头疼，"但你最近是不是金贵得过头了，校车又不是春运火车，怎么就挤着你了？"

季星凌态度良好："有道理，那我惭愧地反思一下，以后保证吃苦耐劳，下不为例。"

胡媚媚哭笑不得："就知道和我贫，快去上学。"

为了避免司机再度热情地来一句"咦，小星，你不是说要去坐校车吗？怎么突然又不坐了"，季星凌刚上车就积极要求："你那有没有什么适合我的英语听力，推荐一下。"

林竞刚好从书包里掏出一个 iPod touch："这个送你。"

季星凌没反应过来："什么叫送我？"

"我帮你下载了一些初级听力，已经分好类了。"林竞说，"哦，对，文件名我也全部改了一遍，都换成了歌名。"

季星凌："……不，这不重要，我是在问为什么要突然送我礼物。"

"这不是礼物，一个用旧的 iPod touch 算什么礼物？重点是里面的学习资料，你不要试图转移话题。"

你星哥就很冤。

林竞又递给他一卷新耳机。

"我自己有无线的。"季星凌在兜里摸了一把，空空如也，"欸？"

林竞不解："你都没手机，随身带蓝牙耳机干吗？"

季星凌语塞，其实是因为他每次坐校车的时候，都会被许多人打招呼，稍微有点烦，所以干脆塞个耳机，主要起屏蔽作用，和结界一个性质。不过这个理由暂时不能说，只好含糊地应一句："你难道不觉得我戴耳机看起来比较帅？"

林竞对这个答案也是服，但还是很配合地接话："我觉得能听懂听力更帅。"

季星凌自觉地拉上拉链封嘴，塞上耳机开始听英语。不得不说小林老师相当负责，挑的文章既没有简单到是个人就能听懂，也没难到让 David 在镀金录音棚里语速飞快地种植 carrot，并且特别照顾到了学生在体育和游戏方面的爱好，属于一篇下来，大概可以猜到百分之五十意思的那种，比较能找到学习的乐趣。

大少爷难得没有在英语 BGM（背景音乐）里犯困，一直兴致勃勃地听到了校门口，用食指和拇指捏着 iPod touch 轻晃，摸到后盖上有一个磕出来的浅坑，随口问他："这是怎么回事？"

林竞看了一眼，回答："没，就听听力的时候不专心，总和旁边的别人说话，实在太惭愧了，于是想撞 iPod touch 自杀。"

司机："哈哈哈哈哈哈……对不起、对不起。"

季星凌：行吧，我闭嘴。

这一闭就闭到了进教室。于一舟正在吃早饭，他今天起得太晚，就在狐朋狗友群里说了一句，谁要去食堂的话帮忙带个饭，结果人缘太好，堆了满满一桌包子、豆浆，远看跟个早点摊似的，见到两个人进来，就往前一推："吃吗？"

季星凌看了一眼身边的人，我现在可以不闭嘴了吗？

林竞礼貌地对于一舟说："他不吃，谢谢。"

"谁说我不吃的，我吃！"季星凌抢过两个包子，他今天为了赶校车，起了个大早也没顾得上吃饭，这阵刚好捡个现成。于一舟喝完最后一点豆腐脑，见他一直塞着耳机，就随手扯了一个："听什么呢这么投入，来共享一下。"

季星凌这边吃着东西，还在听前桌的韦雪说话，压根没反应过来对方要干吗。眼看学渣就要人设不保，林竞面不改色，单手伸进季星凌的衣兜，直接把耳机线拔了。

是个猛人。

于一舟纳闷："没声音啊，那你戴个耳机装什么酷？"

"……关你什么事？"季星凌回过神，用一只手快速地抢回耳机，另一只手习惯性地插进校服兜，却刚好握住林竞还没来得及撤回的手。

手指贴合相扣，掌心间隔了一个微微发烫的 iPod touch。

季星凌稍微一愣，林竞已经把手抽了出去，并且由于动作太大，把 iPod touch 也摔到了地上。

啪的一声。

"我说，你能不能不要这么激动？"季星凌若无其事地抱怨了一句，从地上捡起来，"摔坏了怎么办？"

于一舟在后面接茬："一古董级别的 MP3，摔坏就摔坏呗，还需要'怎么办'一下，星哥我发现你最近怎么娘里娘气的。"

季星凌觉得王宏余把这家伙安排在自己后桌，简直就是存心添堵的。他嘴里不着边际地骂了两句，转身瞥见林竟正在面无表情地看数学书，而众所周知下节是英语自习，就……还挺可爱，于是心情变好，故意转身对于一舟说："哎，中午请你吃饭。"

"为什么？"

"感谢一下你刚刚抢走了我的耳机。"

林竟："……"

于一舟拍拍他的肩膀："不客气，那以后我争取每天抢一次。"

"你可以滚了。"

两人小学生式地你来我往几句，差不多也就忘了这件事。直到早自习快结束，季星凌在笔袋里半天没翻到橡皮，而同桌又仿佛聋了一般拒绝提供帮助的时候，他才后知后觉地反应过来，哦，有人在生气。于是一下课就抓住后桌，凛然地表示："我想了一下，还是决定不请你吃饭了，不用谢。"

于一舟："？"

季星凌这边抛售完兄弟，转身就问小林老师："你中午想吃什么？"

于一舟欲言又止，止又欲言："你这个言而无信的骗子。"

季星凌："你才是骗子！"

林竟实在不想听这糟心的对话，于是站起来去楼下买水，季星凌拍了一把于一舟，自己也跟出来："哎，你等我一下。"

他大大咧咧地揽住对方的肩膀，强行带其往楼梯的方向走，还没来得及判断小林老师是不是真生气了，身后就有人叫："季星凌。"

是个眼熟的短发女生，看起来稍微有些紧张。

你星哥见惯了大风大浪，对方还没开口，就连拒绝的词都已经想好了。结果女生不按常理出牌，伸手递过来一只白色耳机："今天早上，你的无线耳机掉在校车里了，给。"

季星凌："……"

林竟用疑惑的目光看他，怎么回事，你今早去坐校车了？

"那什么……谢谢啊。"季星凌咳嗽两声，把耳机从女生手里拿过来，强行缓解尴尬的气氛，"不然这样，同学我请你喝瓶水。"

"不用。"尚洁有点吃惊，她一直觉得季星凌挺冷的，没想到对方居然会来这么一句，于是连忙说，"那我先回去上课了。"

小女生的心思很明显，也很可爱，跑起来像小兔子。一分钟后，林竟说："你还要盯着（二）班的教室门口看多久，要不要我去给你把人叫出来？"

"……我真没看。"季星凌冤枉，"我就是……我就是去坐校车了，不行吗！"

林竞拍了拍他的背："你不用这么积极地回答，我还没问呢，更何况坐校车又不丢人，你慌什么？"

季星凌无话可说，坐校车是不丢人，但大少爷特意起了个大早，跑去校车等人结果没等到，这整件事挺丢人的，或者也不能说成丢人，而是……反正就显得很没有默契，很没有面子。

林竞继续问："不是说我要走完绿化带，你才肯陪我坐校车吗？"

季星凌敲了一下他的额头，有点胸闷又有点想笑："你几岁？"

林竞也笑："中午叫上于一舟一起吃饭吧，我请客。"

"为什么？"

"感谢他抢走了你的耳机。"

"……不行，我不允许。"

阳光暖洋洋的，连楼下贩卖机都跟着凑热闹，买可乐掉酸奶，粉红色，草莓味。搭配这个早上的心情，酸甜正好。

按照惯例，期中成绩一般会在隔周公布，但多校联考的阅卷程序比较烦琐，再加上是首次采用新系统，所以在原基础上硬是多拖了两周。

拖到后来，连林竞都佛了，超脱悠远，爱出不出吧，反正看得很开。

但季大少爷看不开，毕竟事关手机、零花钱和妖怪币，以及斥巨资购入的辟邪福袋，分数还是很重要的。他托住腮帮子，没话找话地问："有没有可能别的学校嫉妒你考得太好，所以集资黑了系统？"

林竞回答："也有可能是老王觉得你考太差，自己颜面无存，所以心一横牙一咬，砸锅卖铁请人黑了系统。"

于一舟："哈哈哈哈哈哈哈哈。"

季星凌："你笑个头。"

他挪着椅子往林竞身边挤了挤，单手一揽，放低声音："哎，我说你以后能不能回家再开嘲讽的玩笑，不要在大庭广众之下让我丢人没面子？"

两人距离很近，说话时的鼻息会直接喷洒在耳侧，又湿又痒，让人很不习惯。

林竞草草地写了个"解"，云淡风轻地说："好。"

季星凌满意地把椅子挪回去，继续和旁边几个男生聊天。上课铃响，这节自习归马列，他向来喜欢在课前调侃几句，这次也不例外，视线在教室里环视两圈，乐了："林哥，你单手捂着耳朵干吗，不想听我上课？"

林竟：“……"

围观完全程的于一舟趴在后桌，竖起拇指以示尊敬，马老师你是真的猛，林哥的场子也敢砸。

季星凌跟着扭头，很耿直地问：“你怎么了？"

“没。”林竟捂着耳朵，面不改色，“老师我轻微耳鸣，捂住能舒服一点。"

“最近几天没休息好？”马列打开书，“也别熬夜熬得太厉害，持续性耳鸣是要去医院看的，我记得就上学期吧，有个高三的女生差点真的失聪。"

林竟：“嗯，谢谢老师。"

季星凌想了想，觉得失聪有点惨，于是又凑过来：“不然我等会儿陪你去校医室？"

“我没事。”林竟皱眉，“好好上课！"

“行、行。”季星凌很识趣，没有再打扰小林老师认真学习，只在坐回去的时候，顺便用指背敲了敲他捂住耳朵的手，“不舒服再叫我。"

他刚刚握过冰饮料，透过指缝，林竟甚至能感觉到对方指间的寒意。

他又揉了两下耳朵，才把手放下来。

一直在用眼睛的余光观察他的季星凌又凑过来：“你好了？"

“嗯。”林竟转移话题，“等会儿我去一趟王老师的办公室，说不定能看几门分数，听说九中的数学已经出来了。"

“……不然你先帮我看点别的，温和的。”季星凌没什么底气，总觉得要是第一门就考 30 分，不仅很受打击，还很不吉利。

“你不是做对了最后一道大题吗？这就有 12 分了，有点信心好不好？”林竟在下课铃里合上书，“那我先走了。"

季星凌点点头，目送他出了教室。

王宏余找的是李陌远和林竟，不用想就知道又是“好学生”特权，比如这竞赛那评奖，一般人也没必要浪费时间。季星凌对奖项当然没兴趣，但对“为什么李陌远不管干什么都能和小林老师在一起”还是有点兴趣的，以及学校贴吧里有一群女生，会经常拿着李陌远和林竟比来比去，跟流量明星粉丝拼实绩一个性质，嗑事业嗑上头。

这些都是他听韦雪说的，对方当然是当成笑话来讲，但大少爷就很迷。

这有什么比的必要吗？当代青少年还能不能好好学习，天天向上了？

李陌远可能被念得有点凶，在打喷嚏之前及时后撤五步：“我知道你有洁癖，你站着别……阿嚏！"

林竟解释：“其实我并没有这么变态。"

“那我也得自觉一点。”李陌远把纸巾丢进垃圾桶，“东山这边可真够阴的，不知道什么时候才能搬回学苑楼。"

"还好吧，秋冬本来就冷。"林竞抬头看了看，太阳惨淡，风又大，小操场上也没几个人。因为李总沿途喷嚏不断，好像真感冒了，所以两人中途拐弯去了便利店，想买杯热饮暖暖胃。

穿过枯败的花园后，李陌远微微地皱眉，刚刚离开教室时，他就发现有个女生好像跟在后面，但不太确定，不过现在都走了这么长一截，又抄了荒凉小路，对方居然还在，就很明显了。

"你认识吗？"林竞也发现了。

"没印象，高一的吧。"

两人在山海的知名度都不低，有女生喜欢并不意外，所以现在只剩下最后一个问题，对方到底是冲谁来的。

李陌远用胳膊推了推他："你吧，我听韦雪说，前两天有人在贴吧对你匿名告白。"

"我就我。"林竞不以为意，反正他从幼儿园开始就被小女孩追着送过牛奶，身经百战。

穿过这片小花园，就会到大操场，那里经常会有特长生集训，男生扎堆。

林竞觉得，再开放、主动的女生，可能也不会愿意追到操场当众告白，果然——

"林竞！"

李陌远顿时松了口气，"啧"了一声，于一舟式的唯恐天下不乱。

女生可能有点紧张过头，一嗓子喊得又尖又颤。不远处的凉亭旁边原本站了一个中年男人，西装领带一丝不苟，看着像学生家长，这时也被吸引着转过身。

林竞："……"

这位叔叔，我前两天刚看过你的全家福。

"林竞。"女生追过来，脸红地看着他，"我……我是高一（三）班的，我叫余思。"

"你好。"林竞问，"有事吗？"

李陌远已经识趣地走到了一边，远眺体育场的猛男。

余思手里捏着一个浅蓝色的小礼盒，鼓足勇气说："我想送你一个礼物。"

我想送你一个礼物，是夏目漱石的月光，等同于"我喜欢你"。

中年男人也笑了笑，谁都经历过这个年纪，当然能明白。

"谢谢。"林竞用眼睛的余光一瞥隔壁叔叔，继续说，"但是我不能收。"

余思咬了咬下唇，不想放弃："是我自己做的，用了很长时间。"

"那我就更不能收了。"林竞说，"我觉得我们这个年纪，应该以学业为主，不能辜负家长、老师和祖国的期望。"

偷听的李陌远："？"

这是什么小红花正能量，你是被老牛附体了吗？

林竞继续说："你可以把给我做礼物的时间，全部用来背英语单词，因为只有考到 600 分以上，才有机会考到更好的大学，拥有更灿烂的人生。"

余思："……"

"老师和家长都是为了我们好，校规既然不允许早恋，就说明早恋一定是有害的，过早开放的花只能过早地凋谢。"

余思："……"

"快回去上课吧。"林竞语调十分温和，又从李陌远手里要来一包纸巾，递给她，"别哭，加油学习。"

余思："……谢谢。"

她在开口叫住对方之前，早就设想过许多的可能性。接受、拒绝、讽刺、漠视，或者还会把自己的隐秘心事炫耀给其他男生，恶劣的、冷淡的、温和的，但唯独没想过，居然还有教导主任式的。

为了不辜负父母的期望而不早恋？

直到目送两人离开，余思依旧充满了迷惑，捏着纸巾也没用——完全没有一点点哭的心情。

虽然她好像确实被喜欢的男生拒绝了，但就……心情复杂，哭不出来。

李陌远早就惊呆了："原来你平时都是这么拒绝女生的？"

"还好吧，临场发挥，而且家长不都喜欢这么说吗？"林竞一脸的淡定，在进便利店前，又"不经意"地往身后看了一眼。

唐耀勋也正在匆匆向凉亭的方向走："季……总。"

季明朗和他握手："行了，和我还客气。"

大家同为妖管委管理人员，虽然是多年好友，但都很有分寸，并没有打听过对方的人类身份。这回要不是因为麒麟崽打架斗殴，两人也不会彼此暴露，约在现实中见面。

"小星的表现其实还行。"唐耀勋和他一起往办公室走，"而且跟他同桌的男生，是这一届的重点培养对象，学习非常好，我听他们班主任说，平时会帮忙讲讲题，这次的期中成绩已经出来了几门，都还不错。"

"我经常听媚媚提起，是叫林竞吧？"季明朗说，"刚刚碰到了，是挺……懂事的。"

何止是懂事，简直就是教科书般的"让家长省心"。

为建设祖国而读书。

这是什么蓬勃远大的思想觉悟？

成年麒麟季先生回想了一下，自己当初上学的时候，最高追求也不过是"考到年级第一，好多拿一点零花钱耍帅泡妹"。

高下立判，高下立判。

未来果然是属于年轻人的。

王宏余不在办公室，但语文试卷在。

林竞二话不说，上手就翻。

旁边别的老师笑着说："别找了，你俩的试卷在这呢，一个 129 分，一个 130 分，还挺会考。"

"嗯。"一分的差距，在题目简单的语文考试里就纯靠运气，谁高谁低意义并不大，不值得额外计较。李陌远接到手里翻了翻，又问林竞："你在找季星凌的试卷？"

小林老师手下一顿，欲盖弥彰："什么？"

"我问你是不是在找季星凌的试卷。"李陌远重复了一遍，"我觉得你对他还挺关心的。"

林竞："……"

话虽然这么讲没错，但你可不可以不要当着全办公室老师的面大声地讲出来？

我是真的尴尬。

季星凌这次语文考了 99 分，虽然及格，但比起初考的分数来要算退步，也比这次的联考的整体平均分要低。而且 99 分这个分数吧，连小林老师本人都觉得，为什么阅卷老师就不能多给一分，好让大家都开心一下？

果然，大少爷在知道自己的分数后，第一反应也是，这……就差一分？

他不满地表示："哎，谁批的试卷啊，是不是存心的，你有没有帮我仔细看看？我觉得这次怎么着都应该上百。"

"大概扫了一眼。"林竞说，"其实要是本校老师阅卷，你肯定不止这么点分数。"

季星凌没听明白："什么叫要是本校老师阅卷，你的意思是外校老师故意针对我，才会疯狂地扣分？这是为什么？我最近也没去校外打架啊。"

"没人针对你，被害妄想收一收。"林竞无奈，"我的意思是，你的字还能不能再丑一点？本校老师阅卷时会手下留情，是因为已经看习惯了，但其他老师没习惯，高考阅卷的老师更不会习惯。你这次的作文，第一句话我看了三遍才看明白写的是

'我喜欢观察水'，你喜欢观察是没错的，但'观察'两个字有必要写得满格溢出来吗？你当时到底在高兴什么？"

"……"

大少爷解释："我没有高兴，我是听了你的，不能出现黑漆漆的一团，所以才故意往大了写，争取让一笔一画都很明显。"

"是挺明显的。"林竞如实说，"丑得很明显。"

季星凌哼了一声，坐回自己的位置，拒绝再讨论这个问题。

林竞侧头看他："生气了？"

"没有。"季星凌满脸的无所谓，漫不经心地看着黑板，习惯性地舔了一下最后一颗牙。

"好吧，我以前确实说过让你把字写清楚一点。"林竞说，"但你这次要是不连笔，小格子是完全够用的，不需要飞出来。而且你的作文内容写得特别好，开头也没有再像以前一样堆很长一段……话，是有进步的。"

季星凌斜眼瞥他："你刚停顿什么，是不是打算说'废话'？"

林竞："我不是，我没有，别瞎说。"

季星凌简直牙根都痒，干脆把人抓过来，反手按在桌上："哎，我说你是不是嘲讽我已经嘲讽成习惯了？有你这么当老师的吗，对我说话的时候就不能温柔一点？"

他长得很高，力气又不小，倾身压下来的时候，像冲出清晨深林的某种野兽，周身带着寒凉的威胁和不容忽视的压迫感。

林竞睫毛颤了颤。他下巴抵在桌上，胳膊被拧到身后，使不上什么力气，稍微一挣扎，侧脸就能触到对方温热的呼吸。

"你先放开我。"

"不放。"

季星凌可能也是被那句"字丑得很明显"说得面子上下不来，带了一点故意欺负的恶劣心思，反而离他更近了一点，压着他的胳膊不放。

林竞咬牙一使劲，想把对方掀下去。这时（二）班几个男生正好来教室找季星凌，大家一块打球，关系都不错，所以也有胆子和大少爷展开男生间的傻活动，立刻凑热闹地叠上来，一个摞一个，宛若过年的饺子皮。

"滚！"季星凌猝不及防，对神经病也是服。

一群人嗷嗷地欢笑，不滚。

"有毛病吧！"季星凌胸闷，两只手撑在林竞身侧，尽量把身体抬起来，免得压坏他的小林老师。

周围一圈女生都抱着书闪人，免得无辜遭殃。韦雪实在看不过眼，大声地喊了一句："老师来了！"

基本和"狼来了"一个效果。

一群男生迅速地窜回（二）班，季星凌也顾不上别的，把林竞拉起来："你怎么样？"

"没事。"林竞拧开水瓶喝了两口，动作幅度有些大，水流从瓶口溢出，流过他的下巴和校服。

韦雪从书包里翻了包纸巾，刚刚转身要递过去，就见季星凌已经伸出手，胡乱地擦了两把："慢点。"

"……"

"别闹了，好好看你的书。"林竞精疲力竭，脑子也有些乱，微微侧头躲过。

季星凌问："你没生气吧？"

"没。"

这个"没"字听起来没什么可信度，所以季大少爷继续强行地找话题："你去了趟老王的办公室，就看了语文一门啊，别的还没出来？"

"数学 92 分，英语 91 分，历史 62 分，地理 48 分，政治 51 分。"

季星凌："？"

季星凌："不是，你等会儿。"

季星凌："这是我的分数？"

林竞答："反正不是我的。"

季星凌一琢磨，也对，小林老师的王者战绩里绝不会有 48 分。

但是，他又问了一遍，在纸上一算："总分 444 分？这也太不吉利了！"

"你加错了。"林竞看了一眼他的本子，"应该是 443 分。"

季星凌："……虽然没错，但少一分好像更惨？"

443 分和 450 分的差距，就是大少爷多蒙对两道选择题，或者字再写整齐一点的差距。

明明应该是唾手可得的！

季星凌趴在桌上，很受打击："行吧，你可以继续嘲讽我了。"

"为什么要嘲讽？这次你三门大课都及格了，数学考了 92 分呢，总分也比上次高。"林竞说，"应该高兴一点。"

"你不懂。"季星凌兴致缺缺，"我跟我妈保证过，考上 450 分才能……哼，算了，你考多少？"

林竞说："还行。"

"你不用怕打击我。"季星凌揉揉他的脑袋，"你星哥挺得住，可以让狂风暴雨来得更猛烈一点。"

林竞回答："698分。"

这哪里是狂风暴雨，简直就是一道惊雷。

季星凌用一分钟消化了一下小林老师的分数："联考第一？"

"并列第一。"

"怎么还有并列，李陌远吗？"

"不是，九中的。"林竞说，"李总政治没考好，好像是身体不舒服，所以被拉下来十几分。"

联考的十几分虽然不比高考的十几分，但也能让总排名一落千丈了。

季星凌回忆："身体不舒服？我送你去考场的时候，他是不是正在疯狂地吃苹果？看着还行啊，我当时还想呢，有没有那么好吃，一脸陶醉，跟只松鼠似的。"

"闭嘴吧。"林竞哭笑不得，"你记得别当面提这茬，考砸一两次不算什么的。"

我肯定不提，我痛惜我的443分都来不及。

季星凌撇嘴，想到飞走的新手机和妖怪币，连放学回家都无精打采。

胡媚媚正在灶边炖甜汤，笑着说："快去换衣服，然后来厨房帮妈妈一下。"

"好。"既然没有考到450分，那就只有用勤快地干家务来刷好感度。大少爷非常上道，换了鞋就直奔卧室，结果刚打开衣柜，一团电光黑云就迎面扑来！

"我——"不文明语言才说出一半，他就被强制变回了原身，黑雾也幻化成一只成年麒麟，从后颈咬住他，一起滚到了床上。

麒麟崽被压得四蹄摊平，脸变形，就很像饼，有气无力地想：我爸又疯了。

大麒麟用额头亲昵地顶顶儿子，又舔舔它的小肉角，最后咬住耳朵宝宝贝贝地甩在自己背上，带着冲出了窗户。

胡媚媚一边煮汤，一边看着窗外盘旋的黑雾叮嘱："早点回来！"

大麒麟答应一声，背着儿子冲上九霄。

重重云峰里，虬龙夫妇正在散步，突然就见对面冲来一团电光，赶紧换了个地方。

青鸾阿姨手里的篮子也被撞得掉进云团中，半天扒拉不出来。

鹠鸟累了一天，原本是想找一朵安静的云休息，结果被麒麟踩中前爪，疼得当场扑棱。

年纪最大的骊龙爷爷试图维持秩序："我说——"

然后他就眼睁睁地看着那一大一小两团黑色电光从自己面前飞走了。飞走了，很嚣张，连一丝云都没有留下。

不远处，甪端妈妈用前肢兜着自家小乖崽，正在软声软语地开导，耳边砰的一声，就炸开了雷云烟花。

大麒麟威风凛凛，驮着儿子继续往更高的天穹冲去。

甪端小崽茫然无措，顶着被电成狮子的爆炸摇滚头："……"

甪端妈妈生气地给老公打电话："还能不能管管你那远房堂哥了？！下次他要是再来家里，我绝对不开门！"

甪端爸爸敷衍："哎呀，你也知道，堂哥就是爱显摆自己的崽。"

在小麒麟满月的时候，大麒麟就已经强迫所有亲朋好友巡回欣赏并且赞美了一遍儿子。崽长大一点之后，他更是有事没事就把崽叼上天，是非常合格的不合格家长，怎么溺爱怎么来。

甪端妈妈："真是受不了！"

甪端爸爸："对对对。"

其余神兽："对对对。"

但受不了也没办法，横行霸道这种东西，大多是靠遗传的。

胡媚媚定好烤箱的时间，又去拌水果沙拉。

成年麒麟变回季先生，从身后抱住太太："辛苦了。"

胡媚媚笑着回身，给他喂了一块小番茄。

麒麟崽玩累了，也有可能是被443分打击到了，不想说话，所以继续保持着兽形，趴在季明朗背上，只懒洋洋地从鼻子里"哼"了一声，示意自己要吃。

"都去洗手换衣服。"胡媚媚没有理他，只和老公交换了一个短暂的亲吻。

季明朗很满意自己的地位，单手拎着崽的小前蹄："我今天去见了你们唐校长。"

麒麟崽困倦全失。

胡媚媚在餐桌上摆好花。

季明朗一边盛甜汤一边说："我以前真没想过，就重明那暴躁的性格，居然会是学校校长。"

"爸，你们聊什么了？"季星凌一边套T恤，一边从卧室里出来。

季明朗说："就表扬了一下你，还看了看考试分数。"

季星凌卖乖："但我没有考到450分。"

"差五六分有什么关系？"季明朗一摆手，"我已经跟你妈说了，手机和零花钱都没问题。"

胡媚媚打了老公一巴掌："就你惯着他，我可还没答应。"

季星凌："哦。"

"不如这样。"季明朗提议，"这次爸爸先借你 7 分，下次期末考试，你至少考个 457 分回来，怎么样？"

"不用收利息吗？"胡媚媚拍板，"500 分！"

季星凌呕血："妈，老师都说了越到后面，成绩就越难提高，你不能每次都对我抱有猛增 50 分的不合理期望。"

"这还没到后面呢，我觉得猛一点也没关系。"胡媚媚不为所动，"小竞考了多少分？"

季星凌顿了顿："不如你先把新手机给我，我们再来说这件事。"否则跟总分快 700 分的小林老师一对比，别说新手机，可能连晚饭都要变成忆苦思甜了。

提到林竞，季明朗又想起一件事："你看什么时候方便，我们请隔壁同学和他的阿姨出去吃顿饭吧，感谢他在学习方面对你的照顾。"

"不用。"季星凌没什么兴趣，"我们都不爱和家长一起吃饭，累得慌，不如这样，我之前买了个打折的辟邪福袋——"

"就惦记你那福袋。"胡媚媚感到好笑，"我已经和爸爸说过了，他会去找蠹叔叔的。"

就是蠹最近有些忙，可能得下个月才有空。

季明朗点头："不用着急，你要是担心再出现上次穷奇和金华猫的事，就在学校多照顾一下他，别总跟着舟舟翻墙、逃课、打游戏。"

季星凌迷惑："爸你都没见过林竞，怎么他地位就超过于一舟了，我妈她究竟是怎么夸的？"

"倒也不全是你妈。"季明朗说，"我今天去学校的时候，恰好碰到有个小姑娘对他表白。"

季星凌一愣，这是什么时候的事，为什么我不知道？

季明朗感慨："现在的孩子，可真是了不得，小小年纪就胸怀大志，满心都是建设祖国。"

季星凌继续茫然："建设什么祖国？"

林竞洗完澡，坐在桌前看了会儿书，果然听到敲门声。

"我爸今天出差回来了。"季星凌一手抱着书，一手拎了一罐巧克力，"你吃不吃？"

"嗯，谢谢。"

巧克力是绵密微苦的那种，林竞拿过来两瓶牛奶："那你获得新手机了吗？"

提到这个话题，季星凌仰天长叹："有，但我同时又欠下了期末 500 分的巨债。"

林竞笑，帮他插好牛奶吸管："要不要一起做数学题？"

季星凌拉开椅子："我爸说他今天去学校，撞见有女生给你送礼物，真的假的？"

林竞转了转笔："真的，不过我拒绝了。"

"我知道你拒绝了。"季星凌看着他，实在没忍住，问，"但你为什么要拒绝得这么直接？"

林竞眼皮都不眨："我不能为了建设祖国而不早恋？"

"……"

房间里安静了一会儿。

林竞稍微有点后悔，觉得自己刚才好像不应该接茬，但话已经说了，难道要小林老师当场反悔，承认"我其实也可以早恋，而且我以前拒绝女生的时候并没有这么多话，这次之所以滔滔不绝大半天，完全是因为看到了凉亭旁边站着的你爸，想在家长面前刷一波好感度"吗？

怎么可能！

帅哥的面子比什么都重要！

于是他强行扛起了这口锅。

没错，我就是想建设祖国。

但还是补了一句："我又不喜欢那个女生，为什么要早恋？好了，做你的题。"

季星凌心情比较好："以后这种事要第一时间汇报，记住没？"

"你为什么这么八卦？"

"我这叫关心你，会不会说话？！"

林竞躲过他的手，继续做题。

巧克力融化在热奶里，晕出一圈圈柔软微苦的甜。

联考的试卷很快就发了下来，林竞的英语和数学都能直接拿来当答案，一点涂改的痕迹都没有。高二（一）班大型摸试卷迷信活动再度展开，马列进来被吓了一跳："抢钱呢？"

"没，我们摸摸林哥的神卷。"

"这叫分数共享。"

"真能共享就好了，那我多省心。"马列跟着乐，"行了，都坐回去吧，等下个课间再摸林哥的试卷。还有李总，除了我的政治，你其他的科目一样能贡献给群众，满足一下大家对满分的渴望。"

李陌远最近两天情绪比较颓，虽然他知道和实力没关系，这种小考也没必要太在意，但高中生涯第一次从年级第一的宝座上掉下来，还掉得很遥远，总归有些郁闷，连话都少了许多。

"老师，对不起。"他站起来，"我下次一定考好。"

马列和宁芳菲一个风格，基本不会骂学生，对李陌远就更舍不得了，安慰两句后就让他坐下。韦雪用眼睛的余光瞥了同桌几次，欲言又止，一直等到大课间，教室里没几个人的时候，才小声地问："你没事吧？"

"没事。"李陌远如实地回答，"难得考砸一次，我本来是想惭愧地反思一下的，结果每个人都跑来安慰我，安慰的同时还要再重复一遍我之前有多牛，我怎么觉得简直比考了 750 分的待遇更好，有点上头。"

韦雪听得直乐："那你愁眉苦脸的，我还以为真被林竞打击到了，吓一跳。"

"喂喂，和我没关系啊。"后桌的人抗议，"李总怎么可能被我打击？"

"你怎么能偷听我们说话？！"

"实不相瞒，雪姐你的嗓门快赶上麦克风了，我还塞着一只耳机呢，都能听到你的背后 diss。"

"你才是麦克风。"

韦雪丢过来一包话梅："买你闭嘴。"

小林老师收钱办事，童叟无欺，当场手指交叉封嘴。

OK，你继续给李总爱的关怀，我吃话梅。

只是包装还没拆开，旁边就伸过来一只手，把一大袋都抽走，语调里带着刚睡醒的沙哑、慵懒："不准吃。"

林竞讲条件："一人一半。"

"我说不准吃就不准吃。"季星凌活动了一下筋骨，拿着话梅出了教室，随手甩给隔壁班的男生，"拿回去吃。"

"谢谢星哥。"

"……"

几分钟后，大少爷拎着一袋零食重新回到教室，往林竞怀里一扔："给。"

塞得满满当当，话梅、薯条、威化饼干、牛肉条、巧克力，各种包装，各种口味，说是刚打劫了便利店也有人信。

"……"

季星凌把校服往头上一兜，继续睡了。

过了一会儿，他听到身边传来窸窸窣窣拆包装的声音。

然后下唇被轻轻地触了一下，带着青梅的酸甜气息。

于是他配合地张开嘴。

好酸，这是什么无良商品！

林竞喂完他之后，自己也吃了一颗。

甜的。

季星凌虽然没有考到胡媚媚要求的450分，不过在老师看来，443分也已经足够惊人。尤其是李建生，当他听说这次（一）班数学最低51分时，第一反应"一定又是季星凌"，可没想到竟然不是，不仅不是，大少爷还破天荒地考及格了，每一道解答题都写了步骤，哪怕有些步骤压根错得没边，但也足以表现出"真的有在认真答题"的诚意了。

老李甚至觉得，这比他看到班里其他几个人的满分试卷时还要高兴。于是在晚自习的时候，专程把季星凌叫起来，当着全班的面，夸了整整五分钟。

于一舟这回没有再哈哈哈地笑。因为王宏余和 Miss Ning 都是属于夸学生如吃饭般平常的鼓励型老师，所以上次初考分数出来后对季星凌不吝赞美，虽然也挺意外的吧，但还是喜感成分居多。可李建生不一样，他对学生向来高标准、严要求，除了心情好的冷笑话，平时顶多夸一夸李陌远和其他几个尖子生，还都夸得很飞速简略，好像生怕自己多说两句好话，学生就会飘上天似的。像这次这么滔滔不绝、全方位称赞的，貌似是有生以来的第一次。

班里其他人的想法显然和于一舟一样，震惊之外还比较惊悚，觉得老李是中邪了。而季星凌站在座位上，也早就尴尬得头皮炸裂，比挨骂还要面无表情，这……我不就考了个92分吗，为什么会出现9200分的效果？

李建生说："来，同学们为季星凌鼓掌。"

沉默三秒后，高二（一）班掌声雷动，那叫一个惊天动地，于一舟可能是终于缓过劲了，还额外来了一句："星哥霸气！"

大少爷往后一靠桌子，你给我闭嘴！

李建生乐呵，喝了口水又继续说："有没有什么学习经验，可以和同学们分享一下？"

季星凌："？"

林竞紧急地在纸上唰唰地写，想着江湖救急。季星凌没注意到他的动作，其实按照以前，顶多像英语课上应付 Miss Ning 那样，漫不经心地说一句"蒙的"，全班笑着闹一通就完事。但现在，看着站在讲台上笑容满面的李建生——可能是因为老李平时很少这么笑，又加上穿着朴素，端着个旧旧的保温杯，感觉就还挺……说不上来，反正挺暖的，和平时不太一样。

季星凌揉了揉鼻子："这次考试不难，上课的时候又都讲过，就还可以。"然后又补了一句，"主要是老师你讲得好。"

全班又开始起哄，里面夹着"星哥你怎么可以在众目睽睽之下拍马屁"之类的玩笑。李建生敲敲桌子，示意全班安静，又顺着笑道："既然我讲得好，那你以后就别逃课了，坐吧。"

季星凌松了口气，坐下之后往旁边看了一眼，见林竞本子上有一堆潦草大字，纳闷："你在写什么？"

"老李刚刚不是让你分享经验吗？"林竞说，"我怕你又来一句蒙的，会当场把他气昏。"

"那怎么不早点给我？"季星凌抽过来念，"对于做过的题型及做错的题目要善于进行分类总结。哎，这句话你以前是不是跟我说过，但我刚没想起来。"

"没事。"林竞笑，"你说得挺好，特真诚，比我写得要好，估计老李这节课会高兴得连讲十八个冷笑话。"

晚自习气氛不错，连带着班里其他几个不及格分子也逃过一劫，没有再被单拎起来批评。下课铃一响，葛浩就拿着试卷过来了，他就是那个倒霉的最低分，哭丧着脸求助："林哥，老李讲得太快了，我有两道题没听懂。"

林竞要来他的试卷："这道？"

"嗯。"葛浩挪了把椅子。

季星凌凑过来看了一眼："这得先建立直角坐标系，再设个抛物线方程？"

林竞答："对。"

葛浩心态立刻就崩了，扯着嗓子抗议："星哥，为什么你不用学习就会做题？"

什么叫好小弟？

这就叫！

不用培训就能上岗，时刻为大哥死扛人设大旗。

还特真情实感。

"谁说我不用学习了？"季星凌尽量表现得云淡风轻，"考试前我不看了两天书吗？"

葛浩哭丧着脸："倒不如不说，更受打击了。给我摸一下你的试卷吧，说不定比林哥的更好用。"

"摸什么试卷，好好听你的题。"季星凌一巴掌把人拍回去，潇洒地靠回椅背。

怎么说，虽然当着全班的面被老师疯狂表扬，确实有点尴尬，但"不用学习就会做题"的超神人设，还是可以继续稳一稳的。

林竞给葛浩讲完题后，扭头问季星凌："是不是感觉还挺爽？"

"啧，一般般。"就很欠揍。

林竞继续问："那你想不想更爽一点？"

"什么？"

"期末总分上 500 分。"

"你是不是被我妈收买了？"季星凌振振有词，"不能揠苗助长，懂不懂？"

"我这不叫揠苗，叫合理施肥。"

季星凌把手伸到他面前："肥呢？"

林竞答："晚上回家再给你。"

季星凌一愣："还真有啊？"

林竞面不改色："对。"

于是大少爷就抱了那么一点幻想，心想，难不成小林老师还给自己精心准备了"学习进步奖"，很是期待。下晚自习回家后，连澡都没洗，扔下书包先来 1302 参加颁奖仪式，结果林竞从飘窗上搬来一个大型的快递盒，郑重地说："给。"

分量跟金砖差不多，季星凌接到手里时，差点闪了腰："什么玩意儿？"

"我以前的笔记，刚让我妈寄过来的。"林竞说，"你高一的基础太薄弱，需要从头开始补。"

季星凌冷静地问："我能拒绝领奖吗？"

"你不能。"

林竞指指椅子："过来，我告诉你从哪里开始看。"

季星凌继续找借口："但我还没洗澡。"

"没关系，我不嫌弃你。"

"你能不能忠于自己的洁癖人设，适当地嫌弃一下？"

季星凌嘴上这么说着，但身体依旧很诚实地坐了过来，一边翻笔记一边继续唠唠叨叨："这算什么奖励？哎，我跟你说，连老牛都知道要适当地给予物质奖励，而不是一味地施压。"

"这难道不是物质吗？物质不就是构成宇宙间一切物体的实物和场，我们周围所有的客观存在都是物质，笔记当然也是物质。"

"但这不是奖励，奖励是什么，你知道吧，你得让我有荣誉感，才能调动我的积极性，最大限度地挖掘我的潜力。"

林竞："……"

季星凌成功地扳回一局，心情很好。这段话是成年麒麟季先生用来安抚太太的，为了应付胡媚媚女士的"为什么你儿子数学考了 18 分，你们季家人还要庆祝，这到底有什么好庆祝的，还有没有底线了"，当时刚上初中的麒麟崽正被挂在亲爹肩膀上玩，也就顺便记住了。

林竞没有再理他，继续在本子上唰唰地写。

季星凌本来就随口一说，并没有要把小林老师捧出天际的不良意图，所以及时地见好就收，继续翻高一的笔记。结果五分钟后，面前啪地拍来一张纸。

"给你的，奖励。"

"……"

那是一张手绘奖状，用记号笔画得红红黄黄，弄了个隆重的舞台幕布效果，中间挂个奖章，再工工整整地写着——

季星凌同学：

在高二第一学期期中考试里进步显著，特发此状，以资鼓励。

落款是龙飞凤舞的"林"，还给他自己画了个红色篆体印章，企图冒充校长，相当正规。

季星凌："……"

林竞问："这下奖励够了吗？有没有完美地激发你的荣誉感，充分地调动你的积极性？"

"你确定要听实话？"

"我一句实话都不想听，我就爱听虚伪的吹捧。"

"……行吧，我现在被激发得热血沸腾，甚至能一口气做十套数学卷子。"

林竞满意地把笔丢过去："那做。"

弹簧笔头在试卷上戳出一个小洞。

季星凌摇头叹气："唉，粗暴。"

林竞笑着握住他的后脖颈，用力地晃了两下。

"下次能不能换个地方捏？"季星凌一躲，"你这样容易让我想起我爸，他就爱咬……拍我这儿。"

"换哪里？"

季星凌翻过一页笔记，没多想，直接把手递了过去。

手指干燥修长，骨节细瘦，微微屈起来，指甲也修剪得干干净净。

林竞稍微顿了顿，然后捏住他的食指指尖，轻轻地朝旁边一丢："好好看笔记。"

房间的气温好像有些高。

林竞调低了暖气，又拿进来两瓶冰果汁。

季星凌随口问："你热？"

"我不热。"林竞面不改色，"我是怕你热。"

"我为什么要热？我有点冷。"

"因为你刚刚收到人生中第一张奖状，按理来说应该血液加速循环，否则就是看不起我的奖励。"

"……哦，那我尽量热会儿。"还挺配合。

林竞没收走果汁，给他换了一杯抹茶热奶。

甜丝丝的那种。

期中考试后就是家长会。

胡媚媚这次终于没机会再产生"季星凌，你怎么才考了 300 分，我不要面子的吗？我不去，让你舅舅去"的塑料想法，443 分虽然不高，但也不至于在年级垫底了，再加上听说儿子还上了光荣墙，简直让这个妈都惊呆了。

林竞很有礼貌地说："嗯，是进步奖，一共二十个人。"

山海的进步奖每学期会评两次，期中排名减去上学期期末排名，期末排名减期中排名。因为季星凌上次期末分数太惨烈，这次又发挥得不错，所以顺利上榜。

胡媚媚喜笑颜开，又关心："那你的父母呢？"

"王老师已经给我妈打了电话，算是提前开小会。"林竞说，"他们如果工作忙，就不用专程过来了。"

这么一对比，胡媚媚又有点心酸，别人家的妈，儿子考了全区第一也不放在心上，这得是经历了多少次家长会的光辉荣耀，才锻炼出来的见怪不怪、风轻云淡。

林竞突然问："阿姨您能帮我顺便开一下吗？"

胡媚媚："嗯？"

"本来姜阿姨要去的，但其实也没什么事。"林竞说，"您如果有空，就——"

"我当然有空！"胡媚媚亲切地拉住他的手，"反正要去给小星开，这样，要是学校还有什么要求，我再回来转告你的父母。"

林竞笑："嗯，谢谢阿姨。"

周五下午，学校放了半天假。季星凌中午回家，推门被吓了一跳："妈，你不去给我开家长会了？"

胡媚媚莫名其妙："谁说我不去了？我正准备出门。"

"那你为什么要穿成这样？"

"有问题吗？"胡媚媚来回照镜子。

季星凌解释："你现在看起来就像一个珠宝展示架。"

胡媚媚一只手拎着喜马拉雅铂金包，另一只手抚摸脖颈上的水滴钻石："你爸都夸我好看。"

季星凌："……但你以前每次都很低调。"

胡媚媚回答："那是因为你每次都只给我考 300 分，我没有包住头冒充迪拜人，已经很给你面子了。"

但这次不一样，这次两个儿子，一个联考第一，一个在进步榜，穿得多高调都不过分。

季星凌实在受不了这钻石大盗一样的亲妈，觉得太丢人了，于是强迫她换了身正常点的衣服，才安排出门。胡媚媚一肚子火，在车上就打电话给老季："你儿子太过分了，450 分都没考到就膨胀了，我倒要看看那个进步榜有多厉害。"

然后她到学校一看，还真挺厉害的。山海在奖励方面向来不吝啬，榜单做得一次比一次大，矗立在显眼处，文科班光荣榜和进步榜并列，照片呈金字塔状分布，塔尖一个是林竞，一个是季星凌，沐浴在阳光下，玻璃反光，璀璨夺目！

胡媚媚：当场惊呆。

家长们都在称赞，这两个男生可真帅，长得都跟小明星似的，学习还好，也不知道是谁家的孩子，唉。语调中充满了羡慕。

"喀。"胡媚媚一甩头发，风情万种地给老公打电话："哎呀，老季，我已经到学校了，对对对，小竞又是年级第一，小星是进步奖第一名，我给他们开完家长会就回来，你去订一个最好的餐厅，奖励一下两个孩子。"

一边说，一边踩着十二厘米的高跟鞋，在周围三百六十度无死角、多重目光环绕下，往东山楼的方向走去。

妈生赢家。

Double Kill（双杀）！

还有谁？还有谁！

季明朗手机开着公放，季星凌窝在客厅沙发上，惊得葡萄都忘咬了，囫囵咽下去："我妈的语调还能不能再矫揉造作一点？"

"那你就再努力一下，争取让她每次都有机会这么造作。"

季星凌："……"

季明朗挑眉。

季星凌放下果盘，回卧室拿起作业，乖乖地去了 1302。

成年麒麟倍感欣慰。

这么懂事，不愧是我的崽！

不炫耀不行！

　　成年麒麟季先生炫耀的方式向来简单粗暴，基本上就是把崽叼到别人面前，类似于——看！我儿子！厉害吗？横冲直撞、耀武扬威，很让一众亲朋好友牙疼。

不就是崽嘛，好像谁没有一样！

但并没有人敢当着大麒麟的面说，因为万一被电光石火劈一道，不值得。

所以大家都是"嗯嗯嗯，对对对，哇，崽真可爱"这样子的日常营业。

大家族里就很和谐。

　　1302 的小卧室，季星凌正坐在桌子上，和小林老师分享胡媚媚女士浮夸的演技："你说，我妈是不是很夸张？她今天差点把所有钻石都戴在身上。"

林竞乐："我愿意贡献出年级第一，让阿姨高兴一下。"

"她还让我爸订位子，说晚上要一起吃饭，我好不容易才拒了。"

"为什么要拒？"

　　季星凌一愣，为什么不拒，哪有人会喜欢和同学家长一起吃饭？像于一舟他们几个，每次在饭桌上都生不如死。

"我无所谓。"林竞一边给中性笔换芯，一边回答。

　　季星凌想了想，也是，和家长吃饭，桌上的话题无非就是学习、学习和学习，像于一舟那种不学无术的倒数成员，当然受不了这灵魂拷问，但小林老师不一样，小林老师是全级第一，可以全方位地花式秀！

于是他说："那不然晚上我们出去吃，正好我爸妈一直想感谢一下你，要吃什么？"

"都行。"

　　季星凌给季先生打了个电话，汇报了一下吃饭的事，又补充："中餐、西餐都可以，不过林竞好像不怎么吃葱姜蒜，胡萝卜和小芹菜不吃，不吃刺多的鱼，不吃豆腐和鱼腥草……喂，你干吗？"

　　林竞面不改色地抢过手机："叔叔你好，我是小竞，嗯，我什么都吃的，我不挑食，你不要听季星凌乱说。"

季星凌："？"

林竞："好的，谢谢叔叔，叔叔再见。"

他挂断电话，把手机丢回去："晚上六点，一起去江南小馆。"

季星凌再度增长了知识，震惊地说："原来你们好学生在家长面前，都是这么虚伪的吗？"

"那不然呢？"理直气壮，气壮理直。

"……"没有没有，就很厉害。

既然林竞晚上有人请，姜芬芳也就顺便放了半天假，回家政公司处理一些事情。

五点半的时候，小林老师翻出来一件浅灰色的大衣，打开视频电话，向亲妈咨询穿搭意见。

商薇先习惯性地夸了一句："我儿子怎么样都帅，"然后又及时反应过来，警惕地问，"你这是有约会？"

林竞回答："没，今天不用上晚自习，季星凌的爸妈要请我吃饭，总不能灰头土脸的，给你和我爸丢人。"

"这邻居还真不错。"商薇欣慰，"这样吧，妈妈和对方家长互加个微信，你看方便吗？也好感谢一下人家。"

"行，我等会儿问问。"林竞套好 T 恤，"那我就穿这个了，晚上再聊。"

他又到浴室里捯饬了一下头发，自拍一张丢进宁城三中的狐朋狗友群。

BEAST：林哥，这还没到午夜档，你为什么突然这么风骚？

唯：你是怕我们忘记你帅气逼人的脸，所以定期提醒吗？

可达：评价。

BEAST：牛！

唯：牛！

布雷：牛！

可达：叛逆吗？

唯：叛逆！

布雷：叛逆！

BEAST：叛逆！

可达：给你们一次说实话的机会。

唯：这是什么爹妈最爱的乖巧穿搭。

布雷：这是什么爹妈最爱的乖巧穿搭。

BEAST：这是什么爹妈最爱的乖巧穿搭。

林竞发了几个红包以示奖励，关掉复读机群，准时出门。

1301的防盗门半掩，季星凌依旧套着运动服，正靠在电梯旁边玩手机，见到他后稍微一愣，然后再度长见识："你厉害。"

"不厉害，一般般。"林竞淡定地谦虚，"在讨家长喜欢这件事上，经验也就比你领先个五六十年。"

季明朗和胡媚媚也收拾好出了门，果然一见林竞就夸，穿得又精神又暖和，不像有些人，歪歪斜斜的T恤加件破外套，和街边要饭的没什么区别。

大少爷："……"

不是开完家长会回来还在夸我吗，这是什么转瞬即逝的父母爱？

四个人坐电梯去停车场，趁着季明朗和胡媚媚都在前面，林竞问："怎么样，要不要教你？免费。"

季星凌哼了一声："不学。"

你星哥才不装乖，向来我行我素，就很酷！

江南小馆是一家改良川菜馆，季明朗上来先点了个红焖鳖，又要了豆瓣鳗鱼、吊晒鲍鱼、红酒海参，季星凌坐在旁边，听都听饱了，心想我还是个崽，能不能不这么健康养生？这时正好胡媚媚把菜单递给林竞："你看看，喜欢吃什么？"

季星凌敲敲筷子："哎，帮我点个加冰的可乐。"

"可乐太甜了，不如泡一壶普洱。"林竞翻着菜单，又说，"我还想要个鸡汤鲜蔬松露面。"

季星凌："？"

胡媚媚再度被哄得很高兴，趁机教育儿子："你看看小竞，吃饭多让家长省心。"

季星凌胸闷：不，不是这样的，他连食堂里剁成末的胡萝卜都能一点一点地挑出来，不吃的东西连起来可绕地球一个圈，妈，你不能被假象蒙蔽！

"阿姨。"林竞又说，"我妈想加一下您的微信，可以吗？"

"当然。"胡媚媚欣然答应。

商薇的朋友圈大多与医疗领域相关，偶尔会晒晒家庭和花花草草，标准的知识分子。两个妈妈很快就聊了起来，林竞则和季叔叔说起"河里的野生鳖是不是越来越少了"这个"无聊max"的话题，从餐桌到环保，居然也能滔滔不绝，跟新闻联播有得一比。季星凌被这一系列骚操作秀得眼瞎，无话可说，只有干了面前这杯普洱，以示服气。

江南小馆的老板是季明朗的朋友，这两天正在外地出差，听到主管的汇报后，就让他往包厢里送了一瓶香槟，还特意照顾了小朋友的口味，甜甜的，非常适合合家欢时饮用。

季星凌生怕会出现"共同举杯，爹妈携小林老师齐声祝福自己取得好成绩"这种春晚场面，赶紧先自觉地喝了一大口，转移话题："什么酒啊，怎么一点味道都没有？"

"蜜桃酒。"林竞看了看瓶子，不太喜欢气泡爆炸的口感，就抿了一点点，季明朗和胡媚媚也没兴趣，只有旁边的季星凌，可能是因为刚才没有获得加冰的可乐，想着反正酒又没度数，干脆要了桶冰配在一起当饮料。一顿饭吃完，整瓶香槟被他喝得见底。

林竞伸出三根手指："醉了吗，这是几？"

季星凌拍开他："百分之三的酒精含量，你在看不起谁？"

外面天已经完全黑了。

回去的路上，依旧是三个人坐后排，季明朗坐副驾。

"困了，睡会儿。"季星凌头一歪，靠在窗户上。

胡媚媚正在和林竞说学校里的事情，也没人理他，只让司机把车内温度调高了一点。中途拐弯时，坐在中间的小林老师手没有着力点，于是稍微往季星凌的方向靠了靠，然后疑惑地拎起一样东西："这是……玩具吗？"

"嗯？"胡媚媚扭头，看清楚他手里是什么后，差点被惊得炸毛，"老季！"

林竞也被这一嗓子吓得不轻，手一松，让某人的尾巴又啪的一下掉了回去。

季星凌皱着眉头，没醒。

窗外掠过一片光，短暂地照亮了他锁骨处的一排玄鳞。

季明朗：我的崽！

情急之下，胡媚媚暂时想不到别的方法，只有猛地把林竞拉到自己怀里，顺势按住他的后脑："没什么……不用怕，季明朗、季明朗，你快点把这个吓人的玩具收起来！"

成年麒麟单手按住麒麟崽的额头，帮儿子维持住了人形。

林竞侧脸贴着她的肩膀，姿势比较扭曲，只好艰难地说："阿姨，没关系，我不怕的。"

"你……不怕吗？"胡媚媚看了一眼老公。

季明朗轻轻地点了点头。

"不怕就好。"胡媚媚松开手，心还在怦怦地狂跳。

司机老冯是一条螣蛇，这回脑子转得很快，张口就来："这玩意儿怎么还在？我记得上次弹出一只血淋淋的断手，把小夏吓得差点住院之后，我就扔了啊。"

林竞：……这么硬核？

"谁知道呢。"胡媚媚拍拍林竞，"幸亏没吓到你。"

也幸亏你只是拿起来，没有使劲地扯一把。

不然就不是恐怖玩具，而是恐怖故事了。

季明朗借口要带季星凌去亲戚家，让胡媚媚和林竞先在江岸书苑下了车，自己和老冯又多绕了半圈，这才用毯子裹住儿子，以黑雾雷光的形态回了1301。

"怎么样了？"胡媚媚赶紧问。

"没事。"季明朗把昏睡的小崽放回到床上，"他最近好像汲取了太多灵力，有些消化不良，才会喝一点酒就控制不住形态。"

胡媚媚没明白："为什么会汲取太多？从五岁开始就是三个月一颗灵果，一直这么吃的，难道蓬莱山那几棵老树改造升级，灵力加倍了？"

季明朗微微皱眉："应该不会啊，妖管委从没收到过申请。"

胡媚媚愁苦："那他是从哪里得到的灵力？"

虽然不算坏事，每个未成年小妖怪本身也需要定期补充灵果，但就像人类的钙片和维生素一样，都是有剂量规定的，否则不仅会消化不良，还容易发育过头，出现这种不自觉地就冒出尾巴的惊悚现象。

"等小星睡醒之后，你问问他，最近都吃了什么。"季明朗说，"我现在去妖管委，看看几个灵果产区有没有出问题。"

胡媚媚点点头，目送季先生砰地出了窗户。

麒麟崽还在呼呼大睡，肚皮鼓鼓的，看起来的确消化不良。

九尾狐妈妈叹了口气，帮他慢慢地疏散灵力。

隔壁1302，林竞也正在网上查，什么整蛊玩具是条形的，还能弹出喋血断手——当然一无所获，这种组合听起来就很莫名其妙，脑袋上简直顶了"滞销货"三个大字，一定不会有厂商愿意生产。

可那条尾巴的手感……又很逼真，滑滑凉凉的，还会动，开关靠温控，实在不像小作坊的手笔。

他皱着眉头想了半天也没弄明白，只能确定整件事必然有哪里不太对，而且胡阿姨也反应过激。但不太对归不太对吧，林竞倒是不打算继续追问，一来没必要，二来不礼貌，所以他很快就把玩具事件抛到脑后，躺在沙发上咬着冰棍，给亲妈电话汇报晚上的饭局，主题概括了一下，就是"我的表现很好，并没有给你和我爸丢人"。

商薇笑着说："放寒假的时候，我和爸爸打算来锦城接你回家过年，顺便感谢一下季家的父母。"

"嗯。"

"除了季星凌，还有没有交到别的朋友？"

"有，很多，我们班同学都挺好的。"林竞把木棍丢进垃圾桶，"妈，你放心吧，我能照顾好自己。"

"不要一天到晚闷在家里学习，会憋坏的，要多和同学出去玩。"商薇的叮嘱来来去去就这几句，算是好学生特权，像隔壁的大少爷和狐朋狗友于一舟，就永远都只配得到"八点之前回来学习"。

当然，这一晚的麒麟崽是不用学习了，他趴在松软的鹅绒被上，一觉睡到周六中午，直到厨房的香气飘进卧室，才懒洋洋地睁开眼睛，盯着天花板惬意地发呆一刻钟。

"小星。"胡媚媚敲敲门，"醒了吗？"

麒麟崽哑着嗓子答了一声，懒洋洋地变回人形，搓了把脸："妈，我昨晚是不是喝醉了？那香槟还挺厉害。"

"你没喝醉。"胡媚媚拉开窗帘，"但你被小竞抓到了尾巴。"

季星凌没有一点点防备，瞬间清醒！

这是什么晴天霹雳？！

他噌的一下坐起来，迎着窗外刺目的阳光，脑子都蒙了："抓到了尾巴是什么意思，然后呢？"

"没有然后，别慌。"胡媚媚拍拍儿子的肩膀，"你得先告诉妈妈，最近都在外面吃了什么东西。"

季明朗昨晚已经检查过，妖管委从没收到任何灵果树升级的申请，而妖界也没发生"因为汲取灵力过多而在大庭广众暴露出原形"的事件，换言之，麒麟崽真的就只是吃撑了。

确认自己并没有在小林老师的面前完全化形后，季星凌总算松了口气。但他回忆半天，死活没想明白到底是从哪里吃的灵果，按理说这玩意儿并不便宜啊，招摇、蓬莱、翼望、青丘……一共就那么几个产区，还是非常珍贵的，总不会是芙蓉苑二楼食堂倾情附赠的吧？还是学校冰镇可乐买一送惊喜？

胡媚媚也费解，问完儿子这两天的菜单后，依旧毫无头绪，只好说："那你这两个月不要在外面吃东西，水也别喝，我每天让冯叔准时把饭菜送到学校，先观察一段时间。"

季星凌点头："好。"

幸好麒麟崽灵力过剩的情况并不严重，只是稍微吃撑了一点，除非再度喝醉或者生病，否则一般不会出现失控兽化。

床头柜上的手机叮一声，季星凌拿过来解锁，结果闪出一片绿色对话框，从早上七点开始——

可达：过来背英语。

可达：季星凌起床了。

可达：季星凌你又偷懒。

可达：季星凌你数学作业做完了吗？

…………

根据时间来看，小林老师差不多在每次学累了的时候，都会摸着手机滔滔不绝地按上五六条，权当放松，最后一条在一分钟前。

可达：姜阿姨在做炸丸子，你吃吗？

季星凌踩着拖鞋去浴室："妈，我去和林竞做作业了。"

"先吃饭。"

"到隔壁吃。"

胡媚媚："……"

季星凌："……"

季星凌试图辩解："不是，妈，我没忘，我记得你说过的话，但隔壁又没有妖怪，姜阿姨不算啊，她没理由偷偷地喂我吃灵果。"

"那也不行。"胡媚媚态度坚决，"否则就给我老老实实地待在家里，哪儿别去。"

季星凌投降："行行，我在家吃。"

他给小林老师回了条微信，吃完饭后又自带巨大一保温杯的水，才被胡媚媚放进 1302。

林竞吃惊地问："你怎么又买了个一模一样的杯子？"

季星凌审美再遭质疑，冤得不行，还不能解释，只好敷衍："最近嗓子老干，我妈就弄了点草泡水，自己带杯子方便。"

"是不是蔬菜吃得太少？我去给你拿个苹果。"

"不用！"季星凌一把拉住他，"我妈也是这么说的，所以我刚刚才吃完一大堆……橙子。"

"嗯，你不想吃可以直接说不吃，为什么要这么用力地掐我？"

"……"

我不是故意的，星哥目前稍微有点紧张。

林竞靠在椅子上，单脚踩着桌杠慢慢晃，一边滑班级群一边说："我看于一舟他们全在体育馆，还以为你也要去。"

"没。"季星凌觉得自己在解除餐禁之前，应该都不会继续参与篮球活动了，否则还得随身扛个中老年养生保温杯，得被以于一舟为首的那群家伙嘲讽上天，于是随口说，"我打算把时间省下来，好好学习。"

林竞试了试他的额头温度。

季大少爷感觉受到嘲讽："这有什么好发烧的！"

"适当的运动是有益于大脑放松的，你没必要对自己这么严格。"

"那不行，我妈还指着我期末考 500 分。"季星凌演戏上头，干脆把另一件事一起交代，"还有啊，这两个月我要自己带饭，就不去食堂了，那什么，胃不大舒服。"

林竞纳闷："你怎么嗓子不舒服，胃也不舒服，是不是昨天酒喝多了，不然去医院检查一下？"

"不用。"季星凌潇洒地一摆手，嘴上没边没际地胡扯，"我这是学习后遗症你知道吧，只要一看到书和作业，立刻就腰酸背痛腿抽筋，全身哪哪儿都不行，非常应激反应。"

林竞表示，这病和你还挺般配。

山海高中·学生证

·第10章

圣诞节

周一中午，冯叔准时送来餐包，于一舟看得满脸迷惑："你这又是什么奇异行为？"

"就我妈。"季星凌找理由，"她这两天在家学做菜，兴致勃勃，还强迫我和我爸必须捧场，这保温杯里的水也是，据说用了什么草什么，无所谓，反正就喝呗，她高兴就行。"

于一舟龇牙："阿姨做甜点还行，做饭……真不要我给你带点外卖？"

"没事，你们几个快去吃饭，不用管我。"

"那行，你想带什么再微信告诉我。"于一舟拍拍他的肩膀，又问林竞，"一起？"

小林老师冷静地回答："哦，我也自己带了。"

季星凌："？"

于一舟："你们两个，绝！我是不是根本就不该问？下次能不能早点说？"

他伸手一扯葛浩，走了。

林竞扭头："你看我干什么，我不能自己带饭吗？"

"……你可不可以不要激动？我什么都没说。"

"那我已经回答了。"林竞取出餐盒，"我去老师办公室热一下，你呢？"

"不用。"季星凌心情很好地揉了一把他的脑袋，"我带你去校长室，以后我们就在唐叔叔那儿吃饭。"

至于唐耀勋本人，则是识趣地去食堂解决温饱问题，并没有留在办公室里讨嫌。

"这里有好多舒服的毛毯。"林竞拉开椅子，"怪不得你说上次那条不用还。"

"嗯，他家都快泛滥了。"

重明的太太是凤凰，家里十八路亲戚全部是禽类，每到换毛季节，翅膀一扑棱就是一大堆毯子材料。麒麟崽五岁的时候，曾经被大麒麟叼着去做客，结果对鸟毛过敏，回家后眼睛通红，狂打了半个月喷嚏。

胡媚媚气疯了："季明朗，你怎么照顾儿子的！"

季先生当时还比较直，没什么求生欲："因为我想着崽经常去青丘玩。"而你家亲戚也脱毛。

结果他睡了半个月书房。

不过现在已经好多了，长大的麒麟崽灵力也会增强。季星凌热好饭菜，又拧开保温杯倒了一盖温热的茶，自己都觉得自己像心酸的老干部，还得是穿立领蓝布中山装的那种。

幸亏不在教室，这要是让别人看见，冷酷你星哥颜面何存，颜面何存！

林竞把自己的餐盒一推："吃吗？"

季星凌："……没事，我有。"

林竞也没勉强，自己拧开饮料，又说："我以为老师办公室都和桃李楼一样，没想到这儿还挺舒服的，有点像世外桃源。"

季星凌就很迷，他往四周看看，金碧辉煌的暴发户风格，意大利进口的真皮沙发，墙上挂着一幅省长题字。

《桃花源记》我还是背过的，这哪里陶渊明了，分明非常世俗功利。"

"那背来听听。"

"……"

星哥选择埋头吃饭。

但其实林竞是真的喜欢这里，可能因为到处都是绒绒的毯子，莫名其妙就觉得很舒服。但他刚解释一半，对面的人就自恋地来了一句："你确定不是因为和我一起吃饭，才觉得舒服？"

"季星凌，你闭嘴吧。"

大少爷撩完小林老师，心情很好地往窗外瞥了一眼："哎，那是不是李陌远和韦雪？他们怎么会跑这儿来？"

两人应该是要去食堂，也不知道为什么放着大路不走，偏偏穿花园。

林竞问："你真不知道？"

季星凌的思维没跟上节奏："嗯？"

"算了。"

"不能算了，你知不知道这么说话是会噎死人的？"季星凌抓着他的脸，"我知道什么？"

"知道他们关系不一般。"

季星凌："……"

季星凌有点蒙："是我想的那个关系不一般吗，韦雪和李陌远？不是吧，我还以为韦雪在追你。"

这回轮到小林老师震惊，你这是从哪里得出来的结论？

季星凌解释："她老给你零食，还老在自习课上转过来找你说话，对吧？"不良的意图十分明显。

"她没有老给我零食，她是老给所有人零食，她也没有老在自习课上转过来找我说话，她和李陌远聊天的时间要比我多一百倍。"

"是吗？"

"怪不得你不让我吃她的话梅。"

"……不是，和话梅没关系，你不要乱说。"季星凌往后一靠，强行没话找话，"不过我们是不是得提醒一下，从副校长室里可以直接看到花园，免得他们哪天情不自禁了，拉个手什么的，对吧。"

"嗯，你去。"

"你和李陌远关系好，为什么要我去？"季星凌想了想，"上次他考试名次下滑，难不成是因为这个？"

"那李总就不该只滑政治，而是应该全方位地滑。"林竞说，"他学习能力超强的，真谈恋爱也不会影响成绩，和这个没关系。"

季星凌兴致勃勃："那你呢？"

"我也不会。"林竞放好杯子，垂着视线说，"早恋不就是手牵手一起做做题，有什么好影响成绩的。"

"……小林老师你好单纯。"

"那你给我说一个不单纯的。"

季星凌沉默，要是和于一舟他们几个，那接下来的话题可能就比较男生寝室了，但小林老师不行，不 OK，不可以被玷污，所以他幼稚兮兮地、习惯性地，从对方餐盒里抢走炸丸子，刚要吃又想起来灵力的事，只好递回对方嘴边，学韦雪说了一句："给，买你闭嘴。"

"一颗丸子就想买我闭嘴？"

"我也可以把剩下的全给你喂完。"

"……"

季星凌没什么照顾人的经验，一筷子杵得笔直，就差直接撑嘴上，林竞脑袋侧了侧，刚打算找个角度去咬，办公室的门却被人一把拧开。

"小星啊。"

说时迟那时快，只见小林老师屈指一敲，季星凌还没反应过来，丸子已经掉回了餐盒。再加上林竞又顺势往左一侧身，大少爷的筷子就不在他嘴边了，而是指向了虚无的空气，配上手边银色大保温杯，怎么看，怎么像吃饭吃到起兴时，挥舞着筷子指点江山、挥斥方遒的中年干部。

"……"

"校长好。"好学生就是要这么沉着冷静，处变不惊。

"林竞也在啊。"唐耀勋笑道，"不用拘束，继续吃吧，吃完累了就再去沙发上躺会儿，毯子随便用，我来拿个东西。"

工作时间外的副校长不像牛卫东二号，很亲切和蔼。他一边找文件一边随口问："刚刚在聊什么？"

"数学。"

《桃花源记》。

唐耀勋："噗。"

两个事先没有对好词的小朋友一脸崩溃，场面喜感。

可能是担心崽会消化不良，副校长主动找补："没关系，学习之余完全可以聊聊球赛和游戏，老师没你们想得那么严格。"

他没在办公室里多待，找到文件就离开了，门重新关上后，季星凌感慨："校长也好单纯。"我们并没有聊球赛、游戏，刚刚小林老师他意图空手套"不纯洁"。

"嗯，其他人都单纯，全世界就你最阴险、复杂、心狠手辣、黄暴、猥琐、不纯洁。"

"我没有猥琐，更没有黄暴，我很纯洁。"

"季星凌，你好纯洁。"

"……"

恭喜玩家解锁"新卡片 x1"。

在校长室的午餐时光，远比想象中的更加轻松自在。老冯把空餐盒一起捎了回去，说晚餐再送来。

两人回东山楼时，刚好看到李陌远和韦雪走在前面，本来是很正常的事情，但大少爷闲得没事干，非要八卦一下："你觉得他们在说什么？"

小林老师更猛，根本不用猜，直接拉着他的衣袖紧走两步。

韦雪："酒店一晚上多少钱？"

李陌远："五百元。"

季星凌："……"

林竞："……"

对不起，打扰了！

两个人转身就要撤，结果——

韦雪继续说："但我好像又听到一个'VIP discount（折扣）'，所以应该选打折后的价格吧？你听到会员是几折了吗？"

"没有，那女的语速太快了。"李陌远说，"等会儿问一下宁老师，看看她那儿有没有原文。"

"好。"

季星凌："……"

林竞向来勇于甩锅，抢先占据"我没多想，我很淡定"的战略高地："你刚在紧张什么？"

"我为什么要紧张？"

"因为你不纯洁。"

"谁说我不纯洁？你刚刚才给我发过一张纯洁卡！"

"……"

两个人打打闹闹地进了教室，相互叠在一起，很小学生的那种。

李陌远和韦雪讨论完英语，现在又在一起做数学。季星凌感慨了一下学霸果然超纯洁，又鬼使神差地往身边看了一眼。

"干吗？"

"没干吗。"

林竞没再理他，抽出一支笔开始做题。季星凌也塞着一边耳机，趴在桌上名为睡觉，实为背课文——除了英语，林竞又开发了 iPod 的新用途，花一天时间给他念完了这学期需要背诵的各科考点，语文、政治、历史什么的，字正腔圆，念到后面的时候，可能是累了，就有点轻微的鼻音和沙哑，软软的。

季星凌听着听着，不自觉地就伸手摸摸他的头："你声音还挺好听。"

林竞微微一躲："嗯。"

教室里的窗帘鼓动，风吹过了整个秋。

锦城的冬天不会下雪，只会有湿湿冷冷的潮湿雨雾，被风一吹，冷得刺骨。

季星凌的灵力没有再出现问题，但季明朗一直没有查清他之前究竟是从哪里摄入了过量的灵果，所以副校长的小饭桌也就被迫一直开张。姑获鸟倒是很高兴，终于可以变着花样照顾小朋友，反正有隔壁司机在嘛，饭盒越换越大，有一次甚至炸了一条花篮形状的鱼。

腾蛇老冯：……我太难了。

林竞基本没再坐过校车，因为每天早晨他出门时，季星凌都会先一步等在电梯旁，然后来一句："哎，你比昨天晚了三分钟。"

搞得小林老师就很紧张，很卡点，比坐校车还要准时。

车里温度舒适，季星凌把外套丢在副驾上，凑过来："你在笑什么？"

"之前宁三的群。"林竞说，"宁城今天下了大雪，他们玩疯了。"

"复读机？"季星凌看着群名。

小林老师现场演示了一下。

可达：锦城不下雪。

BEAST：哈哈哈美慕吧！

唯：哈哈哈哈美慕吧！

布雷：哈哈哈哈美慕吧！

季星凌竖起拇指，果然复读。

布雷：林哥，我们刚刚开展了一项"雪地代写表白"新业务，你有没有喜欢的女生，可以八折优惠。

可达：八折不要，免费的话可以考虑一下。

大少爷已经坐了回去，正在懒洋洋地低头看手机，没注意到同桌的聊天内容。

布雷：十块钱都不给我，林哥你要不要这么小气！

BEAST：老徐你会不会抓重点？这是钱的问题吗？你再仔细地看一遍林哥的回复！

唯：林哥你有情况！

布雷：交照片！

林竞懒得解释，发过去一个大红包。

可达：行了，帮我写这个。

布雷：这么学渣？那一定美若天仙！

BEAST：这么学渣？那一定美若天仙！

唯：这么学渣？那一定美若天仙！

五分钟后，季星凌的手机振了振。

可达：圣诞礼物。

紧接着甩来一张图。

徐光遥，也就是复读机群里的布雷，从小学书法，拿一根破树枝一样能写得气势磅礴。

——季星凌，祝你快点考到500分！

看在大额红包的分上，不仅附赠感叹号，还用一个巨大的桃心圈了起来。

宁城三中良心代写，买一赠二，质高价廉，喜欢您来，喜欢您再来。

季星凌表示不满："为什么我的圣诞礼物这么敷衍？"

"那你想要什么，茅台、香烟还是燕窝、鲍鱼？"

"你给陌生人都准备了一本书！"

"你管我们班的同学叫'陌生人'？"

"差不多吧，我到现在也没记住那几个不太说话的叫什么。"

"……"

一周后就是圣诞节，国际部那边比较热闹，有嘉年华啊，集市啊，还有经验分享会什么的，本部则相对消停，王宏余只肯挤出一节班会，让大家可以放松四十分钟，抽签交换圣诞礼物。

林竞买了一本精装的莎士比亚。其实他原本是想买一块学生表的，Swatch之类，正好商场有返券活动，不贵还实用，结果大少爷不乐意，一直站在旁边批判："粉红色的算什么？万一男生抽到呢，娘不娘？你这什么低劣的品位。黑色也不行，太丧了，太丧了你知不知道？！"

林竞丢下商品，反手把人拽出专卖店，以免这嘴欠的人士被柜哥按住暴打。

男生女生都能用的东西，还要不限型号，本来选择范围就小，季星凌又管得很宽，手表不让买，钱包不让买，杯子不让买，巧克力不让买，电影卡不让买，从商场一楼走到六楼，持续不间断地diss了半个小时，diss到后来，小林老师彻底没脾气了："你准备送什么，不然我买个一样的？"

"我妈准备的，去年好像就是张商场购物卡吧，面额不知道，反正她那里好多这种东西，我去给你要一张。"

"别。"林竞不想欠这赤裸的金钱人情，转头一看，"那儿有个卖钢笔的，总可以了吧？"

乍一听是可以，但店门口偏偏贴了一张海报，可能是为情人节做预热，粉红色，超浪漫，上面写了一行大字。

——书写最隐秘的心事，送给最心爱的 TA。

开什么玩笑，这种无良的商品怎么可能在星哥的眼皮子底下卖出去！

于是他当场拍板："买单词随身记，或者五三模拟，高考真题也行，最难的那种，这叫送给同学一份未来。"

林竞："……"

送给别人这种未来，我可能会被打到没有未来。

最后他还是买了书。

大少爷在书店巡回一周，亲自敲定了莎士比亚的《四大悲剧》，精装，豪华，巨贵。

站在收银台旁，林竞实在没忍住，委婉地提出意见："季星凌，你有没有觉得过圣诞节给人家送《四大悲剧》，好像不太合适？"

"世界名著有什么不合适的？不是还进了中小学推荐书单吗？"

"……不然换成《四大喜剧》，一样是莎士比亚。"

"不行！"

就很霸道。

连包装纸都是迷彩花纹，man（有男子气魄）且铁血，林竞接到手里，感觉自己抱了块窑里的火砖。

复读机群里，徐光遥他们几个正在抗议，为什么我们上网搜了一下山海高中季星凌，居然是个男的，还是个校草级别的帅哥，林哥你怎么回事，说好的美若天仙呢？！

可达：你们到底多无聊，居然还真上网搜。

唯：好奇不行吗！

BEAST：好奇不行吗！

布雷：好奇不行吗！

林竞关掉微信群，问身边的人："那你想要什么圣诞礼物？"

"布加迪威龙。"

"当我没说。"

季星凌笑，靠在车枕上扭头看他："我记得平安夜是周日吧，你别约别人，我带你出去吃饭。"

这是季星凌好不容易才向亲妈申请到的外出吃饭权，官方理由是"学习太累了，想出去透透气"。鉴于最近儿子确实比较乖，胡媚媚也就答应放行，不过吃饭地点得由她来定。

最后选了一家法国餐厅，店主是胡媚媚的闺密，自己人……自己狐知根知底，能确保食材不会再出幺蛾子，而且环境相对清静。

林竞根据他说的地点，在 App 上一搜，疑惑地说："我有没有看错，人均四千八百元，用餐时间五小时？"

"不是，我们不在这四千八百元的范畴里。"季星凌解释，"开店的是我妈一好朋友，她已经给我们留了个小包厢，不会有烦琐流程的，就普通地吃一顿饭，而且还不用埋单。"

"……不能换成干锅牛蛙吗？"

"不能。"

季星凌继续说："我妈刚开始以为我是和于一舟出去，选的不是这家店，后来听到是你，才临时改的，能不能给她一点面子，就当补课费行不行？"

补课费是没问题，但……小林老师实话实说："我觉得你的 443 分远不值人均四千八百元。"

大少爷提出抗议："怎么说话呢，我的一分难道连十块钱都没有吗？"

"那可太没有了，你的 443 分最多只能值一顿海底捞。"

"行行，我期末努力冲一下 500 分，这顿饭就当预支利息。"季星凌替他按开安全带，"走，下车。"

前面不远处，于一舟也刚从车里出来，正在睡眼惺忪地往校门口走。

"吃饭的事就定了啊。"季星凌可能是怕林竞再拒绝，说完也没等他回复，跑几步追上于一舟，两人勾肩搭背地进了学校。

李陌远站在便利店门口，过了没一会儿，韦雪果然端着两杯奶茶从里面出来，她戴着红绿相间的麋鹿手套，很圣诞，笑起来很可爱。

林竞心想，这个节日可真好。

平安夜，整座城市都飘了点细雨，湿湿的，冷冷的，是和雪不一样的浪漫。

胡媚媚在客厅里大声地说："晚上好像又要降温，你和小竞记得穿暖和一点。"

季星凌随口"哦"了一句，胡媚媚听他这懒散欠揍的语调，就知道他肯定没走心，到卧室一看，果然又是短袖 T 恤加运动外套。

"妈，车里和餐厅都热死了。"

"你哪次吃饭老老实实地待在餐厅了？"

胡媚媚从衣柜里给他拿出一件深蓝色的羊毛大衣："穿这件，再加件高领毛衣。"

季星凌光是听到"高领毛衣"四个字，就觉得脖子开始被扎，所以最后还是只换了外套，又用啫喱水抓了抓头发："走了。"

速度飞快，生怕被亲妈拉住再套一条秋裤。

太土了，星哥不可以。

林竞正靠在门口等，穿了一件白色的羽绒服，看起来清爽干净，侧边衣兜很大，隐约地露出一点方方正正的棱。

季星凌主动地询问："是我的圣诞礼物吗？"

"你要现在拆？"

"不不，等会儿吧。"季星凌和他一起进电梯，为了解释自己的两手空空，特意加一句，"你的礼物在吃饭的地方。"我并没有忘。

林竞笑："嗯。"

电梯里没有其他人，可能是因为季星凌平时很少穿得这么正式，林竞就在镜子里多看了两眼。结果大少爷懒懒地抬起手，按在他的头顶："你可以光明正大地欣赏我，不用这么偷偷摸摸。"

"谁看你了。"林竞非常冷静，"我在看 GUCCI。"

"这衣服是 GUCCI 的吗？我都没注意。"季星凌随手摸了一下领标，"没看出来，你还对这方面有研究。"

林竞"嗯"了一声，没再接茬。

圣诞节的市中心，堵车堵到小林老师晕天晕地。

季星凌一边帮他拆话梅，一边纳闷："往年也没这么夸张啊。"

"天福路刚刚发生了两起追尾事故。"老冯无奈，"估计得要一阵子了。"

季星凌打开手机地图，附近道路一片红和深红，那叫一个水泄不通。

没辙，只好问身边的人："坐地铁行吗？就是可能会挤。"

"行。"林竞腮帮子鼓鼓的，"走过去都行。"

他是真的晕，全靠嘴里的话梅续命。

走过去不大实际，还是有一段距离的，不过地铁站就在附近。车来之后，人果然不少，座位是不可能有了，季星凌拉着林竞挤到角落，单手撑住墙，给他隔出一点清静的空间："没事，就四站路。"

过了一会儿。

"还有三站。"

又过了一会儿。

"还有两站。"

小林老师哭笑不得："你兼职地铁播报员？"

季星凌振振有词："我这不是怕你嫌人多，一怒之下回去吗？"

"我不回去。"

"为什么，因为你想和我一起吃饭？"

"没，我刚查了一下，回去的路更堵。"

"……你居然真的想过要回去！"

林竞侧过头笑，大少爷这次没有撩成功，还失了面子，稍微有些牙痒，抬手想要揉乱他的头发，地铁却站刹车。

旁边的阿姨没留意，一下子倒在了季星凌身上，让他整个人都往前一倒，直直地撞上了林竞的侧脸。

"嗞……"

"小伙子，对不起、对不起。"阿姨赶紧道歉，抓着他的胳膊把人扶起来。

"没事。"季星凌被撞得眼冒金星，比较蒙，伸手想去帮林竞擦擦脸，却被对方躲开。

林竞看了一眼时间："到站了。"

"没，还有一站呢。"季星凌说，"而且你看表干吗？手表上又没有到站显示。"

小林老师半天没组织好语言，欲撑又止，干脆不说话了，开始专心地打《开心消消乐》。

季星凌抬起手指，轻轻地蹭了蹭下唇，若无其事地指指点点："哎，横着的这一行，消绿的。"

林竞消掉一排紫色，系统瞬间"Unbelievable（太棒了）"："闭嘴。"

"……哦。"

五分钟后，地铁提示到站。

被外面冷冰冰的空气一吹，两人都清醒不少。季星凌查了查手机导航，步行时间也就十分钟。林竞双手插在衣兜里，沿着湿漉漉的街道往前走，这一带还是住宅更多一些，并不像商业区那么人声鼎沸，也没有纸醉金迷的商场橱窗，一排排低矮的洋房被暮色安静地笼着，街灯下树影婆娑，偶尔会出现一家小小的咖啡馆，播放出的音乐不是欢快的曲调，而是沙哑低沉的女声吟唱。

林竞站在门口听了一会儿。

季星凌伸手一揽，掌心捂住他冰凉的右边耳朵："站在这儿冻死了，你喜欢这首歌？我给你买 CD 吧，叫什么名字？"

"不知道。"

季星凌打开搜歌软件，录了一段后，App 弹出来的歌词翻译就很鬼扯，又是"我不过是个累赘"，又是"让你不堪重负地离开"，这是什么无良店铺，大过节的播放这种分手快乐歌，是 *Jingle Bell*（《铃儿响叮当》）不好听还是 *Merry Christmas*（《圣诞快乐》）要收费？

才不买！大少爷当场反悔，强行拉着小林老师离开了咖啡馆："走，去吃饭！"

林竞被他拖得跟跄："你跑什么？"

"我饿！"

确实饿了。两人中午都没怎么吃东西，晚上又堵了半个小时，地铁加走路，早就饥肠辘辘。幸好餐厅老板是熟人，没有那些虚头巴脑的用餐流程，坐下没十分钟就安排上齐了菜，包厢门一关，环境完美。

人均四千八百元也不是全靠装修，味道还是很对得起价格的。季星凌从他盘子里抢走几块龙虾，再还回去一块牛小排，吃饭吃得异常不老实，要是被胡媚媚看到，她估计会气到头昏。

但小林老师没生气，他吃完牛小排后，又问对方要了一块，最后往椅子上一靠："饱了。"

"礼物。"季星凌用餐巾擦了擦嘴，自觉地伸手。

林竞从羽绒服兜里掏出那个方盒。

季星凌一看眼熟的包装纸，就觉得不太妙，拆开一看，果然。

"干吗送我这么贵的东西？"

"为了配合人均四千八百元。"

林竞对奢侈品没什么兴趣，下午之所以能认出大少爷的 GUCCI 大衣，全是因为前两天去 GUCCI 买这双手套时，看到了模特身上的同款。

"拿去退了。"

"我送你的第一份礼物，给点面子好不好？"

"不是，iPod 才是第一份礼物。"季星凌很认真，"而且我比较喜欢那个。"

"那你以后请客吃饭的时候，可不可以和我商量一下地点？"林竞笑笑，"不过这手套还挺好看的，你就收下吧，我不用省生活费，是上次联考第一，我爸妈的奖励。"

季星凌揉了一把他的脑袋，心情有点复杂。

反正就……不是很高兴，总觉得这份礼物和自己想要的不太一样。

"我的呢？"林竞问。

季星凌让服务生送进来一个小礼袋。

那是一本《雪莱诗集》，厚厚的，双语精装。

果然比 GUCCI 更用心。

林竞有点意外，抬头看他。

季星凌被他看得略微不自在："干吗，我不能买书？"

"没。"林竞想了想，"就觉得……不太像你的风格。"

"那你喜欢吗？"

"超喜欢。"

季星凌心里舒服了一点，然后就又开始飘，话多："啧，我就知道你肯定会喜欢，其实刚开始的时候，我还打算找找关系，给你要个亲笔签名什么的，结果上网一查，才发现作者 1822 年就逝世了。"

小林老师："？"

大少爷并没有觉得哪里不 OK，还在得意扬扬，超帅气，超嘚瑟，于是林竞也跟着他笑："现在吃完饭了，要回去吗？"

"还早呢。"季星凌拿起外套，"我带你去顶楼。"

"去顶楼干吗？"

"看夜景。"

餐厅攻略上写着，在十九楼的大阳台，可以俯瞰整座城市的夜景。

圣诞节尤其漂亮，因为到处都会亮起灯，连绵起伏的，是塔尖、高架桥和摩天轮。

静谧的河流穿城而过，裹着温暖的灯火。

阳台上并没有其他人，因为来这里的食客，大多不愿意冒着寒风去看什么风景。

但高中生除外。

因为他们总是有点傻里傻气。

"冷吗？"

"刚吃完饭，不冷。"

或者也可以说成，他们心里多了一点对未来的奇妙设想，才会顾不上冷。

林竞一直看着远处的摩天轮。

季星凌问他："想去坐？"

"今晚不可能排到号。"

"也对，那我们下次去。"

林竞扭过头："下次是什么时候？"

季星凌不假思索："明天？"

"算了。"林竞把视线落回河面，"等你考到北京再说。"

季星凌一噎："为什么摩天轮也要和北京打包出售？"

"你知道我为什么要你考去北京吗？"

"……"

四周一片寂静。

林竞手指捏住栏杆又松开，转身往楼梯口走："有点冷，回去吧。"

"别！"季星凌一把拉住他，本能先于思考地脱口而出，"我知道，你想……我也想和你在一个城市。"

"……"

"我就是没仔细想过。"季星凌看着他，短发被风吹得微乱，"就是那什么，说到高考有点紧张。

"脑子特乱的那种。

"但我没想着逃避啊！

"我这不都开始好好学习了吗？

"上次考了 443 分呢。

"虽然还是不高，但已经很努力了。

"你笑什么？

"哎，你能不能别一直盯着地板，看我行不行？"

"走吧。"林竞笑着给了他一拳，"回家。"

季星凌侧头，小心地看他："我只要考到北京，就算达到你的要求了，是不是？那你得继续帮我补习。"

"不是北京，是北京的好学校，下次月考底线 500 分。"

"……"

"不许说脏话。"

"450 分行不行？"

"不行！"

"哦。"

两人没让冯叔来接，打算沿着小路走一会儿，再自己坐车回家。

平安夜，热闹和喧嚣都聚集在商业区，听说清泉广场上有点亮圣诞树的仪式。季星凌查了一下时间："你想不想去看？"

"我们班好多人在那儿。"林竞说，"刚刚在班级群里看到的。"

"所以，你是想去还是不想去？"季星凌没被带走话题，他眼底认真，睫毛上落满了路灯的光，似乎只要眨一眨，就能抖落一片钻石碎末。

风也温柔。

两人最终还是没有去广场。

因为小林老师在恢复冷静后，已经调回冷酷的模式："等你的 500 分。"

"哎，你可不可以不要这么严格？"

"不可以。"

"……"

两人坐地铁回了江岸书苑。

考 500 分就能和小林老师共度大学的美好时光，怎么想都是一笔划算的生意。

季星凌洗完澡后草草地吹干头发，拿着书和作业本直奔 1302，当场学习以示尊重。凌晨一点，林竞打着哈欠趴在桌上："你不困吗？"

"你困了？不然我回去做题，你早点睡。"

"别。"林竞拉住他的衣袖，"我陪着你。"

季星凌有点得意，一得意就习惯性地飘，一飘就忍不住地凑过去瞎撩："哎，你是不是特想和我一起学习？"

"一般般吧。"林竞立刻松开手，"那明天见。"

"不要这么嘴硬，要直面自己的内心，知不知道？"季星凌得寸进尺，"绝世大帅哥陪学的机会不常有，你得珍惜。"

"不要。"林竞把他的手拨开，"好好考你的 500 分。"

季星凌问："那要是我一直考不到 500 分呢？"

林竞无情地回答："那我就换个能考到 500 分的，激励、鞭策、呵护、关怀。"

你星哥当场石化。

不是，你等等，我觉得我还能再学一会儿。

林竞笑着伸手，捏捏他的下巴："别太累了，晚安。"

"……晚安。"

季星凌回家后又看了几页单词才睡，第二天起床居然完全不困，还有空捯饬一下发型，臭美得不行。

小林老师就比较困了，在车里一直打瞌睡。大少爷自恋地脑补了一下，难不成是因为北京之约使人激动？结果进到教室，李陌远看起来比林竞更困，他指指桌上的咖啡："帮你带的，对了，这道题我在路上想了想，可能我们昨晚的思路不太对，得先找到 n 和 k 之间的关系。"

林竞丢下书包："给我看看你的本子。"

季星凌："？"

韦雪也吃惊地问李陌远："你昨晚回家都快一点了吧，还做题了？"

林竞一乐："雪姐，暴露了啊。"

韦雪："……"

"你闭嘴吧。"李陌远用本子拍了一下他的头，"我们昨晚去看圣诞点灯，好多同学呢。"

"对，我就是说雪姐暴露了你们昨晚没好好学习，跑去聚众过圣诞节了，为什么要我闭嘴？"

李陌远："……"

"还真是，所以题目其实没错。"林竞接着他的思路，自己算完后半道题，"早知道就不用四点再睡了，直接等你的答案多好。"

李陌远抽回作业本："只要你以后嘴下留情，什么都好说。"

林竞笑着靠在椅背上，扭头看同桌："你怎么了？"

"没什么。"季星凌一副"我想表达我不是很在乎，但其实还是有点在乎"的表情，"本来以为你没睡是因为即将出现在北京的我。"

"是因为你啊。"林竞握住咖啡杯，一边翻书一边说，"一直没睡，所以才会在三点看到李总的微信。"

季星凌："……"

几个男生打打闹闹地走进教室，葛浩向来耿直："星哥，你傻乐什么呢？"

张口就来，于一舟根本没有出手捂嘴的机会，只好把抬起一半的胳膊放回去。

季星凌敷衍地骂了一句，眼睛的余光瞥了一眼小林老师，识趣地没有再说话，老老实实地埋头抄作业。

全班亢奋的理由还有一个，那就是即将到来的交换礼物大会，看起来人人都充满了期待——小林老师除外。他只要一想起书包里的《四大悲剧》，就觉得自己下午可能也会很悲剧，尤其是听罗琳思说，学校论坛上已经有人在匿名求收购自己的礼物，也就意味着，这悲剧很有可能被明晃晃地公之于众，怎么讲，心情简直酸爽。

王宏余把班会换到了下午最后一节，意图很明显，让学生交换完后还能有个晚饭的冷静时间，不至于持续地沉浸在亢奋的情绪里耽误下一节课。

每个人都写好了自己的学号，叠好后丢进抽奖箱。为了杜绝作弊，侯跃涛拿起就先一通猛摇，把全班都摇乐了。抽奖次序一样按学号，李总当然是第一个。

他抽到了罗琳思的手账本。

全班男生一通嗷嗷地抗议，学习好就算了，还要和我们抢班花的礼物，拖出去！

罗琳思成绩也靠前，展开一看："雪姐，是你的。"

男生就很欣慰，女神收到女神的礼物，这很 OK，我们没有意见。

季星凌的购物卡被葛浩顺利地摸走。

于一舟运气惊人，第一次摸出来一看，班级最末位学号，这礼物不能收，会烫手，于是撒谎撒得面不改色："雪姐，我自己的学号怎么办？"

韦雪很好说话："那你扔回去再抽一个新的。"

最后于少爷得到了一双粉红蝴蝶结手套，全班哈哈地嘲讽了五分钟，连王宏余也跟着笑了半天。

高二（一）班好学生不少，傻子更多，具体表现为有不少男生可能觉得自己能抽到萌妹的礼物，又不知道该送萌妹什么，干脆淘宝关键字搜索女生最爱，受无良商家的蒙骗，在交换礼物的过程中就出现了塑料水晶球、丑到极点的项链、会发光的杯子、玻璃奖杯等一系列宝物，季星凌一边乐一边问："哎，你怎么不笑？你看岳鸥桌上那棵不停摇摆的招财树，后排已经快被闪瞎了。"

"我不笑，因为我悲剧。"

"你不悲剧，抽到悲剧的人才叫悲剧。"

"季星凌你终于承认挑这份礼物没安好心了。"

"没有没有。"

两人的学号分别是倒数第一、第二，大少爷倒数第二，小林老师因为是转学生，所以倒数第一。

箱子里的号条越来越少，最后只剩了两个。

按照规矩，自己不能抽自己的礼物。

而截至目前，并没有谁获得《四大悲剧》。

所以说……

你星哥笑容凝固在脸上。

"不是，我觉得你那天挑的杯子、手表、巧克力、电影卡和书写浪漫的钢笔都很好，还能换吗？"

林竞说："你做梦吧。"

他连讲台都不用上，直接把迷彩火砖"咚"到了大少爷桌上，心情舒爽。

全班都羡慕疯了，这好有分量啊，是金砖吗？

另一份礼物是一个男生准备的，他叫魏来，一下课就满脸尴尬地跑过来："林哥，我以为会抽到女生的，咱班不是女生多吗，对吧？所以就……那什么，不过你可以留着将来送给女朋友，这手链还是很好看的，而且不便宜。"

季星凌在他脑袋上拍了一下："你家住在海边吗，管这么宽？"

魏来表情迷惑，我和林哥讨论我送礼物的事，怎么就叫管得宽了？

周围一圈听到的同学也这么想，分明就是你管得才宽吧？

"是好看，不过我是真用不着。"林竞问，"我转送别人行吗？"

"都是你的了，当然行。"魏来兴致勃勃地搞八卦，"哪个女生啊？"

季星凌警觉："喂！"

林竞把包装盒丢回原主人手里："那劳驾，你替我送给（三）班的许艺琪。"

魏来没想到八卦还能转回自己身上，顿时闹了个红脸："林哥你别听他们乱说，就……她不是我女朋友。"

"那算了，给我吧。"林竞伸手去拿，魏来反应奇快，赔着笑捂住礼盒，"别、别，林哥，行，大恩不言谢，我请你喝水。"

打发走魏来后，于一舟可能没看够戏，又在后面唯恐天下不乱地一踹椅子："喂，全班就你还没展示礼物，不拆给大家看看？"

"就是，星哥，给我们看看是什么呗？"

"学霸的礼物，大家共沾喜气！"

"看起来好重啊！"

一群人都围过来，起哄、好奇、凑热闹。林竞目光深深地看向同桌，你要是敢拆开，你就死定了。

季星凌：你放心，我不拆，因为我也丢不起这人。

他把书包拉链一拉，懒洋洋地骂了一句："沾什么喜气，试卷还不够摸吗？都给我滚回去学习！"

于是大家就都惊呆了，不愧是收到学霸礼物的人，这就开始赶人学习了。

立竿见影，真的神奇。

罗琳思也把自己抽到的围巾强行和李陌远抽到的手账本进行了交换——表面强行，其实大家都知道是怎么回事。韦雪有点不好意思，伸手打了一下好朋友，李陌远嘿嘿地笑，当场就拆开围上了！

季星凌在后面看得牙倒："你说他们还能不能再高调一点？"

"我看你是嫉妒吧。"

"你是什么意思，这有什么好嫉妒的？"

"因为李总收到韦雪的礼物，当场就能使用。"林竞说，"但你不行，你只能把《四大悲剧》藏起来。"

自作自受你星哥："……"

莎士比亚最终被放到了1301的大书房，和一堆经济营销、商业地产共享书架。其实季星凌刚开始是想放在自己卧室的，但又觉得这名字实在太不可以了，《四大悲剧》，不利于自己尽快考试上500分，但也不好扔，所以只能转移给大麒麟——反正成年瑞兽都正气凛然的，祥云缭绕，应该无所谓悲不悲剧。

亲儿子无误。

圣诞节轻松愉快地过去之后，山海高中的气氛又逐渐紧张起来，学生嘛，毕竟还是要以学习为重。

"周末打球吗？"季星凌问后桌。因为餐禁一直没解除，又不能不运动，所以他已经习惯了自带保温杯出场，用"我妈说她泡了好久，我就喝一喝也无所谓"的乖儿子名义，倒是没人说什么。

"不行，周末我得去看爷爷。"于一舟打着哈欠说，"最近当着我爸的面，得乖一点，你和林竞一起去……打球吧。"

季星凌没有领悟这中间一停顿的深刻含义，又装模作样地问同桌："打球吗？"

"周六没问题，周日不行。"林竞晃了晃手机，"我爸妈周日过来。"

季星凌稍微一蒙："你怎么不早告诉我？"

"因为我也是刚刚才看到。"

商薇五分钟前发的消息，说医院支援基层任务已经完成，她和爸爸有差不多一周的假期，所以两人决定回宁城收拾一下，当晚就飞来锦城看儿子。

于一舟非常多事：那还打球吗？

"和你有什么关系！"

当然不打！你星哥要搞学习！

回家之后，他还特意打开宁城第一医院和"知心大夫"网站，搜了一下林医生和商医生。

林竞端着一盘车厘子，坐在飘窗上发表意见："季星凌，你为什么要人肉我爸妈？"

"好好吃你的水果！"

"他们就是普通的医生，你没必要这么认真。"

季星凌往下拉履历表："你管这叫普通？"

上学时本硕博连读，现在一个教授、一个副教授，医学论文和各种奖项一大堆，聊是没法聊了，看都看不懂。

"没关系，我也看不懂。"林竞塞给他一个车厘子，又随手合上电脑，"一起吃顿饭而已，你紧张什么，他们又不知道你要考北京，你也并没有成功地达到500分。"

季星凌："……你能不能不要每次都把'我还没考到500分'这件事说得这么平静如水、面无表情、淡定冷漠？"

"难道你希望我说得心似刀割、痛不欲生、泪如雨下？"林竞说，"倒也不是不行，但就是你压力可能会有点大。"

季星凌哭笑不得，伸手去抱对方的腰，原本是想教训两句的，结果林竞本身没怎么站稳，又异常地怕痒，就没顾上手里的盘子。

"啊！"

但想象中的哗啦碎裂并没有来临，桌上的电脑也没有糊满玻璃碴儿。

因为季星凌出于本能，一把接住了。

接住了。

一粒车厘子都没有滚下去。

…………

空气里静默了一阵。

桌上被风掀起来的试卷，已经重新落了回去。

林竞震惊了："你是怎么做到的？"

季星凌在心里骂了一句，但表面上还要装得很淡定："你没看到吗？"

"我没看到。"林竞说，"我还没反应过来呢……就觉得你都快出残影了。"

"哪有那么夸张？"季星凌把果盘放回去，"就顺手一捞，你下次要小心一点，这盘子挺贵的。"

"上次也是。"林竞皱眉，"我们去书店的时候，在湖边草坪，季星凌，你怎么总能做出这么反人类的事情？"

"什么叫反人类，这是新的嘲讽吗？"

"不是嘲讽。"林竞拿起一本书，"你再接一次。"

"我再接一次可以。"季星凌提意见，"但能不能换一本薄一点的，我觉得《英汉大词典》盖下来，可能就没人为你考500分了。"

林竞丢过来一个靠垫。

季星凌象征性地伸手一接，靠垫擦过他的指尖，砰地闷声砸在门上。

"你为什么要扔得又高又远，我不是坐在椅子上吗？"

"……"

林竞解释："我以为你又能超能力一下。"

这危险的话题绝对不能继续聊了。季星凌硬着头皮，觉得还是换个套路吧，小林老师面子比较薄，一撩就脸红，一多毛就会回1302，你星哥也需要一点平复心跳的安静空间。

所以他说："哎，我发现你腰还挺敏感的，一碰就软。"

林竞："？"

大少爷再接再厉："不要随便给别人碰，知不知道？"

小林老师果然拿起试卷，走了。

过了一阵，胡媚媚纳闷地敲卧室门："小星，你们两个吵架了？我怎么看小竞的表情不太自然。"

季星凌趴在书桌上，从鼻子里挤出一个"嗯"字。

不自然是正常的，因为我们刚刚聊了一点不自然的话题。

他坐起来："没事，可能是被我做不出来题气的。周日我们去哪儿吃饭？别太贵啊。"

"小竞的父母非要请客，我怎么会选贵的。"胡媚媚帮他收拾了一下桌面，"吃饭的地点不用你操心了，别在饭桌上给我丢人就行。"

"只要不聊成绩，我肯定不丢人。"季星凌叮嘱，"妈，你和我爸得夸我知不知道？"

胡媚媚笑着揉了一把儿子："夸你什么，现在知道倒数第一丢人了？"

"我已经不倒数了！"

"行，那不是倒数的你继续学习吧。"胡媚媚说，"期末争取上500分。"

那肯定。

大少爷心想。

小林老师的完美高中，必须有500分的我存在！

·第11章

你相信有妖怪吗

林竞一晚上都在断断续续做梦，梦到后来，也不太分得清自己是醒还是没醒，只觉得窗外一直在下着淅淅沥沥的雨，玻璃上凝满了白色黏稠的雾。他嗓子里低低地呜咽了一声，侧身裹着被子，带着薄薄的一层汗睁开眼睛，心脏狂跳，口干舌燥。

　　外面没有雨，几缕金色的阳光正穿透窗缝，落在飘窗的绿植上。

　　…………

　　林竞伸手拿过床头的闹钟，刚刚早上七点。

　　卧室被地暖烘得很热，而身体里还残留着轻微的躁动。他屈腿缓了几分钟，自己去浴室拧开花洒，又把弄脏的衣服和床单统统塞进洗衣机，洗衣液加上消毒液，选60分钟的顽固污渍超强洗。

　　清清白白你林哥。

　　姜芬芳在厨房里问："周末怎么不多睡一会儿？"

　　"太热了。"林竞懒洋洋地窝进单人沙发里，也不想学习。他本来以为这个点季星凌应该没起床，结果微信弹出的对话框却不少，从早上六点就开始，而且还不是瞎撩，是很正经地在搞学习，问完数学问英语，就差把"你看我在学习，我好努力，我好认真"直白地打出来。

　　可达：你昨晚几点睡的？

　　星哥：十二点吧。

　　发完这句话后，大少爷可能觉得打字太慢，所以改发语音。

　　星哥："结果做了好几个梦，就梦到你一直逼我学习，还强迫我背巨长的英语课文，醒来才五点多。"

　　星哥："反正也睡不着了，我就看书呗，哎，你起床了没？"

　　林竞反思了一下，一样是梦，为什么自己就这么……没法说，而对方却一整晚都在忙着学习。

季星凌你好纯洁。

星哥：人呢？

可达：半个小时，我吃点东西就过来。

星哥：我已经吃完了，我来找你吧。

可达：不行。

虽然卧室的窗户已经被他开到最大，正呼呼通着风，梦境里躁动黏腻的青春气息早就被吹得干干净净，但一样不行。

林竞连餐桌都没上，自己站在厨房匆匆地吃了两片吐司就咬着牛奶盒，抱起书去了1301。

季星凌穿了一身浅灰色的家居服，衣袖稍微挽起来一些，上半身仰靠着按摩椅，赤脚踩着飘窗的边沿，正在念念有词地背英语。搞学习也搞得非常帅、非常嚣张、非常阳光——是真的阳光，朝阳大片地倾泻在他后背，头发镀着金，整个人看上去柔软又温暖，不酷，像棉花糖。

季星凌一边背"adventure"，一边伸出手。

林竞拍了对方一下："为什么你还在背a开头的单词？"

"这是乱序版。"季星凌给他看了一眼封皮，"那天李总不是在和韦雪说嘛，我也上网买了一本。"

这可能是大少爷人生第一次主动买教辅，胡媚媚收到快递后，看着运单上卖家备注的"高中英语词汇"，先是震惊了一下，后来想起电视剧里看过的情节，就跑去问老公："季明朗，你儿子是不是偷偷摸摸买了什么成人杂志？"

季先生脱口而出："现在都什么年代了，谁还买杂志？"

胡媚媚气得要死："重点是这个吗？！"

"不是不是。"季明朗清清嗓子，接过快递盒一检查，"这不写了英语吗？"

胡媚媚斜眼一瞥："你电脑里那个'微观经济学'文件夹，放的是微观经济学吗？"

"……"

当然了，两个人也没真的拆，一直忐忑地等到了儿子下晚自习。

季星凌丢下书包就撕包装："现在网购速度这么快啊，我早上刚下的单。"

季明朗装模作样地端着茶杯溜达过来："小星，买了什么好东西？"

"单词。"季星凌翻了两下，"听韦雪说这书挺好的，就买了一本，那我去学习了，吃饭时叫我。"

老父亲当场落泪。

胡媚媚在反思之余，还亲自下厨给儿子煮了一顿饭，虽然肯定比不上家里的阿姨，但胜在精神感人。

季星凌自己也觉得主动买单词书这件事比较厉害，于是问小林老师："有没有奖励？"

"没有。"

"认真学习的人难道不配得到奖励吗？"

"你没有认真学习，只是买了本单词书，要奖励得先全部背完。"

"那全部背完我能获得什么？"

"你能获得英语考 120 分。"

"不要转移话题，和英语分数没关系，我要来自你的奖励。"

"好。"

提要求的人和答应的人，都非常爽快。

大少爷爽快，是因为他早有预谋，觉得就算短期内上不了 500 分……毕竟数学还挺难的，至少也要弄点奖励甜一下，背单词相对难度小。但没想到小林老师居然也这么爽快，那就很值得飘一飘了："老实说，你是不是早就想奖励我了？"

"我没有想奖励你，我想奖励英语、数学、政治、地理都及格、上课不睡觉、下课不打架、总分上 500 分又背完全部乱序单词的你。"

好长的一个定语。

你星哥老老实实地坐回去，开始学习。

冬天的阳光嚣张不起来，锦城尤甚，没多久就被云雾遮住了。

季星凌把地暖的温度调高一些，趴着又看了一阵书，睡眠不足的后劲缓缓袭来，不知不觉就闭上了眼睛。

林竞给他盖好毯子，自己坐回去继续做题。

过了一会儿，季星凌可能压麻了胳膊，所以换了个姿势，右臂伸直，手指稍微弯曲，指甲边缘修剪得很干净。

林竞轻轻地敲了敲他的食指指尖，继续在纸上写写算算。

因为宁城下雪，导致机场出现大规模的延误，原定晚上八点就能降落在锦城的航班，硬是拖到了九点才起飞。

胡媚媚本来打算派家里的司机去接一下，结果林竞说刘叔叔已经等在机场了，就没再坚持，只让儿子往 1302 搬了一箱水果。林妈妈在微信里说喜欢吃这种甜橙，正好可以在长途飞行后提提神。

季星凌算时间："那你爸妈到家，差不多十二点半吧？不然我再在这儿看会儿书，假装很努力的样子。"

林竞哭笑不得："你还想得挺长远。"

"过奖了，跟你学的。"

"嗯，有前途。"林竞把水果放好，"不过你昨晚就没睡多久，今天还是早点休息吧，晚安。"

"只有晚安吗，你就没有觉得晚安后面往往还要再跟一个什么吗？"

"晚安，单词背完了吗？"

"……"

算了，没有背完乱序单词的人不配提出要求。

"告辞！"

林竞笑着看他出门，自己也上床睡了一小会儿。他特意把门留了条小缝，凌晨一点多，果然听到客厅里有窸窸窣窣的说话声，还有光透进来。

"爸，妈。"

商薇打了老公一下："都是你，放水果刀的声音这么大，吵醒儿子了吧。"

"我没关门。"林竞没怎么睡醒，嗓子还是哑的，他把自己躺进沙发，伸手揽住她，"我想迎接一下你和我爸。"

"看你困的。"商薇拍拍他的脸，笑着说，"现在已经迎接完了，回去接着睡吧。"

林守墨在旁边严肃地清清嗓子，博取了一下存在感。

"老林，我也想你了。"林竞换了个位置，强行卡在两人中间，"来来，让你们雨露均沾一下。"

"臭小子。"林守墨绷不住笑，"快去睡觉吧，天天熬夜可不行。"

"嗯嗯，我虚心接受教育。"林竞已经习惯了亲爹的唠叨，站起来后又叮嘱，"那你和我妈也早点休息，对了，明晚一起吃饭别忘。"

"当然，妈妈连礼物都准备好了。"林守墨说，"听姜阿姨说对门一直很照顾你，我们早就想感谢一下人家了，怎么会忘？"

商薇替儿子关上卧室门，额头抵着老公的肩膀，叹气："幸亏小竞懂事，不然我们这一走就是大半年的，这回也只能陪他一个星期，我听院里几个护士聊天，说人家高三生的父母，还有辞职专门陪读的。"

"这不已经在办调动手续了嘛。"林守墨拍拍她，安慰道，"儿子才高二，高三我们就能过来了。"

半个小时后，1302主卧的灯也熄了。

可能是因为有父母陪着，林竞这一晚睡得很好，半点不应当的梦都没做。第二天早上起床神清气爽，跑进厨房挂在亲爹的背上："我妈呢？"

"妈妈还在睡。"林守墨把盘子递给他，"声音别太大，自己去吃饭吧。"

林医生做饭手艺一绝，经常吹嘘自己是靠厨艺骗来的老婆。对此商薇倒是很诚实，每次都要纠正：不是的，老林，我纯看脸，你要是长得丑，国宴大厨也不行，但你又高又帅，所以当年一碗糖醋排骨就能把我骗进宿舍。

林竞没去餐厅，靠在厨房餐台上站着吃，用小叉子戳破蛋白："姜阿姨呢？"

"这一周爸爸给你做饭。"林守墨打开果汁机，"姜阿姨照顾你也辛苦了，妈妈就让她回家一周，享受带薪假期。"

"嗯。"

林竞好久没享受过爹妈环绕身边的美好氛围，比较上头，所以差不多一整个早上都摊平在沙发上："妈，水果！"

商薇被气笑了，叉了块牛油果喂进他嘴里："你这是被姜阿姨惯出来的，还是借机表达一下对我和爸爸的不满？"

林竞苦着脸："我不吃这玩意儿。"

"不许吐。"商薇揉揉他的头发，"坐起来自己吃，躺着小心呛到。"

林竞敷衍地答应了一声，继续和隔壁还没有考到500分的某人聊微信。

季星凌今天依旧五点就醒了，不过为了晚上吃饭时不那么无精打采，硬是强迫自己继续睡了几个小时，就很敬业。目前他正在一边心不在焉地看书，一边盘算着下午要穿什么，既然叔叔、阿姨全是医生，那是不是应该主动地套一条秋裤以示尊敬？

柜子里衣服倒不少，毕竟胡媚媚的一大爱好就是购物，但季星凌转念一想，又觉得自己平时都是一件运动服完事，这回却主动要求隆重打扮，搔首弄姿的，好像脑子不太正常，跟孔雀似的。于是他稍微迁回了一下，翻出一件皱巴巴的破耐克，歪歪斜斜地套在身上，故意在亲妈面前晃了两圈。

正在化妆的胡媚媚果然皱起眉头："你这穿的什么东西，快去换了！"

"懒得找。"语调欠揍，"唉，就这样吧，不就吃顿饭吗？"

"你是去吃饭还是去要饭？不要给我丢人。"胡媚媚丢下口红，扯着儿子进了衣帽间。

计划通！

不愧是机智你星哥！

吃饭时间定在下午五点半。

季明朗中午就出了门，直到四点也没回来，临近年末，公司和妖界都很忙。胡媚媚一边替儿子整理衣袖，一边说："对了，蜃叔叔也在妖管委开会，等他们忙完之后，你就可以带着福袋过去了。"

季星凌眼前一亮："是吗？"

蜃是大忙人，经常神龙见首不见尾，为了防止它开完会又飞走，麒麟崽觉得，自己还是现在就送过去吧！

妖管委的办公地点设在昆仑大厦，矗立在锦城最繁华的 CBD 商圈，从正面、反面，任何一个面看起来，都只是一栋普通的写字楼，里面有银行啊，航空公司啊，广告公司啊，和我们平常上班的那种没什么两样。但它其实还隐匿着另一个巨大的空间，由结界屏蔽，只有妖怪才能抵达。

小团的雷电黑雾气势汹汹，砰地走进大麒麟的办公室，负责安保的陆吾叔叔站在门口，头疼又耐心地叮嘱："崽啊，下回记得访客登记。"就算不登记，至少也要走慢一点，不要嗖一下就消失，搞得我们整个保安部都非常紧张。

麒麟崽敷衍地答应一声，又问："会议什么时候结束？"

"五点。"陆吾回答，"饕餮送来了下午茶，就放在会客厅，要去吃一点吗？"

"不要。"

不要不行！为了防止这只霸道崽又到处"砰"来"砰"去地瞎捣乱，毕竟这种事以前并不是没有过，陆吾索性叼起小麒麟的后颈，把它半强制地转移到了会客厅，和其他家长也正在会议室的小崽放在一起，统一管理。

看到麒麟崽之后——

小青鸾迅速地飞到角落，把自己藏了起来。

小貔貅立刻装睡。

小狴豸塞着耳机，正慵懒地靠在窗台上，眼皮都没抬一下。

小赑屃比较紧张，也想转身躲一躲，结果腿短啊，还背个厚壳，四肢一通猛划，也没能成功地挪出一米。

麒麟崽看了一会儿戏，然后好心地伸出蹄，帮忙把它推到了角落。

小赑屃："……"

麒麟崽哼了一声，也没兴趣和这胆小鬼玩，它想去休息区睡一会儿，结果却看到在角落里，还有另外两只妖怪。

一只是漂亮的腓腓，有着尖尖的耳朵和纯白的尾巴，天生就会发光。

另一只好像是自己超超超远房堂弟，加起来没见过几次面的那种，神兽甪端——脖子上裹着一条眼熟的围巾。

高二（一）班交换礼物大会上，那条先是被罗琳思抽走的，后来又和李陌远交换的，韦雪准备的围巾。

啧！虽然学校外面卖的围巾不是限量版，不一定就是同一条，但变回妖怪还要围着围巾，这种傻里傻气的行为，也实在太李陌远了。再走到跟前一看，桌上还胡乱摊着十几张英语阅读题，这还能是谁？

甪端和腓腓刚刚在做题，并没有注意到会客室的门一开一关是进来了哪位，直到光被挡住，才双双抬头。

麒麟崽逆着光，玄鳞龙角，威风凛凛。

甪端崽立刻就紧张了起来，一来它还记得上次自己被对方电成爆炸头，二来没有哪个妖怪愿意让小女朋友看到这么帅的小妖怪，于是它勇敢地挡在了腓腓面前："你要干吗？"

麒麟崽用前蹄揽住它，语重心长地说："我不干吗，你继续加油。"

甪端崽："？"

"围巾不错。"

"……谢谢。"

麒麟崽又往它身后看了一眼，原来班长的原身这么可爱，当然了，肯定没有小林老师可爱。

他在离开时顺便叼走了甪端崽几张英语阅读——反正没人知道自己是谁，不用维持学渣人设，可以争分夺秒地搞一下学习。

两张阅读看完，大妖怪们的会议也结束了。蜃叔叔原身是一条很长的龙，下半截都是炸开的逆鳞，几乎明晃晃地写着"爹不好惹"，所以即便是不可一世的麒麟崽，在提出要求之前，也先很有礼貌地象征性地询问了一下。

蜃问："你想把它变成什么？"

麒麟崽在手机上搞出图，那是他刚找的 Cartier 男戒官网图，可以挂在绳子上当成吊坠。

蜃一口拒绝："不行！"

麒麟崽："为什么？！"

"我不造山寨货！"

"……"

最后只能变成一个没有牌子，甚至都没有花纹的普通素银指环。

你星哥从出生到现在，就没给谁送过这么跌份、廉价的礼物。

大麒麟安慰它："这不挺好看的？太贵的话，小竞也不会收。"

麒麟崽趴在亲爹背上，恹恹地"哼"了一声。

但目前也只能这样了，至少比紫底红花的鲛丝口袋强。

晚上吃饭是在一家粤菜馆，人均不算贵，主要是环境好。当然也是胡媚媚自己妖开的，在没有找出麒麟崽灵力波动的原因之前，所有食物都要加倍小心。

两家人算是第一次见面，不过在此之前，商薇和胡媚媚已经在微信上聊了几个月，林守墨和季明朗虽然行业不同，不过想找出共同话题还是很容易的，所以饭桌上的气氛很好。唯一的 bug（漏洞），大概就出现在林竞面不改色地吃下胡萝卜炖牛腩时，商薇诧异地来了一句："你现在不挑食了？"

正在鼓起腮帮子费力咀嚼并且吞咽的小林老师："……"

妈，你可不可以不拆我的台？

季星凌暗自一乐，掏出手机发了条微信。

星哥：你看，我就说不能装。
可达：闭嘴吧。

结果胡媚媚下一刻就接茬："小竞一直就不挑食呀，我经常和老季说，养这孩子可真省心，不像小星，连衣服都不肯好好穿，今天要不是我看着，他穿件短袖就想出门。"

商薇惊讶地说："是吗？那可不行。"

"阿姨我没有。"季星凌头皮炸，"妈，你是不是有点夸张，这个季节谁会只穿短袖？"

我差点连秋裤都穿了好不好！

可达：你是想向我爸妈证明自己身体倍棒，值得信赖吗？
星哥：闭嘴吧。

两人在桌下瞎聊，当着家长的面，就很美滋滋。

季明朗叫进来一瓶酒："林医生啊，我们碰一杯？"

"真对不住，我不喝酒。"林守墨赶紧摆手，"戒了二十年了。"

"老季你看看，医生都强调要戒酒，对肝肯定不好。"胡媚媚趁机教育，"你以后也少喝一点。"

"倒不全是为了护肝，正常人少喝两杯其实没事。"林爸爸接话，"我戒酒是因为年轻的时候，有一回和别系的师兄出去吃烧烤，那时买不起什么好酒，就二锅头吧，可能还是假的，喝完就出现了幻觉。"

林竞咬着凤爪，随口问："什么幻觉？"

林守墨回答："就看到我师兄长出了两只鸡爪，跟你现在吃的差不多。"

林竞："……"

爸你可真会举例子。

桌上的妖怪一家呵呵干笑。

是吗？

林守墨继续说："不止，还有长尾巴的，飞上天的，跟奇幻电影有得一比。"

季明朗头疼，宁城一带是怎么回事，喝个酒也能现原形，北方妖都这么大大咧咧的吗？

"酒醒之后，我还琢磨了一下，不会是吸毒了吧？"林守墨说，"吓得够呛，以后就不喝了。"

商薇在旁边乐："我们结婚的时候，他都是喝凉白开，可有出息了。"

林医生给自己找面子："医生本来也不应该喝酒。"

商薇犀利地接话："那医生是不是更不应该被鬼吓到？"

林医生："……"

"被鬼吓到"又是另一个故事，林医生刚参加工作的时候，有一次值完夜班回宿舍，在小巷里看到了一对蹒跚前行的父子，天上正飘着大雪，路很滑，他好心地想上去扶一把，对方却骤然变出兽身，在雪地中一路狂奔。

商薇补充："然后他就被吓昏了，幸亏没过多久，就有同事经过那里，否则还得了？"

林医生强行解释："有可能是我那段时间太累，所以出现了幻觉。"

季明朗回忆了一下，镇守宁城的神兽早年曾经是一只年迈的大玄武，可能是因为老人家上了年纪，所以不怎么管事吧，否则怎么听起来这么不靠谱的样子。不过那里的妖管委前几年已经被顺利地移交给了白虎，情况应该会好很多。

但不管怎么说，林守墨医生身为一个普通人类，能几次三番见到妖怪，也实在是很不容易了。

季明朗刚想把话题引向别的地方，季星凌却突然问了一句："林叔叔，那你相信有妖怪吗？"

大麒麟："……"

九尾狐："……"

林守墨的回答和当初的小林老师一样，不要轻易否定未知的事物，因为你没有办法证明它没有，所以可以相信有。

"那叔叔喜欢什么妖怪？"季星凌又问。

林守墨不假思索："九尾狐吧。"

明显也是胡烈出品的电视剧同款受害，不是，受影响者。毕竟山区里信号经常不好，晚上就只能看电视。

麒麟崽："……"

大麒麟：不，我不允许。

商薇用筷子敲了一下老公的碗，调侃："我就说你前几天怎么想起来去小卖部买洗洁精，原来是为了代言人？"

出演九尾狐的女演员名叫胡小飘，一听这名字，就知道是谁家亲戚。

和年轻时候的胡媚媚如出一辙，都是走风情万种的美艳路线，深受广大男性的喜欢。

同为广大男性之一的林医生虚伪地否认："没有没有，我还不能给自己买个不伤手的洗洁精了？而且每晚准时守着电视的都是你，我属于被迫陪看。"

"但我不是为了看九尾狐！"

"我做证。"林竞举手，"我妈是为了看反派，她喜欢麒麟。"

胡媚媚："……"

季先生：和我没关系！

季星凌也没想到自己随随便便的一句话，还能引出这种后续，思考半天后得出结论：看吧，这舅舅果然不能要。

商薇和林守墨还在小声地说笑，胡媚媚和季明朗就比较紧张一点，总觉得和人类讨论妖怪的问题，迟早会露出尾巴，于是两人各自碰了一杯酒压惊，很快就把话题带向了别处。

除了这段小插曲，这场饭局整体还算轻松愉快。吃完饭后，四个家长先回家，季星凌则是带着小林老师，借口要去附近找同学，没跟他们上一辆车。

林竞不解："为什么要现在来公园？"

"这儿不是安静嘛。"季星凌从裤兜里掏出一个盒子，"送你一件礼物。"

"又没有过节，为什么要送我礼物？"

"为什么非要等到节日，想送就送行不行？"

"……季星凌你声音小一点。"

"嗯。"大少爷很配合,身体前倾,在他耳边重新"小声"说了一句,"因为我想送你啊。"

他的声音又哑又低,林竞不自觉地就往后退了一步:"是什么?"

"我自己做了个戒指。"季星凌说得大言不惭,"前两天陪我妈去逛街,有那种DIY的,就随手拧了一个,是不太好看,你别嫌弃。"

听到是这种礼物,林竞伸手:"给我。"

光给你不行,斥巨资购入的辟邪福袋,必须确保戴好才可以!

季星凌已经事先穿好了黑色的细皮绳,当项链帮他系好之后,又把戒指在手心里焐暖,才轻轻地放进他的毛衣里:"不许摘啊。"

林竞眨眨眼睛,抬头看着面前的温柔少年。

他平时其实是不戴任何饰品的,总觉得有点杀马特。

但这条项链除外。

你林哥能戴到山无棱、天地合,你们信不信?!

"真的不要摘啊。"

"嗯。"

"你保证!"

"季星凌你好幼稚。"

"快点!"

"保证书,我保证一直戴着季星凌送的项链,洗澡不摘,运动不摘,吃饭不摘,干任何事情都不摘,保证人林竞。"

"……倒也不用这么正规,反正你一直戴着就行。"

两人已经走到了光亮处,林竞坐在公交站的长椅上,等他用手机叫车。

过了一会儿。

"季星凌。"

"嗯?"

"你真是个说一不二的好少年。"

"……"

季星凌莫名其妙,这又是哪里来的无情嘲讽?

林竞用额头抵住他的温暖掌心,还在想刚刚花园里的画面,半明半暗的星辰,微凉的风。

气氛好到极致。

但你星哥就是这么诚实守信。

送完礼物之后，立刻打车回家搞学习。

超厉害的。

季星凌右手回司机的短信，左手还要扶住林竞摇摇晃晃、不老实的头，顺嘴说："我发现你脑袋还挺重。"

小林老师抬头幽幽地看他。

大少爷很上道："我懂，知识的分量。"

再重一点也没关系，星哥非常 OK。

往后两天，林竞果然一直好好地戴着那条项链，反正冬天穿毛衣也没人能发现——除了有些费解为什么季星凌每天都要检查一次，其余都没什么问题。

体育课的期末考要比其他科目更早一些，山海的规矩，不管选修课是什么，都要再统一加测一个中长跑，女生 800 米，男生 1500 米。

每到这个时候，李总就非常崩溃了，他可能是全班唯一一个经历过体育补考的人，实在不想昨日重现，于是虚心地请教两位体育达人："你们觉得我从现在开始，每天早起跑两圈，期末成绩还能抢救一下吗？"

"能，体测要求又不高。"林竞很仗义，"这样吧，我先带你跑两天，找对姿势和呼吸的频率后，至少不会再跑得上气不接下气。"

"真的吗？"李陌远瞬间落泪，"那我们几点在体育场见？"

一旁的季星凌："……"

你身为能日行八万里的甪端，是怎么做到连 1500 米都不及格的？也挺牛。

但甪端不甪端暂且不说，林竞既然答应了要带李陌远练跑步，季星凌当然不可能在家睡大觉，于是周三清晨，在山海的操场上，就出现了两个帅哥一人一边，给李陌远当陪跑的感人画面，由于这一幕实在是太惊人了，所以还有高一的女生专门跑来围观。

李总：我觉得我大意了。

"你别跑太快。"林竞拉住他的胳膊，"慢一点。"

"山海不是禁止带手机吗，为什么还有人拍照？"

"是禁止，但你裤兜里装的是什么？"

"我至少没有这么明目张胆！"

"这个时间又没有老师。"

两人一直在嘀嘀咕咕，季星凌听得不耐烦："哎，我说你们能不能闭嘴专心跑？"

"不行，闭嘴我就没法呼吸了。"

"……"

三人在跑道上磨磨蹭蹭地跑步，一道蓝色身影突然从内圈擦过，伸手拍了拍林竞的肩膀："加油！"

对方速度很快，声音也很轻，转眼就跑开十几米，不过光看背影那一头飒飒的红毛，就知道是谁。

"高三的理科大佬吗？"李陌远气喘吁吁地问。

"嗯，刘栩哥。"林竞说，"我们昨天还一起吃过饭。"

跑了半圈，刘栩又追了上来，伸手拍一下林竞："快。"

然后他再度潇洒地跑走。

季大少爷不是很高兴，我们跑步，和你有什么关系，摸来摸去的，高二、高三授受不亲没有听过吗？

于是他拽住林竞，强行让两人换了个内外圈。

刘栩果然又追了上来，他没看清换了人，习惯性地抬手按上去："你——"

季星凌扭头和他友好地对视，我怎么了？

刘栩："……"

刘栩抱歉地抬起手："不好意思，我没看清。"

季星凌很有礼貌："没关系。"

林竞在旁边乐。

"不行不行，今天到此为止吧，我不跑了，为什么……为什么你们都跑得这么轻松？"李陌远认输，"我觉得我快晕了。"

"上小学的时候练过一阵。"刘栩也认识李陌远，毕竟每个年级的大佬一共就那么几个，于是扶着他慢慢走路休息，又回头问，"你们两个，要一起去食堂吗？"

"没事，哥你和李总去吧。"林竞说，"我们再跑会儿。"

刘栩也没勉强，叫上跑道上的其他几个高三生，一起去了南餐厅。

季星凌问："你还要跑？"

"李总都撤了，我们跑什么？"林竞拿起栏杆上搭着的外套，"你也带早餐了吧？我们去芙蓉苑吃。"

季星凌心情很好，伸手摸摸他的头。

两人准备拎着书包去吃饭，结果身后有人叫："季星凌。"

是三四个女生，都有些眼熟，好像是隔壁（二）班的："章露雯跑步的时候不小心摔倒了，扭伤了脚，就在那边，你能去看看吗？"

林竞："……"

他往远处看了一眼，果然看到跑道上乱哄哄地围了一圈人。

季星凌拒绝："不好意思啊，我没学过扭伤抢救，不然你们找找医务老师？"

"那你能不能送她去医务室？"

"不能。"

女生们面面相觑，心想怎么还能这样，都不讲一点风度……接下来要怎么接话？

最后有人鼓起勇气问："你们不是关系挺好的吗？"

季星凌莫名其妙，我们什么时候关系好了？

林竞和蔼地扭头："不然你去看看？"

"我都不认识她。"你星哥冤死了，"那儿围了一圈男生，我们为什么要凑热闹？走。"

他一手拎着两个书包，一手揽住小林老师，直接向出口走去。

路上还在强调："我是真的不认识啊，就知道她是（二）班的。"

"你还知道她是几班的。"

"没有没有，好像也不是（二）班的。"

"但你这样她会很没有面子。"

"我如果随叫随到，我会很没有面子，而且明显情况不紧急，边上那么多人呢。"

"那女生漂亮吗？"

"不漂亮。"

"季星凌，你还关心她漂不漂亮？"

"不是，我不知道，我为什么要关心这个……禁止套娃知不知道，你不许再说话了！"

林竞侧头闷笑。

季星凌单手卡住他的脖颈，强行把人制住。

"大哥我错了！"林竞酸得冒泪，一边笑一边躲。

"嘴上认错就完了吗？"

"那我要怎么用行动表示一下？"

"至少帮我把早餐热好。"

"……"

"怎么又不说话了？"

"没。"

只是又想派发一张"季星凌你好单纯"卡，这样子。

课间的时候，林竞往前桌丢了一排巧克力："雪姐，咨询费。"

韦雪正想吃甜食，因此态度十分好："大哥要咨询点什么？"

"（二）班的章露雯，你认识吗？"

"认识，不过不熟，她好像追过季星凌。"

林竞自己也淡定地拆开一块巧克力："哦。"

韦雪对章露雯的印象超级烂，因为高一的时候，贴吧曾经冒出过一个校花评选的帖子，本来就是无聊人士的无聊产物，大家纯粹看个热闹。在很长一段时间里，第一都是罗琳思和章露雯相互交替，和平友好，结果最后一周，罗琳思的票数突然飙了两千，属于是个人都能看出的作假刷票。

"然后一大拨'正义人士'就来了。"韦雪说，"全部在骂思思，说她虚荣什么的，反正超难听，而且还有人提议给章露雯补票，闹得外校也来凑热闹。"

后来当然是章露雯赢了这个鬼扯的"校花评选"，罗琳思全程什么都没做，却莫名其妙地被卷进了风波里，心里也怄得要命，还差点影响了期末成绩。

林竞打开手机搜了搜，那个评选的帖子还在，虽然因为人身攻击被抽了不少楼层，但依然能看出当初的惨烈战况。韦雪继续地图炮："反正（二）班那群女生，只要和章露雯一起混的，脑子大概不太正常，你为什么突然想起来问她？"

小林老师面不改色地回答："因为我也听说她追过季星凌，就有点好奇，怎么追的？"

"……各种搭讪吧。"韦雪其实并不太清楚，"还有人传章露雯家里的公司和仁瑞有关系，总之你能脑补到的所有天雷玛丽苏，她都能给自己套一遍，我一度怀疑这姐是不是活在 20 世纪的偶像剧里。"

林竞乐："我发现你的嘴也挺毒。"

韦雪伸手："还有没有好吃的？"

林竞在桌斗里给她翻零食，季星凌刚好进教室，随口问了一句："你们在聊什么？"

李陌远推了一下鼻梁上的眼镜，一边做题一边回答："哦，他们在聊（二）班的章露雯。"

头都不用抬一下，就轻松地达成了"出卖小林老师"这一成就。

超厉害。

林竞："？"

韦雪又摸走两包话梅，这才心满意足地转回去。林竞冷静地戴好耳机，一言不发，打算祭出"我要好好学习，谁打扰谁死"大法，但大少爷向来不怕死，他伸手扯掉对方一只耳机，又痞又欠揍地凑过来，轻声说："哎，原来你这么好奇啊？"

小林老师："……"

虽然他骂人时嘴毒得要命，遇事时也很冷静，但偶尔也有掉链子的时候，一掉就开始怒自己不争，然后大少爷就会受到波及——比如说这次，他就随机收到了一大张数学卷子："晚自习做完！"

"虽然但是，这好像是竞赛题。"

"竞赛题怎么了，竞赛题难道配不上你？"

"不，是我配不上它！"

季星凌趴在桌子上，侧头看着他乐。睫毛在这个角度看起来尤其长，眼角微微上挑，牙齿又白又整齐，反正就是帅，哪里都帅。

小林老师不得不往他脸上盖了一张英语卷子："别闹！"

季星凌视线被阻隔，手还不老实地去抓，结果被后桌于一舟一巴掌拍回去："周日别忘了啊，你和林哥。"

林竞纳闷："周日什么？"

"周日他生日。"季星凌坐起来，"叔叔、阿姨几点的飞机？"

"下午四点。"

于一舟也知道林竞爸妈来一次锦城不容易，主动提出："这样吧，叔叔、阿姨是不是两点多就得出发去机场？那你中午陪他们，三点的时候我让司机来江岸书苑接你。"

"要你接。"季星凌往后靠了一下桌子，适当地表达不满。

于同学上道："我请客不得有点诚意吗？至少得象征性地客气一下，但其实根本没打算派司机。"

林竞笑着说："不用接，我打车过去，地址给我就行。"

"他家小区破事儿特多，自己的车方便一点。"季星凌转过身，"中午你们还是去老地方吃饭？那我不去了，下午再和林竞一起过来。"

于一舟："服。"

"服个头。"其实还真不是大少爷不想去，主要他反正不怎么能在外面吃饭，不如趁机推了午饭，少吃一餐是一餐。

下午是半露天的BBQ，晚上再切切蛋糕，因为两家人一直关系很好，所以胡媚媚早就找好了熟悉的餐厅，包揽了干儿子生日会需要的所有烧烤食材——其实是为了亲儿子不露尾巴，也是很费心劳力的。

林竞小声问："你们关系这么好，缺席会不会不太合适？"

"我们两家人本来就要再吃一顿饭，中午不去无所谓。"季星凌说，"你也不用着急，四点再出发一样来得及。"

林竞本来想和他商量一下礼物的，但想起莎士比亚的《四大悲剧》，还是及时打消了这个念头，自己抽空去运动店挑了一对网球拍。

季星凌知道之后，果然说："你都没有送过我。"

"我明天就可以送你。"

"不行，不要了，我不能接受排在于一舟后面。"

"……"

就是心累，非常心累。

周六、周日两天，商薇帮儿子炸了许多丸子，又做好红烧排骨和饺子冷冻起来，把冰箱塞得满满当当，才和老公踏上了回宁城的航班。

季星凌坐在桌子上问："阿姨早上跟你说什么了？"

"说让我好好谢谢你。"林竞打开衣柜，"还说要我多辅导你的学习，争取期末上500分。"

季星凌想了一下："500分真是阿姨说的吗，还是你假公济私，就很迫不及待的那种，你懂吧？"

"我不懂。"林竞把家居服丢给他，"山海里能考500分的人多得是。"

"但肯定都没我帅，500分的帅哥珍贵程度必然大于500分的非帅哥。"

"我记得有人说过颜控很肤浅。"

"不肤浅，一点儿也不肤浅，小林老师颜控得特有深度！"

林竞懒得和他贫，自己套了件墨绿色的夹克外套，他平时很少穿这种颜色，显得脸更白，唇色也浅，看起来有些冷冷的。

"你头发好像长了。"季星凌看着镜子里的他，伸手揉了揉，"哪天我陪你去剪一下。"

这句话说得温柔又随意，林竞还没来得及回答，对方就又顺手一抓，在他头顶上竖了个揪揪："噗。"

"……"

算了，季星凌你还是出去吧。

于一舟家住在秀丽湖，虽然名字听起来略显土鳖，却是锦城最有名的高端别墅区。两人抵达入口的时候，刚好看到罗琳思和韦雪也刚从出租车上下来，于是把她们捎上车，一起带了进去。

"琳姐！"葛浩正站在大门口等，苦着脸说，"我正准备去接你，你有没有看见我微信？"

"在车上没注意。"

"于哥只叫了（二）班几个男生，结果他们又带了几个女生过来，就……你不喜欢的那谁也在。"

罗琳思皱起眉，看起来不大高兴。

"于哥也没辙，总不能赶人走。"葛浩赶紧补充，"你知道的，于哥每年生日场子都铺得特大，他已经给咱班预留了一块烤肉区，不和别的班在一起，你不一定能和她们碰到。"

来都来了，罗琳思总不好立刻走人，就只"嗯"了一声："我没关系。"

季星凌和林竞不大方便插手女生间的矛盾，都没怎么说话，只有韦雪揽着她的肩膀安慰了两句。烤肉区在别墅区公用的半露天花园，当初设计时就是为了方便宾客聚会，所以冬天也不会太冷，还可以直接挪去旁边的长廊客厅，就像葛浩说的，场子确实铺得大。

但再大也架不住事有凑巧，季星凌他们五个人进来的时候，刚好赶上蛋糕店人员送蛋糕，许多女生过来凑热闹，章露雯她们也在。

当代高中生还是很八卦的，所以现场绝大多数人都知道罗琳思和章露雯之间的矛盾，同样的，绝大多数人也知道章露雯喜欢季星凌，前几天好像还在操场上摔了一跤，结果大少爷理都没理地扬长而去，许多看不惯她的女生私下全当笑话来说。

"我们班在那边，于哥也在。"葛浩尽职尽责，生怕会引发什么不愉快，干脆直接拽走了（一）班两个姐。季星凌和林竞也跟了过去，小林老师一边走一边说："你真不理章露雯？她貌似一直在看你，她是因为你才来参加这个生日会的吧。"

季星凌很警觉："你又想玩什么套路？"

"没，我就想探求一下你内心的真实想法。"

"这有什么可探求的，就不喜欢呗。"季星凌找了个没人的烧烤炉，叫服务生换了新的炭，"一般这种事情，难道不就是她喜欢我，我很有礼貌地拒绝，然后大家都识趣地再也不提？哪有一直死缠烂打的，那多没劲。"

"嗯。"

季星凌笑着把肉翻面："这牛排看着不错，我给你弄一块，喜欢几分熟？"

"就你的厨艺，随缘熟。"林竞拧了拧玫瑰海盐的瓶子，"扇贝是不是得放柠檬？我去切一点过来。"

五分钟后，他端过来一盘乱七八糟、形状各异的新鲜柠檬。

季星凌问："怎么这么久？"

林竞回答："因为我把手切破了。"

"……"

小林老师就是这么矜贵，十指只要一沾阳春水，就立刻出事。

"没事。"季星凌安慰他，"等我们考到北京之后，保证不让你做饭。"

"我发现你还想得挺长远。"林竞帮忙翻肉，"500 分都没有考到，就已经安排好了将来由谁做饭。"

"那你要不要了解一下别的安排？"

林竞一听他这不怀好意的语调，就知道八成没什么好事，于是决定先走一步。结果放烤盘的时候不小心，又在手背上烫出一道长长的红痕。

"哟。"

季星凌彻底地服了，带着他处理好伤口后，就把人按在室内的沙发上坐好："从现在开始，哪儿都不许去，绝对禁止接触任何明火和刀具，记住没？"

于一舟靠在旁边，打游戏顺便牙酸："差不多就可以了，这么小心翼翼，你为什么不干脆弄个玻璃罩子把林哥罩起来？"

"因为你家没有。"

于一舟："……你居然真的想过，你好变态，你们每天在家都玩什么变态游戏？"

小林老师从头到尾一句话没说，无辜地被连坐进"变态"的范畴，就很冤。

于一舟游戏打到一半，葛浩在外面叫他出去，于是把手机丢给季星凌："盯着，别掉级啊。"

林竞平时很少玩手机游戏，最高水准也就《开心消消乐》，好奇地凑过来看了一阵："好玩吗？"

"嗯。"季星凌教他打了两局，就把手机递过去，"自己玩，我去拿饮料。"

地上有一堆塑料袋，季星凌还没找到林竞喜欢的奇葩混合果汁，却听到外面传来哗啦一声，像是有东西被打碎了，人声也乱哄哄的。

林竞往窗外看了一眼："得，好像两拨女生真起矛盾了，去看吗？"

"于一舟能处理好。"季星凌不以为意，"放心，这是他的生日，没人敢砸场子。"

"但……不会真的是为了你吧？"

"那我就更不能去了，除非你想让学校里传我为某某出头的谣言。"

小林老师果断地闭嘴。

季星凌帮忙把果汁拧开，又给葛浩打了个电话，果然，说是（一）班和（二）班的女生因为一点小事起了纠纷，香槟塔是不小心被打碎的，现在已经收拾好了，没事。

"章露雯刚刚还问我你在哪儿，若无其事，真一点没被影响，这姐也是绝。"

手机开着公放，所以林竞一字不漏地听进了耳朵里。电话挂断后，他说："韦雪说章露雯是看多了偶像剧，也不像啊，古早剧里女主不都是小白花？这种一般属于女配。"

你星哥就很吃惊："你怎么还对这方面有研究？"

"……小时候跟我妈一起看的。"儿童都没有遥控器选择权，虽然迷你小林很想看《托马斯和他的朋友们》，但妈不允许。

季星凌："哈哈哈哈哈。"

林竞也哭笑不得，把手机给季星凌，靠在他肩膀上继续看他打游戏，两人谁都不饿，所以直到夜幕降临，切蛋糕时才出去。

花园里已经亮起了星星灯，于一舟许愿的时间贼短，短到连大少爷都觉得很不满，把人抓到旁边无情地拷问："你到底有没有许愿让我早点考到 500 分？"

林竞："？"

于一舟发自内心地说："我不仅许愿让你早点考到 500 分，我还每天都想和你绝交八百次。"

这简直跟中邪了一样，根本没法忍。

吃完蛋糕，差不多也该各回各家，各找各妈了。季星凌没让老冯把车开进来，直到人散得差不多了，才对林竞说："我们自己走出去吧，这一片风景还不错，前面有个很大的人工湖。"

很大的人工湖，听起来并没有什么值得特意一观的地方，尤其是现在还有点冷。

但没关系，小男生就是要傻气一点才可爱。

这个时间，林荫小道上还是有一些遛狗的人，两人散着步，只偶尔小声地聊两句。说话时，空气里会泛起白雾，季星凌问："你冷不冷？旁边的便利店里有热饮。"

"行。"林竞说，"那我给姜阿姨回个电话。"

人工湖就在不远处，林竞一边打电话一边漫无目的地走，突然看见前面阴暗处好像站着几个人，穿着很眼熟……是（二）班那群女生，章露雯也在。

他顿住脚步，刚想撤，却又觉得哪里不对。

似乎有一道影子、一团混沌的雾，或者是别的什么……正在空气里隐隐地盘旋着。

林竞被吓了一跳，以为自己眼花，于是按揉了两下太阳穴，再睁开眼睛时，那团雾气却已经幻化成野兽的形状，张开利齿，凶恶地向着章露雯扑了过去。

"小心！"他本能地提醒了一句。

雾气骤然消失在了空气中。

"……"

几个女生被这一嗓子吓了一跳，还以为是哪个无聊男生的恶作剧，没想到居然是林竞，帅哥总是招人喜欢的，就纷纷笑着问："你还没打到车吗？"

"没……刚刚看花眼了，还以为后面那条狗要扑上来。"林竞心还在狂跳，他胡乱地往树林里指了指，"结果应该只是车影子。"

章露雯主动问："你是不是和季星凌住在同一个小区，江岸书苑？"

"对，那我先走了。"林竞满脑子都是刚才的黑雾，没什么心情客套。他一路跑回便利店，刚好撞到季星凌端着橙汁出来，洒了一身："喂，你慢点！"

"季星凌，我好像真的能看到鬼。"

"……"

"我现在完全相信我爸说的故事了。"

"你看到什么了？"

"我们家是不是有祖传的写轮眼？"

"不是，没有，你先冷静一下好不好？"

到底又是哪个不长眼的妖怪，大半夜冒出来吓唬我的小林老师了？！

林竞还处于很蒙的状态，他用手胡乱地比画了一下："大概一片这样的雾，脏兮兮的，样子像狗，在空中张着嘴要咬章露雯。季星凌你是不是觉得我脑子有毛病？我自己都觉得很扯，但是是真的，我真的看见了，我今晚没喝酒。"

小林老师难得语无伦次一回，虽然看起来还是很冷静，但其实真的慌。季星凌一听就知道那玩意大概率是混沌，但又不能直说，只能去便利店买了包抽纸，把他身上湿漉漉的果汁擦干净，嘴里哄着："没事，就算真的有也没关系，叔叔看到什么鸡爪子和翅膀的不也没事吗？你得允许未知事物的存在，对不对？"

"季星凌，你真的相信吗，我以为你会说我喝多了假酒。"

"没，我真的相信，那章露雯有没有被那团雾气咬到？"

"我喊了一句小心，它就消失了。"

为了证明自己说的话，他还带季星凌去湖边看了看。那群女生已经走了，当然，混沌也不在。只有安安静静的路灯和颓败的花园枯枝，被寒风一吹，狰狞的影子摇晃着，林竞忍不住打了个冷战。

"别怕。"季星凌揽住他的肩膀，"我们先回家。"

季明朗和胡媚媚晚上有应酬，都还在外面。

季星凌倒了一杯温热的牛奶，又加了些能宁神静气的灵草粉末，尽量漫不经心地说："你不是相信有妖怪吗，怎么还这么紧张？"

"我也相信有外星人，但那和亲眼见到外星人是两个概念。"林竞也没看清杯子里是什么，端起来喝了几大口才觉察出不对，"怎么有点涩？"

"给你加了一袋我妈的静心冲剂。"

"……更年期的那种吗？"

"有用就行。"季星凌用拇指蹭掉对方嘴边的奶渍，"别怕，没什么大不了的。"

林竞看了他一会儿，琢磨出一丝不对："你今晚为什么这么冷静？"

"难道你希望我和你一样惊慌失措、六神无主，然后再一起冲进派出所报警，最后被警察当成嗑药的混混强制验尿？"小林老师亲授场景假设式捁人，高效，好用，对小林老师本人同样有效。

林竞："……"

他是真想过报警的，但仔细一想，好像又无警可报，的确容易被人当成精神失常的捣乱分子。

"那团雾貌似是被我吓跑的，它会来找我吗？"

"不会。"季星凌把空杯子从他手里抽走，"你要是实在害怕，今晚可以和我一起睡。"

"好。"

答应速度之快，让大少爷在疑惑之余，不由得产生了那么一丝丝"你是不是早有预谋，假装很害怕，其实就是觊觎我美色"之类的孔雀才有的想法，于是当场就想摆个pose（造型）开屏，结果被心神不宁的小林老师一巴掌拍醒："电脑借我用一下。"

"你想网络招募大师来抓鬼吗？"

"闭嘴。"

季星凌把电脑递给他："你慢慢查，我出去打个电话。"

胡烈在半个小时前，就已经接到了外甥的短信，现在正在妖管委加紧筛查："没出什么乱子，放心吧，后续有进展我再告诉你。对了，你那看到妖怪的同学怎么样了，精神还正常吗？"

"精神正常，就是有点怀疑人生，现在估计正在网上搜灵异事件。"季星凌也费解，按理来说只有妖怪才能看见妖怪，那只混沌到底是怎么回事，居然在人类面前显形？

胡烈继续问："需要妖管委出面，向他提供心理治疗吗？"

"目前看起来还好，明天再说吧。"季星凌往卧室的方向看了一眼，林竞还在噼里啪啦地敲键盘，貌似全神贯注。

根据各大论坛的帖子来看，撞见过"鬼"的人还真不少，而且大家心态大多很稳，字里行间甚至带着那么一点点炫耀的意思。不过也正常，真被吓到的一般不会上网发帖，上网发帖的都是艺高人胆大，或者艺不高人胆大，或者闲得无聊，或者干脆是给网站引流的无良写手，当然怎么猛怎么来，风格一般是这样的——

【分享】十八楼诡异少妇千方百计把我骗进卧室，接下来的行为令人不齿！

【分享】连续三晚梦到御姐，她竟在梦里对我做这种事！

【分享】扒一扒我当守墓人时的三十段风流情！

【求助】急！刚刚在黑巷子看到一团白影，明天能发财吗？

还有人在借机兜售"法器"，只要998元，家宅平安带回家。

季星凌站在后面，见他一直盯着这个页面，于是主动问一句："你想要吗？我买给你。"

"我不想要。"林竞幽幽地回答，"我是在反思，为什么要浪费时间看这种东西。"

"……"

但也不是全无好处，至少在关上电脑后，林竞的情绪已经平复了许多。他回家给姜芬芳打了声招呼，借口要和同学排练英语对话，就抱着书包和衣服转移到了1301，又问："要不要跟叔叔、阿姨说一声？"不然明早发现家里多出一个活人，大家都会尴尬。

"我已经说过了。"季星凌从柜子里拿出新枕头。而且他还向亲妈保证了半天，一定会安抚好受惊过度的小林老师。

胡媚媚也在头疼，给弟弟打电话问了问情况，又对身边的老公说："你怎么看？"

"锦城有一群混沌确实挺野的，但没必要在人类面前显形。"季明朗靠在车椅上，眉头皱着，"其实我一直在想另一件事，你有没有觉得，林医生看见妖怪的频率有点高？"

胡媚媚惊讶地问："你的意思，林医生并不是普通人，所以小竞才能看见妖怪？"

"我只是觉得就算玄武年纪大，不愿意出面管事，宁城的妖怪也不至于那么粗心大意，喝点酒就露出尾巴。"季明朗说，"明天上班后，我和白虎联系一下吧，看能不能查查早年的档案。你这两天多关心一下小竞，快期末考试了，别让孩子情绪受到影响。"

胡媚媚点头："好。"

季星凌半躺在沙发上，打开搜索App查看要怎么安慰受惊的小林老师，结果答案全部少儿不宜，而且看起来还很有可能会被当成流氓扭送警察局。

林竞从浴室擦着头发出来，看到他又在看手机，于是随口问："你在打游戏？"

"没。"季星凌习惯性地贫嘴，"我刻苦学习呢，背单词。"

林竞随手拿起桌上的书："背到哪儿了，检查一下，hydrogen 什么意思？"

"你介不介意和我盖一床被子？"

"这样就能转移话题了吗？我介意，hydrogen 什么意思？"

"……"为什么你撞见妖怪明明都惊慌失措了，却还是能这么精准地狙击我，不公平！

大少爷自觉认输，抢来单词书一看："hydrogen，氢气？这词也太不常用了好不好，而且它上面就是 husband，你为什么不问我这个？这个我知道，你问！"

"做梦吧，我才不问。"

你为什么不问？我真的知道 husband 的意思！大少爷冤得要死："你不许睡，你再问我别的单词，我一定得证明我最近真的背了好多！"

林竞被吵得头昏，索性转过身，只留给他一个后脑勺。

季星凌就很胸闷，他孤单地站在床边，看着无情的小林老师，心想，我明明青春年少，为什么要提前经历这种"中年男人力不从心回家之后，爱人对他视若无睹"的卖药广告悲凉画面，这不 OK！

"我今晚就背 hydrogen，我能把整张元素周期表都给你背完，你信不信？！"

林竞扯高被子："哦，那你背吧，我一个人先睡了。"

背就背！大少爷说一不二，洗完澡后当场翻开单词书，一口气从 hydrogen 背到了 fluorine，然后一琢磨，我是不是真的脑子有毛病？

林竞当然没睡着，他觉得身边的床先是陷了一下，然后被子也被抢走一点。

"懒得找阿姨拿了，你分我一半，这被子挺大的，两米多呢。"

床头灯被调到最暗，仿暮色黄昏的光柔和地照着两个少年。

季星凌问他："你还害怕吗？"

"还好。"林竞扭头看他，"就是有点想不通，我打算在放假的时候，再和我爸讨论一下这件事。"

"嗯。"季星凌摸摸他的头，"睡吧，晚安。"

他嘴上这么说，却一直没有关灯，不想睡的意图分外明显。

他其实并没想过要干什么，但就是不想睡，像小时候过年，明明没什么事，也要固执地守岁，好像只要那样才能守住热闹，守住心里的欢喜。

林竞一样没什么困意，他侧过身，一个人玩手机。

大少爷就不是很高兴了："哎，你这人，手机有什么好玩的，你玩我行不行？"

林竞肩膀一抖，趴在枕头上闷笑。

季星凌再接再厉，身体力行地诠释了一下"玩我"，时不时地伸手过去撩一撩旁

285

边的人，无赖兮兮，痞兮兮。

而众所周知，小林老师不怎么禁撩，所以他干脆纯洁而又及时地建议："时间还早，不如我们再做两张试卷？"

季星凌的手僵在半路："？"

算了，睡吧。

灯熄灭后，卧室里也安静下来。可能是不想再被拉起来做数学，大少爷这次终于肯消停，闭眼一动不动，和中了黑魔法的睡美人差不多。

梦超甜。

第二天清晨，季星凌醒得比闹钟要早，他这一晚睡得不踏实，总惦记着身边的人，怕姿势不老实把人折腾醒，因此睁眼以后第一件事就是扭过头，确认林竞依旧好好地，安安稳稳地睡着，才轻手轻脚地爬起来。

林竞迷迷糊糊地说："早。"

"早。"季星凌蹲在床边，"你再睡十五分钟吧，不用着急，我去洗漱。"

床上暖暖的，还留着清新活力的甜柚香味，林竞裹紧被子，心想自己要不要也换成同款浴液，就……很好闻。他又磨蹭了一会儿，才踩着拖鞋去浴室，季星凌正在刷牙，电动牙刷蹦出细密的白色泡沫，含含糊糊地说："你等我一会儿。"

林竞把手里的空水瓶丢进垃圾桶，走过去懒懒地趴在他背上："困。"

"哎，我说你这样可不行啊。"季星凌接水漱口，看着镜子里的人，不正经地继续喝瑟，"大清早就犯懒。"

林竞自己抽了个一次性牙刷："今天早自习老师要讲题，你在车里记得抄一下。"

"抄什么，数学我做完了。"

"……"

季星凌解释："周六你不是在陪爸妈吗？我一个人没事干，就把数学做完了。"

虽然肯定还是有不会的，但老李对这类作业的要求是"会几步写几步"，写点步骤也算完成。

"你为什么不说话了？是不是觉得我很厉害，很值得拥有一个奖励？"一边说，一边贱兮兮地凑过来，结果被小林老师弹了一串冷水："你是很厉害，好了，去收拾书包。"

"这么严格。"季星凌乐，抬手按在他头顶，"昨晚我睡得比你早吧，哎，你有没有趁我睡着搞事情？"

小林老师顺利地被满嘴薄荷泡沫呛到，趴在洗脸池上咳嗽了半天，脸涨得通红，到后来连胡媚媚都坐不住了，过来敲门："星星，小竞没事吧？我怎么听你们两个在浴室兵荒马乱的。"

"没事阿姨。"林竞好不容易才缓过来一口气，"我不小心呛到了。"

胡媚媚放了心："那快点来吃早餐。"

季星凌又在他背上抚了两把，也很震惊："我不过就随口一说，为什么你会这么紧张？居然泪流满面的。"

"你闭嘴吧。"

小林老师才不紧张！

小林老师就是不紧张本张！

上学路上，胡烈给大外甥发来一条消息，大概说了说昨晚的处理结果。那的确是只混沌，西街辍学的小混混，因为并没造成什么恶劣影响，又未成年，所以治安队只对他进行了批评教育，以及安排了《妖怪法》的课程补修考试。

星哥：他为什么要攻击那几个女生？

胡烈回复语音："我猜是因为要替罗琳思出气吧，就是你们班那个漂亮的小姑娘。"

季星凌看得一愣，那只混沌和罗琳思认识？辍学的混沌？

星哥：罗琳思也是妖怪？

星哥：算了，我知道你又要说保密，我不感兴趣。

星哥：但那只混沌在人类面前显形，难道没有违法吗？

胡烈又发来 60 秒语音，大致是说妖管委已经确认了，也查过事发监控，确认那只混沌并没暴露原身，至于为什么你的同学会突然看见妖怪，这件事已经由上面接手了，不归我管。

星哥：上面？

舅舅：你爸！！！

季星凌：你的感叹号可真不值钱。

"地铁老人看手机 .jpg"。

可能是有林医生的故事做铺垫，季星凌其实并没有太担心"能用肉眼看见妖怪"这件事，甚至还夹带私货地想了想，如果小林老师能慢慢地适应有妖怪的世界，知道自己到底有多猛，好像也挺好。

林竞在他面前晃晃手："你在想什么？"

季星凌不假思索："在想我真是超猛的。"

林竞："？"

算了，当着司机的面，我不打击你。

"你这次怎么不发'季星凌你好猛'卡了？"

"我这只有'季星凌你闭嘴'卡，买一送一百，要吗？"

"坚决不要，我又不是受虐狂，为什么要让自己闭嘴？！"

腾蛇老冯每天要被迫听两个小朋友说相声，还不能笑，工作路上也是辛苦。

车子照旧停在正门，几个校工正在挂横幅，季星凌瞥了一眼："又有什么讲座……俄罗斯文学？我们学校的社团真是越来越无聊了，这玩意儿谁会去听？"

林竞好脾气地答："我会去。"

季星凌："……"

季星凌："我撤回刚才说过的话。"

林竞笑着说："王老师给我的票，晚上就不和你一起吃饭了，时间来不及，我带点面包去小礼堂。"

"几张票，我陪你。"

"一张。"

这是什么小气的语文老师？！

大少爷不死心，一下早自习就厚着脸皮去找副校长："唐叔叔，我们学校下午是不是有个俄罗斯文学的讲座，你有票吗？"

"我这儿没票，你想去听？"

"嗯。"乖巧。

唐耀勋摸摸崽的小脑袋："没问题。"

副校长出面，想弄一张票还是不费吹灰之力的，一个电话就能轻松搞定。

"讲座五点四十五分开始，你提前五分钟去签到处找翟老师，他会领你进去。"

季星凌心花怒放，本来想回教室就把这件事告诉同桌，但转念一想，留个惊喜也行。

出其不意地出现，听起来简直完美。

于是他就荡漾了整整一早上，再加一个下午。

最后连于一舟都看不下去了："大哥，你浪什么呢？"

季星凌丢过去一本书："滚。"

下午放学，林竞和其他几个有讲座票的人匆匆去小礼堂占位置。季星凌不远不近地跟在后面，直到看他们都进去了，才拉住一个签到处的男生："翟老师呢？"

　　"刚被牛主任叫走了。"男生认识他，于是笑着说，"星哥你要不要坐会儿，翟老师马上就回来，我们这也有好多嘉宾要等他安排呢，肯定马上就回来。"

　　"谢了。"签到处人来人往的，季星凌嫌闹，也怕林竞出来买水什么的会撞到，于是在附近溜达了一圈，踩着五点四十分的点过去："翟老师回来了吗？"

　　"马上马上。"男生刚打完电话，"一分钟，已经在路上了。"

　　正说着话，就见远处跑来一个胖乎乎的男老师，气喘吁吁地问："嘉宾都来齐了？"

　　"齐了。"男生把名单递给他。

　　季星凌赶紧站出来："翟老师，唐校长让我找您。"

　　"哦，我知道，高二（一）班的季星凌是吧？"翟老师拍拍他的肩膀，"座位已经留好了，你跟着我就行。"

　　这时休息室里的嘉宾也出来了，现场乱哄哄的，季星凌还没来得及重申自己"需要两个连一起的座位"，就稀里糊涂地被工作人员领进了一扇门。

　　主持人说了一句什么介绍，礼堂里顿时掌声如雷。

　　你星哥也是没料到，这扇门，进来之后，直接就是灯光环绕的主席台。

　　不是，不用这么隆重，我为什么要坐在台上？我不需要坐在台上！

　　林竞坐在下面，看着和嘉宾混在一起的季星凌，也惊呆了。

　　这是什么情况？！

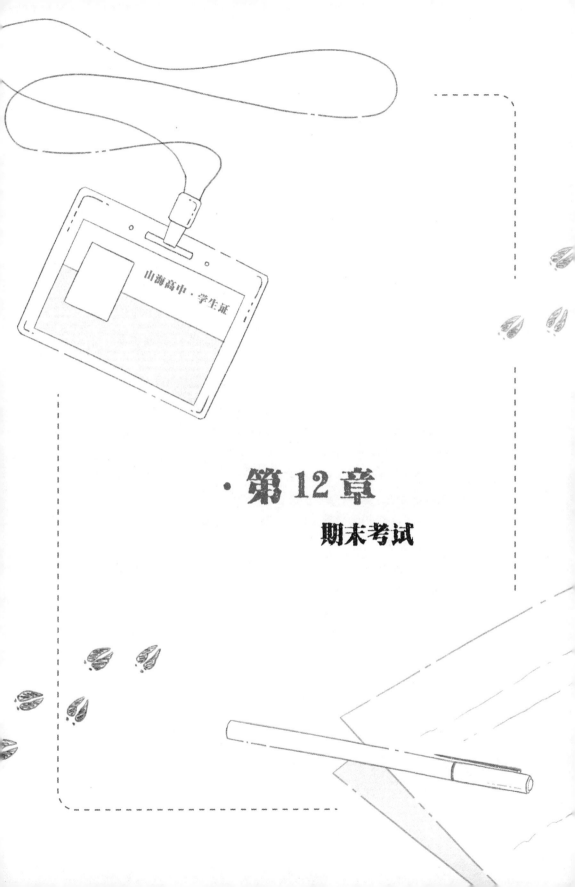

山海高中·学生证

· 第 12 章
期末考试

惊呆的除了小林老师，还有礼堂的其他听众，要不是背景屏幕 PPT 上明晃晃地写着"俄罗斯文学讲座"几个大字，底下的人几乎以为自己跑错了地方——为什么季星凌会出现在嘉宾团队里？！

李陌远擦干净眼镜，又仔细看了一遍，然后发出来自灵魂深处的疑问："我没看错吧，那个人是季星凌吗？他居然对俄罗斯文学有研究？"

林竞："……"

不，他没有，他对俄罗斯文学没有研究，他顶多对俄罗斯方块有研究。

至于为什么一个早上还在嫌弃俄罗斯文学讲座无聊的人，下午就混进了俄罗斯文学主讲人的团队里，除了"季星凌你超猛的"，好像也没有别的解释。

"哎，这位同学！"趁着台上还在安排位置，季星凌一把拉住面前的工作人员，"我好像应该去观众席吧，是不是哪里搞错了？"

"没。"对方是高一的女生，对大帅哥很友好，笑眯眯地解释，"只有中间五张椅子是主讲嘉宾，剩下的都是贵宾席位，没弄错，翟老师专门叮嘱给你留的 VIP 位。"

工作人员正在忙着放置名牌，一分钟前刚刚送到的，油墨都没干。那位翟老师之前可能没负责过这类讲座，所以程序走得乱七八糟，季星凌眼睁睁地看着自己的大名出现在了桌上，内心和表情都轻微地扭曲，在"拿起名牌当场走人，让全校议论猜测"和"放下名牌不管，当场走人让全校议论猜测"的挣扎中，大少爷最终还是沉默地坐下了。

林竞："……"

季星凌往两侧各瞥了一眼，发现的确有几个穿山海校服的，估计是社团负责人或者俄罗斯文学爱好者之类，但不管是什么，至少台上还有别的学生，自己不至于过于另类，于是稍微松了口气。

裤兜里轻微地振了两下。

讲座还没开始，台上有不少人都在看手机，大少爷也就心安理得地掏出来，假装自己是俄罗斯爱好者之一。

可达：？？？

星哥：这件事情有点复杂，下来再说，你在哪儿？台上灯光太亮了，我看不到下面。

可达：9排8座。

可达：季星凌你坐直一点，校服拉链拉好，你刚刚被投影到了大屏幕上。

星哥：……

李陌远侧头小声："问清楚是怎么回事了吗，季星凌真的要讲俄罗斯文学？"

"没，他也是听众，只不过位置比我们好一点。"林竞说，"这次的组织可真够乱的，都不知道能不能准时结束。"

"应该差不多，实在不行我们就提前走呗，提问环节可以不参加。"李陌远继续发表感慨，"不过没想到季星凌居然会对俄罗斯文学感兴趣，还给他自己弄了张那么好的票，平时完全看不出来。"

林竞："……"

恰好摄像机又扫过了嘉宾席，季星凌这回果然没再歪七扭八地靠椅背，校服拉链也规矩地拽了上去，他正在扭头和旁边的老师说话，后来不知道是听到了什么，忽然就笑了笑——只短短的一个瞬间，惹来台下女生一阵小骚动，间或夹杂着"他真的好帅啊"的话，有不少人都拿出手机光明正大地拍，反正这里又没纪律老师在。

李陌远疑惑："你为什么也要拍季星凌？"

小林老师理直气壮地想，我为什么不能拍？那么多人都在拍，我更要拍，我不仅要拍，我还要拍很多张！

但摄影机并没有给他"拍很多张"的机会，镜头很快就转向了主讲人席。

讲座开始比原计划晚了十几分钟，你们知道的，大少爷对俄罗斯文学半毛钱的兴趣都没有，因为灯光的原因，还压根看不到观众席，就非常胸闷，完全不知道自己来这里干吗。嘉宾正在讲莱蒙托夫对自由的追求和对贵族的谴责，你星哥也很想跟着谴责一下这腐朽的官僚制度，副校长打过招呼就一定要被安排在主席台上坐吗？为什么不能把我放到观众席最后一排？

因为突然出现在主席台上的季星凌，林竞整场讲座都没好好听，他能猜到这件事情肯定和自己有关，但实在脑补不出其中该是什么样的奇妙转折，才能转出这种震撼我全家的结局。主讲嘉宾仍然在讲话，林竞扫了一眼流程，飞快地发出一条微信——

可达：你知道等会儿还有观众提问吗？

可达：你知道 VIP 听众席上都是对俄罗斯文学有研究的老师和同学吗？

可达：要是有人点名问你，你准备怎么办？

季星凌感觉到了裤兜的疯狂振动，但没机会看，因为摄影师可能也发现了这个帅哥，抱着"剪片子好看"的心态，对着他拍了大半天，直到下一个环节开始后才离开。

旁边的女生转身，友好地询问："这位同学你好，我们和张老师结一个三人讨论小组可以吗？"

季星凌再度一愣，什么讨论，什么小组，什么讨论小组，难道不是在这里坐满两个小时就可以了吗？

当然了，他看起来依然很淡定，很冷漠，很酷，随意地提了一句："我是临时被安排上台的，没怎么细看流程，接下来都有什么环节？"

女生把 A4 纸推到他面前："就三个。"

①主讲人宣讲。

②听众以自由小组的形式，围绕讲座主题展开讨论。

③随机抽取现场观众的提问。

是只有三个没错，但讨论俄罗斯文学对你星哥来说，难度基本等同于讨论表达物理世界特征的所有无量纲参数原则上是否可以推算——都一样论不出任何内容。他刚才其实也算比较认真地听了十几分钟的讲座，因为反正坐在台上没事干，但很快就被各种奇长无比的人名给绕了进去，现在脑子里基本只剩下普希金和《战争与和平》，还不确定普希金是不是写了《战争与和平》。

他点了点纸，迂回地说："这个现场听众的提问，我们可以问主讲人吗？"

"当然可以啊，我们也是听众嘛。"女生回答，"我们可以向主讲人提问，观众也可以向我们提问，所以要稍微准备一下。"

季星凌："？"

告辞！

林竞也忍不了了，讨论环节之后就是提问环节，按照季星凌在山海的知名度，不被听众点名才是真见鬼，刚刚身后一群女生就已经在叽叽喳喳地研究，要怎么被主持人挑中了。

他要去捞自己的同桌！

小林老师把笔记本往李陌远手里啪地一拍："等会儿帮我拿回教室。"

"你不听了？"

"有事。"

这时为了方便下一个环节，台上和台下的灯光也进行了调整，整个会场都变得很明亮。季星凌刚打算找个借口开溜，却见台下有人噌地站了起来。

林竞高高瘦瘦的，又很白很帅，位置差不多在全场的最中间，一举一动都很打眼。他侧身挤到过道，一路小跑到主席台前，轻声地叫工作人员："同学，能帮我找一下负责这场讲座的老师吗？"

"哦，你稍等一会儿。"那个男生看他一脸焦虑的，以为出了什么大事，赶紧把翟老师叫过来。

"这位同学，怎么了？"

"老师你好，我是季星凌的邻居，刚刚他妈打电话给我，好像有什么急事吧，能麻烦您转告一下吗？"为了更真实一点，林竞还飞速地展示了一下临时伪造的通话记录。

翟老师当然没心情管学生有没有私带手机，他被这场讲座折腾得够呛，回去在季星凌耳边匆匆说了几句之后，就又去忙别的事情了。

之前的那个女生诧异地说："咦，你要走啦？"

"嗯，临时有点事。"季星凌站起来，"那你和张老师慢慢讨论，我先撤了。"

台下的女生眼睁睁地看帅哥从消防门离开，都发出了遗憾的声音。

毕竟大家连问题都准备好了。

林竞正在礼堂外面等，风吹得头发有些乱。

季星凌也趴在栏杆上，一起看着不远处灯火通明的教学楼，有气无力："我申请不回答任何问题。"

"但我刚刚救了你。"

"在你救我之前，我已经打算撤了。"

"用什么借口？"

"有事呗。"

"然后全校就会疯传，你假装很热爱俄罗斯文学，跑来听讲座试图刷一拨人设，结果一到提问环节就心虚尿遁。"小林老师怎么可能允许这种事情发生，绝对不可能的，季星凌的面子就是自己的面子，死都不能丢。

季星凌哑然，胳膊搭上他的肩膀："好吧，我主动招认，我原本是打算给你个惊喜的，所以跑去问唐叔叔要了张票，结果可能翟老师对我产生了什么误解，就这样。"

林竞"哦"了一声："是你的风格。"

季星凌抬手揉了一把，自己也哭笑不得："就知道你又会疯狂地嘲讽我。"

"我没想嘲讽你。"林竞侧头看着他，眼底带着笑，"虽然这件事有点喜感，但季星凌你真的超可爱，刚才坐在台上也超帅，好多人都没怎么听讲座，一直在看你。"

"是吗？"大少爷再度嘚瑟，很飘地说，"有多帅？哎，其实我也在找你，结果灯光太亮了，什么都看不见，不知道你坐在哪儿，只好跟着听了一会儿文学讲座。"

"听到什么了？"

"听到普希金写了《战争与和平》。"

"托尔斯泰写的。"

"……我就记得好像应该是四个字，那普希金写了什么？"

"《致大海》和《自由颂》。"

"嗯。"

"季星凌。"

"我知道，我超可爱的。"

林竞笑着把手揣进他的校服兜，两个人打打闹闹地离开了小礼堂。距离第一节晚自习还有一点时间，冬夜的校园被路灯照着，有一种萧瑟而又奇异的静谧。

季星凌毛病不改，在平坦的地面，也要踩着树的影子走。空气里泛着湿湿的雾，浸透了草丛里的一点蔓金苔，发出了很淡又很短暂的光。

林竞停下脚步，奇怪而又惊讶："咦？"

"怎么了？"

"这个季节……会有萤火虫吗？"

"不会。"

季星凌双手插在衣兜里，也往草丛中瞥了一眼。夜晚总会让妖怪们更加轻松一些，似乎在黑暗和月色的保护下，就可以不用再那么小心翼翼地伪装，所以他转身看着他，一边倒退着走，一边笑着说："说不定是妖怪哦。"

林竞拉了他一把："小心撞到树。"

"你会害怕吗？我是说，如果这里真的有妖怪。"

"不会。"林竞想了想，"如果它只是发光，什么都不做的话，就不会。"

"嗯，它们就只是发光。"季星凌跳过一个水洼，伸手把他也拽了过来，"所以不用怕。"

不用怕妖怪。

妖怪超可爱的。

两人回到教室，被明亮的白炽灯一照，在花园里小小的悸动也就散了。葛浩挡在过道，代表全班震惊地提问："星哥，他们都说你跑去听什么俄罗斯文学讲座了，真的假的？"

季星凌拖开椅子坐下，懒洋洋地一抬眼："怎么，我身为山海学生，不能去听山海的讲座？"

"不是，你能，但那玩意儿有什么好听的？"葛浩百思不得其解，"对了，还有人说你坐在主席台上，是主讲嘉宾，是不是很奇葩？反正哥听到之后快笑疯了。"

后排无辜被点名的于一舟："哎，你能不能不卖我？"

李陌远举手证明："季星凌真的坐在主席台上。"

葛浩："……"

"我不就过去听了个讲座，你们至于这么大惊小怪吗？"季星凌尽量说得云淡风轻，啧声道，"行，都散了吧。"

表情和语调都装得很精准，很到位。

反正葛浩是被唬住了，在接下来的晚自习，他经历了从震惊到迷惑，从迷惑到强行想通、强行觉得自己豁然开朗，继而对季星凌的崇拜更上一层楼的复杂心理历程，基本上就"星哥深藏不露，星哥真是猛人"这样子。而和他抱有同样想法的人还真不少，于是没过两天，山海全校都在传，季星凌虽然看起来吊儿郎当的，但其实对俄罗斯文学很有研究，是能和嘉宾一起进行深度讨论的巨匠。

季星凌："？"

林竞："算了，就这样吧，你别承认也别再费劲地否认，没必要。要是真有人跑来搞'深度讨论'，你无视就行，反正你向来擅长无视别人，但我估计没人敢来。"

你星哥就很迷。

不过他确实也没打算浪费时间去解释自己和俄罗斯文学之间的关系，爱说说呗，快要期末考试了，还是先考到 500 分比较重要。

1301 补习小课堂照常开课。这天晚上，季星凌一边规规矩矩地背单词，一边问："我考到 500 分有奖励，你要是掉下全年级第一，是不是应该有点惩罚，比如说也让我随心所欲，对你提个要求？"

"别想了，我不可能掉下年级第一的。"

季星凌竖了一下大拇指："服。"

又强调一句："但李陌远很强的你知不知道？上次他是发挥失误。"

"你为了能让我受到惩罚，居然帮李陌远说话。"

"我这叫陈述事实。"

"那我如果答应了，你是不是就希望李陌远考过我？"

"没有没有。"

"难道你不想随心所欲地支配我一次吗？"

"我想。"

"那你为什么不希望李陌远考过我？"

"……"

你星哥挖坑未遂，还被带进了坑里。

痛定思痛，发现小林老师的确不好套路，不如狂背单词3500个。

不过就像季星凌说的，李陌远上次纯属发挥失误。语文考到一半，他见韦雪围着衣服匆匆出去，刚开始以为是女生来了"姨妈"，就在考试结束后帮她买了热饮和暖贴，却半天找不到人，后来回到考场那层楼，等了一会儿，果然看到她慌里慌张地从洗手间出来，衣摆下的尾巴很明显。

他有些意外，却没有惊动她，自己跑去几千公里外的城市买了条大裙子——至于为什么会跑这么远，因为李哥体育真的太烂了，不是很懂怎么驭风，全凭种族天赋稀里糊涂地蹿出去再蹿回来，生平第一次溜进女洗手间，慌得差点当场显形。

没来得及吃饭又耗费了太多灵力，只能匆匆啃个苹果充饥，下午政治没发挥好也是意料之中的事。他目前正一边复习，一边直男式瞎撩："要是我考回年级第一，有没有奖励？"

韦雪很快回复："大哥你老实地看书吧，林竞很强的。"

李陌远不满："你怎么老向着林竞？你今天还请他喝咖啡，没请我。"

韦雪莫名其妙："你不是咖啡因过敏吗？"

李陌远强调："那你也没请我。"

韦雪："……"

由此可见，青春期少年都挺傻的。

很可爱的那种傻。

期末考试前一周，全年级疯传这次高二的数学试卷出题人是钱俊老师，林竞初来乍到没听过这尊大神的威名，就自己上网一搜——山海资深名师，国家队竞赛教练，高考命题组成员，主要从事竞赛数学、解题理论、数学课程与教学论方面的研究，反正履历表各种金光闪闪，亮瞎眼。

季星凌闻讯也惊呆，不就是一次期末考试，有必要这么隆重吗？可不可以让钱爹好好待在竞赛班，不要轻易地放他出来？

李陌远说："据说钱老师参与高考制卷的那一年，许多平时数学考一百三四的学长学姐，最后出来的分数连及格都勉勉强强。他近半年一直在国外进修，前段时间刚回来。"

林竟其实也不想让这次考试太艰辛，毕竟事关季星凌能不能顺利过 500 分，所以他强行分析："但如果只是一次期末考试的话，好像没必要弄得太难。"

而且这都农历腊月了，俗话说得好，大过年的，对吧？

李陌远摇摇手指："不，我虽然没考过钱老师的试，但做过他出的试卷。"

"多少分？"

"八十多分。"

做得李总当场崩溃，并且站在窗前怀疑了三个小时人生。

小林老师："……"

李陌远提醒："你还是多做几套竞赛题吧，这次数学肯定难爆了。"

林竟不由得看了一眼同桌。

季星凌沉默地指指桌上摊开的单词本，我放弃数学了，OK？我放弃了，我背单词，我背 3500 个。

林竟不死心，用手机登录校园网，下了张据说是钱爹亲自出的某年高二数学期末卷，然后沉痛地发现，如果真是这种难度，那自己的同桌可能连 20 分都考不到。

"嗯，那你好好背单词。"

"……"

下一节数学课，李建生也证实了这个消息，他本意是敲打一下学生，提醒他们该收心好好复习，准备考试，结果反倒敲打出反效果，台下哀号一片，人人都觉得期末死定了，还复习什么，不如就此放弃，享受短暂的快乐。

"安静一点。"李建生用杯底敲了敲讲桌，语不惊人死不休地又补充一句，"其实不止数学难，这次的英语卷是鞠主任出的，你们这学期的初考一样不简单吧？"

全班静默三秒，然后就……更崩溃了，一头栽倒在数学书上，生动地诠释了什么叫"学习杀我"。

季星凌想起种 carrot 的德国人 David，表情相当绝望，不知道这次能不能继续靠蒙考出 90 分，但仔细想想，就算英语能及格，数学只考 20 分的话好像总分也上不了 500 分。所以这到底是什么残酷的人间真实，就不能让我在新的一年来临时，顺利地考 500 分吗？

他本来想争取一下，用"题目太难"当借口，来降低总分 500 分的门槛，但讲台上的李建生已经开始讲课了，林竟听得一脸认真，他也就没打扰。再加上后来一琢磨，500 分是一回事，英语单词 3500 个又是另外一回事——这个难度是不会变的，而自己直到现在还没有背完。

所以似乎并没有什么资格，一直叽叽歪歪地要求 500 分打折，挺烦的，还跌份。

于是他把话咽了回去，撕下一页单词夹在数学书里，继续在本子上抄抄写写。

林竞用眼睛的余光瞥见，不知道想到了什么，有点走神。

这时李建生可能讲到了一个难点，在黑板上敲了敲："上次的随堂测验，全班只有三个人做对了这道题，林竞，你上来给大家说一下。"

季星凌听到点名，没当回事，毕竟小林老师被老李抽上讲台是常有的事，结果半天没见同桌站起来，他不得不小声提醒："喂，老李在叫你。"

林竞："啊？"

他有些蒙圈地站起来，叫我干吗？

李建生："……"

李陌远把自己的本子往旁边一推，试图给后桌提供战略支援。

结果你林哥走神走得太投入，就算答案递到手边，也压根不知道该念第几题，最后只好硬着头皮承认："老师对不起，刚刚我没听课。"

从老李的僵硬表情来看，他可能也遭受了重大打击，憋了半天，还是没有把人打发到教室后面罚站，只心累地一挥手："坐下吧，以后要好好听讲。"

李建生难得这么好说话，林竞心虚加自责，一坐下就抓起笔翻开练习册，开始全神贯注地搞学习，所以季星凌一直等到下课才有机会问："你怎么也会走神？"

"我为什么不能走神？"

"因为你是老李的爱将，难道不该很给他面子？那你刚在想什么？"

"想语文考试。"

"你在数学课上想语文考试？"

"嗯，不行吗？"

难道要小林老师亲口承认上课走神，一直在想季星凌的乱序单词 3500 个，以至于完全不知道李老师在讲台上都说了些什么吗？

不可能的。

你林哥就喜欢在数学课上想语文考试！

季星凌倒没再继续问，只提醒了一句："但你下次别让老李逮到了，不然肯定得罚站。"

林竞反手拍给他一本书。

好好做题！

你星哥看着面前的超变态竞赛集锦，也很无辜。

不是，我觉得我暂时还不 OK。

你这人怎么一点都不因材施教？

在"一点都不因材施教的小林老师"的铁血监督下，大少爷每晚都学得很努力，而期末考试安排也如期地发到了各个班。季星凌习惯性地在梧桐楼里找了自己一圈，纳闷："不是吧，我被漏了？"

"你在另一张。"林竞指了指，"你这次在东山楼。"

季星凌一愣，顺着他的方向看过去，果然，在东山楼最后一个考场，靠中间的位置。

于一舟也发现了："星哥牛。"

"这有什么可牛的。"季星凌哼了一声，视线往高抬了抬，A 考场 01 座，这才叫牛。

但不管怎么说，能和林竞在同一栋楼里考试，他还是比较嘚瑟的，觉得这算是两人关系更进一步的表现。大少爷甚至还幻想了一下，如果什么时候自己能混进 A 考场……啧，学习成绩倒是其次，主要是和小林老师坐在一起的话，就很牛气，美滋滋的。

于是他非常膨胀地查了一下年级第二的成绩，（三）班贾维旭，总分 695 分，只比林竞低 3 分。

告辞。

考试第一天，阳光很好。

1301 的卧室，季星凌一边收拾书包，一边对等在旁边的林竞说："哎，时间还早，不如我也摸一下你的试卷，说不定真有用。"

林竞滑着手机，随口回答："你不是不信这个吗？"

"但也可以全方位地加持一下。"

林竞抬了抬眼皮："那你摸试卷干吗，摸我不是更有效？"

季星凌："……"

"摸不摸？不摸上学了。"林竞站直想走，却被一把握住手腕，季星凌后背挡着门："摸！"

当然要摸！但就是这么大一个小林老师，不是很好下手，你懂吧，万一摸错了地方，500 分可能会涨到 600 分，3500 个单词可能会变成 GRE（美国研究生入学考试），存在一定的风险。

见对方犹豫了半天迟迟不动，林竞干脆抓过他的手，在自己脑袋上蹭了两下：

"好了，走吧。"

你星哥："？"

季星凌："不是，为什么这么敷衍？我要求重新来一下。"

"哪里敷衍了，难道你还要举行一个摸我的仪式？"

"……"

"快走！"

大少爷牙根痒痒，最后还是捏了一把小林老师的脸，强行不亏。

两人到学校后，季星凌把人送到东山楼下，习惯性地说了一句："那我走了，你好好考试。"

林竞纳闷："这都快开考了，你又要去哪儿？"

季星凌这才反应过来："哦对，我这次也在东山楼。"

还没考试就差点跑错考场，放在高考差不多已经能上社会新闻了，林竞哭笑不得，干脆陪他进了考场。东山楼的考试气氛比梧桐楼正经多了，大家全在翻书背诗词，没人大声地说笑、吵闹，只有在看到季星凌和林竞进考场的时候，才有了轻微骚动。有几个男生平时一起打过球的，笑着嚷嚷："林哥，你是来给我们考场开光的吗？！"

"林哥求握手！"

"林哥求签名！"

"林哥借我支笔行不行？"

季星凌伸手一揽林竞："哎，我说你们几个，怎么这么多无理的要求，闭嘴保持考场安静，知不知道？"

"那星哥，你的手给我们握一下也行。"

"对对，星哥每次考试都暴涨50分，我想拥有同样的快乐！"

季星凌服了这帮家伙，也懒得再理，对林竞轻声说："你去考试吧，等会儿见。"

"林哥别走！多留一会儿嘛！"

"就是，让我多看看学霸！"

一群人瞎起哄，考场里其他人跟着笑，林竞就真的多留了一会儿，直到预备铃响，监考老师进教室后，才回了A考场。

语文考试的难度和初考基本持平，作文要稍微难一点。离开梧桐楼最大的好处就是，考场里所有人都坐到了最后一秒，教室门不会频繁地开了又关，影响答题思路。铃声响后，季星凌反扣过试卷站起来，后桌男生瞄了一眼："嚯，星哥你作文写得这么整齐。"

季星凌从鼻子里挤出一个"嗯"字，有"整齐狂魔"的小林老师耳提面命，每天强迫练字十五分钟，想继续狗爬都不行。

午饭依旧是在副校长办公室解决。唐耀勋最近在隔壁市参加一个什么教育论坛，得一周后才结束，两个人也就乐得霸占这豪华空间，林竞把餐盒收拾好："时间还早，你要在沙发上睡一会儿吗？"

"不困。"季星凌看着他，"你爸妈几号来接你？"

"没让他们接，我自己坐飞机回去。"林竞说，"我妈订了周五的票。"

"我送你。"

"好。"

"早点回来。"

"好。"

这个时候，季星凌就有点想让林竞知道，自己是超猛的妖怪了。

他可以毫无压力地每天往返一趟宁城，根本不用两地分离。

但不行，暂时还不能说。他有点郁闷地伸出手，想要温柔地、煽情地抱一抱小林老师，却被无情地塞过来一堆数学试卷："不困就好好做题！"

"喂喂，你可不可以不要这么破坏气氛？！"

"不可以！"

"……"

行吧，没有考到500分的人，没有资格要求气氛。

季星凌哈欠连天地翻开练习册，继续背公式。

他其实已经很努力了，但在下午的考试里，还是被数学当场教做人，第一道选择就完全看不懂，不是不会做，而是压根连题目都看不懂！

A考场里，林竞浏览了一遍题目，也是两眼一黑——替季星凌黑。

事实证明，钱爹是不会管过年还是不过年的，哪怕人民群众都在十五月儿圆，歌舞闹新年，数学依然能在这种花红百日暖的时候，及时为你送忧烦，非常铁面，且无情，好似当头棒喝。

传闻梧桐楼开考半个小时，就已经全空了，东山楼要好一点，季星凌倒是老实地坐完了全场，但实不相瞒，他并不知道自己都答了些什么，反正写满就行。

林竞安慰他："没关系，这次全年级肯定大规模不及格。"

季星凌坐在车里，兴致缺缺地想，全年级不及格和我有什么关系，500分的硬规定又不会因为全年级数学都考20分而降低。

林竞看他："怎么不说话，不舒服？"

"有一点晕。"季星凌有气无力，"估计是被数学恶心的。"

"明天的综合和英语好好考，总分还是能上去的。"林竞摸摸他的额头，"别想数学了，今晚早点休息。"

话是这么说没错，但鞠主任亲自出的英语，好像也简单不起来。

季星凌抬手搭在眼前，发自内心地想叹气。

小时候他经常会被亲妈强行裹在被子里听童话，王子想要获得心爱的公主，就必须披荆斩棘，打败凶猛的龙和女巫，穿越寒冷的雪和巨浪。但现在想想，其实那些全不算什么，比起集合数列、韦达定理来说，荆棘、恶龙、女巫、风雪简直就是新手村任务。

你星哥在追随小林老师的道路上，才是"真·充满了重重险阻"。

还得先求出 B ∩ C 的元素个数。

真的绝。

但不管怎么说，数学都已经砸在了手里，只有把剩下的两门考得好一点。于是这一晚，他一直复习到深夜才睡，第二天早上的文综也确实感觉还可以。最后一科是英语，林竞考完之后，在一楼大厅里等了半天，等到整栋楼里的人差不多快走完了，季星凌才拎着书包慢慢地晃出来。

"怎么这么久？"

"没，给餐厅打了个电话。"季星凌嗓音沙哑，"走，带你去吃饭。"

"但你看起来很不舒服的样子。"

"嗯，我是不舒服。"

"那为什么还要带我去吃饭？"

"我这不是怕你觉得我又在为没考好找借口吗？"

"……"

季星凌勉强地笑笑，抬手揽着他："开玩笑的，餐厅我一周前就订好了，考完试得庆祝一下。"

但就运气不太好，考试很难不说，还再度赶上了麒麟的生长期，英语考得头晕眼花，交卷后在桌上趴了五分钟才缓过劲。

林竞接过他的书包："我们回家。"

未成年麒麟的成长期是没有固定时间的，不过像季星凌这种前后两次只相隔半年，还是稍微频繁了一些。而从理论上来说，青春期躁动也有可能会造成灵力的不稳定，导致生长期提前，所以胡媚媚狐疑地问他："你是不是早恋了？"

麒麟崽趴在床上，额上一对短角也烧得通红，有气无力地哼唧了一声。

没有，真没有。

不过胡媚媚也就随口一提，说完拉倒，她揉揉儿子的脑袋："爸爸已经帮你挂好了鹊山医院的专家号，明晚十一点半，现在先好好休息。"

厚厚的窗帘被放了下来。

棉被松软如最靠近日光的云，陷进去后就有浓厚的困意袭来。

麒麟崽浑身滚烫，醒了睡，睡了又醒，总觉得刚躺下时是天黑，为什么在做了连绵不绝十几个梦之后，睁眼居然还是天黑？厨房里传来细微的锅碗碰撞声，给这昏沉静谧的夜晚增添了不少烟火气，他肚子饿得咕咕叫，却懒得起床，只摊开四蹄平趴着，双眼无焦点地盯住床头柜上的电子闹钟，九点……晚上九点？

所以说自己睡了二十多个小时？

"妈！"他匆匆变回人形，踩着拖鞋跑到厨房，"我的手机呢？"

"在客厅桌上，怕打扰你休息，爸爸就给拿出来了。"胡媚媚放下手里的汤勺，"没人给你打电话，不过小竞下午来过一趟，他今天替你去学校拿了放假通知单。"

"嗯。"季星凌解锁手机，林竞一共发了七八条微信，都是问他感冒发烧好没好，最后一条就在几分钟前，说自己明早十点的飞机。

> 星哥：我刚睡醒。
>
> 星哥：我妈今天不让我碰手机。
>
> 星哥：行，我送你。
>
> 可达：你感冒怎么样了？
>
> 星哥：好了。
>
> 可达：不用送我，我都约好车了，你好好休息。
>
> 可达：我能过来看看你吗？
>
> 可达：[哭泣]

林竞平时聊天很少发表情，发也是 emoji，酷得不行。所以季星凌被这个捧碗盛泪的 Q 版小人震了一下，比较受宠若惊，差点没拿稳手机。

"妈，你把九条尾巴收一收，林竞要来！"

"好。"胡媚媚把汤吹凉，补了一句，"现在都快十点了，你十一点还要去看医生。"

"知道。"季星凌说，"他明早的飞机回宁城，我们不会聊得太晚。"

胡媚媚看着儿子喝完一整碗汤——那是用来缓解未成年小崽成长期不适症状的，

然后才收起九条蓬松的尾巴，去客厅开门。

小林老师当然没有捧碗落泪，他站在门口，很有礼貌地说："阿姨，我来看季星凌。"

"小星说他去冲个澡，让你先到卧室坐会儿。"胡媚媚把人让进来，笑着问，"明天几点的飞机，要不要让司机送你去机场？"

"不用的阿姨，我已经自己订好网约车了。"林竞还带了一盒新鲜的草莓过来，他觉得感冒的病人应该会喜欢这种东西，胡媚媚赶紧接到手里，儿子先是灵力过盛，现在又生长期频繁，她只能更加严格地控制他的饮食，哪怕是隔壁小乖宝送来的水果，也要暂时没收。

浴室里的水声还没停，林竞坐在书桌前等得无聊，随手抽出一本练习册，翻开后都是默写的单词，潦草的，整齐的，还有拖了长长墨痕的，看起来像是写了一半就困得睡着了。

相当认真。

洗漱镜前，季星凌匆匆擦了两把头发，把毛巾丢到一边，拧开门："你再坐会儿，我把头发吹一下。"

林竞问："要我帮你吗？"

"……"

原来成长期还有这种福利？

站在浴室镜前，林竞打开吹风，慢慢帮他吹头发。洗发水是清新的青柠香型，在潮湿的浴室里，像夏日间白雾弥漫的果园，生机勃勃，是很好闻的味道。

季星凌看着镜子里的两个人，小林老师应该已经洗完了澡，穿着浅灰格子的家居服，和自己的灰色浴袍很像，于是一乐："哎，你看，我们的衣服还挺搭。"

"嗯。"林竞放下吹风机，把他的头发两把揉乱，"吹干了。"

"你这什么服务态度？"季星凌拉住他的手腕，振振有词搞教育，"挣不到小费的知不知道？"

林竞看着镜子里的人："感冒还难受吗？"

"好多了，可能因为最近没怎么睡够，没事。"

"那你接着睡。"

"别啊！你明天就要走了。"

季星凌从柜子里拿出 T 恤和运动裤，背对着他，两下套好。

林竞坐在床边，有些奇怪地问："你不换睡衣？"

"等会儿还要去看医生。"季星凌可能是睡多了，这句话确实没过脑子。

林竞果然一愣："你都已经不发烧了，为什么要大半夜去医院，现在只有急诊科吧？"

"……那什么，一中医老大夫，好像挺有名的，我姥爷非得让我去他的诊所看看。"季星凌解释，"这人和你一样，明早飞机，只有现在有空。"

听起来就很不靠谱的样子，林竞表情一僵，总觉得同桌要被骗着服用由各种不知名的草药搓成的金刚大力丸："能不去吗？"

应该不能，季星凌心想，鹊山医院的号还是很难挂的，尤其是儿科——因为冷酷的星哥目前还是崽，所以只能挂儿科，超级不酷，不提也罢。

他坐在床边，伸手揽住小林老师："把网约车取消，明早让冯叔送你好不好？"

"不用，我就一个登机箱，自己能搞定。"林竞说，"你过年一直待在锦城？"

"对，所以你要早点回来。"季星凌揉揉他的脑袋，又强调一句，"我放假也会认真学习的，还有3500个单词，我已经背完好多了，等你回来，我就差不多能背完了，真的。"

"背完好多是多少？"

"三分之二吧，或者更多一点。"

季星凌睡得太久，嗓音还比较沙哑，像某种幼兽伸出小爪，在心里不轻不重地勾了一下。

两人距离很近，季星凌看着他的侧脸，问："你需要检查一下吗？"

单词书就丢在床头柜上，已经被翻得很旧了，林竞却没有去拿，只问他："a是什么意思？"

几个月前，也是在这间卧室里。

"你背单词还挑长短？"

"当然啊，不然你问我a，我肯定知道a是什么意思。"

那时候两人还水火不容，一见面就互相鄙视，恨不能在1301和1302之间竖一道结界。

说不清改变是从什么时候开始的，但无所谓了，真的无所谓。

林竞突然想起了那道听力题里的秋日红果，掩埋在松软的落叶堆里，酸甜的，柔软的。

而空气中还有更多的香气，混着薄荷、甜柚和柑橘，清新干净，和这个年纪很般配。

季星凌小声地许诺："我一定早点考到500分。"

林竞笑："嗯。"

外面有人敲门。

胡媚媚提醒："小星，差不多要出发了。"

"好！"季星凌看了一眼林竞，"我们……那什么，妈，我收拾一下，五分钟。"

"快点啊，爸爸还在等你。"胡媚媚没有拧门把手，说完就回了客厅。林竞站起来："那你去吧，记得别乱吃药。"

季星凌挡在他面前，没话找话地拖延时间："哎，为什么我们都要短暂地分别了，得到的叮嘱居然是别乱吃药？不行，不可以，我申请换一句，换一句好听的，有意义的，将来想起来——"

林竞捏住他的嘴，把所有叽叽歪歪都堵了回去。

大麒麟准时把崽叼进了鹊山医院，主任医师是只药兽，和山海后巷的杂货店老板是远房亲戚，但医术显然要高出许多。他只看了一眼诊疗台上趴着的、荡漾的、不停地甩尾巴的小麒麟，就说："灵力摄取没问题，一般这个年龄段的崽，都会或多或少地出现一些发育方面的问题，家长不用太紧张。"

大麒麟关心地询问："那需要吃点灵药吗？"

"不需要。"药兽主任把话又挑得更明，"毕竟按照人类的年龄来算，他们现在正好处于青春期。"

而青春期的男生，出现情绪波动，或者别的波动，从而影响到自身的灵力，都是很正常的事。

大麒麟顿悟，道谢后叼着儿子离开诊疗室，找了个没人的地方，单手……单蹄揽到自己怀里，语重心长地问："崽啊，你最近是不是成人电影看多了？"

小麒麟："？"

爸你能不能闭嘴？

一周后，一股强冷空气再度从北极袭来，全国大范围降温，除夕也越来越近了。

妖怪一样是要过年的，大家在一起总喜欢图个热闹，所以节日就过一过。

连年本年都要过年。

——如果第一遍没看懂，就多看两遍。

人类更要过年。

宁城一直在飘鹅毛大雪，连呼吸都要结冰。这天下午，林竞推着购物小车，跟商薇一起在超市置办完年货，等电梯去停车场的时候，突然又想起来一件事。

"妈，你等一下，我想去楼上买瓶新浴液。"

他匆匆跑向化妆品区。

熟悉的包装，熟悉的香型。

混合着甜柚和柑橘的夏日气息。

是还没有考到 500 分的，季星凌的味道。

图书在版编目（ＣＩＰ）数据

山海高中 / 语笑阑珊著 . — 广州 : 广东旅游出版社 , 2020.12（2025.3 重印）
ISBN 978-7-5570-2349-2

Ⅰ . ①山… Ⅱ . ①语… Ⅲ . ①长篇小说—中国—当代 Ⅳ . ① I247.5

中国版本图书馆 CIP 数据核字 (2020) 第 204921 号

山海高中

SHANHAI GAOZHONG

出　版　人 : 刘志松
责任编辑 : 梅哲坤
责任技编 : 冼志良
责任校对 : 李瑞苑

广东旅游出版社出版发行
地址 : 广州市荔湾区沙面北街 71 号首、二层
邮编 : 510130
电话 : 020-87347732（总编室）　020-87348887（销售热线）
投稿邮箱 : 2026542779@qq.com
印刷 : 三河市中晟雅豪印务有限公司
（地址 : 三河市泃阳镇错桥村）
开本 : 700 毫米 ×980 毫米　1/16
字数 : 374 千
印张 : 19.75
版次 : 2020 年 12 月第 1 版
印次 : 2025 年 3 月第 10 次印刷
定价 : 48.00 元